春歌青陽

焦國勛 著

《春歌青陽》

焦國勛

春歌青陽，夏歌朱明，秋歌西暤，冬歌玄冥。

——《史記·樂書》

目次 │ CONTENTS

第一章
初升的太陽

一

　　混沌初開，我赤身裸體來到這個世界上。我曾努力去尋找我出生時與眾不同的跡象，但是沒有結果。我出生時既沒有現霹靂紅光，也沒有帶通靈寶玉。我曾仔細地追問過母親，在我出生之前她做過什麼瑞祥的夢。母親認真地想了想，搖搖頭說沒有。這令我有點失望。

　　據母親說，我剛到人世無聲無息，差點嚇壞母親。給我接生的那個五十多歲枯瘦如柴的接生婆倒提起我的雙腳，在我通紅的屁股上狠拍一巴掌。「哇」的，我哭出聲來。一哭就不肯停息，聲震屋宇。聽到我洪亮的哭聲，母親長松一口氣，疲倦的臉上露出笑容，向接生婆投去感激的目光，在心裡慶倖一個時辰前對她的挽留。

　　仲秋夜，天空的月亮又圓又大，漫漫清輝灑落在綿延起伏的紅土地上。一個時辰前，在這間泥坯灰瓦的平房裡，我的母親靜靜地躺在床上。她挺著孕肚，預產期已經過去，此時的我彷彿依戀著母親溫暖的子宮，對外面的世界還有些畏懼遲遲不肯出生，這使母親感到不安。接生婆已經守候多時，她略顯疲憊不耐煩，又到母親身邊檢查了一遍，聽一聽摸一摸，起身說：「還早」。她收拾起她那永不離身的小背箱要走。箱子漆面斑駁，一個紅十字卻很醒目。

　　夜深人靜，母親挺著沉重的身軀，對接生婆懇求道：「你別走，孩子要是出來，你不在，半夜三更，我到哪裡叫你」。我的父親不在家，他此時還在外面工作。父親是個鐵路工人，他的工作不分晝夜。

火車日夜不停地在鐵路上賓士，車輪滾滾在鐵軌上不停地運轉，鐵路工人節假日也沒有休息。母親預感到她的小兒子今天晚上一定會出來，望著窗外明亮亮的圓月，今天是個不尋常的日子。

接生婆猶疑一會答應留下來，她在母親床邊的一張單人竹床上鋪開母親為她臨時準備的被褥躺下休息。萬籟俱靜，世界都在期待。終於，子夜的星辰灑下迷人的光輝，照亮了小屋杉木窗櫺。自盤古開天又石破天驚，我出世了。

西元一九五六年，我出生在古稱江南西道的一座新興小鎮上，簡陋低矮的土坯房比耶穌降生的馬廄好不了多少。一個女孩子走進房間，她是我的姐姐，今年九歲，端來一碗紅糖煮雞蛋，恭恭敬敬遞給接生婆。

接生婆伸出瘦骨嶙峋的手接過盛著糖水雞蛋的碗，嘴唇顫抖著，嘟囔一句：「第一百個了」。她吃了一百碗喜蛋。那時，小鎮上還沒有一所像樣的醫院。給產婦接生都是一位年紀很大的名其曰衛生員的接生婆。人們經常看到她瘦小的身軀挎著小藥箱走街串戶普度眾生。憑著她的熱心和經驗，我平安地降生了。

後來，這位接生婆又幫人世間收留下幾個嬰兒，據說是八個。在她幾十年腥風血雨的生涯，一共為這個世界接生了一百零八個嬰兒。這正好與一部中國古典小說中的一百零八好漢相符。三十六天罡，七十二地煞。不過這一百零八個嬰兒，除了我有點來歷，其他的嬰兒只是偶然落入這位接生婆之手，恰巧數字相合，事後證明他們都是平庸之輩，絕無半點天罡地煞之氣。那部古典小說寫的是中國一千年前大宋王朝的故事。小說中放走妖魔的人叫洪太尉，是宋朝裡的大官，相當於我們現在部長級幹部。說起歷史上的趙宋王朝，中國老百姓人人都知道精忠報國的嶽飛就是被宋朝一個叫秦檜的宰相害死的。據歷史學家們說，那個宋朝在中國歷史上還是比較寬容的呢。可想而知，中國的封建歷史是多麼的嚴酷。

上蒼賦予我黃皮膚黑頭髮，我始終心懷恩義，感謝那位幫我出世

熱心的老婆婆。老婆婆默默無名，很快遭人遺忘。就是她親手接生的那幫忘恩負義的傢夥，恐怕沒有誰記起她，唯有我至今仍在默默地敬祭悼念著她。

接生婆一記巴掌，將我從困厄中驚醒。我放開喉嚨，唱出人生第一支悲歌。我已記不清對這個世界的第一印象如何。不過，據母親說我的哭聲很是悲傷，四蹄翻蹬，似乎已經感受到了這個世界的冷暖炎涼。都說哭泣是嬰兒的語言，那麼，我的哭聲正是為了將來的坎坷生活，為了人生的苦難歲月，而呼喊，而高歌。事實證明，是這樣，我的一生就是由那第一聲哭泣定下了人生的音符和調式。如今，我在人生旅途寂寞地走過幾十個春秋。古人雲：三十而立，四十不惑，五十知天命。我而立之年未立，不惑之年還充滿幻想，知天命卻從不肯向命運低頭。我抑塞磊落，曾寄希望於那樣一種力量，如半世紀前那重掌一擊，將我從困頓中警醒。

我的名字叫孟昕。這是我那只念過小學的父親給取的。我的父親是一個鐵路火車司機。在我出生那個秋日美麗清爽的早晨，父親開著一列長長的火車風馳電掣趕回家。他跳下機車，身上滿帶著煙塵、油漬、汗水，一路流光，大步跨進家門。他奔到床前，俯身將我捧在手上。父親身上散發著一股濃濃的氣味，是火焰和男子漢的氣味。這股熱火火的濃烈的氣味，直沁入我肺腑，足足讓我窒息了三十秒鐘，咧咧嘴我放聲大哭起來。此後過了二十年，命中註定地我頂父親的職當了名鐵路工人，時常滿懷豪情一身塵灰油漬，汗水淋漓地重溫父親最初帶給我的這股粗獷豪邁的男子漢氣味。

當年，那個彪炳千古的清晨，父親將我托在他那雙粗壯的臂彎裡，仔細地端詳我紅撲撲的小臉蛋。小鼻子，小眼睛，厚嘴唇，其貌不揚，一個鬧天宮的猴王脫胎。父親喜滋滋，走出門，走入明亮的晨光裡。抬頭，望見東方噴薄如火的朝霞，燦爛無比，太陽正冉冉升起。初升的太陽如金盤一樣光芒四射，照耀著他工作的鐵道工廠，照耀著小鎮鱗次櫛比的煙囪和建築，照耀著江南這一片廣袤的土地。父

親由衷地從心裡升起一股喜悅和豪情。他那雙開火車握鐵錘粗糙的大手翻了三天字典，才找出一個能表達他那天清晨浮現出心頭的印象和感覺的詞：「昕」。

父親很得意，我也挺滿意。後來，我粗識文字，去翻過《辭海》，查過《詞源》。我捧出那沉甸甸包羅萬象的大書，心中帶著幾分歡欣，幾分虔誠翻開來。「昕，黎明日將出時，《禮記・文王世子》，文子視學，大昕鼓徵所以警眾也」。孟昕，初升的太陽，真是響亮非凡的名字，天生我才必有大用。父親雖然只有小學文化，但在當時卻不能小瞧。在當時，20世紀50年代，初中生就算是知識份子。隨著人們掌握的知識越來越多，文化越來越高，如今的知識份子頭銜恐怕要大學畢業以上學歷才算了。譬如我讀了幾十年，破了萬卷書，只是屁股沒有沾大學課堂裡的木板橙，就沒有混進知識份子隊伍。

在一本《世界近現代史大事記》上，翻到我出生的一九五六年，我看到有這麼一些記載：

一月，國務院第二十三會議通過《關於公佈漢字簡化方案的決議》。

二月，蘇聯共產黨召開二十次代表大會，赫魯雪夫在「祕密報告」中全盤否定史達林。

三月二十三日，巴基斯坦伊斯蘭共和國成立。

四月，《人民日報》發表根據中共中央政治局擴大會議的討論通過的編輯部文章《關於無產階級專政的歷史經驗》，必須堅決反對修正主義。

四月二十六日，矗立在天安門廣場的人民英雄紀念碑碑身工程完成。

五月二日，偉人主席在最高國務會議上宣佈，中國共產黨對文藝工作主張百花齊放，對科學工作主張百家爭鳴。

五月，蘇聯作家法捷耶夫自殺，西班牙詩人胡安・拉蒙・希梅內

斯獲諾貝爾文學獎。

六月，波蘭發生「波茲南事件」。埃及宣佈蘇伊士運河國有化。

七月十三日新華社報導，第一汽車製造廠試製成功中國第一批「解放」牌汽車。

九月，中國共產黨第八次全國代表大會召開。

十月二十三日，「匈牙利事件」發生，匈牙利反抗蘇聯入侵。

十一月，偉人在八屆二中全會宣佈，開展整風運動，隨後進行反右派鬥爭。

一九五六年底全國基本完成了對農業、手工業和資本主義工商業的社會主義改造。

延續千年的中國漢字又有了變革，更多的人認識了它。那個曾經的「老大哥」國家想對中國指手畫腳；巴基斯坦是個不好不壞的鄰居。無數革命烈士用他們的身軀豎立起一座豐碑。百花齊放後是整風運動，那些知識份子經受了考驗。世界紛紛擾擾，各個國家的作家，他們悲喜哀樂境遇大不相同。文明古國有了現代工業，造出了自己的汽車；工商業改造，社會主義正大踏步地前進。等一等，這些事件似乎與我的出生沒有什麼內在聯繫。我的出生這個世界竟沒有什麼特別的反響和徵兆，我有點失望。但是我沒有放棄追求，孜孜不倦，探幽索隱，功夫不負有心人。正史沒有，別傳可尋。終於，我瞭解到了一個祕密。這個祕密在我出生之時降臨，幾十年天機不露，當我獲知這個祕密，一切困惑和憂慮隨之而解。

這祕密我是從一部不起眼的三十二開薄書裡看到的。這部書的紙頁泛黃邊角微損，雖然標著風行一時的科幻小說名稱，但我從書的字裡行間看出這正是非常巧妙地描繪了我出生的故事，解答了關於我從哪裡來將要到哪裡去的問題。世人不具慧眼，何方高人寫下這部天書。我以為這是揭示人類原始的秘笈，這是查蔔人類未來的《易經》。書中有這樣一段敘述：

茫茫宇宙空間，一艘飛船正在以光速飛行。太陽系黃道上孤獨地

運行了億萬年的地球，被一個不速之客造訪。這是一艘 x 星系 y 星座星球人駕駛的太空船。宇宙自約在二百億年前近乎無限小的瞬間經歷了一次大爆炸之後，便開始了偉大而漫長的演化歷程。原子的創造，星系的演化，恒星的演化，行星的演化，以及生命的演化。可憐的地球人吵吵嚷嚷渾渾噩噩剛剛從樹上爬下來的時候，y 星人已進入高智慧演化。他們的飛船歷盡艱辛，向星際遠航。他們來到太陽這陌生的恒星系。掠過這顆不大不小的恒星的一顆顆行星，發現了地球這顆可愛的蔚藍色小星球。

飛船繞地球飛行，急速下降，穿過濃稠的大氣層，如彗星拖曳長長的明亮的光帶，飛向一片大陸，降落在茫茫的海灘。四下平展展的細沙，前方一道長堤，長長的望不見頭。水面在微風撫動下輕輕地跳躍著細密的浪花，粼粼閃爍。浴波而出一輪又圓又大的月亮，正懸在半空灑下皎潔的銀光，照得飛船外殼明晃晃，熠熠生輝。y 星人走出飛船，不約而同仰望宇宙空間。他們看到滿天星斗，一輪皓月。寧靜的夜空真美。這異星的美麗奇景使 y 星人油然而生讚歎之情。這是一顆經過很好演化自然條件良好的星球。他們也知道，這顆星球上，生活著一群宇宙中不夠文明不夠智慧的生物。

驟入這個星球，他們只是匆匆過客。兀立荒荒平野，放眼芸芸眾生，他們高傲且孤獨。

時光流逝，一陣感歎，一番抒情，y 星人恢復理性，開始修理飛船。他們的飛船在以一個宇宙黑洞為時間隧道穿越而過時，被強大的射線，塌縮的重力場擊傷。一個同伴犧牲了。他們決定將同伴的遺體留在這星球上。物質生命的生生滅滅是自然的法則，他們珍惜生命，不畏懼死亡，崇尚智慧，不留戀肉體，心思純潔，沒有爾虞我詐。

鬥轉星移，無色透明的液體在飛船旁輕輕地淌過去，微微的聲響更襯托出四周的寂靜。這個星球將這無色透明液體稱之為水，水是生命之源。y 星人體驗著水的溫柔與舒服，將同伴的遺體輕輕放入水中，隨波逐流很快消失在遠方。星光閃爍，夜色朦朧。這時，只見遠

遠的一條白浪迅疾滾來，水面不再平靜，傳來隆隆的響聲，腳下湧起一朵朵浪花。起風了。Ｙ星人魚貫走入飛船，艙門關起，飛船徐徐上升，旋轉加速，倏忽消逝在夜空。強烈的音爆，這片水面如晴空響了個炸雷。

　　許多年後，經歷了歲月的風霜，生活的磨難，對人生的迷惘惆悵與日俱增，從這本神祕的小書，我得到了啟示。地球上的人類沒有想到，從遙遠的星際而來具有超能的 y 星人也沒有想到，一個超人的智慧的生命種子落在了地球上。追本溯源，探賾索隱，從此，我自命不凡，忍辱負重，隨時想著天降大任。

　　　　·

二

　　我的基因，從父親那裡帶來，既有遺傳，也有變異。我不知道這意味的是什麼，是改良還是退化？我的個子一直不高。學校讀書時，全班同學排隊我總是排在最前面。母親總是對別人說我長得晚，將來會長起來。其實，我一直長到母親說的將來也沒有父親高。父親說：南方的大米不養人。

　　凡是見過我父親的人都說我父親一見就是典型的北方漢子。身材魁梧，四方臉膛，嚴肅堅定，性格耿直。20 世紀中葉，群雄逐鹿戰火紛飛，中華大地正經歷著改朝換代，共產黨千軍萬馬如摧枯拉朽從東北一直打到西南。紅色鐵騎後面是浩浩蕩蕩的支前民工獨輪車隊，再後面就是我父親這些新中國建設者的鐵路大軍。當年，我父親獨自一人跟隨奔湧鐵流從遙遠的東北來到江南。他血氣方剛，過黃河，跨長江，舉目茫茫，身旁沒有一個親戚朋友。他不分晝夜，駕駛著火車頭，轟轟隆隆，拖曳著長長的車廂，巨龍一般風馳電掣。爐火映紅了他的臉膛，敞開胸懷，眺望遠方，任著勁風撲面而來。漫長的千里鐵道線維繫著他的情感和思念。每當鄉思湧上心頭，伸手拉響汽笛，笛聲回蕩在大地上空。長鳴的汽笛呼喚著遠方的親人。兩年後，母親帶

著我的姐姐和大哥從北方追隨父親也來到江南。從此，父親鐵心踏地，在這片新的土地上，開始新生活。幾年後，他一連又添了三個兒子。他最小的兒子，也就是本書的主人公呱呱墜地時，他正跨入而立之年。

父親是個性格剛強的人。對我們幾個孩子，很少流露出感情。在我的記憶中，他沒有帶我們看過一場電影，上過一次公園。自從我雙腳踏上地面會走路以來，他就沒再抱過我一次。我看到別人家的孩子在父親的帶領下大街上散步。那些孩子爬上自己父親的脖子，兩腿跨著騎馬馬肩，高高地由父親駝著，幸福無比。我沒有過這種享受。在我家平房門前小院裡，我只能在父親飯後喝了點酒心情高興時蹭到他身邊，攀著父親粗壯的胳膊，彎起腳打個晃晃。有時，父親不耐煩臉色一沉，悶悶地哼一聲。我趕緊躲開，畏縮的立一旁看著他偉岸的身軀。父親的胳膊比我的大腿還粗，大手那麼有力。我見過他拿一根比手指還粗的鋼條很隨意地擰成一隻捅爐灰的鉤子。只要他輕輕一送，我就能坐上他的肩頭。但是，我視那肩頭比皇帝的龍椅還神聖。

小時候，我時常站在家中門檻內百無聊賴倚著門框，一隻髒手指塞在嘴裡吮吸著，兩條黃鼻涕粘在腮幫子上，目送著父親高大寬厚的背影走進炫目的霞光裡。

父親去鐵路開火車。無論白天黑夜，颱風下雨，只要聽到有人來叫班父親就立即出發。火車日日夜夜在鐵路上賓士，乘務員隨時準備待命出發。有專門通知工人上班的叫班員。白天我會看到騎自行車的叫班員急匆匆而來，急匆匆而去。烈日酷暑，數九寒冬，風雨無阻。那輛舊自行車除了車鈴到處都在響。夜裡，寧靜的小鎮時常迴響起叫班員的聲音。「張小三，六八〇七，一點五十四開。」「王老五，四二一八，二點零六開。」六八〇七、四二一八是列車編號，叫班員喜歡把〇叫洞，一叫麼，七叫拐。夢鄉被打破，四鄰被吵醒，大家都是鐵路上的也已習以為常。那時，我的父輩們都認為，人要過上好生活，就應該去辛勤的勞動。

　　夏夜，路旁草地飛舞著流螢，我趴在窗口望著父親的手電筒光消失在星空裡。寒冷的冬夜，父親頂風冒雨走出門。窗外北風呼嘯，屋裡寒氣襲人，我使勁往被窩裡縮。想著父親在黑夜裡與風雨搏鬥，心中說不出來的崇敬。每當父親下夜班回來在家中休息睡覺，我們在家裡走路都輕手輕腳，說話也不能大聲。家中房屋狹窄，只有一間睡覺的房子一點兒也不隔音。為不影響父親休息，母親有時乾脆把我們統統趕出家門。我們幾兄弟就像小鎮上的流浪狗四處飄蕩，好在吃飯時總能回家。

　　父親永遠是母親談論的話題。聽母親說，父親一生有過幾次危險的經歷。父親那幾次危險的經歷被母親當作故事娓娓道來，我聽來是那麼富有傳奇色彩，驚心動魄。母親的敘述在我的心靈中塑造出一個英雄父親。誰也不能批評兒子對父親的崇拜。

　　有一年夏天，父親開的那輛火車頭在工廠大修，這樣的大修每隔一段時間都要進行一次。在我童年的一段日子裡，隨著我的成長，我的雙腿能夠任意地跨過門檻，走出家門，自由地在街道，學校，還有工廠漫遊。那是我生命里程的一段寶貴的時光。我從課堂學不到什麼知識，無心念書到處閒逛，消磨掉許多似金的光陰。我常到父親上班的工廠裡看鐵路工人修火車。

　　鐵路四通八達，小鎮上不是鐵路工人就是鐵路工人子弟。工廠面積很大，人們隨意進出。縱橫交錯的鐵軌伸進一座座廠房裡。闊大的廠房是那課堂無法相比的，就是學校開會的大禮堂相比也差遠了。高大的火車頭從闊闊的大門開進開出。火車頭推進工廠，爐子裡的火熄滅，鍋爐裡的水放淨，輪子拆下來。站在大車庫裡，向穹窿般的屋頂仰望，脖子都酸了。一排排天窗被油煙染黑，透出縷縷陽光，顯得灰霧濛濛暗淡無光。大廠房的中間臥著幾台正在修理的火車頭。橫七豎八的鐵軌上停放著許多大大小小車輪。許多工人在勞動。機器聲轟轟隆隆，震得人透不過氣來。鐵錘聲叮叮噹當，電焊的火花放射刺眼的閃光，頭頂上天車來往穿梭。我目不暇接，小心翼翼雙腳跨過地上一

汪汪油污。巨大的升降機把龐大的火車頭頂起來。火車肚子被打開，那些工人爬上爬下，鑽進鑽出，好似築巢的蜂。渾身滿是煙塵油垢，臉上烏漆抹黑，一雙眼睛白多黑少閃著亮光。他們給機車內外清潔乾淨，換上各式各樣的新零件，再將火車頭落下來，裝上新車輪。

機車修好後，刷上新漆，整座火車頭煥然一新，巍巍峨峨，烏黑發亮。比人還高的鐵鑄車輪漆成大紅色。輪子邊緣用白漆畫一道圈，紅白對比極醒目，漂亮極了。雄姿煥發的火車頭停在工廠內，時刻準備出發，開上鐵道線，拉上長長一列車廂馳騁千里大地。

這一天，父親的火車頭剛剛修好，停在車庫裡，他獨自一人登上機車去做最後的檢查。父親是司機長，是這輛火車的頭頭，他對這輛機車承擔著更多的責任。那天，他在機車上上下下看了一遍之後，拿著一隻手電筒從還沒有封口的膛孔鑽進鍋爐，想再看看鍋爐內部情況。正當父親在黑洞洞的鍋爐裡一絲不苟對工作極端負責地檢查時，工廠裡給火車頭點火的工人來了。他酒氣醺醺不知鍋爐裡還有人，也不呼喊警告，咣當一下把入口鐵門關起來，隨即搖搖擺擺蹣跚而去。

父親被關在密閉的鍋爐內無法出來。黑暗中，他大聲呼喊著，用手電筒敲擊爐壁。厚厚的一層鋼鐵阻隔了一切聲音。嗓子喊啞了，電筒敲碎了，父親憋得滿頭大汗，幾乎絕望。事後父親向母親講述這一經歷，當然他有些輕描淡寫，但是母親聽得驚恐萬分。她知道，機車很快就要上水點火，父親如果出不去，就會被水淹死，然後高溫下沸騰的水汽把他煮成泡沫。當這一切已成故事，她向我們複述時，還心有餘悸，歎道：真險啊！

父親當然沒有英勇就義。我知道，父親必將逢凶化吉。我看過《西遊記》裡神通廣大的孫悟空的故事。孫悟空被西天路上的妖魔用魔瓶罩住，魔瓶法力無邊，凡是裝進去的人，一會兒就化成膿水。據說孫悟空在魔瓶裡也險些玩完，屁股上的老繭都軟了。他急中生智，用腦後的毫毛變把金剛鑽，把魔瓶鑽了個洞。魔瓶漏了氣，失去了魔法，孫悟空就跑了出來。父親沒有會變金剛鑽的毫毛，他後來在情

急中忽然想起機車鍋爐底部有一個小排水孔，是在上水前最後才堵上的。他飛快向那裡爬去，看見了一束微細的亮光。感謝上蒼，這只排水孔還沒有被堵上，希望的光從那裡射進來。父親慶倖著，撲過去。小孔只有拳頭大，父親精疲力盡，將手從小孔伸出去搖動著，直到被人發現。

父親得救了。事後，那位不負責任的點火工人對父親說：「司機長，你命不該絕。如果我不鬧肚子，急於上廁所，那只排水孔早就堵上了。」言下之意，父親得救還應歸功於他的鬧肚子。

點火工人為什麼會鬧肚子？據說是前一天晚上吃了一隻冷肉粽。那只肉粽從初五放到二十都變味了。他為什麼吃這變味的肉粽呢？原來他與老婆吵架，老婆罷工，拒絕給他做飯。他老婆為什麼跟他吵架？是為了某一件小事。什麼事我也無法刨根問底交代得清楚了。別人夜間曾聽到他家傳出爭吵聲，第二天問點火工人時，他顯出極羞澀的神情。這使我想起了大人們曾說過，夫妻夜裡吵嘴，旁人不宜去勸架。那時我不明白，現在細想一想，很有些曖昧的味道。

一連串的偶然事件救了父親的命。不過，據我看來，這一連串的事情看似偶然，其實是必然。那一年，父親正值盛年，他的日子紅紅火火，他的家庭兒女成群，他的小兒子嗷嗷待哺。不要看他一臉髒兮兮，拖著兩條黃鼻涕，父親正是從他那雙深深地總是凝視著什麼，半是憂鬱半是思索的眼睛看出了與眾不同，將來是個出類拔萃的人物。

父親對我們是很嚴厲的。他的教育方法簡單粗暴。沒有什麼家書，棍棒黃荊條也不曾使用，直截了當揮起手如來掌法力無邊。記得有一次，還是我讀小學時，我在外玩耍把一隻新買的鉛筆盒丟了。回到家中，吞吞吐吐告訴母親。我不得不這樣，因為我必須趕緊得到新的文具，不然上課沒有使用的。母親問我怎麼丟的文具盒，她很嚴肅。我一急，就想推卸一些責任，說是在教室不見的。母親說放在教室怎麼會不見呢，一定是哪位同學拿去了，問我有沒有告訴老師。我說沒有。母親說應該告訴老師，這問題很嚴重，班上發生這種事情，

她明天將要親自到學校去告訴老師。我一聽就慌了，結結巴巴改口說不是在教室丟的，是在操場上丟的。母親大為生氣，責罵我為什麼要撒謊，拿起掃帚在我屁股上抽了幾下。丟下掃帚還餘怒未息，威脅說：等你爸回來，讓他教訓你。

這裡我奉勸諸位心地尚存忠良的讀者，倘沒墮落到撒謊嫻熟老道就不要撒謊，否則得不償失。這並不是撒謊會使鼻子長長，而是要警惕母親的笤帚疙瘩和父親的巴掌。母親這一關好過，那幾掃帚真如撣灰拂塵，父親那一關就難了。父親很少動手打我們。但是，我們畏懼父親遠甚於母親。

父親上班還沒有回來。我晚飯都沒心思吃，預感到風暴要來，忐忑忑忐爬上床。我用被子蒙住頭，這是我的方舟，任外面洪水滔天，期望一夜過去，第二天會雨過天晴。可是第二天一覺醒來，我從被窩裡探起頭看到的不是橄欖枝，而是父親揚起的巴掌。

小哥不聲不響從床上爬起來，用飛快的速度穿好衣服，離開床躲到遠遠的地方，唯恐城門失火殃及池魚的樣子。我嚇得賴床上不肯起來。

父親走過來，面帶怒容，我不由戰戰兢兢爬起來。父親問：「你撒謊了。」

我還有點不識時務。小聲嘟噥：「是別人拿走的。」

「你不老實。」父親喝道，手揚起來。我本能地一縮脖子，後腦勺挨了一巴掌。

我哭起來。母親在一邊對父親說：「別打孩子頭。」父親那一巴掌並不重，如果父親使足了勁扇一巴掌，那我準得腦震盪。

父親的大手又高高舉起來，決心揮淚斬馬謖。撒謊他認為是原則問題，原則問題父親是一定要堅持的。他又狠揍我幾巴掌，這幾巴掌揍在屁股上。因為沒有腦震盪之虞，加了幾分力。我的屁股立刻火辣辣地痛起來，深刻感受到原則的威力。父親這幾巴掌雖然打在我屁股上，但對我大腦的震盪一直持續了幾十年。父親話不多，他一向不善

言談。從父親凝重的神情，以及剛才落在我屁股上巴掌的分量，我已深刻明瞭他要向我表達的全部含義。有如枰錘擲兒，我需折節從學。這時，我哭起來，流下悔恨的淚。母親過來，阻止了父親繼續揮動他的巴掌。母親又說了我一通，她將父親的行為進行了一番語言的詮解，像所有善良的母親一樣嘮嘮叨叨規勸我。我抽抽搭搭哽咽著，獨自領會著父親母親的教誨。

門外有人叫我的名字，是班上的同學。那時，我剛剛被選為班長，掌管著班上教室的鑰匙。很長時間，我還沒有去學校開門。上課時間快到了，同學們進不了教室，就找到家裡來。男男女女來了一大幫。我不知道一把小小鑰匙為何這般興師動眾，偏偏又在這種時候。見到同學我大窘起來，竭力想保持一種體面的姿態。無奈穿著短褲，光著腳丫，蓬頭垢面，淚跡斑斑坐在床上。我想，同學們一定要譏笑我了，我這班長真是威信掃地了。但是，這並不影響到我的名譽。在今後漫長的人生道路上，我牢記父親母親的教誨，正是努力以正直誠實去贏得保持我的名譽和尊嚴。

父親對鐵路有著極深的感情。用父親那個時代的語言來說，就是他生活戰鬥過的地方，最難忘崢嶸歲月稠。我家現在還保存有一張父親和他車班全體人員站在機車旁的合影相片，那是一次抗洪搶險慶功會後報社記者來照的。

那一年夏天，天空大雨下個不停，大水把龍王廟都沖倒了。流年不利，江南土地多災多難。父親在狂風暴雨滔滔洪水中駕駛機車一趟又一趟運送救災物資搶救受災民眾，他廢寢忘食三過家門而不入。父親英勇無畏為人民服務精神得到表彰。相片上一共有十三人，前面蹲著五人，有兩人捧著鏡框鑲的獎狀，他們是車班的年輕人，父親手下的夥計。父親站第二排，穿著短汗衫，臉上棱角分明。身後，火車頭威武雄壯，通體黑色，機車型號是——1942。

父親晚年，千方百計把他的幾個子女招進鐵路，有心讓他的兒子繼承他的事業，當個火車司機，駕駛著火車奔駛在千里鐵道線上。我

記得過去看過一部紀錄片電影：一條新建的鐵路勝利通車，火車開進偏僻的山鄉苗寨，那些住小木樓，騎小毛驢的鄉親載歌載舞，給火車披紅掛彩。如今，父親的時代已經過去，火車司機已不是人們羨慕的職業。父親將感到失望的是他最厚愛的小兒子竟然很長時間委屈在一所學校裡，惡惡縮縮當著一名修理工人，一天到晚同破銅爛鐵打交道。不過，他沒有自慚形穢，他理解為天降大任於斯人，必先勞其筋骨苦其心志。

相片上一共有十三人，父親站第二排，穿著短汗衫，臉上棱角分。身後火車頭威武雄壯，通體黑色，機關車型號是1942。

三

　　冬天裡，是生產童話的季節。不知道從什麼時候開始，我的夢想中就一直有著這樣一幅畫面：寧靜的夜，溫馨的小土屋，一個老奶奶

坐在暖烘烘的火爐旁娓娓動聽地給她的小外孫講著大灰狼、小白兔、白雪公主的故事。窗外飄著雪花，小男孩趴在老奶奶膝頭，瞪著圓溜溜的眼睛，爐火在他的瞳仁裡閃著光。外婆的故事似涓涓清泉淌入孩子的心田，澆灌出智慧的花朵。

這年，小鎮的冬天沒有下雪。往年，也很少下雪。北國風光，千里冰封的時候，小鎮灰暗的天空只落下星星點點的小雪籽，落在地上不一會就化了。被人一踩，髒了吧唧。我的奶奶和姥姥都在遙遠的北方。每年下雪的時候，父親都要到郵局去給他們寄一些錢。父親為不能在奶奶身邊盡孝道而不安。奶奶回信不讓父親寄錢。我有五個叔叔在北方，他們照顧著奶奶。父親還是寄錢，過年的時候，從未停止過。雖然我們家並不寬裕。

我們一家七口，只有父親一人工作。母親操持家務，有時間也外出做零工。幫單位上洗被單工作服，去建設工地挑土方，拉板車送砂石煤炭，不辭辛勞掙一點錢補貼家用。後來，母親學會了裁縫技術，買了一架舊縫紉機，在家裡給我們縫縫補補，做自己穿的衣褲。偶爾還偷偷地接一點外面的縫補舊衣物，製作小孩衣服的事情，掙點加工費。那時候，私自在家裡給人做事收錢是不允許的，是資本主義，一旦被居委會發現，就會挨批評受懲罰。

每月中旬，父親將他領來的全部工資交到母親手裡。母親小心翼翼地將那些錢點了又點，分成幾份。柴米油鹽吃穿用，樣樣都得精打細算。我們穿的衣服都是母親自己縫製的。我因為是個最小的孩子，母親極少給我做新衣服。我們兄弟四人每日粗茶淡飯，身子卻不停地長，一年一個樣。母親做新衣服都是先給大哥穿。如果大哥身子長大了，衣服不合適了，就給二哥。二哥穿不合適了，再給三哥。最後傳到我時就慘了，一件衣服已經很舊了，而且起碼有四五塊補丁。那個時代，大家都很艱苦樸素。社會上流傳有這麼一句話：新三年，舊三年，縫縫補補又三年。從大哥，二哥，三哥，最後傳到我，就是唐僧的錦襴袈裟也進入了縫縫補補的年代，何況我那幾位生龍活虎的

哥哥。

雖然我總是撿哥哥的舊衣服穿，我知道，母親對我還是最疼愛。
她同別人說話我在身邊時就會撫摸著我的頭說：這是我老兒子。北方
稱最小排行最後的孩子為老孩子，小女兒稱老閨女，小兒子稱老兒
子。在我小時候，有一段時間經常生病，身子骨很弱，這令母親很憂
愁。自從那個子夜，我來到人間，和潮神共度生日，一年又一年，母
親就為她這老兒子頻添煩惱。

有一年春天，大地回暖，萬物復甦，各種病魔也出來作祟，他們
向我發起進攻。我的生命組織奮起抵抗。白細胞組成的步兵團衝鋒陷
陣，同病毒細菌搏鬥，後來裝甲兵巨噬細胞也趕來增援。戰鬥十分激
烈，我高燒四十度又住進醫院。我不知道死神是否對我有了興趣，她
那彎彎的大鐮刀似乎又瞄上了我細溜溜的脖子。這對母親是考驗。母
親在病床前陪護著我，日夜不眠。穿白大褂的醫生對病人來說具有絕
對權威。醫生說，我不能受涼感冒，否則，病情會加重。說得母親誠
惶誠恐。

醫生查完房，清潔工來打掃衛生，走進病房旁若無人將所有窗子
打開。風從視窗吹進來，帶著春天的寒意和雨後的潮氣。母親擔心我
吹到風著涼，但又不能阻止清潔工開窗打掃衛生，急得不得了。她站
起來，用身子擋在洞開的窗口和我之間。似乎她用身子能擋住風，擋
住光，擋住病毒。我知道，如果死神向我揮起鐮刀，她也會用自己瘦
弱的胸膛去阻擋。

母親很小的時候吃了很多苦。她出生在遙遠北方的一座山溝裡。
五歲時，母親的親生父母都去世了，家中無法生活，被送給了人家，
跟隨養父母離開了大山。養父母沒有子女，待母親如親生，就是不願
告訴母親的家鄉在哪裡。母親長大後一提這事養母就哭，所以母親一
直都不知道自己出生在哪裡，也沒有自己的生日。只記得那裡深山老
林，野獸出沒土匪橫行。

我的姥姥姥爺勤勞善良，他們給了母親所有的愛。但因為家裡困

難，母親沒有進學堂，這件事使她很傷心。雖然沒有文化，母親對我們的教育一點沒有放鬆。母親經常教育我們這些孩子，最重要的有三條：不能說謊，不能貪小便宜，不能打架。關於打架，她也沒有一概而論。母親文化不高，見識不廣，但也知道戰爭分正義和非正義的。有一次，她就很例外地支援鼓勵我們去「打架」。

有一天，三哥在外面和別人家男孩打了架，臉上帶著傷回來。母親很生氣，當她知道二哥就在旁邊看著打架，既沒有勸阻也沒有上前幫忙，尤為氣憤。她責罵二哥說：他是你弟弟，你怎麼能不管他呢。自己家的人一定要團結。如果有人欺負兄弟，要去幫助。我們不欺負別人，也別讓人家欺負咱家人。母親的這番教育，我相信，正是我今後樸實的愛國主義思想的起源。

母親生氣起來，也會打人。如果是我惹她生氣，也會揍我一頓。大部分用掃床的笤帚。有一次氣極抄起了擀麵杖。我為了遵循聖人的教訓，學曾參不背上不孝的名聲，只好撒腿逃之夭夭。

母親年輕的時候，喜歡養小動物。後來，生下我們這群孩子後，她的興趣就轉向了我們。飢餓的年代，各種生命依然在頑強地生長著。小鎮的馬路上奔跑喧鬧著一群群孩子，還有著一些家養的貓狗動物四處亂竄尋食。熬過嚴寒，天氣剛剛轉暖，小鎮又萌發出生機。這一年春天，母親忽萌舊好，抱回來一隻小狗崽。小狗崽胖乎乎，一身雪白的毛，很可愛，極受我們的歡迎。我們給小狗取名小白。

小白剛抱來時，每到夜裡想媽媽，汪汪叫得我很難過。就把它抱上床摟在懷裡睡，平時有好吃的都省下一口餵它。母親說：狗的命賤，不能太嬌慣它。於是我就把小白又趕下地。小白沒多久就融入了我們家庭，喜歡跟在我們腳邊打轉轉。小白長起來很快，兩三個月的時間，就成了一隻大狗。皮毛雪白，骨骼強健。見到我們家裡人搖頭擺尾，巴結討好。有生人從門前走過，它就汪汪報警，窮凶極惡。一些遊手好閒，不懷好意覬覦我家院裡枇杷樹水蜜桃樹果實的小傢夥，來到院子前，小白不用叫，一齜牙，就叫他們屁滾尿流。小白常去野

地裡撒歡。不管多遠，我們一喚：小白。它就箭一樣飛跑回來。

我放學回來，小白會歡快地撲上來迎接我。它越加長得高大，前爪一下就搭到我肩上，嘴直往我臉上蹭，我就會聞到一股臭烘烘的氣味。小白一定又吃屎了，忙不迭把它推開。小白各方面都很好，就是有一個很大的缺點，喜歡吃屎。見屎就舔，舌頭吧嗒吧嗒，看得很叫人噁心。有的小孩子蹲路邊拉屎，屁股還沒抬起，小白就去吃那還冒熱氣的屎，順便還在小孩屁股上舔兩下。也許它並無惡意。嚇得小孩子抬起屁股就跑，一路喊叫，惹得大人們出來一陣拳打腳踢把小白趕跑。我們很想改變小白吃屎這劣根性，只要看到它吃屎就狠揍它。大哥還運用巴莆洛夫的條件反射原理，他的中學課文裡正學到這個俄國人的事蹟。他將小白的鼻子使勁按到臭屎前，敲它的腦袋。當我們面，小白不再敢吃屎。而我們看不到它時，見到屎還止不住垂涎。左右望望，無人時又吃起來。母親說：狗改不了吃屎，真是千真萬確。

小白既有優點也有缺點。這樣評價就像老師給學生做鑒定。那時凡有一點文化的人說起什麼人什麼事都用一分為二，顯得有點哲學。哲學這個詞當時很被人喜用，既深奧又時髦。我家小白有一條我不知算是優點還是缺點，挺愛管閒事。有一次我看到他追趕一隻耗子。耗子很機靈，一溜煙鑽進下水道。小白一撲，來個嘴啃地，耗子毛也沒撈一根。無可奈何，悻悻地轉個圈走開。耗子越來越倡狂，公然不把小白放在眼裡。登堂入室，鑽米缸爬碗櫃，為非作歹。於是，母親從外面要了一隻小貓養起來。小貓毛色是金黃的，斑斕好看，我們取名叫小花。

小白見到小花，齜牙咧嘴，做出惡相，大有臥榻之側豈容他人鼾睡，被我們一頓巴掌打老實了。自從有了小花，小白就有點失意。夜裡不再讓它待在屋裡，趕到屋旁小柴棚子裡。我們一致偏向小花，有吃的，先讓小花吃，小花吃夠了，小白才能吃。倚仗著我們的支持，小花恃寵傲物，不把小白放在眼裡。

　　小白和小花時常會發生衝突爭鬥。這種衝突不是那些無聊政客所鼓吹的什麼兩個階級的鬥爭，兩種文明的碰撞。爭鬥經常是為了一根小小的肉骨頭。

　　每當吃飯時，我們家人圍坐在飯桌前，小花和小白在桌子底下轉來轉去，撿點殘菜剩飯。小花搶到食物，小白靠上來，鼻子上就會挨小花一爪，趕緊縮回狗鼻子。小白搶到吃的，一根小骨頭之類，小花趁小白不注意伸爪從小白嘴底下把骨頭撈走。小白不滿地哼哼，我們不分青紅皂白，對小白就踢上一腳。我把這稱為鋤強扶弱。小花果然不辜負我們的厚愛，長大後特別辛勤抓老鼠。晝巡夜伏，很快，我們家老鼠就絕了跡。

　　小花本領高強，不僅會抓地上跑的老鼠，還能捕到空中飛的麻雀。我就親眼看見它捕捉麻雀。

　　春天的時候，連著下了許多日子小雨。一天，小花渾身濕淋淋地從外面進來，嘴裡叼著一隻麻雀。我們以為誰家小孩逮的麻雀給了它。麻雀還是活的，小花用爪子按住麻雀不急於吃，在地上撥弄玩耍著。只見它放開麻雀，退開幾步，伏下來，屁股高聳兩爪前伏，頭低低的，兩眼盯住麻雀。麻雀自由了，不由想逃跑，撲啦啦扇動翅膀向外竄想飛起來。沒等它離地，小花猛地一撲，又將麻雀按住。擒擒縱縱，玩一陣，麻雀無力掙紮，奄奄一息。小花才開殺戒，大嚼一頓，吃掉這隻麻雀。然後又溜出去。不一會，又叼回來一隻麻雀，像先前一樣玩弄夠了再吃掉。我們覺得奇怪，小花再出門就悄悄跟著盯住它。只見小花走到屋外不遠一大片菜園子裡，忽地放慢腳步，身子伏下來，匍匐著前進，悄悄蹲在一叢籬笆樹旁。細雨霏霏，不遠處菜地裡一大群覓食麻雀嘰嘰喳喳，雨水打濕了它們的翅膀，貼著地面飛過來，飛過去。當麻雀低低飛行掠過小花上空，只見小花一弓身，四腳一彈，嗖地跳起來，一隻前爪向空中一撈，叭地打下一隻麻雀。身軀一扭平穩落下，沒等落地的麻雀再飛起來，閃電般撲過去，雙爪按住。

我們看到這一精彩鏡頭真是讚歎不已。那時沒有相機,如果能用相機把小花貓捕捉空中飛行的麻雀畫面拍下來,那我家小花一定會是動物明星中的明星。我有時想,小花這麼能幹,貓在人們的生活中那麼密切,居然十二生肖中沒有屬貓的。據說,這是老鼠的詭計。有一個童話說老鼠施詭計使貓沒有趕上玉皇大帝的生肖大會。老鼠自己得了生肖第一名,貓卻榜上無名。所以貓一見到老鼠恨之入骨不共戴天,定要趕盡殺絕食肉寢皮。

小花和小白相處一段時間,學會了和平共處。一大一小時常在一起玩耍嬉戲,房前屋後追逐打鬧。當今世界上許多國家的領袖首腦高談闊論政治和外交,我家的小花和小白早就知道妥協緩和的重要性。當然,地區性的局部戰爭還時有發生。

在我家門下留了只小洞讓小花出入,小白身大鑽不過去。有時小白追趕小花,小花嗖地鑽進門洞,小白急停不住,腦袋嘣地撞門板上。有時,小花被小白追得無路可逃,噌噌爬上樹。小白無可奈何圍著樹打轉轉。小白喜歡用那毛蓬蓬的大尾巴挑逗小花撲過來撲過去。有時,小白躺在院門口,肚皮朝天打瞌睡。小花躺在小白的肚子上,又鬆軟又暖和,一起懶洋洋曬著太陽。過路人見了,都嘖嘖稱奇。順便提一下,我家的小白和小花都是男性。如果是女性,必然會發生一些好逑之事,那樣的話,它們生起兒育起女來,一代又一代,恐怕這故事會講得很長。

正當我們家的這兩隻貓狗一對天敵成了好朋友,人類的爭鬥卻禍及它們。這年元旦,街道居民委員會發出通知:小鎮家屬區內禁止飼養動物。據說,這與資本主義有關。養狗更是罪大惡極。早在三十年代,偉大的魯迅就提出要痛打落水狗。其實,彼落水狗非此狗,有人借題發揮罷了。小鎮成立起打狗隊。一群十七八歲半大的小夥子手提大棒兇神惡煞,沿街搜索,四處追逐,鬧得雞犬不寧。

大難臨頭,我們把小白藏在家中。房屋狹小,小白野地裡自由慣了,不能忍受這囚禁生活,脾氣暴躁,門板都要扒爛了。萬般無奈,

我們商量了許久，既不能再養它，自己打殺實不忍下手，決定把小白賣掉。小白被哄騙送到農畜收購站，關進鐵籠子。它將被送到廣東去。據說，那裡的人喜歡吃一些古怪東西，吃狗，吃貓，吃蛇。更殘忍的還有生吞活剝的習慣，吃活猴子的腦。我的小白不知將成為哪位饕餮肚子裡的食。為了這件事，我還哭了一場。

失了夥伴，小花結局更慘。小白被賣沒兩天它就失蹤了。在屋後不遠水塘裡發現它泡腫脹的屍體。看來，這是打狗隊的暴行。母親很氣憤，一反常態，站在院門口高聲詛咒殺死小花的兇手，像一個罵大街的悍婦。

我很難過，我沒有高聲大罵的勇氣，我也知道這個罵大街的婦女並不是我真正的母親。我的母親仁慈和藹純樸善良，一向禮貌待人。她雖然沒有文化，連麻雀為什麼停在電線上電不死都解釋不清。她也不是很好的教育家，很少有循循善誘精神。她沒有做過孟母三遷，截髮待客的事蹟。她也沒有什麼遠大的理想，並不希望她的兒子能成為什麼大人物。只想能平平安安生活就好。甚至我在小學讀書時被同學選為班長她都沒有表示贊許，而是說：我的孩子太老實，哪能幹的了這。我的母親含辛茹苦撫育我們成長。她給我們講過牛郎織女的故事，這是個美麗的故事。

很久很久以前，南陽的牛家莊有一個叫牛郎的孤兒，跟隨哥哥嫂子生活。苛刻的嫂子對他不好，吃不飽穿不暖，還想趕走他。牛郎每天幹活放牛，住在牛棚和一頭老黃牛相依為命。老黃牛生病了，牛郎悉心照料。一天，老黃牛突然開口說話，原來老牛是天上的金牛星被打下凡間。在老牛的指點下，牛郎找到了天上仙女下凡遊玩洗澡的地方，將一個仙女的衣服藏起來。仙女們洗好澡紛紛穿上衣服飛回天上，被牛郎拿了衣服的仙女留下尋找衣服。牛郎出來交還仙女衣服，表示了愛慕之心。仙女被牛郎的誠實善良感動，兩人相識，墜入愛河。仙女名叫織女，留在人間和牛郎一起生活，相親相愛，生育了一男一女兩個孩子。老牛老了，臨死前告訴牛郎，它死之後把它的皮做

成鞋穿上就可以騰雲駕霧。老牛死後，仙女下凡私自嫁人被王母娘娘發現後，被天兵天將帶回天界。織女被抓走，牛郎穿上老牛皮鞋帶著兩個孩子去追趕，上了天界，眼看就要和織女團聚，王母娘娘拔下頭上銀簪隨手一劃，銀簪變銀河攔住了牛郎去路。牛郎和織女被隔在兩岸，只能相對哭泣流淚。他們的忠貞愛情感動了喜鵲，成百上千隻喜鵲飛來，河上搭成鵲橋，讓牛郎織女相會。王母娘娘對此也無奈，她心裡也有些惻隱，只好允許兩人在每年七月七日於鵲橋相會。之後，每年七夕牛郎就把兩個小孩放在扁擔中，挑著上天與織女團聚。七月七成了民間情人相聚的日子，據說那一晚，夜深人靜時，在葡萄架下還能聽到牛郎織女情人間的悄悄話。

　　晴朗的夏夜，坐在門前小院裡納涼。夜色輕柔，天空繁星閃爍，母親指給我看哪一顆是織女星，哪一顆是牽牛星。牽牛星挑著擔子，那一邊一顆小星星是他們的孩子。迢迢銀河，橫亙在牽牛星和織女星中間。我抬起頭仰望星光燦爛的夜空，尋找著牛郎織女。我童年的幻想就會飄飄悠悠，飛上那浩瀚的星空。

四

　　我家居住的這座小鎮不大，歷史不長。過去，是幾戶蓋著茅草屋的小村莊，因為通了鐵路，建起了火車站，遷來了人家，蓋起了工廠，有了商店，辦起了學校，近幾十年才發展起來。一條鐵路穿鎮而過，東邊是工廠區，烏鴉鴉一片廠房，煙囪鱗次櫛比。高高的煙囪冒出嬝嬝的煙氣緩緩上升，與浮雲相接。鐵道的西邊是居民區。一棟棟平房整齊劃一，坐落在高低起伏的土坡上。每當上班或下班時間，汽笛聲高亢嘹亮，連通工廠和居民區的馬路上，人流穿梭，匆匆忙忙。

　　小鎮一條不長的街道，一家小商店，一家理髮店，還有一座鐵路工人俱樂部。俱樂部是小鎮的文化體育中心，旁邊一座很大的操場，將小鎮居民區分為兩部分。北邊叫民主街，南邊叫團結街。民主，團

結，這是個有文化的人取的名字。我出生的那一年，小鎮欣欣向榮，人們安居樂業，嚮往著和平幸福生活。

小鎮是鐵路交通重鎮。長長的鐵道是小鎮的生命線。鐵道是藤，小鎮似那藤上的瓜。鐵路的一頭通往省城，從小鎮坐火車到省城只需半小時。省城歷史悠久，在泱泱大國的省會中，難以同那些繁華大都市媲美。有一件事值得一提，一千三百年前，唐朝有位年輕的詩人酒足飯飽之後信口謅了一篇序文，把這一帶人文地理吹得天花亂墜，引得一方文人墨客津津樂道。文以樓傳，樓以文名，臨江而矗一仿古建築，是往來遊客必登之地。小鎮向北邊，鐵道延伸無窮無盡，一直通往我父親的家鄉。每隔一年，父親都要攜家帶口順著這條鐵道線遠征一次。父親有限的收入，微不足道的積蓄就每每順著這漫長的鐵道線一路灑向遙遠的魂系夢縈的故鄉。

在我出生的時候，中國有一個叫馬寅初的倔老頭子對我的出生似乎很不滿意。他提出要控制人口，計劃生育，排行老五的我差點被扼殺在子宮裡。國家領導說：人多議論多，熱氣高，幹勁大。人們紛紛響應號召，舉起的手如森林一般，打倒了馬老頭子，於是我終究還是零落凡塵，飽嘗了人間酸甜苦辣。

那個時代，人們積極回應號召，多快好省建設社會主義。男人努力工作，婦女努力生產，每個家庭都有五六個孩子。有一位婦女一連生了十個男孩，被譽為英雄母親，上了報紙。還有一個婦女一胎生了四個嬰兒，受到國家領導接見。四胞胎極榮耀地全部由國家供養。那時候，小鎮多麼年輕富有朝氣，家家都有一大群孩子，還養著許多小動物，人丁興旺，熱熱鬧鬧。

小鎮居民住的平房很簡陋，一棟棟蓋成長長一排，每排八到十戶人家。沒有衛生間，連自來水都沒有，幾十戶人家一個公共自來水管，就安在路邊，人們用木桶擔水回家。20世紀六七十年代，每家每戶平房前後的空地，被勤勞的居民開闢成菜園，種上冬青，圍起竹籬笆。一扇柴門，形成一座座小院落

　　平房外牆是用磚和土坯砌成，屋內隔牆是竹篾糊上黃泥再刷道白石灰水。屋頂蓋的灰瓦，黑乎乎的瓦縫透出一絲亮光，仰看好像天上的小星星。後來維修房子在屋頂隔上層硬紙板，擋住了瓦縫落下來的灰土，也擋住了小星星。紙板和灰瓦中的空間成了老鼠的世界，經常聽到老鼠在裡面打架，吱吱哇哇，呼呼隆隆很熱鬧。我們一家七口就住在這樣的平房裡。房子面積很小，大約三十平方。一間大一點當臥室，父親和母親睡在裡面；堂屋一張床是哥哥們睡的，緊挨著床一張飯桌，平時吃飯也在這裡，吃飯時我們就坐床上。堂屋後一間很小的原來用作廚房的小房間姐姐住著。燒飯是父親在屋旁自己用磚塊毛竹蓋的一間小棚子。

　　五歲以前，我是一直和母親一起睡。同母親睡，熱天她幫我打扇子，冷天幫我暖被子。我喜歡偎依在母親身上，將手伸進母親的胸脯，撫摸母親的乳房。有時爬到母親懷裡，用鼻子去嗅，用嘴去嚙乳頭。母親總是愛撫地摸娑著我的腦袋：「喲，這孩子，沒羞沒臊，這麼大了還想吃奶呢。」

　　過了五歲，母親不讓我跟她睡了，讓我和哥哥們睡一張床。哥哥讓我睡在他們腳底下，並且一邊一個把我夾在中間，說是怕我睡著時掉地上。我無論朝哪邊那邊翻身，都有一隻臭腳丫矗在我的鼻子前。哥哥們的臭腳丫實在令我受不了。就和姐姐睡一起。和姐姐睡我很高興。姐姐總是無微不至地關懷照顧我，給我打水洗臉洗腳，放好枕頭，掖好被子，丟到地上的衣服撿起來。姐姐身上散發的氣味很好聞，和母親的不一樣，有股淡淡的香甜味。

　　沒過多久姐姐上初中住校去了。我就又和哥哥們睡在一起。當然，關於臭腳丫的問題又煩惱著我。好在我的腳丫子的味道也開始顯出特色，會讓哥哥叫苦不迭，這樣還算公平，也就彼此心安理得了。

　　我的童年時期，母親操持家務，有時還出外做臨工，忙忙碌碌，很多時間是姐姐照顧著我。姐姐讀中學時梳著兩條又黑又粗的長辮子，辮梢拖到背上。有時黑亮亮的辮子一條擺在胸前，一條甩在肩

後。額前一排烏黑的劉海，垂到眉上。我五六歲的時候，十分淘氣，有時纏住姐姐要她幫我做事。姐姐如果不搭理我，我就伸手拽住她那兩條大辮子，不答應不鬆手。後來，姐姐中學畢業考上了大學，把兩條長辮子剪成了短髮。那時，女孩子流行短髮。黑髮齊耳，戴上一頂黃軍帽，腰紮皮帶，英姿颯爽。

小鎮俱樂部每到週末放場電影，不賣票，單位工會組織發票。我在那裡面看過一部電影，叫《地雷戰》。裡面有一個很美的大姑娘，留著很粗很長的一條大辮子。後來，她把辮子剪下來，送給了她的男朋友去做地雷，炸日本鬼子。她還扛著槍打遊擊。我不知道姐姐是不是看了這部電影才剪的辮子。那時，我的姐姐正青春煥發，充滿理想。那個時代年輕人的理想總是同革命聯繫在一起。有一部小說叫《青春之歌》，幾乎所有的女中學生都看過這部書。那個叫林道靜的女主人公，不講吃，不講穿，邊談戀愛邊鬧革命，迷住多少女孩子，成為她們的榜樣。

如今，時光流逝，革命激情和少女的英氣都從我姐姐身上消失了。20 世紀 90 年代，我還待在小鎮，和姐姐住得很近。每天看到她頂著個雞窩頭，扯著大嗓門吆喝著兩個比她還高一頭正在讀書的兒子。做姑娘時，她從不吃肥肉。對食物特別挑剔。每天進食一點青菜，一小口飯，貓似的。如今，她丈夫和孩子吃剩的飯菜，捨不得倒掉，她全吃光。我那很相信科學的姐夫每次進餐時都很注意卡路里和膽固醇的攝入量。以致我那兩個外甥也受其影響，在餐桌上經常用筷子頭研究著高蛋白低脂肪，指點江山，激昂文字。而我的姐姐就像初進大觀園的劉姥姥，見什麼吃什麼，食大如牛。她的身材正在向水桶看齊。一年四季，縫補漿洗，裡裡外外忙忙碌碌。雙手皮膚粗糙得像砂紙似的。想當年，她花季一般少女，平和沉靜，樸素的衣裝乃遮不住她青春的風采。

我的童年非常清貧，但在我的回憶中它還有那許多溫馨。春天來了，三月的風不徐不疾吹過江南的原野，帶著微微寒意。空中散

發著清新濕潤的泥土氣息。小鎮外，一片片的農田，長著茂盛的紫雲英，嫩嫩的，綠油油一大片。紫雲英花盛開，大地由綠變紅。這開紅花的小植物單棵不起眼，連成片煞是壯觀，如火如荼。紅花草莖與莖相纏，葉與葉相連，遠遠望去，好像是厚厚的地毯鋪在大地上，把田地蓋了個嚴嚴實實。找一塊花繁葉茂的紫雲英田，隨意躺下，翻身打滾，身上不沾一點泥土。

每年春天來臨，農民開始下地幹活。他們牽著牛耕田，打著赤腳，褲腿卷得高高的，揚鞭吆喝著。泥水濺到他們身上。翻起的黑土壓蓋住紫雲英，零零星星的紫白色花朵輾落在渾黃的泥水中，卻也很好看。花朵在水面漂浮，成群結隊地隨水流急走，不知盡頭歸向何處。被掀起的泥塊上，稀疏的紫雲英仍然開得燦爛，有一種孤傲決絕的凜冽之美。

靠著大田的土坡旱地還有大片大片的金黃的油菜花，一望無際。孩童穿梭在田壟間，遠看只露出顆黑髮如刺蝟般的小腦袋。柔軟的花枝撫煦身軀，繽紛的花瓣掉落在身上。芬芳的花香，翩翩的蝴蝶，嗡嗡的蜜蜂花叢中穿梭。

田埂，土坡，綠草如茵，開著五顏六色的花。池塘的水清澈澄淨，被綠草和灌木叢圍繞著。雨後，原野的植物在雨水滋潤下蓬勃生長起來。這些綠色的生命裝點了大地，也給正處在饑荒年代的人們帶來充饑的食物。那一年，我五歲，時常跟著姐姐去野地挖野菜。

春草碧綠的田野，姐姐挎著籃子走在田畔上。她穿了件紅格子上衣，肘上一塊補丁，藍褲子洗得有點發白。一條黑又長的辮子披在肩上。春風拂著她的髮梢。她一隻手提籃，一隻手拿小鐵鏟左右尋覓，不時彎腰從地上拾起顆野菜，丟入竹籃。那條長辮子不時滑到胸前，順手一甩掠到腦後。過一會站直身，手搭在額頭向遠處望。隔幾畦田壟，那邊，我正東跑西跳地玩耍著。小徑上的泥土沾滿了我的褲腳。我不知道什麼野菜能吃，什麼野菜不能吃。有時，看到一棵好大的野菜，肥肥嫩嫩，拔起來舉著跑到姐姐跟前，丟進籃子裡。姐姐將那棵

野菜從籃子裡揀出來扔得遠遠得，說：「這不能吃。」姐姐不要我挖野菜，我只好自顧去玩了。

野外許多有趣的東西吸引我。一隻大螞蚱從面前飛過。我追趕著，來到水塘邊。池塘水清澈透明，水面浮著幾片枯荷，還有一叢菱角藤。一條花裡胡哨的水蛇扭著腰朝我遊來。遊到腳邊，絲絲地朝我吐著信子，我沖它跺跺腳。小蛇隱入水中。池塘邊草叢上，飛舞著一種很小的小蜻蜓。小蜻蜓還沒我的小拇指長，細長的身子，大大的眼睛，有多種顏色。有紅的，綠的，黃的，藍的。有的身子和翅膀顏色一樣，有的身子和翅膀兩種顏色，身上有著彩紋。飛累了，靜靜地停在草莖葉梢，休息時小翅膀束在背的上方，漂亮又顯嬌弱。聽姐姐說這些可愛的小蜻蜓叫豆娘。豆娘，這名字真好聽。

一群麻雀在池塘邊一簇灌木叢嘰嘰喳喳熱烈爭吵著什麼。大概是討論再玩耍一會，還是早點歸巢。鳥雀一齊朝南飛去。我想：它們大概決定再玩一會，因為夕陽還沒有落入地平線，大地到處還陽光明亮。可是姐姐卻在叫我回家了。

「小昕，回去了」，姐姐拖長了音喊。我有點不情願地朝她走去。

我搶著幫姐姐提籃子。姐姐說：「你提不動。」我鬆開手跟在旁邊，看著這滿滿一籃子野菜，我很高興。晚上回去可以吃個飽了。那時，我家一共七口人，只有父親一人工作掙錢，生活很困難。不過，那個年代，比我家生活還困難的大有人在。幾經天災人禍，據說，農村裡還餓死了人。我人小，這些事渾然不知，只會貪吃貪玩。每次跟著姐姐出來挖野菜，興高采烈。那些野菜，在我的印象中美味得很。薺菜，馬齒莧，馬蘭頭，還有的是野苣草。那些野苣草，就是很好的菜肴。這綠色植物，水塘邊，田墾旁，一簇簇一叢叢，翠綠綠，嫩生生，真是誘人。就是現在，我都很想再去採摘一大捧，煮一煮，嚼一頓。但是理智又告訴我那肯定不會好吃。人在飢餓時的味覺與飽腹時的味覺是相差很大的。我不想去體驗品嘗，我相信我的理智。一個人年齡越大就越依靠自己的理智而不是感情去判斷事物了。

　　春天，姐姐帶我去踏青，秋天的時候姐姐也會帶我去野外趕秋。每年秋收季節，鎮外的田野一派忙碌的景象。這時節，天是藍的，水是清的，瓜果熟了。柑橘樹上墜著一個個金黃的橘子，遠望綠葉中星星點點。田地裡，農民將收割的稻穀挑回家。小鎮的孩子紛紛挎著小籃提著小鋤奔向鎮外莊稼地。別人家的花生地收穫後，我們再用小鋤細細地在土地裡翻一遍，拾別人遺落的果實，半天也能拾一兩斤。紅薯收穫後，紅薯藤都被人們收走餵豬去了，但仍有深埋土裡的紅薯被遺漏。

　　一場秋雨澆過後，紅薯在地裡發了芽，我們就在地裡找那破土而出的嫩芽芽，有時一棵不起眼小嫩芽底下能挖出一個大紅薯來。每當有大收穫心裡別提多喜悅。後來，我長大成年了還做過這樣的夢：在一片沙灘，我看見顆閃閃發光的寶石，我彎腰拾起來。抬頭前邊又看見一顆，拾起來，又看見一顆，總也拾不完。這情景就像我小時候在地裡拾落花生。

　　六十年代初，那是一段艱苦的日子。聽說因為自然災害造成了全國人民生活困難。家門前時常會有逃荒要飯的人來。在那困難時期，我們家裡吃飯都是定量的。飯前每人先吃一大碗野菜，然後再給每人一小碗米飯，大概三兩米。只有父親是一大碗。父親要工作，他是家中頂樑柱。家中其他人一律是小碗。那小碗米飯實在太少，我們三口兩口就吃光了。母親那一碗米飯總是吃得很慢。看著我在貪饞地舔著碗邊，就從碗裡分出一半來給我。這時，比我大九歲的姐姐就嗔怪地看我一眼。我渾然不覺，一起吃得一乾二淨，把碗一推就出去玩了。

　　在家中，我無疑是最受寵愛的。假如我的哥哥為此提出抗議，母親就會說：「他比你們小啊。」我那些善良的哥哥自然而然地認為母親說得對，他們以樸實寬厚的胸懷謙讓衵護著我。家庭生活中我享受著特權。

　　童年時代，還有一件事是我的特別享受。每隔一段時間，我都能

在姐姐的陪同下到街上早點鋪小吃一頓，花上兩角錢。那是我自己積
攢起來的錢。我的收入來源很多。家中擠完了的牙膏皮，牙膏皮都擠
得很乾淨，被父親用擀麵杖擀過的。收集起來賣給貨郎擔，兩分錢一
隻。還有廢舊玻璃瓶或撿來的破鐵鍋鐵盆，也能賣上幾分。還有就是
幫母親跑跑腿買醬油鹽剩下的硬幣，慢慢存起來。湊夠了兩角錢，姐
姐就帶我去街上早點小吃鋪買兩個燒餅一碗豆漿。燒餅是嗆面中間夾
糖，面上灑幾粒芝麻，大火爐烤得金黃，又香又甜。姐姐自己不吃，
坐在一邊陪著我。有時，我吃著吃著，覺得過意不去，請姐姐吃一個
燒餅。姐姐微笑著搖搖頭，摸摸我的腦袋：「你吃吧。」我就又埋頭
吃下去，最後一顆芝麻粒也不剩。

　　我幼年時代在家中得到特別憐愛，不僅僅因為我是最小一個孩
子，還有一個原因就是母親一直認為我身體不好，很孱弱。兩歲時我
生過一場大病，住了很長時間醫院。幼小的生命同死神搏鬥，艱難地
戰勝了它。那時，我躺在醫院病床上，到處是一片雪白。雪白的牆，
雪白的被單，穿白褂的醫生拿了支很長很粗的針從我的胸膛插進去，
插得很深很深·抽取毒液，輸入藥水。母親在一旁緊張地握住我的小
手。我很堅強，一聲不響，亞賽刮骨療傷的關雲長。母親卻險些暈厥
過去。

　　其實，我如今對兩歲時的事情全無記憶。我生病時的情景只是事
後母親的敘述和我的夢境交織而成的一種印象。那個歲月，我無憂無
慮，吃完飯，就和左鄰右舍的孩子們一起玩耍。

　　我們經常玩的一種遊戲是拔河。小朋友排著隊，喊著口號：「一
二一，一二一，香蕉蘋果做遊戲」。遊戲是這樣的，兩個稍大點領頭
的孩子拿兩根小短棍，一人一手抓一頭高舉起來。其他的小孩手牽手
圍成圈繞著舉棍人從小棍下鑽過去。大家一齊唱：
　　「城門城門幾丈高，
　　三十六丈高，
　　騎匹馬，帶把刀，

走進城門瞧一瞧，

問你吃蘋果吃香蕉。」

　　唱完一段，兩個舉棍人將手往下一揮，將一個正在鑽的小朋友攔在棍中問道：「吃蘋果吃香蕉？」回答吃蘋果的站一邊，回答吃香蕉的站另一邊。再接著唱，接著轉。

　　「城門城門幾丈高，

三十六丈高。

騎匹馬，帶把刀，

走進城門瞧一瞧，

問你吃蘋果吃香蕉？」

　　每當攔住我，我都會想一想，仔細回味一下。這兩樣水果很長時間沒吃過了。最近一次還是在半年多前過中秋節的時候。母親買回來一斤蘋果，蘋果又小又爛，挖去爛的洗乾淨就沒剩多少。母親端著蘋果由我先挑，然後再三哥二哥由小到大拿蘋果。到母親時籃子裡已經空了。那時，我還沒讀到那篇著名的孔融讓梨的文章，後來讀過這篇文章挑蘋果我依然挑大的。一篇文章還不能夠使我克服掉孩童的嘴饞。蘋果的香甜久久地存留在我的記憶中。至於吃香蕉的日子那就更久遠了。看看圍在身旁的小夥伴，我咂吧咂巴嘴，覺得還是香蕉好吃。就回答：「香蕉。」然後站在香蕉這邊隊伍裡。

　　一個個人都攔住分配完了，參加遊戲的人分成兩個隊，香蕉隊和蘋果隊。兩隊開始拔河。兩個領頭的男孩面對面扯住小棍，其餘的在後邊一個接一個攬住前面人的腰。大家一齊用力向後拉。一次拔河，兩邊小朋友勢均力敵，僵持一會，漸漸我手酸了。前面的一個姑娘挺胖，我的胳膊勉強才抱住她的腰。我的手很吃力，乾脆鬆開點，抓住她腰間衣服，這樣就好使勁了。只中聽「喀嚓」，姑娘衣服發出聲響。那小姑娘尖聲喊：「我的衣服破了。」哭起來。嚇得我一鬆手，一個屁股磕在地上。

　　香蕉隊輸了，我很喪氣。小姑娘還哭哭泣泣要我陪衣服。一件衣

服很貴的，我可賠不起，趕緊轉身溜走。

　　沒有人跟我玩，哥哥們都去上學了。百無聊賴，我鑽進了一棟平房前的菜園裡。園裡種著幾畦白菜和蒜苗，地頭兩棵枝繁葉茂的桃樹。桃花已謝盡，綠葉中掛著許多半大的沒長成的桃子。我爬上一棵樹。小時候我還時常溫習祖先的本領，爬上樹掏鳥窩偷果子，攀上樹杈登高遠眺。

　　我像猴子騎在樹上，伸手摘了一顆拇指大的毛桃，在身上蹭蹭毛，填進嘴裡嚼起來。這是兩棵野桃樹，毛桃又苦又澀，連桃核都沒長成。我連桃核一起嚼碎。桃核苦茵茵，「呸」地吐了出去。再過半個月桃子才能成熟，不過不用等到成熟就會被別人家孩子摘光。

　　在我家西邊有一戶人家的院子裡長著一棵很粗大繁茂的桃樹，三月桃花盛開的時候吸引一街的人目光。這棵桃樹結的桃子又甜又大。那家那個老頭子很吝嗇，怕孩子們偷他的桃子，到桃子差不多成熟的時候，就在樹旁放上鐵荊棘，還把一些臭油子塗抹在樹幹上。那些上學路過看著一半青一半紅的桃子，早已是饞得要命的男孩子總想趁著他午睡時候，悄悄地爬過牆頭攀上桃樹摘桃子。有的衣服被蹭髒了，手被鐵蒺藜劃破出血了，不畏艱險偷摘兩個。若是被那老爺子發現，吼得驚天動地。當然，我是不敢走近那院子去偷摘桃子。

　　攀在樹上東張西望會，四處無人，正想下樹，忽見樹下站著條大黃狗，一聲不響望著我。我嚇了一跳，蹲在樹杈上不敢下來。這狗是誰家的，是不是這棵桃樹主人家養的。它為什麼不叫，聽說不叫的狗咬人更厲害。外面傳來人的呼喚聲，大黃狗甩甩尾巴走開了，我連忙從樹上溜下來。手被蹭破了皮也沒理會。

　　鑽出菜園，在籬牆邊發現幾個比我大兩三歲的男孩蹲在那裡，他們把頭湊在一起談論著什麼，顯得鬼鬼祟祟。我豎起耳朵聽著。原來他們在談論關於女人的事，什麼女人的屁股。

　　一個男孩說：「我趴在廁所的牆上看了足足十分鐘，後來那女人一下站起來，只見那屁股一晃，嘿，白得刺眼，我差點從牆上掉下

來。」

男孩子都嘎嘎笑。有個男孩看見我，用肘碰碰其他人。他們一起停止談話，盯住我。我裝作沒有聽見他們談話，也不感興趣的樣子走開去。

夕陽落山了，地面上漸漸生起陰影。我想回家了。

家中沒有人，廚房的門緊閉著，一扇小窗子也拉上了窗簾。我要進家，到廚房找水喝，敲了敲門。裡面傳來姐姐的聲音：「誰呀？」

一定是姐姐又在裡面洗澡。姐姐愛乾淨，時常打了水到廚房洗洗身子。姐姐每次洗澡門窗都關得嚴嚴的。莫名地想起剛才那幾個男孩的談話，心裡湧起一絲衝動。窗子高，還被窗簾遮住了。我將腦袋貼在門上從門縫往裡望去，什麼也看不清。我敲敲門。

「是小昕呀。」姐姐聽到我的聲音。「你幹什麼？」

我嚇得趕緊逃跑了。

我在家的附近轉悠了一氣，正猶豫著是不是該回去了。姐姐找到我。我知道姐姐會責怪我，但我並不怕她。在我記憶中，姐姐從來沒有打罵過我。

姐姐抓住我，把我摟住，使勁夾在她兩腿間。她秀髮濕潤，臉頰微紅。「你怎麼學壞了。說，下次不准亂敲門。」

姐姐一縷額髮落下來拂到我的眼睛。她身上一股香撲撲氣息。我揉揉眼。「不敲了，不敲了。」掙脫來，跑開去。

灰濛濛的天空跳出幾顆星星，它們沖我一霎一霎夾著眼，彷彿在羞著我。我的臉有些發燒。五歲的孩童也是怕羞的，但很快又會忘記。

一座鐵路工人俱樂部是小鎮的文化體育中心，旁邊一座很大的操場，將小鎮居民區分為兩部分，北邊叫民主街，南邊叫團結街。

五

　　我一生的記憶，是從五歲開始。在童年的記憶中，火車輪子轟轟隆隆聲始終伴隨著我。小時候，父親在鐵路上開火車。母親在家操持家務，燒飯洗衣，做縫紉。哥哥姐姐去學校上學讀書。生活簡單，平靜安寧。我無憂無慮，四處玩耍，自由生長。火車汽笛聲回蕩在小鎮上空，日復一日，年復一年，汽笛聲聲催促著我快快長大。靜夜中，我躺在床上，腦袋貼緊枕頭，想著童年的心事，做著童年的夢。遠處，鐵道線上傳來列車通過的聲音，我靜靜聽著，心緒平寧，漸入夢境。

　　列車一趟趟馳過小鎮，日久天長，慢慢地我能分辨出賓士而過的火車是客車還是貨車。客車的聲音喀嚓喀嚓，清亮而有規律。貨車的聲音特別響，轟轟隆隆。我還能分出貨車是空箱還是滿載。空車廂咣當咣當響，沒有負載的車廂彷彿跳躍前進。滿載的車廂呼隆呼隆聲

音沉悶，車輪碾壓著鐵軌枕木吱吱呀呀呻吟。在這些方面，母親更屬害。她甚至在眾多的汽笛聲中，能準確地分辨出父親開的那輛火車頭的汽笛聲。每當父親遠行歸來，開車馳進工廠，拽響汽笛，母親遠在家中聽見父親的笛聲。她走到門口沖正在玩耍的我喊：「小昕。你爸下班了，去接呀。」母親開始準備飯菜，我就跑向通往鐵路機務段工廠的路口。

　　等啊等，終於看到父親的身影，我沒有撲上前去喊爸爸。沒有陽光燦爛，父親把小男孩高高舉過頭頂的動人畫面。父親嚴肅的表情和滿是油漬的工作服把我拒之千里。我掉頭往回跑，去通告母親。

　　有一年的冬天，萬木凋零，北風凜冽。這天，又到了父親下班的時間，但是火車汽笛聲遲遲沒有響起。母親在家中等待著，她漸漸地焦急起來。燒熟了米飯一直在灶臺上烘烤著，不讓涼了。吃飯時間已經過去，我們幾兄弟饑腸轆轆圍著小飯桌，等著母親開飯，沒有體會母親擔憂的心情。

　　突然，工廠裡響起了汽笛聲。笛聲高亢嘹亮，連續不斷，一聲長三聲短，往復不停地響。這不是尋常的汽笛，只有出了重大事故要人們去救援才會拉響這樣的汽笛。笛聲在空中蕩起不安的氣氛。母親擱下手中的活奔出家門。四鄰街坊的人們都出來了，他們聚在路口向鐵道工廠方向張望，翹首踮足，有親人還在上班的憂心忡忡。大家議論紛紛，不知出了什麼事故。有人跑向鐵道工廠，不一會，有消息傳來，鐵道線上撞車了，乘務員有傷亡。母親出門一打聽，不是父親開的那趟火車。在家中母親仍坐立不安，直到父親安然無恙回到家中，才長長地松一口氣，將懸起的心放下來。

　　父親回到家，就會向母親講述鐵路上出事故的情況。原因大都是火車司機打瞌睡了，沒有看信號燈，扳道員思想開小差，搬錯了道岔，等等。兩列火車迎面開來，互不相讓，轟隆一聲，撞車了。巨大的力量能使鋼鐵扭曲變形，受難者血肉橫飛。母親聽得心驚肉跳，總要仔細叮囑父親幾句。

　　我對童年時代的回憶，只能追溯到五歲為止。那個時候的回憶，如中國畫中的寫意，山水朦朧若隱若現，沒有清晰的線條。再早以前的事情就靠母親的敘述。據母親說，我四歲時曾失蹤過一次。

　　那一年，我剛滿四歲，四歲的小男孩已開始顯出頑皮的天性。這種頑皮多動很具有破壞力，俗話說正是狗都嫌的年齡。那時候，小鎮上每家每戶的孩子都很多，如葡萄串似一個接一個，大多就相隔一兩年。絕大多數的父母忙忙碌碌辛勤操勞，都為填飽肚子，沒有時間和精力陪伴教育自己的小孩。沒有托兒所，更別提學前教育，孩子們小草般頑強的生命力野地裡自由自在生長。我就在這無拘無束中，消磨著童年的時光，揮霍著幼兒的精力。

　　那時候小鎮生活儉樸，居民家裡還沒有自來水。每家每戶都是用木桶從外面公用自來水管擔水回來，儲在大水缸裡。對水的喜愛是幼兒的天性，在母親子宮羊水裡有舒適的記憶。我喜愛玩水，還不能出門，在家中自娛自樂。我拿空火柴盒當船放在盛著水的桶裡，小火柴盒漂浮蕩漾，就如船兒航行在海上。我還會從門口抓上幾隻螞蟻放在船上，充當船員和乘客。我沒力氣幫母親從外面抬水回家，卻把家裡的水灑得到處都是，弄濕衣服和地面。作為生物的一種，我還有著趨光性。屋中新裝的一盞電燈，那放射的亮光引起我好奇。開關裝得很高，拉線垂在門框邊，我踮腳用手扯著線繩吧嗒吧嗒拽不停，吊在房梁上的小燈泡忽明忽滅一閃一閃，我興趣盎然。突然，開關拉線被我拽斷了，招來母親一聲叱罵和一巴掌。我在黑暗中等著父親回來，他會架上木梯或踩在板凳上把電燈開關線接好。

　　除了好奇，男孩子野性中還有點暴力傾向，恃強淩弱。每天早起，我去柴房邊雞窩裡找雞蛋。從臭烘烘雞窩裡掏出還溫熱的雞蛋，歡喜地交給母親。美味的雞蛋是窮人家唯一的滋補營養品。小孩過生日煮個雞蛋，家裡來客人吃飯炒個雞蛋，有誰生病不舒服蒸個雞蛋。家中養的老母雞只喜趴窩不愛下蛋，我抓住母雞拖出來，拔著它的毛，痛得老母雞沒命地叫。

　　這天上午，哥哥們上學去了。我跟著母親屋裡屋外轉悠，不時絆手絆腳給母親添麻煩。母親忙著家務活，她把蓋了一冬的棉被拆洗乾淨，準備再縫起來。她在尋找一隻頂針。她那只做針線活的頂針不見了。那是一隻很好看的頂針，黃銅做的，上面有花紋和凹槽。還是母親從北方老家帶來的。母親經常戴在手上，磨得光光亮亮。我常拿母親這只頂針玩，在床上滾來滾去，或者套在手指上，有時含在嘴裡。母親沒有了頂針，無法縫棉被，她很生氣。認定是我把頂針弄丟了，訓了我一通，在我屁股上抽了兩巴掌，不再理我。我也很生氣，屁股感覺很冤枉。當家中吃午飯時，母親發覺我不見了。

　　母親喊著我的名字，四處尋找。哥哥姐姐們放學回來也一起出動尋找我。房前屋後，街道學校，找遍全鎮。問了許多人，都沒看見我。我破壞了全家人食欲，讓母親一夜失眠，使父親工作十年請了第一天假。還驚動了小鎮上派出所員警。

　　吃晚飯時，我還沒有消息。姐姐曾悄悄告訴我，母親那時哭了，她後悔不該為一隻小小的頂針打兒子。事後我問母親，我失蹤了她哭了沒有。母親笑著矢口否認，並親昵地輕輕拍拍我的臉蛋，說：「我才懶得找你呢，你都讓我煩死了。」我不知母親說這話是真還是假，不過我沒把它放在心上。

　　在我失蹤的那個不眠之夜。一家人默默無語坐在昏黃的燈光下。小鬧鐘的嗒嗒走得讓人氣悶，全家人不約而同地想著我的優點。尤其是母親，她面前的四個兒女加起來都沒有我重要似的，懶得燒飯給他們吃。姐姐燒的飯大家吃得索然無味。夜深了，哥哥和姐姐去睡了。父親也躺下，母親獨自坐著垂淚。她又悲又累迷迷糊糊靠在床上做了一個夢。她後來告訴我們：夢裡都是我的身影。我在天空飄，我在水裡遊，我在懸崖邊奔跑，母親呼喊著我的名字驚醒過來。遠方傳來隱約的汽笛聲。

　　黑暗中靜悄悄。窗外一絲星光透過來，映在床前。母親望著黑黢黢的屋頂，一陣倦意襲來，她閉上眼。這時，她又聽到遠遠地一陣

火車汽笛聲。笛聲連續不斷，她有點奇怪，睜開眼細聽，汽笛聲消失
了。夜還是那麼靜。閉上眼，奇怪那火車汽笛聲又響起來，顯得更近
更清晰。母親推起一旁的父親。這時，天開始亮了，屋內窗子玻璃映
出黎明的曙光。母親說：「我們小昕坐火車回來了。」

　　父親大不以為然，甚至有點懷疑母親悲傷疲勞過度，神經錯亂了。

　　母親披衣起床，打開家門。門口，出現一個小小的身影。我正獨
自一人站立在晨光中。

　　母親一見到我激動地上前雙手抱緊了我，她驚喜若狂大聲呼叫：
「小昕回來了」。

　　父親聞聲出來，他很高興，搓著雙手，這時他才信服母親的心
靈感應，以為是我坐火車回了家。以後過了很長時間，母親回想起來
對這件事還覺得很奇怪。當時他們真是太高興了，問誰送我回來的。
我結結巴巴，用手一指，卻指向了天空。天空深邃，有幾顆依稀的晨
星，詭秘地眨著眼睛。

　　回到家中，母親仔細地檢查我周身，完好無恙，連頭髮都沒少
一根。只是在我的頭髮和身上沾了幾片小小的木屑。母親心中不由疑
惑。家中柴棚子角落堆著一筐引火的木材刨花，那裡面鬆軟舒適，家
裡養的大狗小白時常蜷縮在那裡面。更令人驚奇的是在我的拇指上，
套著那只母親找了許久的頂針，黃燦燦亮閃閃。母親很驚奇，因為她
找頂針時翻遍我全身，甚至扒開我的嘴看了看，懷疑是不是被我吞到
了肚子裡去。她問我頂針是怎麼套在手指上，我支支吾吾也說不清。

　　失蹤的我回來，不見的頂針也找到了，全家人都很高興。小小
的頂針，在家中每一個人手上傳過，它現在已具有一個非同尋常的經
歷，記錄了一個故事。母親戴著頂針常舉給人們看，把它和我失蹤的
故事講給左鄰右舍們聽。小小頂針引發出來的故事持續了許多年。後
來頂針不見了，故事漸漸被人遺忘。如今的婦女不再用手工縫紉了，
也不再用頂針了。中華婦女勤儉持家的美德正逐漸失傳，從此，不再
會有頂針的故事。

　　我的神祕失蹤，又突然歸來，誰也解釋不清楚，由此蒙上一層神祕色彩。倘這件事落在當代一位飛碟探索者手裡，他就會理所當然地將其與埃及金字塔建立，瑪雅人失蹤，巴比倫空中花園，卡納克巨石群聯繫起來。從而認定我是被外星人擄去。雖然現在地球上許多一時解釋不了的事情，都被懷疑為天外人所為。無論是飛機失事，還是輪船遇難。地球人也未免太會推卸責任，我倒不大贊成。不過這件事，目前還沒有什麼令人信服的解釋。以後過了很長時間，母親對這件事還覺得蹊蹺。現在我分析起來，母親對這件事的敘述有些想像和誇張。

　　都說四歲五歲小孩狗都嫌。但是，狗嫌母不嫌，我在母親心裡仍然很重要。經過那次失蹤之後，母親對我特別小心起來。只要一會兒看不到我，她就首先奔到柴棚子裡翻看那堆木刨花。她還反反復複給我講了許多關於失蹤小孩的故事。故事是駭人聽聞的，足以使一個四五歲的小男孩一連做上十個噩夢。

　　有專門拐騙販賣兒童的人，這些人多扮成乞丐，叫拍花子。母親說，在我們這個世界，壞人壞事還很多。這種騙子會點穴拍花，看到身邊沒有大人的小孩，在身上拍一下，小孩就中了魔法，不知不覺地就乖乖地任其擺佈，一直會跟他走。騙子將小孩帶到偏遠荒僻的地方，將小孩賣給人販子。或者將小孩殺死，把肚子掏空，裡面藏鴉片，毒品，黃金，進行走私。還有的將小孩裝進一個陶土罎子裡，只留個腦袋在外面，餵吃餵喝的。小孩在罎子裡光長腦袋不長身子。過幾年把罎子打碎，小孩變成一個腦袋很大，四肢和身子很小的怪物。他們就用這個畸形小孩去展覽騙錢。我聽著這些恐怖的故事，心驚膽戰。一段時間我不敢走出家門，不敢離開母親，更不敢動什麼離家出走的念頭了。這種恐嚇式教育方法在我們父母當中是很普遍的。

　　對於一個年幼無知的孩子來說，恐嚇是很有效力的。因此，這種方式除了被大人們使用，我那幾個未成年的哥哥也經常用這種方式來對付我。

　　上學以前，我的活動範圍還很小。小鎮居民住的簡陋的平房，一扇木門，門下都用木條或磚塊做一道門檻，防止下雨天屋簷的水流進來，還有老鼠蛇蟲之類鑽進門。這是人們最初設門檻的本意。後來門檻漸漸延伸出許多別的意義，成為一些事物的象徵，比喻進入某範圍的標準或條件。

　　我喜歡騎在門檻上，一隻腳在裡一隻腳在外看屋外的世界。門前一會跑過一隻狗，一會竄過一隻貓，還有蹦蹦跳跳背著書包的小朋友。有時看到兩隻公雞鬥架，挺著胸脯拍著翅膀，啄得羽毛亂飛。有時看到兩個小男孩打架，捏著小拳頭，眼盯著眼，鼻尖對鼻尖，活像兩隻鬥架的小公雞。我很喜歡這形容。但是我還不能越過那道門檻。外面的世界很精彩，外面的世界很無奈。

　　稍大一點，我能夠跨過那道門檻了。但是獨自一人我不敢離家太遠，只能在家附近轉轉。

　　時常，我神情落寞地騎在門檻上，看著哥哥們背著書包一陣風從我身旁掠過。我很羨慕哥哥他們，能自由自在地到野外去玩。他們有時去挖野菜，采草藥，釣魚，逮青蛙。哥哥和他們的同學三五成群，一到星期天就奔向鎮外。他們的世界真大，而我的天地這麼小。外面的世界吸引著我，希望能加入他們的活動。乞求哥哥也帶我出去。哥哥們態度傲慢，不願意帶著我，認為我會拖累他們。怎麼會呢？我有胳膊有腿，跑起來也不慢。家裡養的那只小花貓常被我攆得往樹上爬。哥哥很討厭我總要跟著他們，罵我是跟屁蟲。我真失望，盼著自己快快長大。

　　一個星期天，吃過午飯，二哥的同學來叫二哥。他們商量著到鎮郊烏龜山挖草藥。我一聽，急忙從屋裡蹦出來，對二哥說：「帶我去。」

　　二哥老大不高興，板著臉。「不行。」

　　「為什麼？」我問。

　　「山上有狼」，二哥說。

「騙人」，我叫道。

「山上有蛇。」二哥又說。

「我不怕。」我嘴硬，其實心裡還是害怕的，但不能因此影響我上烏龜山。

二哥還企圖用更可怕的東西嚇退我。母親過來，不知是出於對我的同情，還是她也想清靜一會，對二哥說：「你就帶他去吧。」

二哥無可奈何，只得答應。我很高興。二哥的同學見我很友善，他們似乎比二哥更歡迎我。我殷勤地幫他們提著一隻準備用來裝草藥的小竹簍子。

烏龜山以前姐姐帶我去過，在鎮子西邊。山不高，是河邊一座土丘，上面長了許多野草翠竹和灌木。整座土丘臥在水邊，像個汲水的烏龜，大概由此就叫做烏龜山了吧。二哥他們常去烏龜山挖草藥。他們挖車錢草、金銀花、麥冬回家，曬乾賣給小鎮上一家農產品收購部。有時還從野地裡帶一株株整棵草藥回家，栽在小院的泥土裡。那些草藥有的叫天南星，七葉一枝花，八角蓮，據說可以治蛇咬傷。這些植物挺好看，不過，可不能掉以輕心，有的有很大毒性。有一次，二哥栽的一棵七葉一枝花開了一朵很大的花，絳紅色花瓣，淡黃花蕊，七片闊大翠綠的葉子襯托著一枝花。不知怎麼的有一片葉子被碰斷了莖，我用手去摸了一下。手指沾到漿汁，不注意抹到脖子上。立刻脖子熱辣辣地腫了一大片，又痛又癢，難過得不得了。以後再見到這種植物，我就不敢貿然伸手去碰它們。

二哥在小院裡栽種草藥，母親認為這不是什麼壞事。在院子角落種幾棵花草，添點綠意也挺不錯。至於二哥他們為什麼對草藥發生了興趣，是不是有志於中華傳統醫學事業，或者將來當個赤腳醫生。赤腳醫生是那時期的新生事物，備受宣傳。他們用一根銀針幾把草藥給人們治病。不過，以後二哥幹的職業與中醫藥學風馬牛不相及。

采藥隊伍扛著小鐵鏟，背著小竹簍出發了。天氣真好，我興致勃勃，踢踢踏踏，一路小跑著跟在後面，邊跑邊東張西望。烏龜山腳

下，二哥他們開始在草叢中尋著草藥，不時用手上帶的小鐵鏟東挖挖
西撬撬。我不認識草藥，不敢往草叢裡鑽，怕有蛇。站在一旁看他們
挖，將簍子遞給他們裝挖出來的草藥。

　　六月，仲夏的日子，天是藍藍的，山崗上一片綠蔥蔥。薊草的茸
花在四周飛上飛下，狗尾巴草一片片隨風搖擺。野月季開著一朵朵粉
紅色的花，它的枝條上的刺不時拉住我的衣裳。二哥讓我把簍子遞給
他。他正吃力地撅著一棵棘類的根。撅著屁股，頭埋在草棵中。我幫
不上忙，站在一旁。不遠處一隻紅色的蜻蜓停在一棵野荊棘枝上吸引
了我。我放下手中的簍子，走上前伸手去逮蜻蜓。蜻蜓那雙大眼睛真
厲害。我的手剛剛靠近它就飛走了。後來我知道蜻蜓那兩隻大眼睛原
來是有成千上萬只小眼睛組成的，難怪我的一舉一動都被它看得一清
二楚。

　　一隻小鳥飛到我近旁，蹦跳著，草地上啄食。那鳥真好看，尖尖
的嘴，翠綠的背，黃色的腹部，脖子一圈紅色羽毛，真可愛。離我那
麼近，悠悠哉哉，一點也沒把我放在眼裡。不由我動心，躡手躡腳，
向小鳥悄悄走去，想去抓它。當我走得離它很近，正準備伸手一撲
時，小鳥跳起來，撲拉拉飛開去。飛不遠，離我十來步又落下，繼續
大模大樣在地上啄食。我慢慢又向前走去靠近它，伸出手準備一撲，
小鳥又機靈地飛開停在不遠處。這小鳥真狡猾，不飛遠，像有意在引
逗我。蹦幾蹦，跳幾跳，鑽進前面一灌木叢。我也跟著鑽進去。密密
的樹枝刺痛我的手和臉，掛破我的衣服。小鳥不見了。我從灌木叢中
狼狼退出來，發現我已走了很長一段路。那只漂亮的鳥引著我不知不
覺離開了二哥他們。

　　我四下望望，不見人影。四周樹木陰森，有點靜得嚇人。草叢
中咕咕傳來幾聲不知什麼動物叫聲。撲啦啦一隻大鳥飛起來掠過我頭
頂，嚇得我一顫。我緊張起來，想立刻回到二哥身邊，向前跑去。慌
忙中，跑錯了方向。我叫喊著二哥沒有回應，害怕起來。回過頭又
跑，邊跑邊喊。地上草根絆我摔一跤，不顧痛，爬起來又跑。正當

我在荒野跑來跑去急得要哭，二哥突然從一樹叢後鑽出來，攔在我面前。

「你亂跑什麼？」

見到二哥，停住腳，喘著粗氣。「我找不到你們了。」

「你到哪裡去了？」二哥不高興。我用手臂擦擦汗，說：「我去抓一隻鳥。」

二哥訓斥道：「不讓你來，非要跟來，跑丟怎麼辦。」

我的心放了下來，惋惜地說：「那只鳥真好看。」

「哼。」二哥在前走，我跟在後面，忍不住又想那鳥，對二哥說：「那鳥真好看。奇怪，老是在我面前跳，就是抓不到它。」

二哥回過頭，盯住我，靈機一動地：「那不是普通的鳥，是一個巫婆變的。」

「巫婆？」我吃一驚，停住腳，望著二哥。

二哥一本正經。「是巫婆。巫婆很狡猾，她會變成各種各樣的東西來騙人。變成小鳥把你引開，然後把你抓走。」

我問：「巫婆抓我幹什麼？」

二哥說：「吃呀。巫婆最喜歡吃小孩子了。吸小孩子的血，吃小孩的心。」他轉身往前走。走一會又回頭補充一句：「特別是五六歲的小孩。」

我一聽，嚇得不得了。緊趕幾步扯住二哥衣角，戰戰兢兢問：「那巫婆還會來吧？」

二哥雄赳赳走在前面說：「不怕，有我呢。」

「巫婆不會吃你？」

「她不敢，我會用鐵鏟敲碎她腦袋。」二哥揮揮手中傢伙，又瞪我一眼。「下次你不能再跟我出來了。」

我左顧右盼，生怕路旁草叢中樹林裡鑽出一個嚇人的老巫婆，騎著大掃帚，披著黑斗篷，披頭散髮瞪著白多黑少的眼珠，伸著烏黑乾枯指甲老長的爪子來抓我。只希望趕緊回家。二哥成功地使我很長時

間沒有纏他帶我出去玩了。

　　二哥不帶我玩，我就找小哥。小哥剛讀小學二年級。每次放學回來，我就迎上去拉住他翻檢他那裝得鼓鼓的小書包。除了他識字的課本和帶回來的連環畫，這些都是我喜歡的。有時還會翻到一些其他有趣的東西。

　　有一次，我在小哥書包裡翻到一些小畫片。一張張硬紙片上面印著許多人像，有神仙有鬼怪。手拿金箍棒的孫悟空，扛著釘耙的豬八戒，頭上長角的牛魔王，會鑽地的土行孫，騎四不像的薑子牙，腳踩風火輪的哪吒……。我看了愛不釋手。這是多麼有趣的畫片，每張畫片上的人物一定有著有趣的故事。可惜，沒有人能給我講這些故事。我只能自己看著畫片上一個個各形各樣人物，在心裡獨自編著故事。這一張是好人，是神仙。那一張是壞人，是妖怪。

　　第二天小哥問我要畫片，我還捨不得給他。小哥說是借同學的，要還給人家。我還小，不懂什麼借與還的概念，只是緊緊捂著畫片不放手。小哥急了，上來搶畫片。我搶不過他，氣急敗壞扒小哥胳膊上咬一口。小哥痛得叫起來，揮拳揍我兩下。我們打成一團。打鬥中畫片撕破了，小哥哭起來，我也哭起來。

　　母親回來了，我們兄弟倆一起向母親哭訴。憑經驗，我以為母親又會向著我。沒料想母親這次卻偏袒小哥，把畫片全部收交給他。我開始想是不是我錯了，還是有點委屈。

　　看到小哥胳膊上我咬的傷痕，母親很生氣，很嚴厲地罵我一頓。威脅說兄弟不能好好相處就要分開。我不聽話，竟敢咬人，要把我送走給沒有孩子的家庭。大哥和二哥在一旁給母親幫腔，連聲叫要把我送走，真有點狐假虎威。一看這情景，我覺得不妙起來。聯想起我失蹤後母親曾說過懶得找我，她已經很煩我了，由此我相信母親會把我送人。於是我很傷心地大哭起來，央求母親繼續收留我，並表示今後聽話不犯錯誤，不咬人。我的態度這麼誠懇，母親當然答應下來繼續收留我。

六

　　第二年，我開始掉牙了。小哥說是因為我咬了人。我不信，他自己也掉了牙，豁牙才剛長齊呢。反駁說：「你的牙也掉了。」

　　小哥說：「我的牙是吃蠶豆掉的，現在我不吃蠶豆了。」

　　我懊悔著咬了小哥。母親聽我們爭吵，過來說不要緊，說新牙很快就會長出來，並告訴我下麵的門牙掉了就丟房頂上，上面的門牙掉了，就埋土坑裡，這樣新牙長得快。

　　小哥不再記恨我咬他的事，悄悄告訴我，牙掉了不能亂丟，要是上面的牙丟屋頂，牙就翻著長。還舉例我們一個鄰居，小時候牙沒弄好，長了一口齙牙，特難看。

　　齙牙三十多歲，是工廠裡的工人，每天固定時間上下班。路上遇見熟人客氣地點頭打招呼，笑與不笑都是齜著牙，一排黃黃的，有時還沾根綠菜絲，讓人不忍直視。

　　齙牙在工廠開車床。開車床沒有開火車神氣，工資也沒開火車高，齙牙每見到父親總是謙恭地叫一句：「大車」。那時，人們常常稱呼火車司機為「大車」。這是尊敬的稱呼，如同「大將軍」一樣。齙牙開車床，不能稱為大車，小車都算不上，不過他兒子玩的陀螺很圓很漂亮，是他用車床車的。

　　打陀螺是自古流傳的玩具和遊戲，我們許多小孩子都喜愛玩。木制陀螺的材質十分重要，通常是選用硬木，櫟木、樟樹、桃樹。打陀螺的繩子要結實，一般是用綿繩或細麻繩。小哥做的陀螺很簡易，找一根硬實的圓木棍，鋸一節下來，底部削尖，尖頂釘一隻鐵釘。這陀螺抽一鞭子就跑老遠，鞭子不抽就躺地賴死。我很想讓父親給我做一隻陀螺。父親很忙，他開著火車頭總是在外面奔波，不像工廠裡的大人能做些小私活帶回家。

　　有一首歌：「社會主義好，社會主義好，社會主義國家人民地

位高」。社會主義深入人心，在工廠裡的工人就有點公私不分。當鍛工的會打兩把菜刀回家，鉗工會拿鐵皮做只水桶臉盆子。油漆工家裡木門總刷著新漆漂漂亮亮。開火車的司機沒什麼特長，火車頭開不回家，但是他們都很驕傲，比一般工人工資都高。父親是最好的火車司機，每月拿九十多元工資，那時，一個縣長每月才六七十元。

父親沒有時間給我做陀螺，我玩小哥木棍削的陀螺，興趣缺缺。父親看到，沒多久，送給我一隻漂亮的陀螺。是他要求皰牙給車的。這只陀螺比小哥做得粗壯，又圓又光滑，上部還車了兩條漂亮曲線，轉起來穩穩當當，抽一鞭子轉許久。我很高興，再看到皰牙，我就覺得不是那麼難看了。父親還給我找了一條結實的皮鞭。我用力揮舞皮鞭抽打著陀螺，陀螺飛快地旋轉，轉出我童年的歡樂。

歲月悠悠，我長大了，不再是個孩子，皮鞭早已找不到了，那只我喜愛的陀螺也早已遺失了。為了生活萬千大眾奔波勞頓，多年後，我忽然明白，有個叫命運的淘氣孩子，一直在不停地揮舞他的鞭子，而搖搖晃晃旋轉著的陀螺卻是百般掙扎中疲憊的我。童年的陀螺，童年的小鎮，童年的歡樂與寂寞，都成為我們的記憶和故事。

我家居住的小鎮居民大部分都是鐵路職工，相鄰不是工友就是同事。簡易平房一長溜排列整齊，許多人家就一門一窗一間屋，三十幾平方米。飯桌和床就緊挨著，一隻馬桶放在床裡的角落，用蚊帳遮著。走過門口，一眼望去家裡物件一覽無餘，夜半也少有關門。那時人們相處都很和諧，左鄰右舍都喜歡往一起聚，柴米油鹽家長裡短地嘮著嗑。吃飯時也有端著碗一家一家串門子。誰家有點什麼事都知道，沒有什麼所謂隱私。人們生活樸素簡單，沒有電視更沒網路，尋常百姓家連台收音機都沒有，唯一用電的就是一盞照明電燈。為省電白天捨不得開，屋裡常年黑咕隆咚。

小鎮的成年人一年四季忙於生計，早出晚歸，唯一的娛樂都在床上。孩子一茬接一茬出生，如雨後春筍般成長。小鎮孩子們都一般大，天天在一起玩耍，沒有誰蹲在家裡。只要不上學，整天都在戶

外，成群結夥，嬉戲打鬧，玩遊戲。打彈珠，打陀螺，滾鐵環，太陽不落山不會回家。黃昏時總會看到這麼一幅畫景：系著圍裙手提鍋鏟的婦女站在房山頭，對著空曠野地一聲聲呼喚，隨後，從菜園子籬笆牆樹叢後鑽出個髒了吧唧的泥猴子似的男孩。婦女一揮鍋鏟男孩嚇得一縮脖子，回頭朝後面揮揮手，喊道：「不玩了，吃飯了」。呼啦啦菜園子草棵子樹叢中冒出一大群男孩，嘰嘰喳喳，如鳥雀歸林，各自回家。

二十世紀五六十年代，政府鼓勵多生娃，每家都有一大群孩子。我家哥四加姐五個，隔馬路對門有姓唐一家孩子四女一男，和我家正好相反。大自然就是會找平衡。那個年代重男輕女，唐家一個男娃在家被父母寵著稱王稱霸，出門就顯孤單。

除了玩陀螺，打彈珠，小鎮男孩子還喜歡玩打仗遊戲。小鎮平房周邊草地菜園子荒土坡都是戰場。一般以居住的街道分邊，民主街和團結街孩子總是成為對立的敵方。各自佔領一個小山包為陣地，互擲土坷垃。這遊戲有個不成文的規定，不准用大土塊，更不准用石頭。有誰用了堅硬的石塊，立即會群起而攻之，一通臭罵甚至被圍攻群毆，如同現在的國際禁止使用化學武器公約。雖然不准使用大規模殺傷性武器，但難免還有被土塊擊中而打得鼻青臉腫，具有一定的危險性。當然，就像當今世界，戰爭的危險依然存在，和平發展是主流。

參加這種遊戲都是大一點的頑皮男孩，他們不和女孩子玩。女孩都是玩跳繩，躲貓貓，老鷹抓小雞。還有一種男孩子遊戲叫打遊擊。人們分成兩撥，躲藏在民居的房山頭，路旁矮牆後菜園子籬笆邊，互相追逐，用手中拿著的彈弓射人。彈弓是鐵絲彎成 Y 型弓架，綁上橡皮筋，硬紙折成 V 型子彈，勾在橡皮筋上，拉足勁一鬆手。紙彈打在人身上沒大傷害，但很疼。

有一次，我們一群男孩分兩邊打遊擊，各自拿著小彈弓貓著腰，躲在暗處，伺機衝殺。我一直都跟著小哥，由他保護安全許多。衝殺一陣，我和小哥散開了。這時，唐從暗處沖出來，對著我打一彈弓。

我後頸中彈大叫一聲，疼得直哼哼。小哥聽到我叫聲，找到我，見我捂著後頸疼得眼淚巴巴，唐還站在一旁傻不愣登的。小哥沖到唐面前，對著他的腦袋狠狠地就是一彈弓，打得唐捂著腦袋蹲地上，委屈地嘴裡嘟囔著：「我又不是故意的」。手拿開，我看見他額頭上鼓起一隻大包，雄赳赳就如公鵝頭頂上那大鵝公包。

雖然挨了狠狠一彈弓，沒一會，唐又屁顛屁顛跟在我們一群人身後玩耍。唐沒有選擇，誰讓他只有姐姐，沒有兄弟。小鎮的男孩只跟男孩玩，女孩只跟女孩玩，涇渭分明。

唐家雖然只有一個男丁，但唐並不嬌氣，長得五大三粗。小鎮居民房前屋後許多空地，一些家庭種些蔬菜，養點雞鴨。還有更勤勞家庭養上兩頭豬。豬羅羅時常跑出圈外，野地四處溜達尋食。一次，幾個頑皮男孩圍住一隻壯碩的大公豬，想把公豬當馬騎上去。公豬氣哼哼不讓人騎，有男孩一摸豬屁股，豬就躲開了。再逼急了，公豬撩起長嘴拱將過來，嚇得大家呼啦散開。唐走過去，一下揪住豬鬃跨上豬背。這突然襲擊，公豬沒躲開，居然被他騎住了。唐好不得意，如同騎在馬上的將軍，嘴裡還「駕駕」地吆喝。公豬馱著唐一路小跑，往豬圈裡鑽。唐的腦袋嘣地撞在豬欄門橫杆上，撲通摔豬糞裡。圍觀孩子哈哈笑得前仰後合。

這一天，一群孩子正在玩耍，興頭上，唐突然叫起來：「要飯的來了」。大家一看，果然，大路上蹣跚走來幾個穿著黑乎乎破舊衣褸的人。這些人老的老，小的小，拄著打狗棍，端著搪瓷碗，一看就是要飯的。大夥兒一哄而散，往自家裡跑，忙不迭告訴家裡人，關門閉戶，堅壁清野。

七

天空北雁回歸的時候，大地正青黃不接，我們家門前又來了要飯的。一個花白鬍鬚老頭，裹著破絮綻露的黑棉襖，一隻手拄著打狗

棍，另一隻手端著只破搪瓷碗。一個矮小的女人，黑黑瘦瘦看不出年齡，女人衣衫單薄，懷抱一小孩，一件舊衣包住了孩子，抱著緊緊地，不聲不響跟在老人後面，一臉憂戚。那孩子大概也就幾個月，還沒斷奶，閉著眼，嘴角殘留風乾的奶漬。要飯老人逢人便說：「家裡漲大水，沒法活，逃出來」。

他們來到我家門前，顫顫地伸著枯乾的手。母親先舀了半碗米飯，想了想，又從口袋掏了一角錢給老人。老人彎腰鞠躬千恩萬謝的。

那年頭，要飯的特別多。每當有要飯的來到我家門前，母親都會用飯勺挖上半碗飯給要飯的，沒飯就給點米，很少給錢。因為看著要飯的老的老小的小，拖兒帶女實在可憐，就破了例。我知道，家裡也很困難，平時省吃儉用節衣縮食，母親並不想給，給了要飯的那就意味著我們家裡要吃得更少。雖然我才六七歲，可是也知道糧食總不夠吃。那年代，家家都不富裕，勉強免於凍餓。有的小氣人家就不給乞丐施捨，看見要飯的趕緊躲避，關緊門窗。正在吃飯的人家收拾飯桌，飯菜藏起來，見要飯的就往外驅趕。

母親對於找上門來要飯的，是從不拒絕的，不會讓人家空手走一趟。可是，我也記得有一次，母親看到要飯的到了鄰居家，回來趕緊把門關了，叫我們都不要出聲。母親的神色很嚴肅，我覺得有點奇怪，幹嗎要躲著，幾乎像電影裡日本鬼子進村莊的情節了。

我在屋門後屏氣斂聲地向外張望著，心怦怦地跳。從門縫裡看到要飯的，一個男的，鬍鬚拉雜，不是很老，手腳也齊全，穿著髒兮兮的舊棉襖，用布條綁著腰，頭上還戴了棉帽，半耷拉著帽耳朵，這打扮還真有點像那個《智取威虎山》戲裡的小土匪。那個要飯的拍半天門，沒人應聲，也就不拍了。過了好久，母親叫我悄悄地把門打開，看看走了沒有，我於是躡手躡腳地門後，小心翼翼地拉開一條門縫，慢慢探出頭，就更像打日本鬼子的電影裡鏡頭了。

門外沒人，那個要飯的男人已經走了。我仍然小聲地告訴母親：「沒有人了，已經走了」。母親的臉上表情複雜拉開門繼續做著事。

這件事告訴我，如果不想施捨，那就避而不見。我是不想施捨的，自己不夠吃幹嗎還給別人。要飯的太多，大多老弱婦孺。也有年輕的看似身強力壯，這種人常會挨人訓斥，被鄙視為好吃懶做。在我的心目中，要飯的是一種很羞恥的行為。我雖然經常饑腸轆轆，但從不伸手向母親要吃的，更不敢向母親吵鬧。母親教訓我，有一句話很具有威懾力：「再不聽話，就叫要飯的把你帶走！」

要飯的有男女老少形形色色，有的要飯的怯懦吃訥，不聲不響伸著手。有的要飯的比較機靈，嘴裡不停地爺爺奶奶叔叔嬸嬸哀告著。還見過要飯的邊走邊打快板，唱著順口溜。

有一個四十多歲要飯的半老男人，瘸了個腿，打著竹板挨家挨戶唱。他的竹板聲引起人們的注意，一群小孩追著他看熱鬧。瘸老頭打著竹板，聲音響亮。

「打竹板，進街來，這家商鋪好買賣。也有買，也有賣，門前高高掛招牌。金招牌，銀招牌，大掌櫃的發了財。你發財，我沾光，你吃糠的我喝湯」。

「打竹板，邁大步，眼前來到棺材鋪，你這棺材真是好，一頭大一頭小，裝上死人跑不了，裝上活人受不了。」

「打竹板，向前走，街邊站著一隻狗；這只狗來真奇怪，四條腿上一腦袋；一腦袋，不稀奇，只吃屎它不吃泥；狗吃屎，是本性，人若吃屎會送命。」

他見什麼說什麼，惹得圍觀的小孩哈哈笑。

「打竹板，響叮噹，這位大嫂好心腸；給的少，莫嫌輕，最寶貴的是人心；人心齊，泰山移，最可氣是沒人理；沒人理，兩手空，只能喝口西北風。」

他的收穫真不錯，一個口袋裝得鼓鼓的。有小氣的人家不給施捨，瘸老頭就唱：

「裡推外，外推裡，最小氣的就是你。早知道要錢這麼難，不如回家去種田。早知要錢這費勁，不如回家揀大糞。揀大糞，味不好，

這才學會數來寶。」

「人家給，你不給，你比人家長得美，人家掏，你不掏，你比人家屎得高。」

有人家見要飯的來，急忙關門。要飯的不高興了，在門前不走。

「打竹板，嘩啦啦，大掌櫃的把門插。夜晚插門防賊盜，白天插門幹的啥？大掌櫃的插上門，莫非家裡死了人。」

這要飯嘴挺毒，有人告到居委會。來了兩個戴紅袖箍的男人，把要飯老頭帶走了。瘸老頭邊走還敲著竹板嘴不停。「打竹板，叫喳喳，這裡來了倆糾察。叫咱走，咱就走，理直氣壯雄赳赳。不怕天，不怕地，咱家三代要飯的。貧雇農，鬧農會，這才有了新社會。新社會，真是好，要飯唱著數來寶。」這要飯的很有意思，給人印象深刻。

要飯的多了，令人討厭，有的地方組織人驅趕要飯的。幾乎所有要飯的來到門前，都會訴苦說著同樣的話：家裡漲大水，鬧饑荒，沒法活。他們大多來自河南安徽，據說，那裡十年九災，災年裡野菜樹皮都被人們吃光了。

一次，門前又來要飯的，母親給了米飯，看著要飯的挺可憐，隨口問一聲：「你們家那總漲水嗎？」要飯女人開口小聲說：「公社，完不成任務，口糧都上交了。」旁邊老頭面露懼色，連連說：「不敢說，不敢說。」左右看看，念叨著：「家裡漲大水，出來討口飯。」

20 世紀 60 年代初是人們最飢餓難挨的日子。我們家因為有父親勤勉工作掙錢養家，我們沒有挨餓。靠著鐵路這條動脈，人們得以勞作生活。小鎮地處江南魚米之鄉，這裡人們的生活還算比較好，沒有人出外要飯，最困難的年代也沒有聽說餓死人。回憶過去成長的艱難歲月，我要感謝辛勤勞苦的父親母親，還要感謝這片我生長養育的土地。

初春早上太陽出山時臉總是紅紅的，我看著它懶洋洋有一種害羞似的感覺。太陽害羞不讓人看，拿金光晃人的眼。只有溫暖的太陽不

分窮富照耀著人們。

　　清早，炊煙從各家的門前冒起來，母親忙進忙出地做早飯。初春的時候，空氣清冽得很。我站在屋門口的臺階上，肚子咕咕叫，等著母親燒飯。我無聊地看著路過的一個個人，還有小貓小狗，這些動物都瘦骨嶙峋的。是啊，人們都吃不飽，哪裡還有東西餵它們。

　　忽然，我發現了什麼，一個老頭兒出現在我家東邊的路上，遠遠地看不清，不是鎮上的鄰居。我的腦海裡忽然想到要飯的來了，於是奔到屋裡把母親拉住，著急地叫著：「媽，快，要飯的來了。」

　　母親有點嗔怪地說：「別胡說，我還忙呢。」還是跟我出來看看。

　　我有一些兒緊張，可是母親卻不為我所動，我又困惑又著急。一連聲催促：「媽，快點關門啊，他快到來了」。

　　我看到這個老頭兒，頭戴一頂黑棉帽兒，肩上斜挎一隻灰布口袋，一手還拄著根拐杖兒。不是要飯的是什麼？母親立在門口，對著外面張望了一會兒，忽然笑了。

　　「什麼要飯的，這是你爺爺。」忙小跑迎出去了。

　　我驚異地望著母親的背影。盯著這個老頭兒走得近了。微佝的身形，瘦削的臉，銀白飄灑的鬍鬚，那好看的眼眉端正的神態慈祥和藹，雖然衣服不是很新，但乾淨整潔。果然是遠在北方的爺爺。我在心裡為這把自己爺爺看成要飯的感到很不好意思。

　　爺爺從遠方老家來到南方，他當然不是為了來要飯，而是來看望他的幾個大孫子。爺爺的到來，我們家中洋溢起歡快的氣氛，飯菜豐富許多，我們也跟著沾光。爺爺在咱家住了半月。爺爺臨走，母親拿了一些錢和糧票給爺爺，這使得我們要少了一個月的伙食費和口糧。

　　短暫的好吃好喝日子很快就過去了。母親更加節衣縮食，肚裡油水漸漸耗盡，飢餓時常折磨著我們。

　　爺爺從東北來南方看我們時，帶來兩根豬肉香腸，巴掌長，紅紅的瘦肉摻著斑點肥白肉。這是好東西，饞得我們直流口水。母親卻捨不得吃，說留著待客。爺爺走後，整整一年我們家都沒來貴客。以前

家裡也沒來過什麼客人。父親背井離鄉從遙遠的北方來到江南，千里之內我們家沒有一個親戚。兩節香腸用細麻繩綁著吊在房子屋簷下。那裡老鼠吃不到，貓夠不著。我每天進出家門都望上幾眼。每望一眼，食欲就增加一分。我不敢多望，多望後飯量大了，家裡糧食更不夠吃了。

天長日久風吹日曬，圓潤的香腸漸漸抽縮乾巴起來。顏色由紅變黑，由黑變綠，最後上面長滿了白毛。我如果不是天天進出家門，看著它的變化，冷丁看到，一定認不出那是香腸，倒和我們家那只大白狗一個月前柴堆上拉的狗屎條性狀一樣。

那兩截香腸不再吸引我的目光，終於，母親決定吃了它。她用竹竿把香腸從屋簷挑下來，浸在水裡用鬃毛刷子使勁刷洗。刷去白毛綠黴，洗去塵灰黑垢，漸漸露出香腸本色。剁成一截一截放在鍋裡蒸熟，吃飯時，一盤油汪汪熱騰騰香腸端上桌。本來，我對這香腸已經失去了興趣，被氣味吸引，心裡猶疑。不去聯想那狗屎條，夾一塊放嘴裡，嚼一嚼。還不錯，還是久違的豬肉味。

20 世紀 60 年代初，天災人禍，流年不利，人們生活很困難。省吃儉用，能吃飽肚子就感到滿足，一個月吃上兩回肉那就是很幸福的事了。許多家庭房前屋後空地種點蔬菜，養幾隻雞鴨。養的雞鴨平時是捨不得吃的，逢年過節才會殺一隻改善生活，填補清湯寡水的肚腸。病死的雞鴨都捨不得丟棄，一樣燒了吃。饑荒的年月，人們四處覓食，能填進肚子的食物都不會浪費。老話說靠山吃山靠水吃水，鐵路的人們就在鐵道線上找吃的。

每天下午，小鎮火車站都有一趟貨車經過，大鐵籠車廂裝著滿滿的活雞鴨和活豬羊。列車在小鎮車站中轉，停下加水加煤，然後開往南方，據說是送到海邊一座叫香港的城市去的。香港是個小島，被資本主義佔領著，他們的生活物資還是靠我們大陸勞動人民供應。

每當這趟列車到達小鎮的時間，都有人守在鐵道邊，趁著停車空閒，人們和車上押運員做交易。有病熱擠死的豬要下來，給押運員一

點錢，或者拿些紅薯花生等土產品交換。那些香港人紙醉金迷腐化墮落，要吃新鮮的活豬，沿途運輸路上的死豬就丟下車給了中國人。萬惡的資本主義社會花天酒地，我們老百姓飯都吃不飽，在我幼小年紀產生出對資本主義的憎恨。雖然老百姓在忍饑挨餓，但是吃病死豬還是不允許的，這是影響國家聲譽不好的事情，所以押運員都是私下裡和鐵路職工悄悄進行交換。

死豬扛回來，因為沒有放血，豬肉都黑紫色，有的豬皮上許多紅紅的出血點。人們把豬肉在清水裡泡上幾小時，去去血水毒素。列車上的死豬剛下來時如果還有溫溫的餘熱，就是死沒多久，是好豬肉。有的豬冰冰涼四肢僵硬，死了很久，那豬肉燒出來就有點臭味。但這些人們都顧不了許多，一樣吃得香，吃得乾乾淨淨。

鐵路上的列車都編有車次，這趟專門運輸雞鴨活豬的火車編號是七五三次。鐵路上的人把七念拐。一段時期，拐五三成了小鎮不少鐵路人家的一個盼頭。揀兩隻雞鴨一飽口福，碰上一隻死豬就如同過節。一隻死豬沉甸甸背回家，左鄰右舍見者有份，你爭我奪分上幾斤肉。有時，小鎮上的人罵別人，就說：拐五三上下來的。

饑荒的年代，食物匱乏。我們靠著父親是鐵路工人有固定收入的，免於凍餓。聽說，很多農村的人生活很困苦，糧食不夠吃，吃稻糠野菜，吃榆樹皮。

我沒吃過榆樹皮，但是吃過榆樹錢。我不知道那是榆樹的花還是果，比榆樹葉小，圓圓的銅錢大。榆樹葉深墨綠，榆樹錢是淺黃綠，長在樹梢，很難夠著。要爬很高，才能折下一串串榆樹錢。也不洗，直接擼下來一大把大把往嘴裡塞，吃得滿嘴泛綠。沒什麼特別味道，不酸不甜。

小時候，只要能吃啥都往嘴裡塞，一部分因為飢餓，也因為無聊，吃啥都香著呢。有時還挖一種草根，泥裡挖出來，用手擼乾淨，放嘴裡嚼，甜甜的，有點水分。一次，一個小夥伴招呼我們跑到一片到蠶豆花地裡。他在蠶豆地裡找來找去摘蠶豆頰。我過去隨手抓到一

隻還是瘦瘦的豆莢，放在嘴裡一嚼，甜滋滋的，味道比毛草根強許多倍。夥伴們你摘一莢，我摘一莢，邊摘邊吃，吃得差不多了，又摘些放在衣袋裡回家吃。嘗著味道的我，常惦記著那次偷吃，過幾天又約夥伴們去偷一些。就這樣，我們過幾天去一次。豆莢老了不好生吃了，我們就躲在地頭用茅草幹樹枝燒火烤著吃。吃得香甜有味，嘴巴粘滿黑黑的炭灰。那家的菜園子是遭了殃，那年基本沒收到蠶豆。菜地旁種有玉米，細溜溜沒結棒子。我們把玉米稈當甘蔗，撅斷嚼一嚼，吮吸點水分，再吐掉。

小鎮的孩子常出外挖野菜。小鎮周圍遍佈農村生產隊的莊稼地，有的農田莊稼地緊挨著居民的房屋。我早先跟著姐姐，後來跟著哥哥和一些小夥伴去鎮外田間地頭挖野菜。野菜有薺菜，馬蘭頭。也摘過大田裡做肥料的紫雲英吃。都說紫雲英有毒，吃多了會頭昏，再嚴重會暈倒口吐白沫，就要送醫院救治了。所以我們不敢多吃，只掐一些嫩苗炒了做菜吃。

有的農田莊稼地冬天種著青蘿蔔。農民秋天收割完稻子，立冬前後把蘿蔔種子隨意撒在田裡。一個冬天，無人管理農田裡自然生長出蘿蔔秧苗，經過雨雪的澆灌，生長茂盛，青翠莖葉層層密密。開春，生產隊農民會挑些大的蘿蔔拔回家，用作豬飼料，剩下的爛在地裡用來肥田。這種大田裡的蘿蔔不好吃，有些苦，有的蘿蔔長老了裡面空心筋巴巴。

飢餓的年代，農民大田裡的蘿蔔也是我們充饑的食物，小鎮的小孩子時常成群結夥去田裡偷拔蘿蔔。蘿蔔雖然不好吃也能做菜填肚子。田裡綠茵茵一片，蘿蔔在泥裡埋著看不到，我們挑葉子多長的大的蘿蔔拔。揪住葉莖雙手用勁。一般葉子大下面的蘿蔔也粗大，但也有看著葉子很肥大，一拔，泥裡拔出一根豬尾巴般細長的蘿蔔。我們就隨手丟棄。後來，生產隊派人守在蘿蔔地裡，驅趕偷蘿蔔的人。

有一次，我們又跑到田裡，撲進一片綠蔥蔥的蘿蔔地裡，剛拔了一個大蘿蔔，就被農民發現了。一喊，大家撒腿就跑。一個壯漢拿著

木棒就在後面追上來，追了我們整整二裡地。跑了好遠好遠，鞋都跑丟了，蘿蔔也沒了，挖的野菜也撒了，氣喘吁吁狼狽不堪。一個蘿蔔至於嗎？最可恨的是，追我們的那個人，蘿蔔根本不是他家種的。那時的田地都是人民公社生產大隊的，人民公社一大二公，爛在地裡的蘿蔔咱們工人兄弟吃一點為什麼不可以。真是倒楣，碰上這麼個喪心病狂的傢夥。

　　貧困的日子我們沒有什麼選擇，土地收穫什麼我們就吃什麼，能填飽肚子就好。夏天，自家菜園子裡南瓜大豐收，我們天天吃南瓜。冬天蘿蔔長大了，我們就天天吃蘿蔔。因為蘿蔔便宜，所以成了餐桌上家常菜。清燉蘿蔔，蘿蔔切塊清水煮一煮，放點鹽。炒蘿蔔絲，放點小蔥，一青二白，好看不好吃。紅燒蘿蔔，也就是蘿蔔塊多放些醬油染得紅紅的。偶爾吃頓蘿蔔燒肉，一滿盆的蘿蔔，只有幾塊肉，全家每人吃不上兩塊。面上的肉一眨眼就沒了。夾菜時把筷子深深地插到盆底，希望能挑起一塊肉，這樣的機會很少，而且會招致大人的呵斥，甚至挨上老爸一竹筷子敲頭的風險。

　　吃完蘿蔔，老是放屁，一股子臭蘿蔔味。我就納悶，吃蘿蔔放屁蘿蔔味，吃肉放屁咋沒肉味。如果放屁是肉香，大家一定很歡迎。晚上和小哥睡一個被筒子，每放屁就被罵。我自己也覺得很不好意思，上外面馬桶尿尿，使勁擠擠，好不容易擠出半拉子不聲不響的屁。鑽進被子沒一會又想放屁，忍忍忍沒憋住，放出個響屁來。小哥罵我，我回答：「響屁不臭了」。果然，小哥沒聞到臭蘿蔔味，不再吭氣了。

八

　　春天來了，門前小楊樹發出了綠芽。燕子飛來飛去尋找著築巢的地方。這種小鳥不停樹上，喜歡停在屋簷或電線上。一長排，白肚黑背，張開的剪刀似的尾巴特別顯目。沒有人去驚擾它們，因為大家知

道它們是吃害蟲的益鳥。不過阻止小孩打燕子的是這樣一個勸告：誰要是打了燕子，會遭報應。唐就言之鑿鑿地說：某某用彈弓打死一隻燕子，幾分鐘後他就平地摔一跤，鼻樑都摔斷了，成了塌鼻子。

　　和燕子差不多大的麻雀就很倒楣。20 世紀中期有一段時間麻雀被認為是糟蹋糧食的害鳥，和老鼠、蒼蠅、蚊子一起被列為四害。老鼠、蒼蠅、蚊子那三害誰都厭惡至極，瞅著都不是什麼好東西，麻雀就有些冤枉。人們用人民戰爭對付麻雀，要把它們趕盡殺絕。那時名氣沖天的大文豪郭沫若還作了首《咒麻雀》詩：

　　「麻雀麻雀氣太官，天垮下來你不管。麻雀麻雀氣太闊，吃起米來如風刮。麻雀麻雀氣太暮，光是偷懶沒事做。麻雀麻雀氣太傲，既怕紅來又怕鬧。麻雀麻雀氣太嬌，雖有翅膀飛不高。你真是個混蛋鳥，五氣俱全到處跳。犯下罪惡幾千年，今天和你總清算。毒打轟掏齊進攻，最後方使烈火烘。連同武器齊燒空，四害俱無天下同。」

　　不過，時至今日，進入二十一世紀，在小鎮已看不到備受人們保護的燕子。倒是那些麻雀躲過劫難，獨佔了小鎮樓房的空間。其他三害，老鼠、蒼蠅、蚊子也依然橫行肆掠。看來，世界上很多事情都是不以人的意志為轉移的。這件事不知同社會進步生物進化有沒有關係。英國的達爾文就說，生物界適者生存，不適者被淘汰。近年來，居然很多人對達爾文的進化論提出了質疑。

　　說起進化論，我在上小學之前就有研究。我見過老母雞下蛋，又圓又大的雞蛋從屁眼裡擠出來，母雞冠子憋得通紅。所以，十歲之前，我就一直以為小孩子也是那樣女人坐在馬桶上屙出來的。我見過老母雞孵小雞。母雞趴在雞蛋上抱一段時間的窩，小雞雛就自己啄破蛋殼從雞蛋裡面鑽出來。如果它們有的遲遲不肯出來，我就幫它們敲破蛋殼。由於我的性急，剝出來的小雞有的還只剛剛長成頭和腳，肚子還黃是黃白是白，眼見是養不活，就被母親煎了荷包蛋。我還養過小蝌蚪，春天從野外水塘裡抓了小蝌蚪用玻璃瓶裝著，放到門前小水窪裡，看著小蝌蚪慢慢長出四條腿變成青蛙。那蝌蚪的小尾巴就怎麼

縮沒了，我聽說男孩子那小尾巴要沒了，就變女孩子。我一年四季都在田野裡玩耍，決不會像現在的小孩子們那麼無知，小麥韭菜分不清，以為花生是樹上結的。

這年春天裡，我又開始進行一項新的生物工程。

一天，三哥從學校放學帶回來一張小紙片片，上面密密麻麻粘著許多黃燦燦菜籽樣小圓粒粒。三哥說這是蠶卵。他找了一個紙盒將蠶卵放進去，說過幾天就能孵出蠶來。這樣小小的菜籽粒能孵出蠶，我感到很驚奇，每天都打開紙盒看一看。

過了幾天，小蠶卵由原來黃顏色變成了灰黑色。三哥放了幾片新摘的桑葉墊在盒子裡。有蠶出殼了，黑黑的，小得像螞蟻。我湊近了仔細觀察，發覺它們是在卵殼上咬一個小洞鑽出來的，慢慢蠕動爬行，到桑葉上吃起桑葉來。我猜不透這些小蟲子是靠嗅覺還是眼睛找到桑葉呢，它們在那卵殼殼裡睡了那麼長時間。

蠶越出越多，那張紙片上小黑粒粒都成了空殼殼。裡面的小不點都爬到了桑葉上。吃了嫩嫩的桑葉它們長得挺快，身子由黑色變成灰色，三哥找個大紙箱給蠶搬了一次家。密密的上百條蠶擠在紙箱底，一條條爬滿了桑葉。三哥每兩天給蠶換一次桑葉。這些蠶很能吃，除了吃，別的什麼都不幹。灰白身軀軟軟的，一長排小腳隱在肚皮底下，行動起來身子伸伸縮縮，很醜陋的樣子。我看這些蠶和那些樹上的毛毛蟲差不多。毛毛蟲吃飽了樹葉，就會從樹上牽根絲垂下來，隨著風兒打秋千，很逍遙似的。

三哥有時上學寫作業忙起來顧不上採桑葉。兩天不換桑葉，飢餓的蠶到處爬行。一次，三哥不在家的時候，我看紙箱裡桑葉不多，就從門前的小楊樹上摘了一捧新鮮樹葉放進盒裡。蠶對楊樹葉不感興趣，碰都不碰一下，艱難地去啃所剩無幾筋巴巴乾枯的桑葉。其實在我看來，楊樹葉和桑葉一模一樣，何必挑挑揀揀。

三哥回來，很生氣地把我放的楊樹葉全扔了出去。我問他：蠶為什麼不吃楊樹葉？三哥惡聲惡氣：「你為什麼不吃泥巴。」

　　我認為三哥很沒道理，我當然不吃泥巴，沒有人會吃泥巴的。（後來我還真聽說饑荒年代有餓得快死的人吃過一種叫觀音土的泥巴充饑）。楊樹葉和桑樹葉都是樹上長的。我看見有毛毛蟲吃楊樹葉。吃楊樹葉的毛毛蟲長得又粗又壯，比起吃桑葉的蠶大許多。不過，既然蠶除了桑葉其它樹葉都不吃，我也就不再勉強它們，給它們摘楊樹葉了。

　　蠶每長大一點就要脫一次皮。它們脫皮時不吃不動，很痛苦似的。我看蠶脫皮很是難受，我想這小蟲蟲怎麼會有這樣的壞習慣。

　　脫了兩次皮，蠶長得有我整根小手指那麼長了。身子顏色由灰色變白起來。它們需要的桑葉越來越多。三哥每天放學都到外面去採桑葉。附近零星的桑樹采的葉不多，有些供不應求。星期天，他就約上幾個養蠶的夥伴到鎮外桑林去採桑葉，用一隻布口袋背回來。把采回來的桑葉擦乾淨放在陰涼處。一大袋桑葉，夠蠶吃幾天的了。下次星期天再出去采一袋桑葉回來。

　　我跟三哥養蠶，做他的助手，幫著給蠶換桑葉。蠶長大了，紙盒子裝不下，我們給蠶又搬了一次家，把它們放進幾隻竹編的大盤子裡。竹盤子放在我們家蓋的堆放雜物的小木棚裡。早晨放一層桑葉，下午再放一層桑葉。蠶的食量越來越大，新桑葉放進去，蠶爬上去一條條頭也不抬，只聽一片唰唰聲。不一會，桑葉吃得只剩筋梗，竹盤裡浮起一層白花花的蠶。隔兩天，我們要把蠶抓出來，竹盤裡的桑梗和蠶屎打掃乾淨，鋪上新桑葉。

　　母親認為養蠶是個有益的事兒，不反對我們養蠶。她有時也會幫助我們，告訴我們養蠶應注意些什麼。比如桑葉上沾水不能給蠶吃。蠶吃了帶水的桑葉就會生病死掉。那幾隻大竹盤子也是母親給我們找來的。在母親的支持下，我們的養蠶事業蓬蓬勃勃。二哥也加入其中，一起摘桑葉，喂蠶，饒有興趣。我們幾兄弟齊心協力，母親看得很是高興。

　　母親曾給我們講過「一根筷子和一捆筷子」的故事。這是個家喻

戶曉的古老的故事，許多父母都曾用這個故事教育過自己的孩子。可歎的是，母親講這個故事時，她語重心長，我卻似懂非懂，沒有銘記在心。

記得有一年剛剛立春，大哥帶回來一棵葡萄樹，栽在門前院子一角。他忙著澆水上肥，說這棵葡萄樹是新疆馬奶子無籽葡萄，品種特優，味道好極了。我站一旁聽了直咽口水。也沒去細想千里迢迢，馬奶子樹從何而來。我很高興，想著葡萄成熟了的時候，我坐在葡萄樹下吃著甜美的葡萄。母親說：「想吃葡萄，就要勞動。」她讓我們幾兄弟搭一個葡萄架。

我們決定用毛竹搭葡萄架。大家一起動手。我和二哥，三哥從廚房旁的柴棚子裡一趟一趟往前面院裡運毛竹。大哥在院子裡拿了根繩子牽來牽去丈量土地，不時在一張紙上寫寫畫畫，儼然一個工程師。當我拖來第三根手指粗的竹竿，二哥和三哥兩人抬著根腕兒粗的大毛竹，大哥還一根子竹竿也沒搬。我不滿了，叫道：「大哥，我累了。你也來搬毛竹嗎。」

大哥手捏根鉛筆，盯著眼前白紙，頭也不抬：「我在計算。」

毛竹搬齊了，大哥用腳在地上點了四下，讓我們挖四個坑。他又在紙上畫起來。二哥和三哥也不滿起來。一邊用鐵鍬挖著坑，一邊嘀嘀咕咕。我又叫道：「大哥，你也來挖坑呀。」

大哥繼續埋頭寫寫畫畫：「我在計算。」

挖好坑，大哥拿起一根又粗又長的毛竹豎到坑裡，我們填上土。四根竹子豎起來，大哥又指揮我們在毛竹上牽繩子。竹子很高，我們夠不著，搬來凳子架起來爬上去。

三哥踩在兩隻疊起的方凳上綁繩子。板凳晃晃悠悠，我給他扶著。二哥在另一邊用力拽根繩子。他叫我去幫忙。我忙不迭跑過去，幫他一起拽起來。一二三，一使勁，竹竿拉得嘎嘎響。啪的草繩子斷了，竹竿一彈，三哥在方凳上沒站穩，搖兩搖晃兩晃，撲通摔了下來。坐在地上，摸著屁股齜牙咧嘴，直咬喲。沖我喊：「你給我扶凳

子的怎麼跑了。」

我跑上前：「我來扶。」

三哥推開我：「走開，我不幹了。」一瘸一拐走了。

我不知所措，站在一旁發愣，不知該幹什麼好。那邊二哥和大哥又爭吵起來。他們是為了在四根柱子上綁兩根繩子還是三根繩子意見產生分歧。大哥談歷史：「我比你大。」二哥說現實：「我幹的比你多。」二人面紅耳赤，互不相讓。一賭氣，把繩子一丟，都跑了。

母親出來，歎口氣，搖搖頭。我跑到母親身邊，抱住母親的腿：「媽，他們都不幹，我也不幹了。」

母親說：「不想吃葡萄了。」

我撇撇嘴，說了句名言：「葡萄是酸的。」

葡萄架沒有搭成，只有四根竹竿栽在地裡直刺蒼穹。葡萄樹也在雞啄狗刨下連根撅起，成了乾柴棍棍。我們美麗的葡萄園，就像巴比倫的通天塔，終於半途而廢。這件事使我認識到了一捆筷子的作用。一捆筷子的精神鼓舞著我們弟兄。在我們幾兄弟的精心飼養下，蠶寶寶迅速成長，越長越大，一條條又白又胖。

四月，江南的雨季來臨了。我們養的蠶長的手指那麼長，脫了最後一次皮，全身雪白，變得漂亮起來。又過了幾天，不再吃桑葉了，渾身呈透明狀。三哥說：「蠶寶寶要上山了。」

我問什麼是上山。三哥說它們要吐絲結繭了。他找了些小樹棍棍稻草稈紮起來，放到竹盤子裡。蠶一條條爬上去，各自尋找個地方搖頭晃腦，吐絲結起繭來。潔白的絲從蠶的嘴裡源源不斷吐出來。吐啊吐，織啊織。蠶的身子在縮小，漸漸地，晶瑩雪白的絲將蠶包裹起來。

母親說，蠶絲能織很美的綢布，能做很漂亮的衣裳。這小小的蠶居然有這麼奇妙的作用。它們織啊織，生命就化成這潔白的繭絲貢獻給了人們，真了不起。不由得，我對這些其貌不揚的小毛毛蟲刮目相看了。覺得這些小生命可愛起來。我那時還小，無知無識，只是出於

好奇注視著這些小生命的成長，我還沒有能夠去思索生命的意義。又
過了幾十年後，我吟詠著「春蠶到死絲方盡，留卻人間卸風寒」的詩
句，我就會生起一些感慨來。

　　一隻只雪白的蠶繭掛在草枝上，一朵朵像開了一樹白花，結了
一樹銀桃。我們把蠶繭一隻只摘下來，摘了兩大竹籃。哥幾個提著蠶
繭送到街上農產品收購部。蠶繭兩分錢一隻，得了三元多錢。歡天喜
地，交給母親。母親將三元錢收起來，幾角零錢我們三兄弟一人兩
角，這是我們的勞動獎賞。

　　窮人的孩子早當家，從小我們就知道依靠勞動去掙錢。為了掙零
花錢，我們撿過知了殼，一種黑蟬羽化後的空殼。這知了幼蟲在夜晚
爬出地面，粘在路邊菜地旁樹根枝杆上，退出之前的殼，黎明打開翅
膀飛走了。我們在樹叢草地尋覓著，一分錢一隻，賣給收購站，據說
是用來做中藥。我們還種過蓖麻，在菜園子邊角上種上幾棵，秋後把
帶刺的像小刺蝟的球形蒴果摘下來，剝出裡面的籽來，也可以賣錢，
據說是煉飛機用的油。我們有時家裡停電也用蓖麻籽照明，用細鐵絲
將毛豆大的蓖麻籽穿起來，小火把一般。蓖麻籽油很多，燒起來，嗶
嗶剝剝直流油，有一次我舉著蓖麻串火把照明，熱油滴到我手上，燙
起一片水泡。

　　勞動給我們帶來財富，也帶來快樂。因為賣了蠶繭，二哥和小哥
口袋裡裝上兩角錢，成了有產者，時常財大氣粗地商討著買東西。我
呢也得到兩角錢又可以到街上早點鋪小吃一頓了，真是皆大歡喜。只
有大哥沒有參加我們養蠶，也就沒有享受到我們的勞動果實。不過，
他不屑，他正在上中學，一心想當個偉大的工程師。後來，他下鄉在
農村吃了很多苦，終於奮鬥著如願以償去大學建築系讀書，當上了工
程師。不過，直到退休，他也沒有設計完成一件大工程，沒有建成一
座大廈。他的事業就像少年時期半途而廢的葡萄架。

　　三哥嘗到了甜頭，準備明年還繼續養蠶。他信心十足，從外面
拿了兩個很大的蠶繭回來。這蠶繭非同尋常，不僅個大，顏色還是

紅的，我們從來沒見過這樣的蠶繭。他興致勃勃給我們講紅蠶繭的來歷，神氣活現象講天方夜譚故事。

　　在小鎮三十裡地遠有一座蠶桑研究所。所裡有個研究員專門研究養蠶。他為了培養新蠶種，給蠶進行雜交，培育出來蛾子大得像蝴蝶。他對孵出的蠶搞強化飼養。不給蠶採桑葉，而是摘了些楊樹葉，柳樹葉，甚至掃馬路的爛樹葉子也捧回來餵蠶。蠶開始不吃爛樹葉，幾天後餓急了也吃起來。可是吃了爛樹葉的蠶一條條跑肚拉稀，死了一批又一批。那個研究員毫不氣餒，經過無數次試驗，終於養成一批新品種蠶。這種蠶什麼樹葉都吃，三天脫兩次皮，長得飛快，一身虎紋，兩隻黑眼睛。一天沒餵食，把養蠶的竹盤子啃了精光。在蠶房隨意爬行，結的繭又大又紅。三哥牛皮哄哄，說這種蠶絲結實得勝過鋼絲，織出來的布可以做防彈衣。他費了許多周折，才弄到這兩個紅蠶繭。後來，三哥和他同學又去過蠶桑研究所，想找那神奇的養蠶人。可是養蠶人卻已不知去向。他們去打聽，有人說那個養蠶人被政府請到大城市去了，他養蠶立了功。又有人說那養蠶人是被員警抓走的，原來是個大右派，坐牢去了。聽了三哥的敘述，我想：那個人是去哪裡呢，是與養那嚇人的蠶有關嗎？那又大又紅的蠶繭到底能幹什麼用？

　　三哥拿兩個紅蠶繭當寶貝，捂在一紙箱裡，放在床底下等著出蛾子產卵。他不讓別人看，說是蠶蛾怕光。過了一個月，紙箱裡散發出一股怪味，接著傳出來嗡嗡聲。聲音越來越大，好像是有一百架飛機在起飛似的。三哥撅著屁股從床底捧出紙箱，我立一旁伸脖觀看。三哥小心翼翼打開箱蓋。一股奇臭撲面而來，「轟」的，紙箱飛出一群碩大的紅頭蒼蠅，漫天蔽地。

▍第二章
▍青青園中葵

一

　　七歲時，我上學了。讀書識字是我嚮往已久的事情。曾經，哥哥們去收購站賣蠶繭，上百隻蠶繭數了又數，收購站少給一分錢都不行。如果是我，只能扳著手指頭數數，十個手指怎麼也數不清那些蠶繭，肯定要被收購站那個有著一縷山羊鬍子的老頭騙去許多，使我對識字這個願望更急切起來。

　　傳說古人結繩記事，這個方法很笨。倉頡就是從繩結記錄史書給黃帝提供史實出了差錯，致使黃帝在和炎帝的邊境談判中失利。倉頡愧而辭官雲遊天下，遍訪錄史記事的好辦法。他「觀奎星圜曲之式，察鳥獸蹄爪之跡」，創造出了代表世間萬物的各種符號。他給這些符號起了個名稱，就叫做字。古書《易經》說：「上古結繩而治，後世聖人易之以書契，百官以治，萬民以察」。倉頡創造了文字，他為中華民族的繁衍和昌盛做出了不朽的功績，被後人尊為造字聖人。自從我聽了倉頡造字的故事，我就自詡為倉頡的傳承人。

　　小時候，我很喜歡聽大人講故事。五六歲時總是纏住母親，要母親講故事。母親很忙碌，也沒讀過什麼書，知道的故事不多，我就去找我的哥哥們。比我才大幾歲的哥哥並沒有講故事的才能，他們識字的課本和借回家的小人書是我感興趣的。

　　哥哥借來的連環畫，我都先搶過來翻一翻。不識字，只能看看圖畫。有的看圖不明白意思，半懂不懂，就纏住哥哥們給念一念文字。

哥哥們念一會兒就不耐煩了，他們看連環畫不願意讀出聲音。

我可憐巴巴向母親哭訴求助。母親每天忙得腳不沾地，不問青紅皂白過來就訓斥哥哥，讓他們給我讀一段故事。並說：「你們自己也要看，那麼讀出聲音來不是一舉兩得嗎。」這使得我的幾個哥哥們很傷腦筋。他們結結巴巴單調乏味地朗讀一點不能使我滿意。我很悲哀，一心想識字。後來當我長大了，也能一卷在手津津有味地讀書，從書籍中獲取知識得到享受，我就時常想：或許那時總是纏著哥哥們給我讀連環畫，對於年齡不大的少年哥哥們勉為其難了。但是，如果我有個弟弟，就一定每天都讀書講故事給他聽，讓他也分享這讀書的快樂。給他知識的啟蒙，澆灌精神營養，讓他健康聰慧，將來比我強。

上學讀書識字，將要實現我的願望，背上書包，我心懷歡喜又忐忑不安。從此，我跨出了家中的門檻，將來，一路順風，我會像哥哥姐姐那樣讀書識字，然後像父親那樣工作掙錢。可是，上學第一天，我就受到了挫折，感受到求知的不易。

入學第一天，教室裡，老師給同學排隊分配座位。剛剛入學的小朋友彼此還很生疏，一個個怯怯地站著。望著滿教室陌生的面孔我手足無措，被老師拽到一個座位上一動也不敢動。

有幾個留級生顯得很活躍。他們已經在學校讀了一年，因為學習不好，沒有升到二年級。一位留級生趁老師不在時到我座位上要搶走我的椅子，將他的瘸腿椅子換給我。我不讓他，留級生個子高，很霸道，他當胸一掌把我推倒，把椅子搶了去。我打不過他，又不敢離開座位去告訴老師，只能坐在搖搖晃晃的椅子上。這使我憤憤不平，這個世界原來這般弱肉強食。放學時，急切切想回家的小朋友呼啦啦往外跑，人們擁擠著出教室。一陣混亂，我的鉛筆盒打翻在地，一支心愛的鉛筆又被人踩斷了。滿肚子委屈傷心地回到家向母親哭訴。母親聽了我的哭述，安慰了我一番，答應再給我買一支好鉛筆。晚上，又特別地讓我和她睡在一起。

　　夜色溫柔，我偎依在母親懷裡，聞著母親身上溫馨的氣息，撫摸著母親的乳房，懷著滿足和幸福，忘卻了白天的煩惱。對於孩子來說，母親的懷抱是最溫暖，最舒適，最安全的了，充滿溫情，是幸福的天堂。就是如今，我早已成年，經歷了人生的許多風風雨雨。每當生活中經受挫折遭遇失敗，依然渴想能紮進母親懷裡，偎依著哭上一場。讓母親溫柔的手撫摸我的頭，給我拭去眼淚。但我不能這樣做。男子漢，現在應該是我給年老的母親以保護和安慰了。

　　雖然上學之初，我遭受挫折，過了一段時間，我就漸漸適應了學校的生活。我努力學習，認真聽講。課堂上我坐得端正，操場上我站得筆直。嚴格遵守學校的紀律，從不遲到早退，下定決心做一名好學生。

　　一年級，我們學習語文和算術，我喜歡上語文課，新課本愛不釋手。我把書本當做我最好的朋友夥伴。教我們語文的是一位叫韓梅的女教師。韓老師很年輕，像個中學生。苗條的身材，白皙的臉龐，鼻子旁有幾點細細雀斑，頭紮兩條短辮子。天冷時喜歡脖子上圍上條紅紗巾，映襯著青春煥發的臉龐真好看。她講話輕聲慢氣，尾音總喜歡帶啊字，並拖得長長的。我很喜歡韓老師，我覺得她有點像我姐姐。我甚至想見到姐姐時向她建議也買一條那樣鮮豔的紅紗巾。

　　我喜愛上韓老師講的語文課。我也分不清是因為我喜歡韓老師進而喜愛聽語文課呢，還是喜愛聽語文課而更喜愛韓老師呢。大概互為因果吧。

　　課堂裡很安靜，飄蕩著韓老師甜潤悅耳的聲音。「古時候，沒有發明文字，我們的祖先用圖畫記事。打了一隻羊，就畫上一隻羊啊。抓到一匹馬，就畫一匹馬啊。看到天上的太陽，就畫一個圓圈。月亮呢，就畫上一個半圓形啊。象形文字是我們最古老也是最基本的漢字啊。這種字大部分我們一看就會認識啊。比如「日」就是古時候畫的太陽。現在啊，為了書寫方便，把它變方了。「月」一個半圓形，這是月亮缺的時候。「水」，古時候畫三條水紋線。「火」，用木材架

起來燃燒著。同學們，你們看這些字好不好記啊？」韓老師問。

「好記。」我們齊聲回答。

「是不是很有趣啊？」

「有趣。」

「你們喜歡不喜歡學語文啊？」

「喜歡。」

韓老師又接著給我們講下去。人、口、手，大、小、多、少，上、下、左、右，這些一個個陌生的筆劃簡單的漢字，被韓老師一講解，變得格外生動有趣。每個字都有它的來歷，故事和祕密。她教我們認識漢字，就像是在猜謎，畫畫，做遊戲。韓老師還教我們念詩。她站在講臺上輕輕搖晃著身子，雙手拍著巴掌：

「一二三四五，

金木水火土，

天地分上下，

日月同今古。」

上語文課，同學們都抱著極大的興趣，聽課都很認真。

當然，也有節外生枝的現象發生。班上幾個留級生就很不安分，有兩個男留級生總是別出心裁，惹是生非。

「大」，韓老師在黑板上用粉筆寫上這個大字，轉過身講解著。她喜愛用具體形象的事物來給文字做解釋和說明，這樣便於同學理解和接受。「一個人伸開雙臂，分開雙腿，就是大。天地之間，宇宙萬物，人是最了不起的，所以一人稱大。大分開的腿中間多上一點，就是太。」她在黑板上「大」字下面加一點。

一個男留級生在底下嚷：「老師，我聽別人說，男人是太，女人是大。因為男人比女人多一點。」同學都笑起來。男同學笑得哈哈的，女同學掩著嘴癡癡地吃吃地笑。

年輕的韓老師白皙的臉唰地紅了。「不許胡說。」

韓老師雖然很生氣，她的臉紅了很長時間，她沒有懲罰那位胡

說八道的留級生。平時，韓老師上課從不罰學生。有的老師就經常懲罰那些不聽話喜愛調皮搗蛋的學生。罰他們站一節課，或者放學留下來不准他們回家。把學生家長叫到學校告一狀，借家長的手把學生揍一頓。韓老師不罰學生。向家長們談學生情況都是一分為二地先說些同學的優點長處，然後婉轉地談談缺點不足。說得家長不由得連連點頭，都說韓老師好。那時，我以為所有的老師都是像韓老師那樣，後來我才知道並非如此。

教我們算術的老師也是女的，我就不喜歡她。她給我們上算術課乾巴巴的，一點也不生動，面無表情，比韓老師差多了。她給我們出算術題總是鴨子鴨子。

三隻鴨子加兩隻鴨子？

七隻鴨子減四隻鴨？

十二隻鴨子比八隻鴨子多幾隻鴨子？

我聽說她家中養了不少鴨子。那時，小鎮上許多居民家中都搞一點副業，種種菜，養養雞鴨，以貼補微薄的工資。我有時覺得，她那張黃瘦扁平的臉就像一隻退了毛曬乾了的板鴨。她的熱情恐怕都傾注給了鴨子，而不是學生。

在學校，一旦適應起來，很快顯示出我在學習上的實力。課堂中，我的理解力和記憶力都有很好的表現。初識一些文字，我開始能勉勉強強讀書了。我先是看連環畫和短篇童話故事，後來識字多了，就讀長篇小說。那時許多字我還不認識，結結巴巴我還是看得津津有味。我把李逵看作李達，把水滸讀成水許，受寵若驚讀作受龍若驚，鬼鬼祟祟念鬼鬼崇崇。雖然別字滿眼，囫圇吞棗，還是看了不少書。讀書使我幼小的心靈漸漸豐滿起來，書中的人物和故事豐富了我的想像，我的思想就像長出羽翅的鳥一樣在廣闊天空遨遊。

書籍成為我生命中的一部分。捧起書來我什麼都會忘記。吃飯也總是母親從手中搶去書本，將碗送到手上。我又會將書要回來，一邊看書，一邊吃飯。書中的故事我讀得津津有味，而嘴裡的飯卻不知

鹹淡。我最喜歡的是木偶《匹諾曹的故事》，還有《尼爾斯騎鵝旅行記》。《小布頭》，《寶葫蘆》。各式各樣的小人物，小精靈，以及他們有趣的故事，深深地打動我的心，長久地留在我的記憶中。在我童年的幻想中，時常我會同它們一起旅行玩耍，同它們交朋友。

晚上，我看書時常看到很晚。如果手上有本我喜歡的書，哪怕通宵不睡也非一口氣讀完。夜裡看書太晚，母親就會干涉。一方面怕傷害我的眼睛，另一方面怕浪費電。我悄悄躲進被子裡打著手電筒看書。古人讀書有鑿壁偷光聚螢為燈，我的條件比他們優越。不過，電池消耗很大。這些電池都是父親工作上使用剩下的。為了節省電池，我把一些舊電池用釘子在底部鑽幾個眼，灌注點濃鹽水，用蠟封住，可以延長使用時間。這方法也記不清誰教的。用薄木板釘個盒子裝電池，連上線，螢光如豆，看得眼睛挺累，我卻樂此不倦。

有一次，我借到了一本很厚的書，書名是《一千零一夜》。書的封皮都沒有了，邊角都已破爛。內容很吸引人，我愛不釋手，反反復複看了很長時間。阿拉丁的神燈，辛伯達航海船，無數的巨人，鬼怪，海盜。這本書給我帶來許多愉快的時光。帶來幻想，也帶來噩夢。那時我也看了安徒生的童話故事，我覺得不如《木偶奇遇記》《一千零一夜》有趣。只是朦朦朧朧地留下一種惆悵的淒美的印象。而當我又長大許多後，對美的欣賞有了更高的追求，心靈裡總是被一股纏綿悱惻惆悵情緒所纏繞，對安徒生及他的童話，我就有了種深深的同情與愛意。

自從我認識第一個漢字，此生就和書籍結下不解之緣。我認識的第一個漢字是「日」。我想，我們的祖先仰望天空那普照萬物一切生命之源的太陽，寫下這樣一個象形文字：日。我無法想像他們會是怎樣一種感激崇拜畏懼的心理。我努力地從我們祖先創造的一個個文字中去體驗感受我們祖先的內在心理。我讚歎他們偉大的智慧，吃苦耐勞精神。感謝我們的先人給我們留下這麼豐富寶貴的遺產。我也感謝我的第一個語文老師韓老師，她的語文課上得真好。正是她引導我走

進知識的大門。

　　韓老師教我們語文課一直教到三年級。三年級下半學期我們換了個語文老師。新老師也是個女的。雖然他上課同學們反映也挺不錯，但我總覺得不如韓老師。我以後就再也沒有遇見像韓老師那麼叫我喜愛的語文老師了。我上中學時，聽說韓老師嫁了一位部隊上的年輕軍官，後來就隨丈夫調走了。我以為，韓老師一定很幸福。她的丈夫一定很愛她。像韓老師這麼年輕漂亮，這麼熱愛生活，熱愛工作，熱愛孩子的人，一生一定會很幸福的。我至今還清楚地記得韓老師教我們認識心字。她說：「心是一隻淺淺的小碗，裡面盛了三點情。一點獻給親人朋友；一點獻給大自然；最後一點留給自己，放在小碗的中間。」我知道，韓老師正是有著這樣一顆心。

二

　　清晨，東方現出一片柔和的魚肚白，漸漸銀白的曙光變得緋紅，朝霞映在千家萬戶的窗櫺上。天越來越亮，小鎮從黎明中蘇醒了。街道上狗兒撒著歡竄過馬路，麻雀在屋簷樹梢叫個不停；早起的人們在各自家門前生起煤爐子，小鎮彌漫著青青的炊煙，和淡淡的晨霧融在一起。

　　母親很早就起來了。她挎著籃子從街上買菜回來，在門外屋簷下點起小煤爐生火做飯，然後把我們幾兄弟一個個叫起來。一年四季，冬天最是難熬，外面寒風凜冽，屋裡也冰冷如霜。棉衣棉褲又厚又硬，穿在身上鎧甲似的。每天早晨從熱被窩起來，光溜溜的胳膊腿往棉衣褲裡穿，肌膚一碰硬硬的棉布，冰冰冷，觸電似的，瑟瑟縮縮直打戰。早晨起床這一關實在難過。風從門的縫隙裡吹進來，望著窗玻璃上的霜花，我丟下棉衣，又縮進被窩，哼哼唧唧賴著不起來。時間不早了，我該上學去了。為了哄我起床，母親把小煤爐提進屋，將我的棉衣棉褲在爐火上烘一烘，烤一烤，向我遞過來。喊：「快穿，趁

熱乎」。我抓過棉衣褲，一打挺從被窩裡起來，將帶著煙薰火燎味的棉衣棉褲飛快地套身上。

起床下地，我從水缸舀瓢水到臉盆裡，端到木椅上，拿毛巾擦把臉。臉盆的搪瓷磕掉了好幾塊，父親用焊錫補過幾次，仍然有點漏。我把盆裡剩下的水往門前土路一揚，就去幫母親看煤爐子。早上時間很緊張，上學時間快到了，飯還沒燒好，爐火不旺，做煤餅時泥巴摻多了點。我拿只破芭蕉扇使勁扇，煤煙薰得我淚水直流。為了讓爐火快快燒起來，我捏了幾滴鹽灑在爐子裡，劈劈啪啪，爐中爆出幾顆火星。實在來不及了，我用熱水瓶裡開水泡半碗冷飯，沒有菜拌點醬油匆匆吃了趕去上學。

我讀書的學校是所鐵路子弟學校。學校面積很大，建在鎮子邊上。小鎮剛建起來這裡是一片荒坡，據說，一位管教育的領導站在高處指著不遠處用手一揮劃了只大圓圈，人們目光所盡都成了學校的地盤。六十年代校舍都是平房，一個很大的操場。操場旁一大片空地，雜草叢生，同學們下了課喜歡到那片空地玩耍。在草棵裡抓蟋蟀，逮蜻蜓，摸爬滾打。學校圍牆邊一處窪地積著一池雨水。春天，水草茂盛，浮著幾片蓮葉，水裡遊著許多小蝌蚪。同學會抓了蝌蚪用玻璃罐養著。窪地再過去是一片小松林，有蹺課的男學生喜歡往那裡躲藏。躺在松樹下東扯西拉聊著天，或者玩著賭香煙殼打紙元寶的遊戲。

我們小學有六個年級，我們年級有十個班，每班有五十幾個學生。都是一撥生育高峰出來的。班裡一半是男的，一半是女的，兩人一張課桌。老師安排座位時，將男同學和女同學的座位交叉地穿插開來。一男一女共一張課桌。第一張課桌男同學坐左邊，女同學坐右邊。那麼，第二張課桌就女同學坐左邊，男同學坐右邊。據說這樣可以有效地阻止上課期間同學們講小話做小動作。我想，老師們如此這般煞費苦心，也還是收到了一定效果的。那時，我們雖然小，男女界線卻很分明。男同學與男同學玩，女同學與女同學來往，倘有誰越軌，就會遭到同伴恥笑。

　　同桌的男女同學時常鬧摩擦，主要是領土糾紛。一張小小的課桌，兩個人寫字，手肘常會相撞。於是，桌面上粉筆劃道線，誰也不能超過。這一道楚河漢界有時並不公平，女同學總是要委屈些。男孩子逞霸權主義，把分界線向外擴張，像當年的楚霸王。如今，在那些長大了的男孩子女孩子中間，情況就不一樣了。尤其在那些結了婚成了家的男孩子女孩子中，再有類似事件發生，受委屈的恐怕就不是女的而是男的了。這種現象我覺得倒是挺有點幽默的，就像歷史上劉邦終於戰勝了項羽，當然，男孩子還不至於跑到烏江邊去哭泣。

　　和我同坐一張課桌的是一個很文靜的女孩子。小巧玲瓏，紮兩條細溜溜的小辮，穿著潔淨。她總是喜歡穿件玫瑰色的紅衣裳，我暗地叫她玫瑰小姐。這是我新近看的一篇童話故事裡的一個公主的名字。識字不多同學間還喜歡用新名詞給人起綽號。童話裡的玫瑰小姐一次被女巫施了魔法，沉睡了一百年。後來一位王子見到沉睡的玫瑰小姐，愛上了她，於是，玫瑰小姐就醒來了。這個童話真有意思，一個人能沉睡一百年。我身旁這位玫瑰小姐沒有這種經歷，雖然我曾經對她也有過這種擔憂。

　　夏天的時候，白天長夜晚短，貪玩的同學到了下午就會打瞌睡，老師讓學生到學校午休。吃過飯同學們來到教室，一個個趴在課桌上睡覺。玫瑰小姐每次都睡得很香，快到上課時間被同學的吵鬧聲喚醒，等不及什麼王子來喚她。醒來後，抹一抹口角涎水，理一理凌亂的鬢髮，沖我不好意思笑一笑。我的擔心顯然多餘。別的男孩子都在課桌上劃條分界線，我不想因為她叫玫瑰小姐就是公主了不劃分界線。一開始，我也想顯示一下大男子主義，將分界線劃在五分之三地方。一般來說，我是靦腆害羞的，安分守己。這條分界線只要她堅持抗爭一下，我很快就會妥協。她居然沒有異議，只是寫字時儘量側著身子，將大片空位讓給我。我覺得這樣倒挺不錯，很好地滿足了我的虛榮心。後來，過了一段時間，我覺得這條分界線沒有什麼意義，就把它擦掉了，這是有點向她示好的意思，當然我面子上並不承認。

　　有一次，過六一節，同桌的她帶了一把漆得紅紅的形似大飯勺的琴到學校裡來。我們都沒見過這琴，有同學問她是什麼。她回答說是小提琴，她媽媽給買的，教她學拉小提琴。她媽媽是小學校裡的老師，很注意她的培養。聯歡會學生表演節目時，她上臺用小提琴拉了一支曲子，吱吱呀呀，我們也沒聽懂。不過音樂老師很讚賞，說她琴拉得挺準確。音樂老師的誇獎使她興奮不得不了，大聲說她將來要報考音樂學院，當個小提琴家。

　　在一張課桌，我們和平共處一年之久。這期間我與她還是很少講話，更沒有在一起玩耍過。雖然我也很羨慕那些少男少女青梅竹馬的故事，很想講一個譬如我考試時筆壞了，正著急時，我的同桌向我伸出援助之手，借給我一支筆。或者一次在我蒙受不白之冤時，我的同桌勇敢地站出來為我作證，洗刷我的冤屈。然後開始一段純潔初戀的故事。不過我沒有這個福分也就不想去生編硬造浪漫故事。那時，我們雖然年齡小，還很有點封建呢，有著很深的男女授受不親思想。以後過了許多年，我們都已成年，偶爾還會在小鎮的路上相遇。她當然沒有當成小提琴家，也同我一樣靠父輩的幫助頂職留在小鎮上當一名小學教師。坎坷歲月早已湮滅了我們童年的夢想，庸常的生活使我們都變得灰不溜秋。見面我們會彼此相視一笑，問聲好，話還是不多。

　　有一天，我在路上遇見她，見她身邊帶了個七八歲的小女孩。小姑娘那麼潔淨，可愛，小巧玲瓏，穿著鮮豔的紅裙子，打扮得像朵花似的，活脫脫一個當年的玫瑰小姐，居然手上也提了一把小提琴。無疑，是她女兒。夢想又在延續。我真想問問小女孩，她上學和誰同坐一張課桌，是不是有一個靦腆的小男孩。他們之間有沒有領土之紛，課桌上還畫一條楚河漢界嗎？

　　我在小學讀書時，我們班裡還有一個挺特殊的同學。這個同學大名成玉全，小名阿全。除了老師，我們都叫他阿全。阿全一個字不識，智力相當一個三歲孩童，也不知怎麼入的學，並且升到二年級。聽說年級主任是他家鄰居。當然，不僅僅是因為鄰居。在一次全年級

師生大會上，年級主任就說：「我們的學校是工人階級貧下中農開辦的學校，絕不能把工人階級貧下中農的子女關在校門外」。

阿全年齡不小了，他有個弟弟比我們還高一年級。小學生中阿全顯得個子老大，窄腦門子小眼睛，嘴唇向上翹到塌鼻子一塊，一副樂樂呵呵滑稽模樣。由於阿全的到來，班上的空氣活躍了許多。下課後，同學們圍住阿全，問這問那：「你叫什麼名字？」

阿全口齒不清悶聲悶氣回答：「成玉全。」

「幾歲了？」有同學問。阿全伸出一個巴掌五個指頭，卻說：「三歲。」同學們開心極了。

阿全時間觀念很淡薄，經常遲到早退。有時正上課，阿全背了個書包，勾著頭，弓著腰，一沖一沖走進來。旁若無人，一路撞著桌椅板凳乒乒乓乓，走到後面自己座位上。老師特意給他安排在最後一排。一是阿全個子大，再則他反正不聽課。同學們不由自主都扭頭望著阿全。他笑呵呵，沖大家做個鬼臉。同學們被逗得咯咯笑。老師不滿地敲敲講臺；「安靜。成玉全，坐下‧」

阿全一個字不識，書本文具一件不少，他的父母真是用心良苦。阿全的本子始終是嶄新的，上面沒有一行字。有同學惡作劇，上廁所偷偷去撕阿全的本子當手紙。阿全對這種壞行為很不滿意，嘟嘟囔囔，不知罵些什麼。他自己從不用新本子當手紙，拉完屎，很便當地一提褲子就走了。所以阿全身上，尤其是夏天，經常有股臊哄哄的味道。這使阿全很長時間都一個人坐張課桌，沒人願意和他同桌。雖然如此，阿全還是用他的排泄物將全班同學的嗅覺大大刺激了一下。

有一天，正上算術課，忽然教室後面一陣躁動，接著一股奇臭在教室彌漫開。這股臭味由後向前直撲上講臺，熏得老師立刻噤了聲。往後一望，肇事者是阿全。原來阿全早上不知吃了什麼，撐得拉了一褲襠屎。自己把褲子脫下來，稀屎蹭得到處都是。地上，桌子，椅子上都有。學生個個捂著鼻子逃出教室，嘰嘰喳喳，議論紛紛。阿全吃得真多，拉那麼大一泡屎。有一位和阿全家住在一起的同學說，他親

眼看見阿全早上吃了四個肉包子。同學們聽了更是群情激奮。那年
月，早上能吃上肉包子，絕對是資產階級生活水準。一般工人家庭，
早晨都是吃前天晚上剩飯。水煮一下，盡是鍋巴，弄得飯裡紅紅白
白。再摻上點老白菜幫子，灑上點鹽，只求填飽肚子。肉包子只是逢
年過節才有吃，平時那就太奢侈了。阿全居然早上能吃四個肉包子，
同學們捂著口鼻，豔羨地盯著那些鬆軟黃稀像大豆醬似的東西，讚歎
不已。

　　阿全一泡屎攪了一堂課。算術老師自認倒楣卷起臭褲子，讓阿全
提著，把他送回家。幾位平時表現積極的女同學，用盆子端來水，用
抹布擦去桌椅上的臭屎。又提水沖洗教室地面。幾盆髒水澆到教室前
的花壇裡，第二天，那幾叢韭菜蘭就蓬蓬勃勃開了一片白色喇叭花。

　　第二天上課，班主任老師表揚了這幾位做好事的女同學。說她們
不怕髒，不怕臭，發揚階級友愛精神，是學習雷鋒好榜樣。這使得女
同學都不太討厭阿全了，希望他能給她們多創造一些得表揚的機會。

　　男同學對阿全也自有喜歡的地方。阿全個頭大，力氣大，能搬
重東西。學校開展戶外活動，上體育課，開運動會，有同學偷懶，紛
紛將自己的書包掛到阿全身上。憨厚的阿全背著七八隻書包，站在原
地，堅守崗位，毫無怨言，堪比勞模。在學校裡，每當我們班同學與
別的班同學鬧摩擦起爭鬥，馬上呼叫阿全上陣打衝鋒。阿全一上陣對
方立即作鳥獸散。有的男同學惡作劇，唆使阿全追趕女同學。阿全幹
這事最開心，一直追到女廁所，嚇得女孩子提著褲子往外跑。

　　阿全在我們班待了一年，三年級轉到其他班級。繼續追逐女孩
子，繼續用他的排泄物刺激同學們的嗅覺。他還準備和我們一起上中
學，學校領導說這正是我們社會的優越性，實行全民義務教育。那時
正提倡普及中小學教育。

　　我在中學讀書時，還聽說阿全一件趣事。在中學時，學生都下
工廠學工勞動，阿全整天無事在工廠裡東遊西逛。一次，他爬上一輛
停在工廠內的火車頭，東摸摸，西拽拽。這輛火車頭加足了燃料，燒

足了氣，正準備出庫，司機剛下車有事去了。阿全在車上到處亂摸，一下把氣門拉開。蒸汽推動車輪，火車頭開動起來。阿全開了火車，卻不知怎樣才能關上。他慌慌張張下不了火車，急得團團轉。火車頭轟咪轟咪越開越快，駛過兩個道岔，推翻一塊警沖標，撞到另一輛停在鐵道上的機車頭停下來。阿全撞得頭破血流，被保衛人員趕來帶走了。這事非同小可，如果這輛火車頭開出工廠一直駛到正線上，那麼與正線來往的列車相撞那可了不得。一想到這嚴重後果，鐵路領導背脊都冒涼氣，責成保衛人員嚴肅處理。阿全關了一晚上，保衛人員面對這傻呵呵的白癡實在無可奈何，將家長叫來訓一頓，又把阿全放了。阿全開火車，令一貫威風凜凜的大車們不免有些沮喪。不諳世事的小鎮孩子眼裡如同英雄般，同學們都對阿全佩服得不得了，事情過了許久還是小鎮上的佳話。

　　20 世紀 80 年代，舉國上下掀起經商熱，阿全也開了一家小零售商店，經營雜貨。據說還是掙了一些錢，因為殘疾人營業可以少納稅。小店營業執照上的大名成玉全。阿全是名副其實的老闆，他家中的人充當夥計。我們時常看到這位憨態可掬的零售店老闆彎腰弓背拉了輛木板車，他那年老體胖的娘邁著小腳一扭一扭跟在後面，逢人便愁腸百結地說：「啊，我的阿全今後怎麼辦呢？只有現在多給他積點錢，不然，我們一走，誰養他呀。」阿全在一旁一副笑呵呵無憂無慮模樣。

　　時間把我們的經歷都變成為故事。我早年的同班同學阿全的故事，如今還流傳在小鎮人們的口頭上。看見他，就令我又想起少年讀書時的情景。

三

　　小學二年級，我戴上了紅領巾。老師說紅領巾是紅旗的一角，是烈士鮮血染成的。「六·一」那天，面對紅旗我莊嚴地舉起小拳

頭，發自內心地宣誓要為共產主義奮鬥終身。就是現在，我也沒有破滅對共產主義的嚮往。那些為共產主義理想犧牲的先烈我特別崇敬李大釗、方志敏、瞿秋白，讀過他們的文章和故事，知道他們是真正的共產主義信仰者實踐者。後來，我還瞭解到，我們的民族歷史上有著許多先烈，為了國家民族人民的利益英勇獻身。有憂國憂民的屈原，「路漫漫其修遠兮，吾將上下而求索」。有忠貞愛國的文天祥，「人生自古誰無死，留取丹心照汗青」。

　　我加入了少先隊，母親比我表現得更加激動。因為和我一起上學的同齡人中我最先戴上紅領巾，她為我自豪，她的老兒子從小就出類拔萃。看著我胸前鮮豔的紅領巾，母親笑眯眯，揉揉我的腦袋拍拍我的臉頰，以示鼓勵。當然，鼓勵還有物質的，晚飯餐桌上多了一盤炒雞蛋，而且香噴噴的炒雞蛋就放在了我的面前。

　　參加了組織，各類活動也多起來。有一個活動叫愛國衛生運動。我們一切的活動，都和愛國主義世界革命聯繫著。

　　早晨上學，走進教室，門口站著兩個少先隊小檢查員，每個同學經過時伸出手掌，查看洗沒洗手，剪沒剪指甲。學生不能隨地吐痰，每人都必須隨身帶塊小手帕。老師檢查教室衛生，要求垃圾桶不能有垃圾，課桌子上不能放東西，黑板上不能有粉筆字。當然，老師上課要寫字，下課必須立即擦掉。學校還組織少先隊員去火車站打掃衛生撿拾垃圾，人來人往的地方攙扶老人過馬路。這些運動都是一陣子。沒多久，手指甲就沒人檢查了，手帕沒人帶了。同學們火車站也不去了。不再在馬路上溜達等著攙扶老人了，每天安靜地坐在課堂學習文化知識。

　　新學期開學，老師給每個學生髮了新書。新書發下後，大家急不可待翻開來，前面是目錄和彩色圖畫。我非常喜歡書上散發出的油墨香，不由得將頭埋進書頁裡嗅一嗅，有一種精神的陶醉。從此，我把書籍當做我最誠摯的朋友，終身的夥伴。

　　拿到新教材，大家首先是翻看一遍裡面的插圖。以今天眼光看，

那時教材的插圖遠不如現在孩子們教材的紙張質地優良印刷精美，除了封面和扉頁是彩色的，圖畫都是黑白的，內容都是政治性宣傳的。大家還是喜歡翻來覆去看，透過它們瞭解外面的世界。

同學們都在新書封面一筆一劃寫上自己的姓名，雖然很認真地寫，仍寫得東倒西歪的。放學時大家急不可待地將新書裝進書包，拿回家向哥哥姐姐炫耀。哥哥姐姐們都湊過來翻看，為我們包上書皮。有牛皮紙、畫報紙的當然好，但牛皮紙畫報紙不易得，就用報紙代替。

過不多久，一個學期過半，新書已不再新鮮、邊角翻卷如花瓣時，它又成了我們宣洩情緒的物件。裡面的插圖多被塗鴉，最常見的是為人物畫鬍子、畫皺紋、畫眼鏡，個別同學還往上畫些讓人羞的東西。所以，一學期下來，手中教科書仍完好整潔的極為少了。

低年級我們上的課文比較簡單，語文課主要是一些看圖說話和兒歌。例如：大公雞喔喔叫，小朋友起得早，起得早上學校，排起隊來做早操，伸伸手彎彎腰，天天做操身體好。

還有：房前屋後，種瓜種豆，種瓜得瓜，種豆得豆。

隨著升學到小學二年級，課文內容逐漸多起來，除了認識漢字，還講一些生活道理。我學習過一篇《盲人摸象》的課文：

有一天，四個盲人坐在樹下乘涼。有個趕象的人走過來，大聲喊著：「象來了，讓開點兒！」一個盲人提議說：「像是什麼樣兒的，咱們來摸一摸吧。」另外三個盲人齊聲說：「對，摸一摸就知道了。」

他們向趕象的人說了，趕象的人就把象拴在樹上，讓他們摸。

一個盲人摸了摸象的身子，就說：「我知道了，象原來像一堵牆。」一個盲人摸著象的牙，說「象跟又圓又光滑的棍子一樣。」第三個盲人摸著象的腿，就反駁他們，說：「你們倆說的都不對，象跟柱子差不多。」第四個盲人摸著象的尾巴，就大叫起來，「你們都錯了！象跟粗繩子一模一樣。」

　　四個盲人你爭我辯，都認為自己說得對，誰也不服誰。趕象的人對他們說：「你們都沒說對。一定要摸遍象的全身，才能知道像是什麼樣兒的。你們每個人只摸到象的一部分，就斷定像是什麼樣兒的，怎麼能說得對呢？」

　　學習這篇課文時，老師告訴我們一個道理，看待事物要全面，不能只看一小部分就輕易下結論。現在我還覺得這篇課文對人們很有教育意義，要兼聽則明不能偏信則暗。

　　我們還學過一篇課文《鐵杵磨成針的故事》。

　　唐朝大詩人李白，小時候不喜歡讀書。一天，乘老師不在屋，悄悄溜出門去玩兒。他來到山下小河邊，見一位老婆婆，在石頭上磨一根鐵棒。李白很納悶，上前問：「老婆婆，您磨鐵棒做什麼？」

　　老婆婆說：「我在磨針。」李白吃驚地問：「哎呀！鐵棒這麼粗大，怎麼能磨成針呢？」老婆婆笑呵呵地說：「只要天天磨鐵棒總能越磨越細，還怕磨不成針嗎？」

　　聰明的李白聽後，想到自己，心中慚愧，轉身跑回了書屋。從此，他牢記「只要功夫深，鐵棒磨成針」的道理，發憤讀書成為一代詩仙。

　　這是一篇鼓勵讀書做事要有恆心勵志的課文。

　　三年級老師開始讓我們學生寫作文。我們認識的字還不多，寫起作文錯別字很多。一個同學作文寫道：我們每人吃了一盆（應為盤）蘿蔔。「一盆蘿蔔」的量著實不小，蘿蔔屁一定會放個不停。但我們班上還有更能吃的學生。一天吃三「噸」（頓）：一「噸」早飯，一「噸」午飯，還要吃一「噸」晚飯。我疑心他撐破了肚子了，我們還勉強吃飽飯沒挨餓，他一天就吃三噸。但看到另一個女同學的作文，才明白自己下結論過早，強中還有強中手。那同學寫到：我們家周圍有好多人養狗，一點也不講衛生，不愛國。今天早晨我剛從家出來，就看見門口有一泡不知哪條野狗拉的屎，大吃了一斤（驚）。

　　有一天，老師在班裡表揚了一位同學，說他這個「青翠欲滴」用

得好。下一次交上來的作文，幾乎每個人都用了「青翠欲滴」。「教室的門前，有棵青翠欲滴的花」，「我端著青翠欲滴的玻璃杯」，「她穿著一件綠色的裙子，真是青翠欲滴」……有一個男生居然還寫：「感冒了，我的鼻涕青翠欲滴……」。我的作文也用了「青翠欲滴」。我寫道：「看著那香氣撲鼻的紅燒肉，二哥的眼睛早已青翠欲滴」。老師說我用詞不當我還有點不服氣呢，我親眼看見二哥盯著紅燒肉的眼睛冒著綠光。

我上學了，有文化了，可以看連環畫讀小說了。學了算術課，我能夠幫助母親算帳記帳，挨家挨戶收取電費了。那時候，享受著社會主義的優越性，公共自來水大家隨便用。用電只限照明，一家一戶一盞燈泡，不能超過十五瓦。象徵性地交點電費，每只燈泡每月一角錢。一棟平房住戶每月輪流收取，然後統一交給公家。輪到我們家時，母親就安排我去做這項工作。

隨著年級的上升，學習的內容越來越多起來。厚厚的語文課本有詩歌有散文有故事，還有一點應用文寫作。當然那些詩歌故事都是紅色革命教育內容。

我們讀的課文具有強烈的政治色彩，通過革命故事擁軍故事革命領袖故事傳達愛國之情，塑造社會主義的國家形象，鞏固社會主義陣營，培養革命接班人。

記得一篇課文，《我們的手》：

我們的手是勞動的手，萬丈高山也能搬走；

我們的手是戰鬥的手，敵人見了渾身發抖；

我們的手是創造的手，前人沒有的東西我們要有。

還有一篇課文，《三過黃泥坡》：

前天路過黃泥坡，黃泥坡上野兔多，荒山冷落無人到，雜草叢叢長滿坡；

昨天路過黃泥坡，黃泥坡上人馬多，男女老少齊開荒，梯田層層遍山坡；

今天路過黃泥坡，坡上姑娘唱山歌，人民公社力量大，荒山變成米糧坡。

在那個年代，紅色的通俗歌曲非常盛行，這是那個時代的特色。由於這些歌曲好記好唱，也由於那時候沒有其他類歌曲，所以數十年過去，許多人仍然難忘「紅歌」。小學時期的課文，其中許多應景詩歌也是這樣，通俗押韻，朗朗上口，直到現在還深深印在腦海裡。

那時小學課文有一首打油詩，題目是《手拍胸膛想一想》，今天來看，實在是奇文，五十年後我仍能背出個大概。全文大致如下：

在一個秋天的社員大會上，有個貧農社員要退社，一個老漢站起來，指著他的鼻子說：：老弟呀，你忘本了——

樹老根多，人老話多，莫嫌老漢，說話囉嗦。

你錢大氣粗腰膽壯，又有騾馬又有羊，

入社好像吃了虧，窮人沾了你的光。

手拍胸膛想一想，難道人心喂了狼？

老漢心裡有本賬，提起賬來話兒長。

地主逼租又逼債，擔起兒女跑關外。

你爹你娘來逃荒，一條扁擔兩隻筐。

你那時餓得像瘦猴，三根莖挑著一個頭。

天下窮人心連心，收留你家在咱村。

一場春雨滿地新，來了親人八路軍。

鬥爭地主把地分，你爹當上農會主任。

他打土匪掛了花，咽氣的時候給我說了知心話：

我不長命沒福氣，孩子們趕上社會主義。

哪想你這陣有了錢，入社腳踏兩隻船。

棉花腦瓜豆腐心，跟著富農瞎胡混。

他說是燈你就添油，他說是廟你忙磕頭。

農業社裡千般好，你跟著富農往哪兒跑？

人心不足蛇吞象，你好了瘡疤忘了傷。

千畝地裡一棵苗，合作社是咱寶中寶。

黨的話兒你要聽清，心裡就想掌上燈。

你擦亮眼睛仔細看，覺悟回頭當社員。

這篇課文朗朗上口，同學朗讀起來整齊流暢，雖然不理解其中的階級鬥爭？倒是特別能背得「你那時餓得像瘦猴，三根莖挑著一個頭」，同學課後念著這一句，相互指著嬉笑打鬧，常常取笑瘦的那一方。男孩子們可能因為剛過大饑荒年，飢餓感受太深了吧，同學們幾乎都很瘦。

平時就是語文課很差，背誦課文總不及格的學生，這首詩也背誦得一溜一溜的。同學相互爭論也喜歡來這麼幾句詩：樹老根多，人老話多，莫嫌老漢，說話囉嗦。攻擊別的同學，也加一句：人心不足蛇吞象，你好了瘡疤忘了傷。責罵別人：手拍胸膛想一想，難道人心餵了狼。經典詩句掛在嘴上，除了偉人語錄，這首詩引用得最多。小哥平時最怕背課文，居然這篇課文他背得滾瓜爛熟。

如今農村的人民公社早已灰飛煙滅。小時候的課文，能記下來一兩句的本就很少，記憶深刻的更寥寥無幾。但是不知道為什麼，這篇起頭：「樹老根多，人老話多。莫嫌老漢，說話囉嗦。」的課文，直到現在還深深印在腦海裡。

那時我們的語文課本還有一篇課文叫：《狼來了》。這篇課文也是我記憶深刻的課文。

從前，有個孩子在山上放羊。他看到很多人在山下幹活兒，想捉弄一下別人，就故意大聲喊叫：「狼來了！狼來了！」山下的人聽到喊叫聲，立刻跑上山來。可是，山上根本沒有狼，是放羊的孩子在撒謊，人們被他欺騙了。

過了幾天，人們又聽見這個孩子在山上喊：「狼來了！狼來了！」大家又跑到山上去，結果還是沒有狼，人們又被撒謊的孩子欺騙了。

又過了幾天，狼真的來了。這個孩子又喊：「狼來了！狼來了！

狼真的來了」。山下的人聽見喊聲，再也沒有人理他了，結果，他的許多羊都被狼吃了。

《狼來了》是我們在小學裡學習的語文課文。大人們教育小孩子不要撒謊，可是有的大人自己卻經常撒謊。

現在的語文課本裡沒有了《狼來了》這篇課文。如今狼來了的故事已經沒有人講了，被人們遺忘了。說謊話的人多了起來。

四

許多作家筆下，兒時的故鄉，永遠是那麼美麗親切感人。山區的邊城，平原的荷花澱，江南的小橋流水，北方的原野牧歌。無論是遠山還是老城，都洋溢著詩情畫意。孩提時的舊事，津津樂道，感懷歲月，情結難解。我居住的小鎮普普通通，沒有什麼特別稱道的地方。沒有歷史，沒有風情。新興的小鎮大多是外鄉人，順著鐵道線四面八方聚到一起，沒有什麼共同的風俗，語言混雜不堪，南腔北調。

這一帶地處丘陵，沒有崇山峻嶺，不見廣闊地平線。不高不平，坎坎坷坷。綿延土崗生長著稀稀落落的茅草和矮樹，掩蓋不了風化的沙土，一片赤黃，滿目索然。河流曲折而又平緩，穿行其間，沖出一小片一小片平原；平原上坐落著村莊；莊稼地裡四季變化著各種顏色，春綠秋黃。冬季裡，一場小雪，落在地裡的都化了，只有上年割了稻穀的禾菀積著雪，一朵朵象白開花饅頭。夏天，嘩嘩一場小雨過後，池塘溝渠蓄滿了水，稻田裡一片蛙鳴。小鎮的郊外，有著許多小水塘，小鎮的名稱 XiangTang 似乎就與這些小水塘有著密切聯繫。田埂旁土坡下，大大小小的水塘點綴其間，增加點許風景。

水塘不大，一畝或半畝面積，星羅棋佈。一年四季，水清似碧。平靜的水面映著幾片荷葉；塘邊圍著簇簇青草，有的還杵著幾棵老樹，苦楝、桑榆、楊柳等，在水面留下曲曲折折的倒影。有的水塘很深，有的很淺。水雖清，塘底卻澱著厚厚油油的黑泥。黑泥裡隱著泥

鰍，黃鱔，小魚，小蝦，螺絲蚌殼。這些水塘是小鎮的孩子們經常玩耍的去處。在我兒時的記憶中，這些小水塘消磨了我許多童年的時光。

小鎮居民的平房坐落在鐵路邊平緩的土崗上，周圍挨著莊稼地和水塘。春天，拿了根小竹竿拴上魚線魚鉤走出宅子就可到水塘裡釣魚。不知道什麼緣故，我釣魚總是收穫不大，十之八九空手而歸。有時候，守候在水塘邊，手握竹竿站老半天，盯著水面上鵝毛管做的浮標，眼都酸了，浮標也不動一下。有時候那白色的浮標又動個不停，我每每提鉤，就是釣不上魚。間或使勁一甩，提起一條還沒手指粗，寸把來長的叫麻咕龍子的小棍子魚。我不會看水色，不會撒米打窩子，春天裡原野的景物使我神不守舍；直挺挺杵水塘邊，那長長的身影使水裡的魚兒望而生畏躲得遠遠地。當然，有時也會有點意外收穫。有一次，我守候在一口水塘邊，握著釣竿，盯住浮標，放輕呼吸待魚兒上鉤。水底的魚餌我上了一條好肥的蚯蚓，鉤杆上的繩子可以拴頭牛。

對岸一個男孩也在釣魚。他頻頻起鉤，一會兒提起一條巴掌大的鯽魚，一會兒又提起一條。魚兒提出水面，活蹦亂跳，銀鱗閃閃，真讓人妒忌。我知道這水塘有魚，聽說三年水沒幹過。我耐住性子守候，終於，有魚兒碰鉤了。白色鵝毛管浮標輕輕動了一下，過了一會又動一下。我屏住呼吸，兩手握緊竹竿，眼睛一眨不眨，拉好架勢準備起勾。魚兒吞勾了，浮標動兩下忽地往水裡沉去。當機立斷，我攢足了勁往上一提，感覺手中沉甸甸，心裡歡喜極了，是一條大魚。雙手握杆一用力，魚鉤差點甩上天。一隻黑黑的東西出了水面。定睛一看，鉤子上一隻小烏龜四腳朝天劃呀劃。

對面那小男孩看見我釣起一隻烏龜，樂得哈哈地前俯後仰。我啼笑皆非，惡狠狠按住龜背往下取鉤。小烏龜四腳掙紮著亂爬，一隻龜頭使勁往殼裡縮，費了好大勁取下魚鉤，一看，鉤子直了。

這只小烏龜作為我一天釣魚唯一的收穫帶回了家。我找了只盆

子，裝上水，把小烏龜放裡面。小烏龜在盆子裡四腳劃水遊來遊去。那種不慌不忙四平八穩的樣子挺有趣。我把小烏龜從盆裡抓出來，放在地上，在它的背上駝上許多東西催它往前爬行。小烏龜挺膽小，把頭和腳都縮進烏龜殼不肯出來。這喪氣樣子，使我想起小鎮的人們一句罵人的話。妻子不貞而男人又不敢干涉的人被稱為縮頭烏龜。當然，烏龜也並不總是這麼倒楣，被作為罵人的擬物。相傳龜鶴皆有千年之壽，因此，過去，人們向老年人祝壽時又以龜鶴作比擬。有人考證這烏龜早先是人們喜愛的吉祥物，是自蒙古人統治中國後名聲就給敗壞了。

小烏龜放在家中養了很長時間，後來失蹤了。不知是死了被誰扔出去，還是自己爬走了。關於烏龜，我還能講出點故事來，當然不是那家喻戶曉人人皆知的龜兔賽跑的故事。

有一次，大哥和二哥休息日出去釣魚，抓了兩隻很大的烏龜回來。這兩隻烏龜真大，看著嚇人，有父親上班穿的大頭皮鞋那麼長。一身老皮，滿頭皺紋，硬殼殼上蝕著各種圖形，一副飽經滄桑的樣子。更可怕的是在那皺巴巴的老皮上貼著許多吸血小螞蟥，一隻只穀粒那麼大小。

在小鎮野外的水田溝渠裡，生長著許多螞蟥，這軟體動物水裡遊來遊去，或者隱在水草裡，遇到人和動物，就會叮在皮膚上吸食人血，一旦被叮血流不止。那時候沒有誰吃烏龜，逮著小烏龜就給小孩玩。烏龜很能活，不給吃，不給喝也能活很久。據說最怕蚊子叮它，一叮就死。蚊子叮死的烏龜殼點火熏蚊子特別厲害，一熏就落下來。一旦沒熏死的蚊子叮人又特別凶。被這樣的蚊子叮過的人又會怎樣呢，我就不知道了。這是一條有趣的反生物練。有的人得瘧疾打擺子據說是蚊子叮的，不過這種蚊子並不是因為被烏龜殼熏過才這麼厲害。

兩隻大烏龜使母親猶豫了一陣。揪著烏龜的小尾巴掂量掂量還是捨不得扔，決定燒了吃。困難的年代人們就有些饑不擇食。母親用開

水把烏龜燙死，拿刀剖開來。烏龜身上的螞蟥看得令我心驚。母親用小鑷子將螞蟥除去，洗乾淨剁成一塊塊，放入鐵鍋，加上鹽和生薑大蒜，兩隻烏龜燒了一小盆。燒熟了，熱氣騰騰端上桌，我畏畏縮縮吃了兩塊，還挺香。雖然疑心會吃了螞蟥，禁不住嘴饞，一塊接一塊還是吃了不少。

據說螞蟥生命力特別頑強，很難弄死消滅。用刀砍成兩截，會一條變兩條。火燒水煮也不死，吃到肚裡還會活。在人肚裡還會生許多小螞蟥，越繁殖越多，把人的血吸幹，從你的肚臍眼裡鑽出來，你就完了。吃了烏龜肉後，我疑神疑鬼，總擔心吃進螞蟥，惶恐中等待著肚子什麼時候痛起來，鑽出許多螞蟥。時不時，撩開衣服看看肚臍眼兒。

螞蟥並沒有出現。兩隻烏龜充實了我們常年填蘿蔔白菜的肚子，現在才知道是高蛋白，能防癌抗衰老，只有高級賓館飯店的酒席上才能吃得上，貴得嚇人。烏龜王八身價百倍，就有老人聯繫為這是世風日下人心不古。

夏天，天氣漸漸熱起來，鎮上的男孩子開始往水塘跑。深的地方不敢去，只在淺的水塘邊上玩。脫下的衣褲隨手丟在草地上。小的脫得一絲不掛，光著腚蛋，大一點袒胸赤膊穿條短褲。一個個撲通撲通往水裡跳，像下餃子似的。一邊玩著水，一邊摸螺螄蚌殼。塘底厚厚的爛泥被人群一攪，翻起烏黑的泥漿，渾濁不堪。小水手全然不顧，一個悶子紮進水裡，用手摳著爛泥裡的螺絲蚌殼，憋不住氣了，呼嚕一下冒上來。有時互相擲爛泥打水仗，一不小心，就被灌一口渾泥湯子。有時中午下水塘玩水，興頭上竟忘了下午的課。上課老師見缺了許多學生，就會走出教室循著小路尋來。眼尖的同學老遠看見老師來，喊一聲，慌得個個從水裡蹦起來，水猴子似的四處躲藏。樹叢，土坎，池塘邊莊稼地裡亂鑽。

學校禁止學生下池塘玩水。有一個五十來歲姓洪的女教務主任特別熱衷於抓這件事。開會時，三令五申。據說，她就有一個兒子是在

一口水塘裡淹死了。她兒子死的時候正是我們這麼大。

那一年夏天，學校一個年輕的男教師青春煥發熱力四射，常帶領學生出外郊遊。一次帶一班學生到鎮外一個很大的水塘裡學游泳，洪的兒子也去了，結果不幸被水草纏住淹死了。年輕的男教師深深自責愧悔萬分，跪在洪的面前請求原諒。悲哀的洪扶起年輕教師，說：「孩子，起來，不怪你。」那時的人們真是寬厚善良，現如今要發生這種事，那官司准打得轟天動地。

洪只有這一個兒子，雖然她沒有怪罪年輕的男教師，仍抑不住心底的悲痛，她總是用悲哀的腔調對同學們說：「如果我的兒子不淹死，都有十八歲了。」她逢人必說，祥林嫂似的。她兒子的死對她的打擊很大。不過，那是許多年前的事了。同學們都沒見過她兒子，所以她兒子的死對同學們並沒有什麼影響。

洪老師一旦發現有同學下水塘，就會沿著小路一直走到池塘邊，手叉腰一個個點著名字，威脅要繳衣服褲子。水裡的光光頭立刻驚恐萬狀，一個個夾著屁眼從水裡溜上岸。沒穿褲子的貓著腰雙手捂著胯處，飛快地抓起褲子套上。當洪老師轉身走開時，穿了褲子的就嘲笑沒穿褲子的。沒穿褲子的就解嘲地說：她那麼老，什麼沒見過。

為了躲避老師，有時玩水就跑到離學校遠一點的水塘裡，一邊玩水一邊摸螺螄。那時，摸螺螄是孩子們經常幹的活兒，可以一舉兩得。摸的螺絲提回家砸碎了餵雞鴨，大的蚌殼可以挖出肉來燒著吃。因此，摸螺螄成了孩子搪塞家裡大人玩水的好藉口。夏天，下午上課晚，使得好動的孩子很難捱過炎熱而又冗長的午休。如果有誰說一聲去玩水，小夥伴呼啦啦齊往池塘裡走，到塘邊扒了褂撲通通跳下水。玩夠了，從水塘裡爬上岸，身上水淋淋也不擦，脫下短褲頭使勁擰把水再穿上。光著脊背，一路走一路的陽光就曬乾了身子。於是套上小褂，徑直往學校走去上課。路旁的夾竹桃，花開得紅豔豔，修美的葉兒密密簇簇，揪片葉子夾在嘴裡吹口哨，吱吱嘰嘰。有一個叫小波的同學，口哨吹得特別響，還能吹出鳥叫樣的聲音。

　　小波是個很活躍的同學，個子不高，卻很機靈。玩水也比其他人好，別人不敢去的深水塘也敢去。可惜他意外地早早地就死了。不是在水裡淹死的，雖然小鎮每年夏天都會淹死人。小波卻是被夾竹桃毒死的，兇手是他的父親。一次，小波生了病，大概就是感冒發燒肚痛之類吧。他那當鐵路養路工的父親自以為懂點醫道，不帶他上醫院，找了點草藥熬給他喝，裡面放了許多夾竹桃葉子。小波喝了之後，七竅流血竟給毒死了。

　　這個小波同學是我所認識的同齡人中第一個死去的人。活潑潑一個人就這樣消失了。他不再同我們一起下河摸螺螄，玩水。他坐的那張課桌一直空了半個學期。學校圍牆邊那簇簇夾竹桃依然美麗蓬勃生長著，枝葉婆娑，花朵紅豔豔。每當我看到這些妖豔豔的夾竹桃，就會聯想起那被毒死的小波同學。這美麗的植物竟有那麼可怕的毒性。以後的生活經歷告訴我，許多貌似美麗的東西同時具有很大的危險性，使我不得不提高警惕，謹慎小心。

　　我的同學小波被毒死的這一年，我在那些小水塘裡學會了游泳，當然只能會狗刨式。據說地球上的生命是從水裡慢慢爬行到陸地上的，從魚類進化成爬行動物，又扶著樹枝慢慢站起來。我這陸地上的生物又能夠回到水裡，像魚兒般遊著，別提多高興。忍不住得意揚揚告訴三哥，我會游泳了。誰知三哥竟是叛徒，告訴了母親。母親聽說我下池塘玩水，竟變了臉色。她只限於我們在池塘邊小水溝裡釣釣魚，摸摸螺螄，而不允許去深水塘游泳。她嘮嘮叨叨，把下深水塘描繪成很危險很可怕，並又說起洪老師那倒楣的兒子淹死的事。我奇怪，她竟跟學校那位洪老師腔調一樣。可憐天下父母心。

五

　　我家居住的房子是簡易平房。屋簷低矮門窗狹窄，青灰瓦，土坯牆。這還是六十年代小鎮上各單位組織工人自己動手蓋的。那時有

句口號：工業學大慶，農業學大寨，全國學習解放軍。據說大慶的工人就是靠雙手在荒原上挖泥巴做土磚，乾打壘蓋起一座座低矮的土坯房。安營紮寨，因陋就簡，開採出一大片油田，甩掉了我國石油落後的帽子，為中國人民爭了氣。

乾打壘房子簡陋不堪，颱風下雨天，牆上透風，屋頂漏水。冬天，為禦風寒，牆縫和門窗糊上紙，風一吹嗚嗚響。雨天，屋外嘩嘩啦啦，屋裡淅淅瀝瀝。屋地放上一隻隻臉盆接水，叮叮咚咚，水滴打著鐵盆，響成一片，歡快悅耳。父親披上雨衣，登上房頂，修了這裡，另外地方又漏起來。硬紙板的頂棚給雨水浸得一塊塊水漬，形成許多莫名其妙的圖案。老鼠在頂棚裡做了窩，時常呼呼隆隆跑來跑去。有時打架打得嘰嘰喳喳。如果我一人晚上待在家中，聽到頂棚上聲響，就會緊張起來，把家中的電燈打開，爬上床縮進被窩，蒙頭蓋臉。待聽到開門聲，母親回來了，才鬆口氣，被窩裡探出頭，已是一身汗。

小時候，我特別怕黑夜，對黑暗有著莫名的恐懼。童年的我以為那些妖魔鬼怪都是在黑夜裡出來活動，毒蛇猛獸也在黑夜裡伏爬潛行。我在天黑不敢一人出門，去屋外小便都怕得不行。一隻便桶放在柴棚一角，只有三五步也戰戰兢兢。半夜裡被尿憋醒爬起來，無奈地拖拉著鞋趿趄到門邊，拉開一條窄窄的縫。黑暗裡冷風襲來，不由打個寒戰。黑夜虎視眈眈，暗藏鬼魅，兇險可怕。我壯起膽，想像中，手端衝鋒槍朝黑暗中打一梭子彈，再丟兩顆手榴彈，嘴裡念念有詞，「噠噠噠，轟隆隆」。想像中妖魔鬼怪逃的逃，亡的亡。我感到安全了，將肚子使勁向前送去，從門縫朝外撒尿。尿還未盡，急忙關門，唯恐門外黑暗中潛伏的鬼魅又反撲上來。第二天一早，母親開門聞到尿臊氣，罵道：「撒尿多走幾步，別在門口。」端盆水往地上沖去。

這年夏天，我家住的那棟房子要大修了，幾戶人家搬進工廠，臨時借住在一空廠房裡。那時候，社會主義公有制，一切都是公家的。鐵路上職工家屬有事都是找單位，兩口子吵架都會哭哭鬧鬧找單位解

決。我們沒房子住，自然就住進了工廠。

　　這是一間很大的房子，幾戶人家各自在角落裡用木板葦席圍出一小間。大房子中間空場地大家共用作燒飯及堆放雜物。一幫男孩子睡在廠房門口一舊客車箱內。木板釘的上下鋪，像火車的臥鋪。我們十來個五六歲到十幾歲的娃娃，一個病休在家五十多歲的老頭也和我們睡一塊，成了我們的頭。老頭姓孫，乾癟瘦小，臉蠟黃人蔫吧拉嘰，據說肝不好。他年輕時當過兵，參加過抗美援朝。

　　住進工廠，有許多方便，用水用電都是公家的，燒煤也不要錢。為了省錢，我們經常到鐵路上去拾煤渣。提只舊籃子，用粗鐵絲彎成耙子。鐵路旁煤台的煤堆成山一樣，但那種煤不好燒，很大的煙。那是給火車頭燒的。居民燒火是一種無煙煤，這是要花錢買的，而且計畫供給，每月每戶幾十斤。我們撿那種燒過的二煤。火車頭到煤台加煤，總要把爐子裡的煤灰放乾淨，我們就從那灰堆裡撿沒有燒盡的小煤塊。這種燒過一次的小煤塊叫二煤。二煤很好燒，火焰旺又不冒煙。撿二煤的人很多，這樣可以省下買木柴和燃煤的錢。那年月，人們一分錢瓣兩半花，能省就省。火車頭一放爐灰撿煤渣的人一擁而上，飛快地扒著還冒著熱氣的煤灰。塵土飛揚煙氣彌漫，撿煤渣的人一個個灰頭土臉。

　　撿煤渣總是在鐵軌上竄來竄去，火車來來往往很危險。為了搶在別人前頭多撿些二煤，火車一來，撿煤渣的蜂擁著跟著火車頭跑，有的小男孩在火車開著時扒上跳下，有過撿煤渣的人被火車壓斷腿，有的還被壓死。每當火車壓死人，就像趕場似的出現許多圍觀的人。我從來不敢去看死人。有個同學去看過壓死的人，回來繪聲繪色。殘缺不全的屍體，劇烈撞擊到處迸濺的內臟，車輪碾切下來的腦袋像球似的滾出老遠，聽得我既恐怖又噁心。

　　學校放暑假還沒有開學，白天我們這些孩子不揀煤渣就在工廠裡四處遊蕩，到處亂鑽。爬上高架天車，登上照明燈塔。草叢裡逮蟋蟀，屋簷縫掏麻雀。有時爬上廠內停放的熄火冷備的火車頭，東摸摸

西看看。坐在駕駛室司機皮椅上,嘴裡嗚嗚叫:開車嘍。

我們住的那間廠房後面有一片空地,雜草叢生。一條很少走火車的鐵軌鏽跡斑斑隱在雜草中。我們這些小孩常到那裡去玩,捉迷藏,打遊擊。有時草叢裡突然竄出一隻黃鼠狼,嚇人一跳。回去跟大人一說,大人們也嚇一跳。住在工廠裡的幾戶人家都養了雞鴨。開初,隨意放在戶外。白天在草地裡尋食,夜晚蹲在屋旮旯。接連幾天總是丟雞,於是,揀點磚瓦木板在房子牆角處搭起雞窩,把雞都關起來。

雖然搭了雞窩,還是會被偷了雞。黃鼠狼真厲害,它能鑽進屋裡,把雞窩上的插銷撥開,把雞偷走。都說黃狼成精了。

老孫頭說:黃狼會裝扮成女人惑人。有人看見過月亮很圓很白的夜晚,一個苗條妖冶的女人一扭一扭走來。穿著高跟鞋走路咯咯響,臉白白的,披散著頭髮。走到人家的雞窩旁,把門打開,掏出雞把雞脖子扭斷,吸食雞血。膽大的人看見,拿了大棒悄悄上前去打。猛一棒,只聽嘩啦一響,女人不見了,一股很臭很臭的氣味,直熏得人暈頭轉向。再一瞧,打碎一瓦罐,偷雞女人無影無蹤。那女人原來是黃鼠狼精變的。咯咯響的高跟鞋是腳踩兩隻雞蛋殼;身子直立,兩隻前爪舉著根木棍,上頂一瓦罐,瓦罐上扣一草帽,草帽頂放點玉米穗做頭髮。走路扭著腰肢,將尾巴夾在兩腿中間。故事有點恐怖,但很刺激,撩動人心,使人有點浮想聯翩。

舊車廂裡沒有電燈,天一黑就什麼也看不清。點上一支蠟燭,燭光搖曳,暗暗地什麼事也做不成。吃過晚飯,我們都早早地爬上床,聽老孫頭講故事。老孫頭常給我們講他在朝鮮的經歷。

朝鮮在我們國家的北方,冬天特別冷,冰天雪地,志願軍在戰壕裡,手腳都凍僵了。零下幾十度,不小心,耳朵都會凍掉。在野外拉屎撒尿都很困難,撒出去的尿很快結成冰,動作慢一點,雞兒都被凍住。尿完在褲襠裡捂好久才恢復過來。我們聽得哈哈笑,不由得把褲襠夾夾緊。

老孫頭咳嗽兩聲,摸摸下巴,繼續講他朝鮮的經歷。在朝鮮打

仗很艱苦，人們在戰壕裡吃雪就炒麵。更糟的是武器差，裝備差，美國佬的飛機大炮特別厲害。有一場戰役，朝鮮方面的情報不准，沒配合好，志願軍整個師被人家包圍住。大炮飛機狂轟濫炸，死了好多的人。志願軍司令彭德懷很生氣，見到朝鮮軍司令金日成，怒氣衝衝甩了兩耳光。因為這兩記耳光，金日成一直懷恨在心，後來，還把許多志願軍烈士的碑都推倒了。說到這裡，老孫頭憤憤地說：「這小子忘恩負義。志願軍幫他打美國佬，死了那麼多人。不然的話，早成美國佬的俘虜了。」

　　老孫頭除了講他抗美援朝的故事，還給我們講了許多神仙鬼怪的故事。每天吃過晚飯，太陽落山，天色朦朧，車廂裡首先黑下來，大家爬進車廂躺在一張張床上。昏暗的燭光將人籠罩在幢幢暗影中。老孫頭講著故事，他是山東人，一口濃重的家鄉口音，鼻子似乎有點通氣不暢，鼻音很重。但他講的故事有聲有色，我們聽得津津入迷。

　　有一個男人早晨出門，遇見一位年輕美麗的女子抱著一卷布獨自在野外行走。男人覺得奇怪，上前問女子為何一人行路？女子憂愁地說：「家中父母逼婚，逃出來的。」男人色迷心竅，將女子帶回自己家藏起來。

　　過了段時間，這男人出門遇見一道士。道士對他說：你身上有邪氣，必有大禍臨頭。男人將信將疑，悄悄回家從門縫往裡看。只見一青面獠牙的厲鬼，在一塊布上畫畫。畫完，將布往身上一披，厲鬼就變成漂亮女子。這一看男人嚇得魂飛魄散，急忙找道士求救。

　　道士給男人一張符，讓貼在門口，鬼見符就不敢進門。男人回家，貼上符，戰戰兢兢躲在房內。厲鬼回來見符，怒不可遏，原形畢露，張牙舞爪，撕碎道符，衝進房內，抓住男人掏出心臟，血淋淋而去。

　　那戶人家見男人被掏了心，大悲，找來道士。道士作法，與獷鬼搏鬥，終於把獷鬼抓住鎖進一葫蘆裡。男人胸膛洞開死在床上。家人求道士救活男人。道士念著經，叫人殺只豬，取出豬心塞進男人胸

膛。過一會，那男人果然醒來。

講完這恐怖的故事，老孫頭一本正經告誡我們：出門在外不要與不認識的女子搭話。尤其是漂亮的女子，很可能就是妖精變的。誰要是被妖精迷上，那就大難臨頭了。過去發生過許多這種事情。妖女媚人，皇帝丟江山，百姓丟性命。我們聽得將信將疑。雖然將信將疑，看到陌生的漂亮女子乃側目而視。不由自主多看幾眼，想到狐狸精，就有點心跳加速。

聽了老孫頭講了許多妖精鬼怪的故事，嚇得我們這些娃娃戰戰兢兢，一致要求晚上睡覺不要吹熄蠟燭。

夜裡，我躺在床上，腦子裡總是出現老孫頭剛剛講過的故事裡厲鬼的恐怖形象，怎麼趕也趕不掉。尿急起來，不敢出去，使勁憋著，肚子都脹痛了。我的下鋪不知為什麼也在床上翻來覆去，床搖得嘩嘩響。我探頭向下望望，床下小聲說：「喂，尿尿吧。」我一聽，急忙從床上爬下來。真奇怪，我們一起身，呼啦啦大夥一個個都爬起來。下了車廂不敢走遠，就在門口排成一排，一片嘩嘩啦啦聲。個個急急忙忙，邊尿邊東張西望。尿完連忙往車上爬。看著一個個都爬上車廂，我也急了，尿柱一收，就往車裡爬去，幾滴熱乎乎的尿液滴在大腿上。最後剩下一個六七歲的男孩，一見大家都上車了，嚇得哭哼哼，沒尿完往車上爬，剩下的尿全尿在褲襠裡。

老孫頭還給我們講了更為恐怖的故事。他給我們講僵屍的故事。聽著故事，我們都屏住呼吸，毛骨悚然，有人不小心咳一聲，大夥嚇得一顫。後來，就要求不再講這嚇人的故事。老孫頭樂樂呵呵：「好好，不講了。」

聽大人們說，老孫頭是個性格耿直脾氣很倔的人。為了修我們住的房子，他找單位領導評理，吵起來，把辦公桌都掀翻掉了。那些領導都有幾分怕他。但是我們這些孩子不怕他。八月，正是小鎮最熱的季節。中午，老孫頭嫌鐵皮車廂裡悶氣，搬張木板放在外面陰涼地睡覺。有時，看他睡得正香，頑皮的小孩子拿了草棍棍去捅他耳朵鼻

孔。把他弄醒後，氣得他吹鬍子瞪眼，吼聲如雷。爬起來去抓小搗蛋鬼。小傢夥機靈地逃得遠遠的。他揮手頓腳威脅一番，又躺在木板上。他假裝睡著，眯起眼睛看遠處的小傢夥。當小傢夥們以為他睡著了，又來搗蛋。冷不防伸出手一把揪住。拎住耳朵，得意地說：「跑不了吧。」伸手到小傢夥襠裡摸一把小雞雞，再塞一把破芭蕉扇給小俘虜，命令給他打扇。小俘虜乖乖地勞動，破扇打得叭叭響。老孫頭滿意地四仰八叉躺在木板上眯著眼打起呼嚕來。

老孫頭午睡時，喜歡光著上身，只穿條短褲，仰面朝天，手腳舒展地伸著。有時，胯下久難見陽光的地方癢起來，將手伸進去搔著。隔著層布搔得不過癮，褪下褲頭搔起來，枯瘦的手在那烏黑黑毛叢叢的地方抓得喀喀響。抓著抓著，那根筋也就挺起來，一陣快感，老孫頭眯起眼，覺得就像和老婆幹那事兒一般，舒坦極了。自從生了病以來，那事好久沒幹了，老孫頭怕自己這病軀經不住那流泄，會耗了陽氣。再說自己也明顯感到力不從心了。搔一陣，他迷迷糊糊躺在木板上又打起酣來，全身一絲不掛，那簇密毛叢中黑傢夥也疲軟地耷拉下來。

老孫頭正睡得香，一個鄰居婦女走來，看見老孫頭光天化日之下，赤身裸體，兩腿間那黑烏烏毛蓬蓬傢夥暴露無遺，大叫道：「黃狗曬蛋嘍。」叫聲引來一大幫婦女。圍住老孫頭嘻嘻哈哈樂不可支。老孫頭從夢中驚醒，翻身爬起來，提提褲頭，嘟囔著：「大驚小怪，沒見過。」「哈哈哈……」圍觀婦女又是一陣哄笑。

僵屍鬼怪的故事又恐怖又刺激，我們既想聽又怕聽。我更喜歡的是老孫頭給我們講的狐仙花妖的故事。那些故事中大都是些善良似人的妖精，很是迷人。這些美麗動人的故事，長久地留在我的記憶中，使我少年的心活潑潑地跳，激起無數的幻想遐思。

老孫頭給我們講花仙子的故事。美麗的花仙子來到人間給人們帶來快樂，善良的人經過磨難在花仙子幫助下終究得到幸福，幹壞事的惡人都沒有好下場。善有善報，惡有惡報。講完一個故事，老孫頭慣

常用這麼一句話作總結。

我最喜歡聽老孫頭講的許多愛情故事。這些愛情故事中女子大都是些嫵媚的狐精，男主人公大都是些忠厚的讀書郎。這些人與狐，人與鬼的愛情故事，纏纏綿綿，極富人情味。

老孫頭講故事每次都是這兩個字開頭：「從前。」然後停頓下來吧搭兩口煙管。我們現在的生活沒有從前精彩，我的想像會帶著我從現在飛越時空到從前裡去，和故事裡的主人公一起喜怒哀樂悲歡離合。老孫頭每講一段故事我們正聽得聚精會神時他就會停下來舉起手吧搭他的煙管，這令我們著急，不迭的催促他快講。煙管並不經常冒煙。有機靈點的小傢夥看煙鬥熄了，討好地拾起火柴想給他點上，老孫頭卻用手拔拉開。他老婆子反對他吸煙。我們車廂裡的小孩子全唯老孫頭的命令是從，很具有權威。不過老孫婆一來，老孫頭立刻沒了脾氣。

夏日黃昏，晚霞輝映著天空，明亮亮的，從敞開的門照進舊車廂。老孫頭正給我們講故事，老孫婆登上車廂叫老孫頭吃晚飯。她站在門口，一下子遮擋住門外的天空。逆光裡老孫婆又高大又健壯，粗手大腳，臉龐顴骨老高，身上穿的衣服帶著股樟腦球味。亮起大嗓門，車廂內嗡嗡地響。老孫頭戛然停止講故事，翻身落床，服服貼貼跟著老孫婆下車。我們也一個個跟著魚貫而出。

老孫婆高大壯實，老孫頭乾瘦矮小，但他們感情很好，是好心腸厚道人家。三年後，老孫頭肝病惡化，死在家中，留下老孫婆和四個半大小子。悲哀的老孫婆對前來弔唁的眾鄰裡鄉親邊哭邊說：「他真是好人啊，總是想著別人，連睡覺都不打呼嚕。」

好人也終究會死的。有時，讓人不理解的是好人比壞人死得早。老孫頭給我們講了許多故事，總是諄諄教誨我們要做好人，要提防壞人。他曾給我們講過一個大人國的故事：遙遠的古老的大人國裡，人人腳下有一片雲。好人紅雲，惡人黑雲，普通的人是白雲。如今，我早已成年，仍嚮往著老孫頭講的大人國故事。是童心難泯還是滄桑閱

盡。我時常想，如果我們的社會裡，人人腳下邊也有一朵雲，顯出人的本性，人人能明善惡，辨忠奸，那該多好啊。

我家居住的房子是簡易平房。屋簷低矮門窗狹窄，青灰瓦、土坯牆。這還是六十年代小鎮上各單位組織工人自己動手蓋的。

六

新學期，學校來了個新老師，姓羅，教我們年級數學。羅老師個子很高，足有一米八幾。從他身材高度來看，顯得瘦了些，仍不失魁梧英俊。臉龐五官鮮明，尤其那兩條濃眉，直刺太陽穴，一頭硬板刷式短髮。據說，學生時代是一名籃球好手。羅老師講課很認真，他的嗓音很好聽，有著渾厚的中音。我們聽他講課，課堂裡他洪亮的聲音久久地顫動著我們的耳膜。

羅老師的妻子也在我們學校教書，教語文。不是教我們這一年級，教低年級。她個子很矮，橢圓形的臉白白的，小巧文靜，顯得很弱。這樣的弱女子是教不了高年級的，只能教低年級。我覺得，去幼稚園更合適。

這對夫妻看來感情很好，我總是見他們成雙成對走在路上。如果是上市場買菜，去的時候，女的挎著籃子，籃子是空的。回來的時候，就是男的提著籃子，籃子裡裝滿了蔬菜。去學校上課，兩人都會

夾本書，一高一矮並著肩親親密密。他們總是從我家門前那條路走過，我會觀察他們，覺得這對夫妻挺有趣。那時，小鎮上的夫婦還不習慣成雙成對並著肩逛馬路。他們身材相差那麼大，女的只到男的胸部，並排走在一起，真是引人注目。

自從羅老師來了之後，我們的數學課就有一些變化。羅老師把我們學生按家庭住址分成學習小組，住得較近的學生五六個人為一組，上學放學一起走，星期日在一起寫家庭作業。這些改革受到學校和家長的讚揚，同學們卻不以為然。一天，在同學家，做完數學作業，我們議論起羅老師。學校裡的老師常常是我們學生議論的物件。同學們都說教我們數學的羅老師比過去的王老師講課好，不會翻來覆去總是提幾隻鴨子加幾隻鴨子，幾隻鴨子減幾隻鴨子。只是他經常佈置些作業讓我們回家做，還讓同學互相監督檢查，使我們對他有些意見。別的老師不佈置家庭作業。當著同學母親的面，我們又議論起羅老師的妻子，說起他們夫妻倆身材的差異。我隨便冒了一句：他們倆一個那麼高，一個那麼矮，怎麼在一起睡覺啊。我的意思是一個身材高大，床要加長。一個個子矮小，只需一張兒童床。同學的母親在一旁聽了，哈哈大笑起來，不知她把睡覺理解成什麼意思了，笑得我莫名其妙。同學母親笑過之後，還意猶未盡，第二天，我看見她興致勃勃，把這句話告訴鄰居婦女，態度很猥褻。過後還在我母親面前說起這件事，母親聽了也笑起來。我當時還不明白這麼一句尋常話為什麼引得她們那麼開心地笑。後來，我的閱歷和知識都增多了，懂得漢語詞彙委婉避諱用法，才明白她笑的原因。知道床的功能有兩個，睡覺是一個功能，而睡覺這個詞又往往被人暗示另一功能了。

小時候，上學讀書前，我總是黏著母親，常被母親帶著左鄰右舍串門聊天。那些婦女在一起經常講一些男女間的笑話趣事，她們以為我小不懂事，說起葷段子一點也不避諱。其實人雖小，一些男女之事尚不知曉，但已記事，懵懵懂懂略知一點，只是故意裝作不懂的樣子。我曾經偷聽到婦女們說的一件奇事。有個地方有一男一女睡在一

起不能脫開，被人赤身裸體送到醫院，差點沒命。還有一個婦女講了這樣一個故事：有一戶人家的獨生子結婚，洞房之夜，寡居多年的婆婆告訴兒媳婦晚上不要栓門，兒媳納悶不知為什麼，但還是聽從了。夜裡，新郎擁著新媳婦興奮至極，久久趴在女人身上不下來，新媳婦正在著急，門突然開了，婆婆沖進來，拿針死勁紮了新郎一下，新郎突然軟了下來，從女人身上滾了下來。渾身汗水淋漓，險些喪命。原來新郎家有難以啟齒的遺傳病。新郎的父親就是這病發作死在女人身上，留下這個遺腹子。這個故事給我留下許多疑問，暗想著的是這遺腹子怎麼遺下來的。後來，進入青春期，我的身體某個部位總是熱血充漲昂頭翹首，有時會想起這些個故事。既神祕嚮往，又惶惑懼怕，充滿想像，又不清晰，成為我青春期性幻想的依戀和寄託。

這一年元旦過了沒多久，小鎮下了一場小雪，學校放寒假了。我們隔壁鄰居家裡來了個小姑娘。小姑娘聰明伶俐，活潑可愛，很得大人們的歡喜。她會唱歌會跳舞，時常表演節目給左鄰右舍們看。我被她的歌聲吸引，也隨著母親去看她表演。

小姑娘十一二歲，頭上紮紅綢帶，梳一條長辮，臉蛋白皙鮮嫩，睫毛長長的。花格子紅襖，藍褲子，雖然沒下雨，卻穿一雙綠膠鞋。她手拿一根細細的柳樹枝，揮動著，做騎馬狀，邊歌邊舞。

「美麗山崗遼闊草原成群牛和羊，

白雲悠悠彩虹燦燦掛在藍天上，

有位姑娘手拿鞭兒站在草原上，

輕輕哼著草原牧歌看護（著）牛和羊……」

她的歌聲帶著童音稚氣，清脆響亮，真好聽。我一下就被她迷住了。

我很少和女孩子交往，學校裡的那些女孩子還沒能引起我特別的興趣。班裡有一個女同學曾引起我的注意。是個皮膚白白的愛打扮的女孩，參加過學校宣傳隊，上臺唱過樣板戲，「我家的表叔數也數不清」。她小小年齡就喜歡打扮，把時間用在打扮上，學習不怎麼

用功，成績很差。一次課堂考試她偷偷抄書，被老師抓到繳了她的本子，罰她站在課堂裡。她低著頭，臉上卻無羞愧之色，眼睛東張西望，這使我對她胃口大減。順便說一句，我的唯美主義傾向非常嚴重，以後生活中在擇友時很是糟糕。總是求全責備陷於苦惱之中，吃盡了苦頭。

這位隔壁來的小姑娘唱歌比那女同學唱的樣板戲還好聽，又純又甜，舞姿那麼活潑。她還是一個勤快的姑娘，人不大卻很能幹。在鄰居家燒飯洗衣服，還負責照看一個剛剛半歲大的小表妹，母親對她讚不絕口。這更使我對她欽佩起來。

我家的院子和隔壁院子相連，中間只有一道籬笆牆。我站在院子裡，守候在籬笆牆邊，一連幾天看著隔壁姑娘進進出出的身影。我很想能引起她的注意。

冬天，木槿樹落光了葉子，籬笆牆稀疏了許多。風將落葉吹得滾來滾去，堆在牆角。隔壁院裡竹竿上曬的幾件衣服被風吹得飄飄舞舞。一件衣服從竹竿上飄下來，掉在地上。我看見了高聲叫，隨著我的叫聲，隔壁小姑娘走出來，她拾起衣服沖我笑了笑。我很高興能有個藉口和她講話。

我結結巴巴問：「你，自己，洗衣服？」她點點頭「嗯」一聲。

我又問：「都，都是你的，衣服。」。她搖搖頭：「不是。」我搜腸刮肚找不出話來。我很為自己缺乏機智的語言而懊惱，很想和她聊一聊自己讀書的學校，聊聊新近看的電影。甚至想扯開喉嚨唱一首歌，就唱新近看的電影地道戰的歌。「地道戰，嘿！地道戰，埋伏下兵馬千千萬。」管他跑調不跑調，讓她開心一笑我會很快樂。可是我沒有這個勇氣。

「你，家裡東西，都是你洗？」我好奇地問。

「是呀，東西髒了都要洗。你洗嗎？」

我有點窘，搖搖頭。突然想到吃早飯到廚房找菜，扒翻了鹽罐子，冒一句：「我家的鹽髒了。」

她嘻嘻笑，調皮的：「那你也去洗一洗呀。」

我高興了，自覺勝她一籌，道：「鹽不能洗的，一洗都沒了」。

她哈哈笑：「我當然知道，逗你玩呢。」

我又窘了。

屋裡傳來嬰兒的哭聲。她哎呀一聲，趕緊跑進屋。我站一會兒不見她出來。從籬牆上探探頭，扒個豁，鑽過去，趀到她門前。

她在屋裡正忙著。她坐在堂屋裡一張矮椅子上，抱著才幾個月的小表妹，給小表妹把屎。屎拉在地上，小小的一堆富士山狀。拉完屎她給小表妹擦淨屁股，放到床上，從後面廚房鏟一點柴灰蓋住那堆屎，然後用鏟子鏟掉掃乾淨。她做得那麼老練從容，像個小家庭主婦，我讚歎不已。屋裡彌漫著屎臭味，可我覺得不亞于鮮花的芬芳。

隔壁的姨媽回來了，看見我笑模悠悠道；「喲，小昕，來玩啊。」走過我身旁，伸手扭把我的臉蛋。她的手指滑膩膩的，我用手背使勁擦擦臉。隔壁姨媽三十來歲，胖胖的臉部肌肉豐滿，胸脯鼓脹得快把衣裳紐扣撐破。

我有些不自在，站一旁，不知是走呢，還是再待一會。胖姨媽抱過嬰孩，當著我的面，撩起衣襟，露出肥白的胸脯，將那肥嘟嘟的奶子送到嬰兒嘴裡。我趕緊移開目光，招呼也沒打，跑了出來。

這些日子，我沒事就站在院子裡向隔壁張望，當隔壁小姑娘出現在院子裡，鼓起勇氣同她打招呼。我知道隔壁這勤快的小姑娘叫小菁，來自太湖邊傳說中美女西施故里。

晴暖的冬日，午飯後，人們三三兩兩，在家門前聊著天。小菁抱著小表妹出現在小院裡。人們要求小菁唱段樣板戲。小菁清脆地應一聲，將小表妹交給她姨媽。站在院當中，黑辮一甩，擱到胸前，兩手攥住，挑起柳眉，睜圓杏眼，唱道：

「咬住仇，咬住恨。咬碎仇恨強咽下，仇恨入心要發芽。

不低頭，不後退，不許淚水腮邊掛，流入心田開火花。

萬丈怒火燃燒起，要把黑天昏地來燒垮……」

　　人們拍手叫好，可我覺得沒有那放羊的歌好聽。為什麼不唱美麗山崗遼闊草原。小菁告訴我，姨媽不讓她唱。有人提意見，那首歌是黃色歌曲，不健康，要唱革命歌曲。小鎮發生了一些事，街道上，有人貼了大字報，對一些現象提出了批評。許多人圍著觀看大字報。小鎮最高的房子鐵路俱樂部屋頂安了幾隻大喇叭，每到吃飯時間都放廣播。一天三次。

　　早晨是《東方紅》。雄壯有力的樂曲特別振奮人。「東方紅，太陽升，中國出了個毛澤東。他為人民謀幸福，他是人民大救星。」

　　傍晚，是《大海航行靠舵手》。「大海航行靠舵手，萬物生長靠太陽，雨露滋潤禾苗壯，幹革命靠的是毛澤東思想。」輕快的旋律使人們一天的緊張疲勞放鬆下來。

　　每次放完歌曲就念大批判文章。從廣播裡聽到，有一個叫「三家村」的黑店被抓了起來。黑店？聽起來有點像說書故事裡面賣人肉包子的。再一聽才知道原來是三個作家，他們寫了一本書，叫《燕山夜話》。夜話？他們夜裡的悄悄話被別人聽去了，結果就倒了黴。我不知大人們的心思竟有如此險惡，說點悄悄話竟會招來災禍。不過街上的事沒引起我的注意，我正為隔壁小姑娘而神魂顛倒。

　　每天，我長時間在籬笆牆邊轉悠，為的是能看見她。她很忙，裡裡外外進進出出。能和小菁搭上話我幸福的不知所以，一天沒見到她我就茫然若失，坐立不安。我一會兒扒著籬笆看一看，一會兒又扒籬笆望一望。小菁裡裡外外忙著家務。洗衣，洗碗，燒飯。我跟著她進進出出，一會院子，一會廚房。小表妹睡覺時，我鼓起勇氣邀小菁到我家玩。她站在籬笆牆邊有點猶豫，左右望望，捋捋頭髮。我幫她扒開木槿樹枝條，她彎腰跨過來，開心地跳一下，咯咯笑。家中沒有人，我請她到屋裡，殷勤地翻出我的連環畫小人書給她看。還搬出我爸的寶貝收音機。

　　那時，收音機很少，更沒有電視。我家這台收音機還是父親到外地出差帶回來的。收音機不大，方方的木殼子，前面有一層布，聲

音就從布裡發出來。那層布我覺得就像戲臺上的幕布，裡面有人在演戲，只是永遠關著幕布拉不開。父親很喜愛，放在床頭，從屋外接了根很長的天線進來。天線端子盤了許多鐵絲像個蜘蛛網，一根長竹竿高高地綁在窗前楊樹梢上，拖下一根長長的銅絲。父親下班沒有別的嗜好，聽聽收音機是他主要的樂趣。吃過飯，躺在床上休息，將收音機端到跟前，扭動開關。收音機劈劈啪啪響一陣，就會傳出來音樂和講話聲，彷彿從天上飄來的。父親聽得神情專注，微微眯起眼陶醉其中。父親的收音機很寶貴，我們只有在父親不在時才敢打開來偷偷地聽一會。我請小菁聽收音機，幫她調台，來來回回扭著開關。一陣亂七八糟的雜音過後，嘩嘩聲中傳來一陣音樂，有一個女人在唱歌。小菁爬到收音機前凝神聽著。一會，抬起身不滿地：「這收音機裡怎麼總在下雨似的，聲音也太小了。」

　　聽她這麼一說，我覺得慚愧起來，想把聲音調好一點，扭扭開關，沒有作用。我想起父親聽收音機時，聲音不好就會去外邊旋轉一下天線。我對小菁說：你等一等。到屋外搬了架梯子靠樹上。小菁問：你幹什麼？我說：修天線。爬上木梯向樹上攀。小菁也跟在我後面爬上木梯。一前一後，搖得樹枝嘩嘩響。我蹬著樹杈去轉天線，誰知樹叢中竟藏著一窩野蜂。酣睡的蜜蜂被我們驚醒，嗡地飛出來。它們那鼓鼓的近視眼把我當成偷蜜的大狗熊，立即向我們發動進攻。這些野蜂可不好惹。我嚇得叫一聲，趕緊後撤。小菁「媽呀」一聲跳下木梯。她真靈活，一下竄進了屋，還嘭地把門關上。我連滾帶爬下了樹，卻被小菁關在門外。幾隻野蜂追來，我回身撲打著。一隻野蜂飛來叮在我的脖子上，一陣刺痛，我使勁拍一巴掌，將野蜂打落在地上。小菁這才開了門。我逃進屋氣喘吁吁，脖子上火辣辣地痛，用手捂住。小菁有點不好意思，問我：「痛吧？」

　　我哭喪著臉，用手摸摸脖頸，腫了個大包。忍著疼痛，吐口氣，沒好意思呻吟，說：「有點。」我並不想責怪小菁把我關在門外，為了愛情這點犧牲不算什麼。小菁咧咧嘴，做個鬼臉。瞧她也沒有什麼

內疚的樣子，似乎本來我就應當挺身而出為她擋住危險。

傍晚，人們回到家。我的脖子一直歪歪著，痛得齜牙咧嘴。小哥聽說我被野蜂蜇了，湊上來朝我脖上看看，激動地叫：「嘿，好大的包。」母親把他撥拉開，扶著我的腦袋看了看，用手在我脖子上摸了摸，嘴裡說道：「活該，你跑哪裡去瘋了。」說著帶我到隔壁找胖姨討奶水，說用奶水擦一擦可以消腫去毒，就不痛了。

來到隔壁，小菁不在，胖阿姨正在奶孩子，見到我笑嘻嘻：「是不是偷蜜吃了，饞嘴。」在我眼面前從衣襟裡掏出肥白的大奶子用手一擠，就滋了半小碗奶水。

母親將我推到她面前，說爐上正燒飯，就回去了。胖阿姨一把抓住我，不懷好意地盯住我，得意地笑，窘得我一臉通紅。小哥也跟過來，站一旁吃吃笑。

胖阿姨向小哥瞪一眼。「去去，怎麼，你是不是偷不到蜂蜜想喝點奶呀。」小哥嚇得趕緊跑了出去。

胖阿姨一把將我摟在懷裡，用手沾著奶水在我脖子上揉搓起來。邊揉邊說：「誰叫你亂鑽，誰叫你饞嘴偷蜜。」

我爭辯：「我沒偷蜜。」

胖阿姨將我的頭按在她胸脯上，堵住我的嘴：「小鬼頭，越來越不老實，當我不知道。滑頭。」

我的臉埋的胖姨溫暖鬆軟的胸脯上，喘不過氣來，一股奶腥氣嗆得我頭暈。擦一陣，胖姨停下來，手一松，我抬起頭喘著氣。胖姨乜笑著用手拍拍我的臉蛋：「好些了吧？」

我感覺脖子上似乎不再痛了，掙開她的手。「不痛了。」脫身跑回家去。

一天黃昏，晚霞的餘光映照著西邊的楊樹梢，母親在院裡收拾晾曬的衣服。籬笆那邊隔壁的胖阿姨抱了一疊尿布，對母親說：這幾天，一隻小貓聞到我家的腥味，總是往我家裡鑽，籬笆牆都鑽了一個大窟窿。她要把窟窿堵一堵了。

母親笑著說：「是吧？這只貓真夠調皮的，該打。」兩個女人都哈哈笑。

我不能肯定這是不是說我，還是真有這樣一隻貓，心裡有些虛。以後一連幾天，我沒再敢到隔壁去。小菁也很少在院子裡露面。有時見她抱小表妹出來，看見我回身進屋。

又過了幾天，聽說小菁要回家了，我有點惆悵。下午，大人都去上班了，我在院裡踮腳朝隔壁望望，幾天沒見小菁，我很想能跟她再聊一聊。隔壁靜悄悄，我百無聊賴徘徊著從前門轉到屋後。屋後有一棵李樹，三月，李花開滿樹一片雪白。風一吹，雪片似的花瓣紛紛地落到我家窗前。六月，小小的李子還沒成熟，就會有小朋友爬樹偷摘李子吃，夜裡常聽到胖姨媽駡人的叫喊聲，驅趕那些偷李子的小毛賊。臘月，樹上沒有李花更沒有李子。我爬上了這棵李樹，比偷兒還慌張，騎著樹杈探頭向窗內張望。胖姨不在家，我爬下樹又繞進前面院子。隔壁門虛掩著，一推開了。裡面悄無聲息，我探探頭，輕輕走進去。

小菁正帶著她的小表妹躺在床上睡覺。我躡手躡腳走近床邊。她正睡得香甜，長長的睫毛垂下蓋住眼瞼，臉蛋紅撲撲，柔柔的黑髮散落在枕上；一床花被蓋住她的胸，一隻胳膊搭在被子外面，真是一個睡美人。我看著這小睡美人，怦然心動，情不自禁伸手摸一下她赤裸的胳膊。小菁睡得很熟，沒有動。我大著膽又摸了一下她的臉蛋。小菁的眼睫毛抖動了一下還沒有醒。這時，我的心裡忽然湧起一股強烈的欲望。我呼吸急促，手心發熱，忍不住俯下身在她臉蛋上親一下。溫軟香酥，我一觸即起。親畢，心慌得要命，趕緊退出來。左右望望，沒有人，溜回自己家中，心怦怦跳，擔心那一下會被人看見。很長時間我興奮不已，嘴裡滑膩膩余香滿口，總在想這件事，我親了她，我親了她。我全部身心都洋溢著一種感情，許多年以後，我才把這種感情理解為愛情。

七

　　立春的日子總是和春節相連。小時候，曾經我還以為春節就是立春。當一張寫著春字的大紅紙貼上家家戶戶門上，我知道，苦寒的冬天終於過去了。

　　中午吃飯時，外面傳來鞭炮聲，不知誰家放的。這鞭炮聲提醒著人們，要過年了。一年一度的春節總是給小鎮的生活增添點熱鬧的氣氛。雖然上面號召過革命化的春節，老百姓還是覺得吃穿比革命更重要。早年這個時候，母親總是在忙碌著。按她的話說，忙來忙去，都是為了一張嘴。她一籃子一籃子採購著蔬菜往家提。一年來省吃儉用，過年了要奢侈一下，飯桌上終於有了魚肉。過年家家都在忙碌，忙碌是過年的一大特點，忙碌中透著喜慶。

　　學校放寒假了，我們幾兄弟都待在了家裡無所事事。大哥大姐上中學就到外面住校讀書，放假了才回來。他們回來家裡就更擁擠不堪。姐姐在那低矮黑暗的小廚房搭張床，白天夜晚都掛著布蚊帳。母親給我們外間的床用板凳支著加塊木板，大哥和我們幾兄弟擠在一張床上。晚上睡覺我睡在中間，就如同竹筒裡的筷子，腿腳都打不了彎。木床一邊靠牆，睡在最裡面臉都貼著牆。睡在最外面不是大哥就是二哥。半夜了時常會聽見「撲通」一聲響，是睡在外面的哥哥一翻身掉地上了。他迷迷糊糊爬起來，把床上的人使勁往裡推推，擠進被窩接著睡。

　　年前的幾天，為了買年貨，母親分派我們到供應站去排隊。20世紀中期，物資匱乏，所有物資都由國家掌握，商店也是國營的，叫供應站。人們吃穿用都是國家計畫，布有布票，糧有糧票，按人頭數憑票供應。

　　每月的糧食定量，大人三十斤，小孩根據年齡大小十幾二十斤，單位職工根據不同工種定量也不一樣，幹體力活的就多一些，坐辦

公室不是體力活的少一點。食用油一人每月四兩，麵粉過年一人才一斤，煙酒糖花生瓜子都是憑票限量購買的。一點好東西平時捨不得吃，都留到過年。

供應站是一間二百多平方米的平房，鐵柵欄大門，屋頂圓木房梁，能看到灰瓦，積著陳年老垢蛛網。店裡三面都是櫃檯。一邊是油鹽醬煙酒糖食品，另一邊鍋碗瓢盆炊具五金，中間是布匹衣襪鞋帽。買年貨的人手上都捏了一大遝供應票在各個櫃檯前排著隊。排一次隊，買到一樣東西撕去一張。買好一樣再去排下一個隊。隊伍排得長長的，拐個彎一直到了門外。不大的供應站裡嘈雜擁擠。我在那裡排隊買糖，站了兩小時快排到的時候，聽見後面一個男人說：「暈，原來這裡是賣糖的，賣酒的呢？啊，在那邊！」

賣酒的隊也老長，小哥正站在那裡，一臉的無趣加無奈。一個酒糟鼻男人手上拿了幾張計畫票，湊到小哥面前。「嘿，小孩子又不喝酒，你買酒幹啥。我拿糖票換酒票行不？」小哥搖搖頭，他倒是想換，可不敢換。他不喝酒，但老爸要喝酒。老爸不抽煙，我們家那點計畫煙，都是留著待客的。客人不多，煙總是放到發黴，於是就會放到太陽底下曬曬。老爸愛喝酒，一喝酒話就多。老爸平時對我們很嚴厲，不苟言笑，喝了酒就變得和藹可親起來。那時侯，我就知道酒的好處了。

年前我和哥哥買了年貨，就幫著母親裡裡外外掃地擦門窗，打掃房內衛生。因為忙，家裡養的小母雞無人顧及，傍晚沒有關起籠子，被黃鼠狼偷走了兩隻。雞窩是在房屋外牆根用磚頭石塊搭的，頂上蓋木板竹席。每天天亮早起我們都要打開雞窩門放出雞，趴到門口伸手從雞窩裡掏出母雞下的雞蛋。雖然雞窩裡雞屎很臭，但是雞蛋很香。傍晚雞群會自己鑽進雞窩，我們還必須趴在雞窩門口清點一下數量，然後關上雞窩門。門是一塊厚木板，雖然抵擋不了槍彈，但是防黃鼠狼還是綽綽有餘。怪就怪我們一時大意，黃鼠狼太狡猾。

黃鼠狼我見過，跟只貓差不多大。腰身細長，賊頭賊腦鬼鬼祟

祟，總是一溜煙橫躥過馬路，鑽進田野草叢中。我聽說過許多黃鼠狼成精作怪的故事。老孫頭說黃鼠狼會裝扮成女人，我沒見過。不過，我知道，黃鼠狼在危急時會放臭屁，趁敵人被熏得掩住口鼻時逃走。這狡猾的小東西，我們對它既厭惡，又感到神祕兮兮的。

餐桌上少了兩碗雞肉，這對我們是一個巨大損失。母親惋惜著，責怪幾個兒子沒有及時地對狡猾的黃鼠狼提高警惕。我的三個哥哥就像三個小和尚似的互相推卸責任譴責對方。我一邊懷念著小母雞，一邊想到雞肉的香味，情不自禁地咽下口水。

那時候，我們平時很少吃到豬肉，一個星期難見葷腥。豬肉是國家計畫配給的，每個月每人只有半斤。過年時，特別優待，每人能多加半斤。如果買豬頭豬腳這類東西，一斤可以換兩斤。人們對飢餓還記憶猶新，大家只注重數量而不求品質，不約而同都盯上豬頭豬腳。一隻豬長不出兩隻頭八隻腳，那麼就得早早地去食品公司排隊。我們家這件事經常指派大哥去，排半天隊，蹭一身油水，提半隻豬頭或一對豬腳回來，他怨聲載道。

當一對肥白的豬蹄子蹬上我家的砧板，小鎮上響起了劈劈啪啪的鞭炮聲。家家戶戶廚房裡飄出陣陣香氣，令孩子們個個垂涎三尺，這又會勾起我們對小母雞的思念。不過，對於吃的東西，我的欲望還不怎麼強烈，我最喜歡的還是放鞭炮和燃禮花。過年母親不肯多花錢，只給我買兩掛一角錢一串的小鞭炮。我捨不得一起點放連響，一個個拆開單放。拿一隻小鞭在手上點著往空中一扔，一個清脆的炸響。再就是用一截小竹管作炮筒，彎根鐵絲做架子，將一隻鞭炮填進炮膛點著引線，啪的一聲打出去。

小哥有幾個大炮仗，一點起來驚天動地。他是在街口別人點大掛大掛的鞭炮沒有響盡時搶來的。我也跟著一起到街上轉悠，小時候我常和小哥一起玩耍。那裡的商店和鎮政府單位會在自己大門口挑著竹竿點上一大掛長長的鞭炮慶祝節日。劈劈啪啪聲中，引來一幫半大的男孩子。鞭炮有的落地沒響，大家就衝進硝煙裡去搶。有一回，我伸

手搶了個大鞭炮，誰知是慢引，落地沒響，搶到手上炸開來。震得我手掌發麻，虎口生痛，兩隻手指熏得黑黑的。再搶花炮，我吃一塹長一智，先用腳去踩，踩熄了再撿起來。

　　街上走過舞獅隊伍，我們跟在後面搶沒炸響的花炮。拿著一支燃著的香，一路走一路放鞭炮。點著了，捏在手上不急著丟，看著引線快燃盡了再高高地扔出去，讓鞭炮在空中炸響。看見雞啊狗啊點了鞭炮扔過去，炸得雞飛狗跳。走著走著，見到路邊橫放了幾根大水泥椿管，一米來高。想試下把鞭炮丟進去是不是會更響。事實證明是很響，甕聲甕氣，帶著回音，奇怪還跟著一個男人的嚎叫。從大水泥管子洞裡鑽出來一個流浪漢，蓬頭垢面，破衣爛衫，看不清年紀，瘸著一條腿，罵罵咧咧追了我們好幾百米地，跑得我們氣喘吁吁地。

　　小時候，過年是我們最開心最高興的日子，過年的故事永遠講不完。

　　每年三十，母親一定是要包餃子的，這是傳統。母親年輕時，包的餃子又快又好，一大家子七八口人吃的餃子，全是她一個人忙活。和麵，剁肉，拌餡，擀皮，這些步驟有條不紊。母親包的餃子還有許多花樣。有像沒尾巴的小老鼠，有像老太太的小腳丫，呵呵，這比喻不恰當，怕引起人們的聯想，影響食欲。人們喜歡把餃子形象地比成元寶。還有的扁的卷著花邊像向日葵形狀的餃子。餃子餡也有許多品種。有白菜餡，韭菜餡，芹菜餡，個個味道都很香。成年後，我出門在外，從不吃飯店裡的餃子。再有名的餃子樓，那餃子的味道同我母親包的餃子都差遠了，沒有母親包的餃子好吃。

　　母親在包餃子時曾經給我們講過這樣一個故事：一個財主的兒子不知道稼穡之艱辛，常到一個飯館裡吃餃子。他吃餃子只咬一口肉餡，把餃子皮全吐掉。後來家道衰落又遭遇火災，磚瓦樓閣一夕之間夷為平地，他成了乞丐。一次要飯要到他過去常吃餃子的這個飯館。老闆端出一些餃子皮招待他。落魄公子表示感謝。老闆說，不用謝，這都是你當初扔掉的餃子皮，我撿起曬乾了而已。淪為乞丐的財主兒

子很是慚愧。後來他幡然悔悟改過自新，勤奮努力艱苦創業，家道重又富裕起來。母親用這個故事來教育我們要艱苦樸素勤奮工作。她的教育和聖人的教誨「富貴不能淫，貧賤不能移，威武不能屈」同明相照。

每年三十晚，我們都圍著母親包餃子。那時沒電視看，也沒什麼娛樂活動，家家戶戶聚在一起忙碌著年夜飯。我有時也伸手包上兩個。我包的餃子實在難看，一點點餡，勉強捏起來，放在鍋裡頭一煮，就開了花，成片湯了。

年三十包餃子時，母親會拿一枚硬幣包在餃子裡，還拿一顆水果糖包餃子裡。她對我們說：誰吃到這只有硬幣的餃子和有水果糖的餃子誰今年就有福了。我們都希望能有好福氣，吃到這只能帶給我們幸福的餃子，悄悄地，在這只餃子上做上記號。母親制止我們，說：看誰的運氣，不能作假。

餃子熟了端上桌，我們都想尋出這只有硬幣和有糖的餃子。可是餃子個個都一樣，分辨不出。小心翼翼，咬一口餃子，用筷子扒拉扒拉餡子。可越是尋找越是吃不到，而往往在失望之時，咯噔一下，咬著硬幣，立刻開心地大叫：我吃到了。大家都用羨慕的眼神看著。如果都沒吃到硬幣，母親也夾幾個餃子放碗裡，先用筷子捅捅，找到那枚硬幣，她自己不吃，悄悄夾到我的碗裡。這樣，在母親幫助下我吃到有福氣的餃子。美滋滋，嘴裡叼著硬幣，亮給大家看，就感覺幸福已經降臨到我的身上。如果母親吃到那顆包著水果糖餃子，她就會含在嘴裡，把我叫到身旁，臉貼著我的臉，嘴對嘴，把糖塊送的我的嘴裡。我呀從不吃哥哥吃剩的東西，覺得不衛生，但是如果媽媽嘴裡咬過的東西，我一點都不嫌棄。我知道，我的幸福是因為有媽媽。母親給了我生命，給了我幸福。大年三十是幸福的時刻，熱騰騰的餃子端上桌，淋上蒜泥、醬油、醋調成的蘸汁，一家人坐在飯桌之上，其樂融融。

年三十的夜晚，吃過年夜飯，我們一家還都圍著母親包餃子。父

親經常是在外上班。母親一邊包餃子，一邊等待著父親，直到半夜十二點才歇下來。年年如此，這是傳統。母親說是守歲。我很想能陪著母親一起守歲，可是不到十二點，眼皮就沉重得睜不開了，爬上床，倒頭就睡著了。舊年和新年就在我的睡夢中悄然更替。

多少年的春節那個三十晚上，吃著母親包的餃子，我都感覺心安理得，幸福祥和。母親晚年八十多歲了，仍然在年三十的晚上給我們包餃子。母親年紀大了，手腳慢了，調拌的餃子餡也沒早年的好吃了，可我一定要吃上一碗。那時，不曾想過，如果有一年三十晚上我吃不上母親包的餃子，那麼幸福就將離我而去。大自然很殘酷，歲月很無情，它們沒有停下行走的腳步。最愛我和我最愛的人走了，我再也不能吃到母親包的餃子，我的生命中的幸福時光就這樣終於離我遠去。

八

很久很久以前，每逢農曆十二月三十的夜晚，都會有一個叫夕的妖魔降臨人間。夕是一個吃人的妖魔，肆虐成性，給人間帶來很大的災難。人們戰戰兢兢度過恐怖的夜晚。後來，有一個叫年的英雄不畏強暴，為民除害，把兇惡的夕趕跑了。人們興高采烈，黎明燃放起鞭炮，歡慶除夕，迎接新年。這是個很動人的童話，流傳至今。據說，這就是春節的來歷。

在我的孩童時代，童話傳說已經很久沒有人講了，這被譴責為封建迷信。節日的來臨，主要體現在吃的上面，有錢的沒錢的都在準備著年貨。小孩子們喜氣洋洋，盼望著新年快點來到。女孩子要做新衣，男孩子要買花炮。大人們奔奔波波，他們辛勞了一年，過年也沒能鬆口氣。如果口袋裡還有點錢，這也是一年節衣縮食攢下的，留著過年用。老人們對過年有一種惶恐的情緒，就像是人生跨過去一道坎。我時常會聽到他們感歎：又過了一年，又向死神近了一步。

　　這一年的春節我特別高興。母親說：今年小昕整十歲了，生日要好好過一過。母親破例給我做了套藍嘩嘰布新衣服。平時我都是撿哥哥的舊衣服穿，這年終於穿上了新衣。新衣服做得特別肥大，使我整個人都像是縮在簇新的衣服裡。褲腳和袖子挽起兩圈還嫌長。這樣，即使再過兩年，我長高了，也還能穿。

　　我童年時代的生活是在貧困中度過。說來也慚愧，如果不是那危言聳聽，預言人口爆炸提出計劃生育的馬老頭子被打倒，恐怕我還不能出世。因為我已經有了一個姐姐，三個哥哥。當然，根據物質不滅定律，我還會以其他的形態出現。或許變個漂亮可愛的小女孩，那樣也許就好多了。漂亮女孩總會遇到許多樂於助人的人而得到幫助。

　　我現在還保存著一張那時我們四兄弟的合影照片，清一色四個小平頭，身穿嘩嘰布藍學生裝，藍褲子，足蹬籃球鞋。這是我們當時最好最時尚的衣著了。那時照相還是很隆重的，不像現在照相機那麼普及，隨時可以嚓嚓來一下，還是彩色的。那時照相只能上照相館。

　　我一直盼望著自己快點長大，長大成為一個了不起的男子漢，像父親那樣頂天立地一肩挑起全家生活重擔。我滿懷豪情壯志地對母親說，將來給她掙大錢。母親竟然不屑地嗤之以鼻，說：「我可指望不到你們。」她摸摸我的臉蛋，說：「你們只要一個個平平安安就好了。」我真是無法容忍母親的輕視。

　　我的爺爺同母親不一樣，他對我們幾個孫子一直寄予厚望。記得，有一年的春天，爺爺千里迢迢從東北老家來到我們居住的江南小鎮看望他的兒孫。為了迎接爺爺的到來，父親在房山牆挨著又蓋了間小房子。父親蓋房子的時候，我和哥哥們動員起來，提著土箕四處拾磚頭石塊。父親砌牆，我們搬磚，鏟泥漿。房子低矮黑暗，抬頭能看見頂上的灰瓦。我們用舊報紙將牆壁屋頂糊了起來。我和哥哥們住進了新蓋的小黑屋，爺爺住在堂屋後那間早先姐姐住的小房裡。

　　爺爺七十歲了，滿頭白髮，爍爍蒼蒼；一綹銀鬚，飄飄灑灑。拄著支木杆虯然的手杖。在我的印象中，他老人家是個樂天派，熱心

腸。我曾聽母親說過爺爺這麼一件事：在鎮上的小商店，有個男人和營業員爭吵起來。營業員說那男人買東西少給了一角錢，那男人說沒有少給錢，各執一詞，爭吵不休。爺爺恰巧在邊上，他息事寧人，掏出一角錢給營業員，把那素不相識的男人勸走了。這件事，母親很有些耿耿於懷。一角錢，在她的帳目上，很可以派些用場，她不喜歡這樣不明不白送掉一角錢。爺爺不以為然。他說人生最寶貴的是快樂和健康。爺爺偌大年紀，不遠千里，一個人從東北來到江南。據說，他老人家一路上興致勃勃遊山玩水，觀賞江南風光。我家現在還保存著一張爺爺在杭州西湖畔拍的照片。爺爺對杭州這六朝古都讚不絕口。說上有天堂下有蘇杭，果是名不虛傳。爺爺坐在平湖秋月的亭榭裡一張太師椅上。波光粼粼，楊柳依依；爺爺神采奕奕從天堂裡望著我們。

爺爺祖籍在河北，祖上世世代代在那片黑土地上辛勤勞作。爺爺年輕的時候，黑土地上鬧災荒，家鄉實在待不下去了，他獨自一人離開故土，去闖關東。爺爺的闖關東，對我們的家族來說，不亞於紅軍的二萬五千里長征。他背井離鄉，一路風塵，烈日酷暑，雪雨風霜，還有呼嘯而來，席捲而去的關東響馬，真是歷盡艱辛。時隔半個世紀，到爺爺下江南時，已然今非昔比。他已是兒女成群，孫兒繞膝了。

爺爺在小鎮待的時間不長，主要是他對小鎮的氣候不適應。夏天，烈日炎炎，氣溫高達攝氏三十八、九度。蟬噪聒耳，溽暑蒸人。熱浪陣陣攪得人昏頭昏腦，喘不過氣來。夜晚，人們熱得一夜一夜失眠，躺在蚊帳裡任著汗水從身上流下來溽濕床板。燠悶難耐，戶外有一絲風，也許涼爽一點，蚊蟲的叮咬又叫人受不了。人們流著汗，躲在蚊帳裡打著赤膊，狼狽不堪。揮動著撲扇，嚮往著冬天的日子。冬天到來卻也不好過。北方西伯利亞的寒流從高空降下，寒風怒號，陰雲慘澹，萬物蕭索，草枯葉黃。天剛見黑，人們早早地哆哆嗦嗦鑽進冰涼的被窩，縮成一團，好一陣子才用體溫將被子捂熱。

　　我的爺爺他經歷過北方隆冬裡的冰雪嚴寒，然而，江南乖戾無常，忽冷忽熱，陰冷潮濕的氣候使他難以抵禦。

　　春天來臨，江南小雨淅淅瀝瀝下個不停，飄忽忽灰濛濛。樹木房屋在茫茫細雨中顯得影影綽綽。行人們打著傘，瑟瑟縮縮，一個個一副極不願出門的樣子。天空到處飄著霧狀的水汽，一開門窗就吹進屋。到處濕漉漉，潮乎乎，叫人既繾綣又惆悵。絲絲縷縷，無邊無際，飄飄忽忽，無孔不入的毛毛雨也令爺爺神情沮喪。他住的房子，牆壁那麼薄，窗戶也不糊紙，北風總是從縫隙往裡吹，屋裡屋外一個溫度。不像北方，外面冰天雪地，屋裡火炕燒得暖暖烘烘。他嘮嘮叨叨，詛咒著天氣，總是說要回北方去。唯一使他快慰的，將他羈絆在江南小鎮的是他的四個孫子。

　　爺爺來了，母親會特別做些好吃的。有時她會稱上半斤肉，一小把韭菜，和上點麵包餃子。餃子煮熟端上桌，香氣騰騰，但是我們吃不上。不是過年，那是給爺爺一個人吃的。餐桌前，爺爺拿著筷子笑眯眯看著我們，給我們四個兄弟每人夾一個餃子放在碗裡，說：「吃完飯再吃，餃子最後吃，一打嗝都是餃子味。」

　　一張四方桌，爺爺坐首席那張舊籐椅上。父親坐對面，我們分坐兩旁。母親在一旁忙碌著。爺爺很健談，吃飯時也滔滔不絕。飯桌上，爺爺講了這樣一個故事：一個財主和一個農民都炫耀自己的財富。財主請農民吃飯，八仙桌四條腿，一條腿下墊了只金元寶。農民請財主做客，把四個兒子叫出來蹲在桌下，一個兒子抱了條桌子腿。財主自愧不如。

　　爺爺坐在八仙桌旁吃著母親專為他包的餃子時，心滿意足。我想，這時，如果有哪位自以為富有的人來向他誇比財富，爺爺一定會叫我們去抱桌子腿。當然，我會很樂意地去抱上一條冰涼的桌子腿的。這樣，爺爺就又會賞我餃子吃。

　　爺爺對孫子們的偏愛真是無與倫比。他以為他的幾個孫子個個出類拔萃。爺爺給我們講英雄的年勇敢除夕的故事，啟發我們內在深藏

的英雄氣概。我每當聽到這些英雄的故事，就會熱血沸騰。遺憾自己沒有出生在那洪荒年代，沒有拔山舉鼎的蓋世神力，沒有叱吒蘭台的大王雄風。但是，有一件事也證明了在我輩之中仍有著藏龍臥虎不凡之人。

　　江南的春天氣候多變。這天，天氣十分悶熱，烏雲從四面堆來，天色越來越暗。中午下起了大雨，天空隆隆地響著雷聲。我們一家正和爺爺一起坐在堂屋吃午飯。大家圍著桌子，爺爺還是坐在那張舊籐椅上，喝著酒，父親陪著他。屋外，雷在低低的雲層間轟響。大雨嘩嘩啦啦，如瀑布傾下。屋內仍很悶熱，為通風門大開著。爺爺興致很好，高談闊論，父親唯唯諾諾聽著。母親忙著添飯上菜，我慢慢往嘴裡扒著飯，眼睛盯著桌子中間那碗紅燒肉。那年月，餐桌上是很少能見紅燒肉的，一個月也就那麼一兩回。每次，我們兄弟都自覺不向那裡伸筷子。都是母親給我們每人一人分幾塊。今天大概因為爺爺在，母親遲遲沒給我分肉。覷覦許久，實在忍不住，我向那裡伸出筷子，瞄一眼父親的臉，夾一塊肉趕緊縮回。忽然，就在這時候，天空一道耀眼的閃光，照得屋裡雪亮。一個明晃晃的火球從敞開的門鑽進屋，在飯桌上掠過，屋裡轉了一圈倏忽從爺爺眼前又鑽出門去。只聽「喀察」一聲巨響，震耳欲聾。這只火球在大雨中落在馬路對過一根電線杆子上，炸開來，劈下一截電杆木梢。響聲過後，空中彌漫著一股焦臭味。

　　我們全家驚得目瞪口呆，好一會才醒過來。爺爺望著屋外烏雲翻滾，大雨滂沱的天空，神氣凜然地說：「我們當中有有福之人啊，我們都是沾了他的光。這一個雷子要是在屋中炸開，全家都得完。」

　　事後，過了許多年，我還記憶深刻，驚心動魄。如今回想起爺爺的話，我思忖著這有福之人是誰？爺爺已經故去，難道會是當時坐在桌子末梢拿眼瞄著父親的臉，小心翼翼將筷子伸向紅燒肉的那麼個其貌不揚的小傢伙？爺爺的讖語，半個世紀後仍然是個謎。

　　小時候，每年，我們幾兄弟無論誰過生日，母親都給小壽星煮

兩個雞蛋。哥哥們過生日，我都能沾上點光。過生日的哥哥吃兩個雞蛋，我就能吃上一個雞蛋。我過生日吃兩個雞蛋，哥哥們是沒有蛋吃的。我心安理得。道理很簡單，哥哥過生日，我吃一個雞蛋，母親僅多煮一個雞蛋。我過生日哥哥們也跟著吃，那麼母親就得多煮三個雞蛋，當然就得慎重了。

今年是我的十周歲，母親特別重視。新年伊始，母親說：十周歲的生日要隆重過一下。自從母親說了這句話，我就一直在盼望之中。

春節過後，天氣越來越暖和，街上的狗兒撒著歡，公狗追逐著母狗。這動物幾經劫難，被人們一會寵愛有加，一會大加殺伐，飽覽世態炎涼，仍然無憂無慮地頑強地活著。春暖花開，家裡的老母雞要孵小雞了。自從這只母雞的兩個夥伴被可惡的黃鼠狼偷走，劫後餘生，承蒙我們幾兄弟關照，過了一段時間安逸日子。飽食思淫欲，它發起情來，不再下蛋，天天趴窩裡不出來。偶爾出來一下，羽毛蓬鬆，步履蹣跚，左顧右盼，咕咕亂喚，招呼著還沒出世的小雞仔。

每到春天，就有母雞發情抱窩不再下蛋。有養雞的人家不願意了。養雞是為了母雞生蛋，母雞不生產不工作是不行的。人們為阻止母雞孵小雞，不講雞道，採取許多強制措施。把母雞五花大綁，限制母雞的自由；把母雞頭上戴頂黑色紙帽，蒙著雞的雙眼，不讓它見到光明；還有把母雞浸在水裡，倒扣在木盆裡，進行精神折磨肉體摧殘。為了子孫後代，母雞不屈鬥爭，但是，在人們強暴專制下，弱小的母雞最後只有無奈屈服，斬斷情絲，拋下子孫，繼續為人民服務，進行下蛋的工作。

母親也不喜歡母雞長時間抱窩消極怠工，她因勢利導，放了幾隻雞蛋在窩裡讓老母雞孵了幾天，再從街上買回十幾隻剛出殼的小雞雛與老母雞放在一起，從窩裡把雞蛋拿出來。

一夜之間，雞蛋變小雞。老母雞頭腦簡單不辨真偽，把這群小雞視如己出，呵護備至。離開雞窩帶著它們四處覓食，找到食物自己捨不得吃，咯咯咯喚來小雞。米黃色茸毛如球似的小雞在地上滾來滾

去，唧唧叫著爭搶母雞嘴下的食物，彼此還你爭我奪。吃飽了，玩累了，小雞就鑽進母雞翅膀下，安然入睡。

　　下雨天，老母雞躲在籬牆矮樹叢下，將小雞保護在自己的羽翼中。滴滴答答，樹葉上的水珠落下來，打濕了母雞身上的羽毛。小雞從母雞腹下鑽出來，歪腦袋看看天，調皮地伸出小嘴去接樹葉上滴落的水珠。小雨滴冰涼，小雞縮縮脖子，甩甩腦袋，嘰嘰地叫又鑽進母雞羽翼下。這情景很是動人。如果有誰這時去騷擾母雞，去抓小雞。老母雞就會一改溫情脈脈的樣子，兇狠地撲上來在你手上狠啄一下。

　　大自然中潛伏著很多危險，有野地裡出沒的黃鼠狼，還有天上飛的老鷹。我小時候經常和小朋友一起玩老鷹抓小雞的遊戲。一個人當老鷹，一個人當母雞，其他人做小雞。小雞一個接一個牽住前面的人的衣服躲在母雞身後，母雞站在最前面張開雙臂護住小雞。老鷹圍著小雞團團轉，試圖沖過母雞抓住小雞。母雞帶著小雞同老鷹周旋。大家玩著遊戲很開心。老鷹靈活敏捷，母雞牽著一長串小雞顯得尾大難調，被老鷹轉幾轉，撲幾撲，人仰馬翻，小雞一隻只被抓走。

　　小鎮的上空經常出現老鷹。空中飛翔的老鷹並不像我們小朋友做遊戲的老鷹那樣總是得逞，經常抓走小雞。有老母雞的保護，小雞還是安全的。有一天，我在家中聽到外面老母雞叫聲不停。出去一看，在房前隔馬路那片草地裡，老母雞將小雞攏到身邊，羽毛炸聳仰頭長喚。天空一隻老鷹在盤旋，不時低低地俯衝下來，掠過這群小雞的上空。老母雞張開翅膀，脖子羽毛都豎起來，一見老鷹飛來的黑影，便奮不顧身撲過去。老鷹終於懾於老母雞的悍不畏死精神，始終不敢下來抓小雞，盤旋一陣飛走了。一切又恢復了平靜。

　　我站在地壟上看了許久，真沒想到這小小的母雞在兇悍的老鷹面前表現得那麼勇敢。母親為了保護自己的孩子，捨生忘死，再弱小的動物都會變得兇狠好鬥起來。我既欣賞兇悍的老鷹，也欽佩勇敢的母雞，這種景象以後我就很難得再看到了。如今，養雞已是機械化，關在籠舍裡餵飼料。老鷹已經在小鎮上空絕了跡，天上飛的只剩那些灰

不溜秋鬼精靈的麻雀。我覺得這有點像我們現如今的社會。

　　早些年，小鎮許多人家養雞，小雞雛長大了母雞留著下蛋，公雞就殺了吃，改善生活。小公雞長成半大，剛剛冒出點雞冠，翹起小尾巴羽毛很不安分，特別好動，成天鬥架，不愛長肉，就要把它們閹了。

　　每年春天，都會有閹雞的人到小鎮來，他們背著閹雞的工具，走街串巷，高聲吆喝。有誰家需要閹雞，就會叫住他們。閹雞人用一張網一撲逮住小公雞，放在一張弓似的竹具上一別，把小公雞縛住一動不動。閹雞人坐在板凳上，像皮匠似戴著圍裙把小雞放在腿上，在小雞翅膀下割只口子，用只金屬小勺在雞肚子裡掏啊掏，掏出兩隻蠶豆粒那麼大的粉嘟嘟的肉球，用細麻線割下來，放在盛清水碗裡。閹過了的小雞傷口過幾天就長好了，但它們卻沒了性別，變得很老實，無嗔無欲。閹雞不會打鳴，不再鬥架追逐母雞。吃了就睡，長得胖胖的，成了待宰的肉雞，滿足人們的口腹。

　　閹雞割下來的雞卵子不會丟掉，大人會將那些小肉球煮給男孩子吃。如果左鄰右舍別人家閹了雞，母親也會討了來燒給我們吃。這是我吃過的一樣稀罕東西。我以為總算是一口肉，沾點葷腥。現在聽說那東西含有豐富的雄性荷爾蒙，男孩子吃了能促進生長發育。

　　隨著我的成長，漸漸地，我的心思不再單純，欲望變多，身體活潑好動。不知道是因為春天的季節，還是我長大的年齡，或者是因為吃了那些小公雞充滿睪酮的雞卵子。

　　我家小雞一天天在長大，我的生日也越來越臨近了。兩個月前一團團毛茸茸分不出性別的小雞，長大了幾倍，羽翼漸豐，已經明顯公母有別了。母親並沒有把小公雞都閹了，她特意留下幾隻小公雞準備給我們兄弟滋補身體。據說，發育中的男孩子吃小公雞對他的生長很有好處。她指著一隻雄赳赳的小公雞對我說：「過生日那天就殺它給你吃。」

　　我仔細端詳那只小公雞，餵食偏心地多丟給它一把米。那是只

紅色翻毛小公雞，禿腦袋，光屁股，兩隻翅膀很可笑地往前翻翹著，神氣活現的樣子。翻毛小公雞長得飛快，在雞群中顯得健壯挺拔，在院子裡踱著步，趾高氣揚，一身稀疏零落的雜毛很是難看，翻毛雞自醜不覺。有一次，我看見它昂首挺胸，站在一堵矮牆上，打起鳴來。翻卷的羽毛陽光下閃著光澤，光光的屁股蛋子鮮紅飽滿。我高興地跑去告訴母親。母親在廚房裡案板上磨刀霍霍，對我說：「那是只麒麟雞。別急，它神氣不了幾天。」

　　麒麟雞，聽名字就與眾不同。據說，公雞是大發物。大發，嘿，就是說我要吃了這只小公雞，就像發麵饅頭一樣，個子直往上躥，長高好多。我咽著口水，興奮不已。月兒圓圓的夜晚，我躺在鬆軟的被窩，皎潔的月光透過窗櫺，照在我的臉上。我做了一個夢，夢中，我吃了那只小公雞，一夜之間長了一大截。又高大又強壯，有著超人的力量。北方邊境戰火紛飛，我風馳電掣奔向那裡。保家衛國，壯志凌雲。

左：爺爺坐在平湖秋月的亭榭裡一張太師椅上。波光粼粼，楊柳依依；爺爺神采奕奕從天
　　堂裡望著我們。
右：我現在還保存著一張那時我們四兄弟的合影照片。清一色四個小平頭。身穿嗶嘰布藍
　　學生裝，藍褲子，足登藍球鞋。這是我們當時最好最時尚的衣著了。

▎第三章
風起青陽

一

　　當我在漫漫人生旅途上苦辛跋涉，懷著青春失落的憂傷，開始
步入中年，回憶往事，最難忘那段喧囂紛亂的歲月。那年，我剛剛十
歲，是一個對世事還朦朦朧朧的小學生。人生十歲，幼學之年，正是
開始學習的時候。

　　學校停課了，同學們排著隊去俱樂部聽上級文件報告。工廠裡的
大人們也排著隊去聽報告。父親說：聽報告是上面號召的，作為一件
政治活動組織的。那些家庭婦女也放下了鍋碗瓢盆，離開了灶台，參
加街道裡的政治學習。

　　高高的鐵路工人俱樂部大禮堂頂上安裝了幾隻廣播大喇叭，每天
從早到晚廣播報紙社論文章。文章裡說：混進黨裡、政府裡、軍隊裡
和各種文化界的資產階級代表人物，是一批反革命的修正主義分子，
一旦時機成熟，他們就會要奪取政權，無產階級專政變為資產階級專
政。例如赫魯雪夫那樣的人物，他們現正睡在我們的身旁。要「堅決
進行一場文化戰線上的社會主義大革命」，掀起批判資產階級反動路
線的高潮。

　　不時從上面傳達下來最高指示。最高指示深入普及，家喻戶曉。
特別是一條「造反有理」的最高指示，讓許多青年人熱血沸騰起來。

　　大學和中學裡的學生成立起紅衛兵組織。紅衛兵都喜愛穿著洗得
發白的綠軍裝，頭戴軍帽，臂戴紅袖章，腰紮皮帶，肩挎「為人民服

務」的軍用書包，胸配主席像章，好不神氣。我上中學的大哥也參加
了紅衛兵。他胳膊戴著紅袖章，神氣活現得不得了。嘴唇黑黑的絨毛
般的小鬍子都翹起來。每從學校歸來，進出家門用那剛剛變粗的嗓子
唱著革命現代京劇樣板戲，惹得我總是圍著他轉，從他臂上取下紅袖
章套在自己細短的胳膊上。

　　一些紅衛兵非常活躍，他們走向街頭，到處貼大字報，刷標語撒
傳單，宣傳毛澤東思想。俱樂部的大喇叭每天不停地播放新聞、社論
和最高指示。父親剛開始對大哥他們學生們的活動持懷疑態度，但
是聽了廣播電臺和看了報紙上發表支持學生的社論，才相信大哥的
宣傳。

　　紅衛兵扛著紅旗走出校門，進行大串聯。偉大領袖在首都北京天
安門廣場接見百萬革命紅衛兵和革命群眾，掀起了全國大串連高潮。

　　小鎮是鐵路交通樞紐，南來北往的火車都要在這裡交匯。就是省
城的人們去北京，都要到小鎮來中轉乘火車。時令進入深秋，火車站
人山人海，大多是戴軍帽，穿軍裝，紮皮腰帶，佩紅袖章的紅衛兵。

　　一天，大哥宣佈要出去串聯。大哥許多同學都出去串聯了。母
親不同意大哥一人出門遠行，她嘮叨著：「在家千日好，出門萬事
難。」父親對此事保持沉默。看得出來他對大哥不上課不讀書很不滿
意。社會上人人都在談論著文化革命運動，他也無可奈何。我是很支
持大哥的革命行動，可是沒有發言權。

　　大哥參加革命態度很堅決，他同母親進行鬥爭。他的鬥爭方法一
點也不策略，不吃飯。在大家吃飯的時候大哥絕食，他用懲罰我的肉
體動搖你的精神，這是所有子女用來同父母鬥爭的法寶。不過大哥這
一法寶有點不靈，我看到他趁母親不在時偷偷抓冷飯吃。母親當然料
事如神，所以沒有妥協。

　　北京傳來天安門廣場一次又一次大檢閱的消息。經過檢閱的學
生從北京回到小鎮個個神采飛揚，他們到處撒傳單貼標語，把一面面
紅旗插遍小鎮工廠學校街道。大哥都快急瘋了。終於有一天，大哥出

去再沒有回來。有人說他和幾個同學一起扒上了北去的火車。離家出走，這是子女同家長鬥爭最厲害的絕招。母親唉聲歎氣，大哥走時身無分文。

秋天過去，冬天來臨，天氣漸漸冷起來，小鎮上的景象卻是熱火朝天。街道上時常走過一隊隊打著紅旗串聯的紅衛兵。有的剛從省城出發，隊伍整齊，歌聲嘹亮。有的從外省而來經過長途旅行疲憊不堪，如散兵游勇。有時，一支紅衛兵隊伍停下來，尋一塊空地，圍成圓圈，鑼鼓一響，宣傳毛澤東思想。

鎮子中央俱樂部旁那片廣場，是宣傳隊最喜愛駐足的地方。他們先是敲鑼打鼓，吸引街上行人和周圍群眾的注意，等人們圍過來後，再唱歌跳舞，宣傳演講。頭戴綠軍帽，身著綠軍裝，腰間束武裝帶。左臂佩紅袖標，右手握紅寶書，胸前戴一枚主席像章。高挽起衣袖，朝氣蓬勃，英姿颯爽。跳著整齊有力的舞蹈，唱著吭鏘嘹亮的歌聲，呼啦啦會圍上一大群觀眾。這時間，廣場上熱鬧極了。鑼鼓喧天，紅旗招展。一支支宣傳隊來來往往。有時還會開來一輛宣傳車，大喇叭震耳欲聾，口號喊得驚心動魄。「千萬不要忘記階級鬥爭」，「橫掃一切牛鬼蛇神」，「反帝反修，防止和平演變」。

一些背著書包的小學生在人群中鑽來鑽去看熱鬧。他們是從課堂上溜出來的。有時，上學路上，經過廣場我也會停下來看紅衛兵宣傳隊演出。我真羨慕那些大哥哥大姐姐，他們十七八歲，生氣勃勃，個個多才多藝。一支竹笛就能吹出歡快悅耳的調子，一把二胡就能拉出悠揚動聽的曲子。有時兩個人說對口快板，你一句我一句，竹板劈劈啪啪，嘴裡妙語連珠，真是有趣極了。十月的陽光照耀著廣場，照耀著歡騰的人群，飄揚的旗幟在陽光下鮮豔奪目。那些紅衛兵宣傳隊員，個個臉上透著紅暈，鼻樑上沁著細膩的汗珠，青春煥發的臉上熱情洋溢。

我最喜歡看的是宣傳隊表演的一種叫雙簧的節目。一個人坐在一張椅子上，面對觀眾，將兩隻手藏的身後。另一個人躲在椅子後，

將一雙手從前面坐的人兩腋伸出來，就像前面人的手。坐在椅子上的人搖頭晃腦，只動嘴不發聲。躲在椅後的人講著話，舞動雙手。兩人配合巧妙，很是有趣。一般表演者扮演的都是當時認定的壞蛋，反面角色。有一個節目，前面的表演者有個高高的紙鼻子，塗了白臉蛋。這是區別于我們黃皮膚矮鼻樑的中國人。這個外國壞蛋手舞足蹈，醜態百出，大吹大擂要統治全世界。這時人民起來鬥爭了，一隊少男少女紅衛兵鬥志昂揚意氣風發上場，唱著歌，揮舞著拳頭將壞蛋圍在中間。而壞蛋卻嚇得癱在椅子上，瑟瑟發抖。人民勝利了。大家唱道：「一切反動派都是紙老虎。」

　　宣傳隊表演的節目，讓同學們應接不暇開心極了。只要聽到鑼鼓，聽到歌聲，心就活潑潑地跳，興奮不已，很快趕到那裡。課堂裡學生稀稀拉拉，學校裡聽不到了讀書聲，課本被擱置一旁。這如火如荼激動人心的日子，沒有誰還願苦坐寒窗。

　　一天，已經九點了，我提著輕飄飄的書包晃晃蕩蕩去學校。走過廣場，懶洋洋的日頭照著廣場和四周的建築，空中彌漫著散淡的氣氛。早過了上課時間，往日我是絕不敢遲到的，如今誰也不會批評我。學校上上下下都在忙著參加運動，有的青年教師也出去串聯了。我走在路上不慌不忙，東張西望。一陣鑼聲吸引了我。廣場上聚著一大群人，人群中傳來陣陣的熱烈的叫好。我走向人群，找了條縫鑽進圍觀的人牆。人群中間竟然不是學生宣傳隊，而是兩個中年漢子。他們打著赤膊，穿著肥大的抵擋褲，用粗麻布紮著腰帶。一漢子膀粗腰圓，氣壯如牛，一臉橫肉，頭髮蓬亂稀疏。另一漢子骨瘦如柴，顴骨老高，眼珠亂轉，卻也顯得分外精神。

　　初冬時節，微風帶著寒意，蕭蕭地。那兩人赤裸的胸脯冒著熱氣，陽光下肌膚油光發亮。邁著弓馬臺步，在場子中走了兩圈。壯漢子向前跨了一大步，立定，挺胸凸肚高聲喊：「頭可斷，血可流，毛澤東思想不能丟。」瘦漢子手提一面破鑼用一截小木棍當當敲幾下，跟一句：「不能丟。」他嗓音尖細。壯漢子手拿一枚金光閃閃的偉人

像章，給圍觀眾人亮一亮，毅然決然放到左胸脯上，慢慢地將像章上的鋼絲別針穿進胸哺的皮肉裡系住。「當當」兩下鑼響，「嘿嘿」吆喝兩聲。瘦漢子提鑼圍著壯漢子團團轉，一臉緊張激動神情，好像那鋼絲紮進他肉裡似的。人群發出嘖嘖讚歎聲。

　　我很驚奇，壯漢真了不起，像章別在肉上一點也不怕痛。我盯住那枚像章。像章很大，很好看。潔白的陶瓷上繪彩色主席像。八角帽，紅五星，紅領章。我以前還沒見過那麼大的紀念章。我有一枚很小的紀念章，只有一分的硬幣大。是鋁合金，紅漆中一金黃的領袖頭像，我費了很大的口舌才從大哥那裡要來的。我很得意，將紀念章別在胸前衣服上，戴到學校去。同學們人人都戴了像章。有一個同學的像章比我的大，除了有主席像，下邊還有紅旗。和他那枚相比我的就遜色了。看到那漢子胸前的紀念章，我很希望能有那麼一枚，別在胸前真神氣，同學們所有像章都相形見絀。不過，我可沒有勇氣別在肉裡。

　　瘦漢子樂顛顛地從一旁拖來一塊木板。木板上倒豎著無數尖釘子，鋒芒畢露根根猙獰。我不知道這兩人又要表演什麼把戲，注意看著。人群一陣湧動，一隻穿翻毛皮鞋的腳踩了我一下，痛得我差點叫出聲。工廠裡的工人也三三兩兩出來，他們都停下機器來看宣傳隊的宣傳演出。我推開那只踩我的腿，往旁挪一下。場中壯漢繞著釘板走兩圈，一拍胸脯，胸前像章晃晃蕩蕩，抖擻精神高聲喊：「用毛澤東思想武裝起來的人刀山敢上火海敢闖」。仰面朝天躺到釘板上。

　　瘦漢捏起拳頭，弓腰原地踏著步，口中念念有詞：「刀山敢上，火海敢闖。」上前，戰戰兢兢踏到壯漢肚皮上。雙腳站住，搖晃兩下，趕緊下來站一旁。釘板上壯漢子爬起來，將油亮亮脊背朝向人群，舉起雙臂，一使勁，凸起塊塊腱子肉，背上肌膚給小釘子紮得密密麻麻紅點。他猛拍巴掌，「哈哈」喊兩聲，捏拳頭騎馬蹲襠運運氣。瘦漢子快捷無比抄起一隻水壺遞上去。壯漢接過水壺嘴對嘴喝了點什麼。瘦漢劃根火柴湊近，壯漢鼓腮幫子一噴，「呼」的，嘴裡

射出一大團火。嚇圍觀人一跳,往後閃一閃。瘦漢子不失時機敲幾下
鑼,然後小棍腋下一挾,端著鑼盤,走到圍觀的人群面前。聳起肩,
平伸雙手,公鴨般沙沙的細嗓子:「革命的同志們,戰友們。我們都
是來自五湖四海,為了一個共同的革命目標走到一起來。請獻上一角
兩角,支援亞、非、拉,支援世界革命。」

　　咦,怎麼要起錢來,這真出人意料。圍觀的人愣了愣。「嘩⋯⋯」
笑起來,一哄而散。我還站在那裡,盯著壯漢子胸前紀念章。端鑼盤
的瘦漢子走到我面前,敲敲鑼,笑嘻嘻盯住我的書包。「小朋友,有
錢沒有?」我望著他,捂住書包,搖搖頭,往後退幾步轉身跑開去。

街道上時常走過一隊隊打著紅旗串
聯的紅衛兵。有的剛從省城出發,
隊伍整齊,歌聲嘹亮。有的從外省
而來經過長途旅行疲憊不堪,如散
兵游勇。

二

　　大哥串聯回來了。一個多月時間,人黑了瘦了,一圈絨毛似的小
鬍鬚翹得更高更顯眼。他精神煥發,眉飛色舞,滔滔不絕給我們講串
聯的經歷。

　　初冬,大哥和他的同學從小鎮出發,扒上了北去的火車。火車站
人山人海,車廂裡水泄不通。經過幾天幾夜的煎熬,一路艱辛終於到

達北京。大哥他們個個蓬頭垢面、疲憊不堪。幸虧一下火車，就有解放軍迎接，送到接待站安排食宿。

　　成千上萬的紅衛兵來到北京。大哥他們在北京接受了偉大領袖檢閱，然後又從北京出發，去革命根據地革命聖地參觀學習。效仿當年紅軍長征，步行千里，一路上舉著紅旗唱著歌。每到一個地方都有接待站，不愁吃，不愁喝，打張借條還能領點日用品和零花錢。當然，說是借，都是不用還的。「有借不還，再借依舊不難」。大哥笑著說，從隨身帶的黃挎包裡掏出一張北京拍的照片。相片上大哥穿著身灰不拉嘰土布棉襖，一條又瘦又短的藍布褲子繃在腿上，露出一大截黑棉褲筒，腳下一雙解放鞋。大哥立正姿勢站著。左臂戴著紅袖章，右手拿偉人語錄，捧在胸前，一臉嚴肅莊嚴。背景是雄偉的天安門城樓。

　　我和二哥三哥爭搶著相片看。最後，相片傳到母親手中。母親看著相片露出笑容，一直擔著的心放下來，忙著給大哥做好吃的去。

　　大哥自從串聯回來就不再讀書了。過去他是一個不多言靦腆的中學生，如今開口閉口我們光榮的紅衛兵戰士，我們無產階級革命闖將。他和同學戰友一起唱著造反有理的歌燒了課本，走上社會，造反抄家，破「四舊」。

　　紅衛兵的歌聲嘹亮戰旗飄揚。

　　「紅衛兵，紅衛兵，革命的烈火燃在胸。

　　階級鬥爭風浪考驗了我，路線鬥爭鍛鍊得心更紅。

　　立場穩，方向明，朝氣蓬勃幹革命。

　　赤膽忠心跟著黨，我們是偉大領袖的紅衛兵。」

　　一天，大哥的同學來到我家坐在院裡，他們都是剛剛串聯回來，一個個臂戴紅袖章，胸前佩著主席紀念章。七嘴八舌，談著串聯路上見聞，談大城市的運動，唱造反有理的歌。大哥的同學邱木根來了。大哥高興地喊：「木根。」

　　木根連連搖頭擺手，尖細的嗓子還奶聲奶氣，向大哥鄭重申明：

「我改名字了。現在叫邱永忠，永遠忠於偉大領袖。」

大哥和同學戰友一聽，連聲叫好。這個邱木根改了個響亮的名字：邱永忠。據說他出生時，他父親請來算命先生給他測生辰八字。半瞎的算命先生翻翻老褂書，把把手指頭，說新生兒五行缺木。於是他父親就給他取名叫木根，以他的名字補足五行。邱木根抱怨這名字太俗氣太封建，揚言要破除迷信，解放思想。中學生邱木根搖身一變，成為一名紅衛兵戰士邱永忠。

激進的紅衛兵破舊立新，社會上興起一陣改名熱。一些地名也改了新的。小鎮一條街道過去叫向西路，因為在鎮子西邊。這名稱使人聯想為嚮往西方，西方都是資本主義，與我們社會主義東方勢不兩立，於是改名叫解放路。鐵路上有許多火車頭是蘇聯造的。同蘇聯友好時，叫友好型機車。蘇聯變修了，就叫反修型機車。許多人改了名，表明堅決革命的態度。我家住的這棟平房有戶三十來歲的婦女叫魏龍鳳，是居民委員會的活躍分子。她改名為魏立紅。顧名思義，立紅心，幹革命。我的一個同學叫于耀宗，他的長輩希望他能耀祖光宗。這也是封建思想，改名成于衛東。他小小年紀，決心為捍衛東方這神聖的社會主義堡壘而英勇戰鬥。人們緊跟時代潮流，一大批向陽、文忠、衛紅的嬰兒出生，個個名字響噹噹。

一心要革命的大哥似乎也有想改名字的意思，但是他不敢在父親面前提起。父親絕不贊同隨便輕率的改名。父親認為命名是莊嚴的，過去為孩子起名有許多講究和規矩。父親告訴我們，我的祖先已經規定好了家族輩序用字，給初生兒命名時必須按規定行事。無論走到哪裡，後輩人都能從家譜中認出同宗，找到自己的輩分。通過家譜記載一個家族的世系繁衍，是中華民族中具有特色的歷史文化。

大哥沒有能夠改變自己的名字，改不了自己的名字就去改別人的名字，他鬥志昂揚走上社會破「四舊」。在小鎮大街的白牆上有這麼一條巨幅標語：「砸爛一切舊思想、舊文化、舊風俗、舊習慣」，一個個黑漆大字。這些「四舊」散發著封建主義、資本主義的腐朽氣

息，毒化著人們的靈魂。紅衛兵舉起了鐵掃帚，把這些代表著剝削階級思想的許多名稱和風俗習慣，來了個大掃除。

「破四舊」是先從燒舊書開始。除了馬列的著作，毛選以及相關的書籍，其他所有過去出版的書都是舊文化。新中國成立以後出品的小說大都是毒草，解放以前出的帝王將相才子佳人武俠小說都是封建糟粕，外國書籍都是帝國主義殖民主義崇洋媚外。破四舊的學生看見書籍就沒收，不管三七二十一，一把火燒盡，各種各樣文化書籍被毀無數。俱樂部圖書館牌子被砸爛，書架被推倒。裡面抄出來的書在廣場上堆成小山一樣。學生們忙忙碌碌，一趟又一趟搬著書，澆上汽油，點火燒起來。他們唱道：「凡是反動的東西，你不打他就不倒，掃帚不到，灰塵照例不會自己跑掉。」

大哥加入燒書的同學當中。他和幾位紅衛兵戰友到學校的圖書室破門而入，搬出一捆捆書付之一炬。過去，大哥也很喜歡看書。他從學校裡把這些書帶回家看得津津有味。看到大哥帶了書回來我就很高興，如獲至寶，要過來，捧在手上，結結巴巴讀著。這些書開闊了我的視野，豐富了我的想像，填充了我那急不可待需求知識的大腦。大哥借來的書過幾天就要還，每次總是催著我快看。有時沒看完就被搶走，如果有一點損壞，他都要發脾氣罵我一通。參加文化運動串聯回來他的態度就起了巨大變化，把這些書統統斥為封、資、修毒草糟粕。

聽到有人燒書，我趕過去。面對熊熊大火滾滾濃煙，我目瞪口呆。怔怔地看著那些書被燒毀，真覺得可惜。許多我喜愛的書，《木偶奇遇記》《騎鵝旅行記》《寶葫蘆的祕密》《水滸》《西遊記》……都化為灰燼。

圖書館裡書很多，我借不到，我沒有大人使用的借書證。圖書館對我來說猶如知識聖殿，我渴望著窺探著準備去取那裡面的無數寶藏。如今圖書館被砸爛，書籍被燒毀，不知道造反的紅衛兵為什麼要燒這些書。看著從圖書館裡搬出來的書，我真是非常惋惜。以後我看不到這些有趣的書了。熱辣辣的濃煙被風一吹，撲面而來，嗆得我淚

水直流。

　　烈焰騰騰，紙爐飛舞。烈火中飛升起的紙爐一片片像一隻只翩翩飛舞的白蝴蝶，黑蝴蝶。一陣陣濃煙升上天空，一本書像撲扇著翅膀的鴿子飛到我的腳下。彎腰拾起來，看一眼封面，立刻被吸引。這本書的封面畫著兩個光屁股長著一對翅膀的小男孩，書名叫《希臘神話與傳說》。我隨手翻起來，裡面有許多插圖，裸體的男人，半裸的女人；帶翅膀會飛的人和獅身人面怪物；頭髮上盤著許多毒蛇的女巫。真叫我觸目驚心，又喜又愛。

　　我正戀戀不捨翻著書，一個比我高一頭的紅衛兵走到我身旁，從我手中搶去書，一臉嚴肅說：「小孩，當心中毒。」順手一丟，書呼啦啦掙扎著落進火堆，立刻被火焰吞噬。

　　中毒？我有點納悶，難道這本書浸了毒液，手觸摸上就會像早先我觸摸到二哥挖的蛇毒草藥七葉一枝花一樣。記得從前聽過這麼一個故事：有一個人想謀害國王，苦於宮廷戒備森嚴無計可施，嘔心瀝血編了一部很吸引人的書，在書的每一頁都浸上很毒很毒的毒液獻給國王。國王在看書的時候不知不覺就中了毒。我想了想，明白他說的一定是那些稀奇古怪的插圖是不准人看的。

　　破四舊風暴席捲小鎮。人們的日常生活中也有許多四舊必須破除。西裝是資產階級的，連衣裙是修正主義的，旗袍是封建餘孽，花哨一點的服裝被斥為「奇裝異服」。破四舊的紅衛兵上街拿著剪刀搜索著封建主義資產階級。見到婦女的長辮子和燙髮，男人的喇叭褲和小腳褲，立刻沖上前牢牢揪住。這些都被認為是非無產階級，非大眾化，必須堅決剪除。要保持無產階級革命本色，女人一律齊耳短髮，男人一色小平頭。男女老少，黃軍裝，藍制服。服裝款式一致，色彩統一，不分男女不分職業的軍裝最盛行。褲筒不能大也不能小，衣袖不能長也不能短。人們挽起袖子，露著胳膊，揮舞著拳頭。凡是奇裝異髮，稍不順眼，破四舊的剪刀就要採取革命行動。看到那些頭髮剪成禿禿的狗啃一般，褲筒剪成布片片破不蔽體。一個個抱頭鼠竄，狼

狽不堪，真是叫人笑掉大牙。大哥自豪地說：「一把革命的剪刀，大長了無產階級的志氣，大滅了資產階級的威風。」

小鎮的西郊，那座不高的烏龜山腳下，過去有一座青灰色磚瓦小廟。衰敗破落，冷冷清清。小鎮歷史不長，如果要說古跡，恐怕只有那座小廟。至今誰也想不起那廟是什麼時候蓋起來的，裡面供奉的是什麼神，大概是關帝吧。偶爾有鄉下老嫗去上一炷香，燒兩片紙，也不知求什麼。據說過去還有個守廟的僧不僧道不道的男人。不過早在紅衛兵去掃蕩之前就餓跑了。破四舊，土廟首當其衝。破四舊紅衛兵浩浩蕩蕩殺氣騰騰奔向烏龜山。那座風雨飄搖中的小廟不堪一擊，三拳兩腳，小廟就夷為平地。瓦礫中，一座泥像推倒砸得粉碎。破四舊紅衛兵得意揚揚，到處貼標語撒傳單，大肆宣傳破四舊偉大戰役勝利成果。

大哥串聯回來就和幾個同學成立起一支「紅衛兵井岡山戰鬥兵團」。井岡山是共產黨開創的第一個紅色根據地。大哥他們在學校占了一間教室當作司令部，樹起一面旗幟招兵買馬。母親在縫紉機上日夜給他們趕做紅袖章。學校的老師校長靠邊站不再管事。大哥和同學戰友用幾塊磚架個爐灶，燒著劈碎的課桌椅，在一隻鐵鍋裡用白麵熬制漿糊，拿著筆和紙上街刷標語貼大字報。「炮打XXX」，「火燒XXX」，「打倒XXX」。

大哥鬧起革命來經常不回家，吃飯時母親讓我去找他。走進插著紅旗的學校大門，穿過貼滿標語和大字報的長廊。許多教室門前都掛著牌子，戰鬥隊，兵團，指揮部，司令部，比比皆是，直看得我眼花繚亂。

工廠裡的工人，街道的婦女也動員起來，參加運動。他們戴起紅袖章，成立戰鬥隊。漫天飛舞著紙傳單，雪片似的，遮天蔽日。大街上所有的牆貼上大字報，刷上大標語，一層又一層，直到找不出一塊露出來的磚塊塊。

人們一群群開展大辯論，為了一句話一個觀點爭吵不休，聲嘶力竭。人人爭當造反派，左派。有人提議：紅色代表革命，鐵路和公路

的交通信號應該改變。紅燈通行，綠燈停止。左派是進步的，汽車一律靠左行駛。這個提議得到小鎮上廣大造反派的支持和回應，小鎮開始實行新的交通規則。新交通規則實行沒幾天，火車司機和汽車司機左右不分，紅綠難辨，鬧得暈頭轉向，接二連三發生交通事故。撞壞了兩台火車幾輛汽車，人命關天，信號燈只得又改回來。

大哥的同學邱永忠和另一個同學戰友兩個人成立了一支「百萬雄師戰鬥隊」。「百萬雄師」出自主席詩詞，「鐘山風雨起蒼黃，百萬雄師過大江」。邱永忠和那位紅衛兵戰友一人號稱五十萬。就像過去舞臺上唱戲的，幾個小卒子在臺上舉著小旗轉來轉去就代表著幾十萬人馬行軍打仗。

邱永忠以前不叫邱永忠，叫邱木根。他個子不高，黑黑瘦瘦，是大哥的好朋友，是個很活躍的人。平時哪裡有熱鬧都少不了他，膽子大點子多，時常喜歡胡謅幾句歪詩。我聽大哥說過他的一件趣事。一天學校一個教化學的老教師過生日，同學知道後準備在課堂上向他祝賀，有的同學還備上禮品。邱木根也想表示一下，平時他化學總是考不好，把原因歸咎于老教師，寫了一張壽聯上臺掛在黑板旁。上寫：「真真學問，老老教師，烏髮已稀，龜鶴百齡」。化學老師接受了同學們的祝賀，當他看到壽聯，念一遍，挺得意。認為是佳詞妙語，拿回辦公室向同事展示。有一個語文老師念一遍，說：「你上當了，這是罵你。看這每句頭一個字：真老烏龜」。大家哈哈笑，老教師這才恍然，鼻子都氣歪了。此後，邱木根的化學考試就基本沒有及格過。不過，去他媽的化學課，邱木根現在一點兒也不擔心化學考試。化學老師被打倒了，化學課本燒毀了，再用不著考什麼化學了。

激進的紅衛兵高喊口號，燒了圖書館的書，又去到地富反壞右分子家抄家。在一戶地主家，抄家的人進進出出，門檻都快踏平了。把一些箱箱櫃櫃，罈罈罐罐搬出來。舊家具爛棉絮堆在露天，一堆堆發散一股黴變糟爛氣味。大哥說：「地主階級被打倒了，地主家庭沒落了，但是他們賊心不死，他們躲在陰暗的角落時時刻刻妄想復辟，反

攻倒算。」什麼叫「反攻倒算」。我帶著疑惑期待著抄家能抄出什麼槍炮武器之類。

那些忙著抄家的紅衛兵，個個威風凜凜，神情嚴肅，不放過任何可疑的東西。一會兒，從屋裡抬出一黑漆漆沉甸甸的棺材。我們這些在門前探頭探腦的小朋友一見這棺材，驚呼一聲散開來，以為棺材裡有死人。幾個紅衛兵一副天不怕地不怕樣子，撬著棺材蓋用力把它掀開。「轟」的一下，棺材裡冒出一股白色煙霧，夾著刺鼻氣味。大家往旁一躲，不知棺材裡面藏有什麼。煙塵散盡，大家一擁而上，把棺材裡的東西一股腦往外拋。一條條肥皂，一件件棉衣，一捆捆草紙。亂七八糟，沒有什麼特別的東西，更沒有死人。大夥呼口氣，抄家的紅衛兵顯出失望的神情。一個小個子紅衛兵還不死心，扒著棺材沿，撅起屁股半個身子探進去扒拉著，從棺材裡找出一本發黃的草紙樣薄薄的書，匆匆一翻，高舉起，尖聲叫道：「變天帳」。大夥的目光一齊被他吸引，呼啦圍上去。

我從他豎起的手臂看到那是本陳舊不堪的黃書，上寫著幾個毛筆字「李氏宗譜」。我不知道這是本什麼書，我相信他說這就是變天賬。變天賬被一個個傳閱著。抄出重要的黑材料，抄家的紅衛兵群情振奮，乘勝追擊，繼續抄著家。

一個瘦小乾巴的老頭裹著一黑布破棉襖，蹲在門邊，低著頭，滿頭亂蓬蓬灰髮。別人指給我那就是老地主。據說，過去他曾經騎在人民頭上作威作福。瞧他現在卑怯猥瑣可憐相，怎麼也想像不出他怎樣作威作福。紅衛兵進進出出從他身旁走過，有時停下來訓斥幾句。老地主呆呆地木無表情一動不動。他的幾個子女，愁眉苦臉站一旁，看著別人翻箱倒櫃，一聲不吭。

回到家中，我問母親：老地主為什麼把棺材放在家中？母親說年紀大的人預先給自己死後準備的，叫「萬年屋」。我還是不明白，死人用地放在活人屋裡，我對那老地主生起惡感，對母親說從地主家抄出了變天賬。母親問什麼樣變天賬？我說看到變天賬上幾個字：李氏

宗譜。母親呵了聲說：「過去許多家都有」。我吃了一驚，再追問，母親不語自做事去了。

社會上文化革命運動轟轟烈烈，學校基本「停課鬧革命」了。中學的學生造反抄家破四舊令一些小學生興奮不已。上不了街破不了「四舊」，就在學校裡撒傳單，刷標語，喊口號。砸不了圖書館，就砸教室，砸不了神像，就砸桌椅。拆下桌子椅子腿將教室窗子玻璃挨個砸得稀裡嘩啦，顯出胡鬧本性來。

一些頑皮的學生特別喜歡聽打玻璃的清脆聲音，打學校的窗玻璃曾給他們帶來許多快感，每天鬧革命之餘總有幾位小將去打教室的玻璃。

開始用拆下的桌子椅子腿敲玻璃，底下一排敲完上面的個子矮的夠不著了。昂著頭高舉手臂也有危險，碎玻璃濺起容易傷人。雖然無人敢管，也有比他們大的人沖他們呵斥。安全起見，後來就遠距離丟石頭，聽響聲。

「嘩啦」，直中玻璃。「呼嘯」，打到木窗框。「咣當」，玻璃落地聲。從打哪兒指哪兒的水準提高到指哪兒打哪兒的水準。主動後撤幾十米，還互相比試，看誰打得准，跟練遠距離投彈一樣，感覺到很過癮。平房玻璃很快就打光了。打二樓就有難度，力氣不夠，仰射擲出去的石頭命中率就低了。三樓就更難打，玻璃基本保全。那時小鎮都是平房，極少幾棟兩層樓三層樓。這些小將只打教室，辦公樓不打，那裡有造反派兵團戰鬥隊的辦公室。

我一向膽小，沒有什麼造反精神，不參與砸門窗打玻璃。有時當觀眾。看著那些同學砸玻璃聽著清脆的聲響也挺過癮，不由得手也癢癢，決定一逞身手。彎腰撿起一塊石頭，握在手上。石塊不大不小，不輕不重，手感良好。我顛一顛石頭，揮一揮胳膊，扭頭看看，左右無人，奮力向前砸去。「噗」的，聲音不大，石塊擊中目標彈起落在地上。學校紅磚圍牆被我砸出一點小小的印記，那裡空蕩蕩荒無人跡。

1	2
3	

1　大街上所有的牆貼上大字報，刷上大標語，一層又一層

2　大哥立正姿式站著。左臂帶著紅衛兵袖章，右手拿毛主席語錄，捧在胸前，一臉嚴肅虔誠。背景是雄偉的天安門城樓。

3　紅衛兵頭戴綠軍帽、身著綠軍裝、腰間束武裝帶、左臂佩紅袖標，右手握紅寶書，胸前戴一枚毛主席像章。高挽起衣袖，朝氣蓬勃，英姿颯爽。他們跳著整齊有力的舞蹈，唱著吭鏘嘹亮的歌聲，忽啦啦會圍上一大群觀眾。

三

紅衛兵不再滿足燒舊書抄地富反壞右的家了。大哥說：那些都是紙老虎，死老虎。他們要打真老虎，活老虎。

井岡山戰鬥兵團率先刷出大字報、大標語：「打倒中國的赫魯雪夫」，「深挖埋藏在革命隊伍內部的定時炸彈」，「揪出走資本主義道路當權派」。被紅衛兵和造反派揪出來的人越來越多，批鬥會上，揪出來的人頭戴紙紮高帽子，胸前掛著木牌子，木牌上寫著他們的名字打著大大的叉，低頭彎腰站在台前，接受革命群眾批判。人們一個個上臺發言，呼口號，然後押著他們遊街示眾。

不知道什麼問題，教我們數學的羅老師兩夫妻也被揪出來了。他們戴高帽子和「黑五類」分子一起遊街示眾。聽說羅老師的妻子出身不好，她父親是國民黨軍官，跑到臺灣去了。有人貼大字報說羅老師的妻子曾經說過盼父親回來。她父親是國民黨軍官，就是盼國民黨回來，就是想復辟想反攻倒算。羅老師反駁說女兒盼父親回來是人之常情，是希望回來為人民服務。還說偉人和周恩來也參加過國民黨。羅老師的言論引來更多的攻擊，又加條罪狀：造謠污蔑，惡毒攻擊偉大領袖。羅老師平時很高傲，性情亢爽，說話直來直去，得罪了一些人。

有人檢舉羅老師有一次在課堂上朗誦一首外國的詩，其中有一句：「太陽啊，使草青也使草黃」。說羅老師站在他妻子的反動立場，對共產黨懷有刻骨仇恨，惡毒攻擊我們心中的偉大領袖紅太陽。激進的紅衛兵不由分說抄了他們的家。押著羅老師夫妻開批鬥會，一個個朝著他們吐唾沫揮拳頭，喊口號。羅老師的胸前掛著木牌子，上面黑墨粗筆寫著：蛻化變質分子，資產階級寄生蟲。批鬥會上，他面無表情，機械地隨著別人喊著口號。他的聲音渾厚圓潤，依然那麼好聽。羅老師妻子的胸前牌子上很簡單三個毛筆大字：白骨精。我

看過《西遊記》，知道白骨精是什麼東西。不過我還有點不明白為什麼她脖子上還用草繩掛了兩隻高跟鞋，而她卻打了雙赤腳。那雙纖細的腿，白淨的腳踝走在石子路上一扭一扭，顯得輕盈優美，像跳舞似的。她的臉蒼白得像紙一樣，低著頭，披頭散髮，眼睫毛掛著淚珠。

我聽到站在旁邊一位抱孩子婦女幸災樂禍地說：「活該，大街上一男一女都敢手牽手，真騷。」這婦女我認識，住在我家後面一棟房子，二十多歲已經養了六個孩子。

羅老師夫妻遭此厄運，成雙成對批鬥遊街，還被剃成陰陽頭。從腦瓜頂一半剃得光光的，泛著白，另一半還留著短髮，剪得亂糟糟的。光天化日，眾目睽睽，受盡恥辱。過去，他們生活在平靜幸福中，如今從天上一下跌落在泥濘裡。

大姐從學校回到了家中。她前年考上大學，在省城讀書。大姐說大學裡的運動比小鎮更是激烈。那裡的老師成分更複雜，許多老師被揪了出來，出身不好，或有海外關係的教師都難以倖免。美麗的校園動盪不安，昔日琅琅書聲和歡聲笑語蕩然無存，取而代之的是大鳴大放大字報大辯論。人們互相檢舉揭發，弄得人人自危。因為我們家是工人家庭，大姐在學校裡從不拋頭露面，沒有人注意她。那些家庭成分出身不好的學生和教師惶惶不可終日。而「紅五類」的活躍分子組成「運動」領導小組，趾高氣揚，把持廣播站發號施令。經常，「運動」領導小組通過廣播站發出通知：「特大喜訊，特大喜訊，我們又挖出三個階級敵人，全校革命師生員工，立即到學院禮堂集合，參加批鬥大會」。

聽大姐她說起他們學校的運動，我很驚訝。

母親說起小鎮自殺的羅老師夫妻，很是惋惜。大姐說他們學校也死了人，不是自殺，而是被人打死的。

被打死的是學校的哲學老師。那老師口才很好，上課經常引經據典誇誇其談，言必稱希臘，言必稱馬列。造反派把他揪出來開批鬥大會，他毫不怯弱，唇槍舌劍，眾多造反派都辯論不過他。造反派頭頭

惱羞成怒，站在哲學老師面前，喝道：「頑固不化，給我跪下」。

哲學老師輕蔑地看著造反派頭頭說：「跪天跪地跪父母，跪聖人佛祖，你是什麼東西」。

這句話激怒了造反派頭頭，轉身從牆上取下一幅偉大領袖畫像，舉到哲學老師面前。哲學老師看看畫像，又看看四周圍著的一雙雙怒視的眼睛，緩緩跪了下去。造反派頭頭將畫像掛回牆上，朝眾人一揮手，「打。」眾人一擁而上，拳打腳踢。造反派頭頭憤憤地說：「從靈魂和肉體澈底消滅你」。不一會，哲學老師就倒在了血泊中。第二天，學校造反派廣播高音喇叭宣佈，某某某帶著花崗岩腦袋去見上帝。

夏天，人們紛紛上街參加政治運動。工廠裡的工人也行動起來成立許多造反組織，戴上紅袖章和學生一起開展運動。鐵路工人有著光榮的革命傳統，歷史上著名的「二七」大罷工就是鐵路工人發起的。小鎮上的鐵路工人造反兵團成立之初，弄了幾台解放汽車上街遊行，如何表現出工人階級的英雄氣概來，紅色工人造反兵團們比較欣賞過去電影裡赤衛隊員，腰裡紮一塊紅綢子，手裡舉著大砍刀的形象，便照此打扮。一邊一個分站在老解放汽車駕駛樓兩側踏板上，單手舉起車間裡現打造的大刀片，刀把上還系著飄動的紅綢子。另一手拉住車廂上扶手，表情嚴肅，看上去確實威風凜凜。宣傳車開路，車隊出小鎮，浩浩蕩蕩行至省城，兜了一大圈，過路人看了無不駐足圍觀，感到震撼。

小鎮運動熱火朝天，父親在家中越來越沉默。剛開始，他也參加了一個造反派組織，沒幾天，他就回到家中，摘下紅袖標，拿起榔頭，去到了工廠登上火車頭繼續工作。

這年，報紙發表《革命到底》社論。隨著運動的發展，上級運動領導小組發佈規定，運動的重點，是整「走資本主義道路的當權派」。造反派的矛頭轉向對著走資派當權派，「黑五類」掃進了歷史垃圾堆，不再有人去揪鬥他們。

　　夏季剛剛來臨，小鎮的人們就感覺到了赤灼的熱風陣陣吹來。造反派打倒了走資派，內部又分裂成兩派，為了奪權打起了派仗。

　　那時間，小鎮上的各個單位都有兩派組織。兩派都以革命造反派自居，都用偉人的語錄與對方辯論，譴責對方是保皇派。他們由口誅筆伐到舞槍弄棒，你來我往鬥了起來。許多小學生也隨同家裡大人分裂成一隊隊，一派派，互相攻擊謾罵，打得雞飛狗跳。

　　我還是背著書包去學校。我時常被那些狂熱的同學纏住，要求表態，申明支持哪一派。我哪一派也沒參加，並不是我立場不堅定旗幟不鮮明，而是他們都打著一樣的旗幟，喊著一樣的口號，實在弄得我好糊塗。中庸之道也使我吃了很多苦頭。我的含糊搪塞遭到小造反派的呵斥和謾罵，甚至幾記拳頭。這一派剛剛走，另一派又來糾纏不休。後來當激進的大哥批評父親不參加運動，當逍遙派時，我對父親寄予深深的理解和同情。逍遙派並不逍遙。

　　學校提前放假了，老師個個溜之大吉，運動愈演愈烈，有流血死人了。人們使用的武器也迅速升級，從原始的石塊長矛，到現代的洋槍洋炮，幾乎把人類戰爭史複製了一遍。有人搶了武裝部的軍械庫，晚上時常聽到槍聲，恐怖的氣氛籠罩著小鎮。父親還堅持到工廠上班，他每天都穿上工作服去工廠裡轉一轉。還有少數的工人在工作，像父親這樣始終堅守著崗位，維持著鐵道線上火車的運行。

　　大哥參加紅衛兵，造反奪權，被勝利沖昏了頭腦。不知天高地厚，竟譴責起父親躲避運動，當騎牆派逍遙派，被憤怒的父親摑了個大嘴巴。父親吼一句：「造反，造反，造你老子的反。不生產，不種地，穿什麼？吃什麼？」大哥捂著臉，敢怒不敢言，那點造反精神，面對威嚴的父親蕩然無存。

　　邱永忠批評大哥革命不堅決不澈底，這時候應該同家庭決裂。邱永忠在運動中一直衝鋒在前。率領百萬雄師貼大字報鬥走資派，參加奪權打派仗。武鬥開始，回家都背著支衝鋒槍，身上挎著子彈帶，威風凜凜。他有一個和我差不多大的弟弟，叫二小，很崇拜地圍著哥哥

轉。還把槍要過來背在肩上，斜肩駝背，在家門口大搖大擺。

有一次，在街道旁空地上，哥哥教弟弟怎樣打槍。二小把衝鋒槍抱在胸前，沉甸甸，挺著胸，槍口朝地，一扣扳機。「噠噠噠噠」槍響了，子彈射出去。槍口噴著火，震得他人都抖起來。大槍在懷裡彈跳著，怒吼著，幾乎脫手。二小臉都白了，死死摟住槍，槍口越抬越高從地上一直射向空中，打得對面街道房屋的窗戶牆壁磚頭石塊稀裡嘩啦。

對面那所房子裡一家老小幾口人正圍坐在桌旁吃午飯，突然子彈從視窗呼嘯而來從頭頂掠過，打在牆上。泥土四濺，煙塵彌漫，一家人嚇得嗷叫鑽進桌底。好一陣子才明白過來怎麼回事。沖出家門，站在街上一通臭罵。惹事的兄弟倆早溜了。

炎熱的夏季來臨，赤灼的陽光燒烤下，人們被烤得熱血沸騰。母親感覺到了危險的徵候。她經歷了幾個不眠的漫漫長夜後，與父親商量，決定回北方老家，將讀中學的大哥和上大學的姐姐一起帶走。母親的行為，就像野外的小動物一旦嗅到危險首先往窩裡逃跑一樣。父親和母親的良苦用心，當時，大哥和大姐並不理解。他們要堅持下來參加鬥爭，捍衛無產階級革命路線。過了許多年後，大哥大姐再提起這件事，就慶倖母親做得對。

母親帶我們這些孩子回老家，她費了很多口舌，威脅利誘軟硬兼施，才使桀驁不馴的大哥就範。父親留在鎮上看家，他堅持上班，冒著風險開火車。他是極少數堅守崗位的老工人老共產黨員，也是為了領那點養家糊口的工資。

我們回東北老家的時候，到處鬧運動，鐵路上很緊張。經常列車晚點交通中斷。父親到車站送我們上車。車站上人很多，列車遲遲開來，車廂擠滿了人，一個挨著一個，沒有一點縫隙，彷彿都快爆脹破裂開了似的，車門打開都無法關上。我人小，從車門實在擠不上去，被父親托起從窗子塞進車廂。一位好心的叔叔將我抱起來坐在茶几上，兩條腿無處擱就搭在窗外。車廂裡熱烘烘，一股汗氣味。我的

哥哥姐姐們緊緊擠靠在一起，一副無可奈何神情。天黑了，外面黑黢黢。列車賓士著，車廂晃來晃去，風鳴嗚響，我心裡很害怕。過了一會，我要小便。車廂內水泄不通，廁所也被人占滿，無法上廁所。母親扶住我，讓我站在窗前向外撒尿。列車轟隆哼嚓開動著，不停地搖晃。我心裡又緊張又害怕，尿怎麼也拉不出來，憋得我直哼哼哭。以後許多年，我還經常做噩夢，夢見我乘火車旅行，從車上掉下來。四處荒涼可怕，我迷路了，順著鐵道往前走，總也走不到頭，我哭喊著媽媽。這是我們除父親外舉家回北方的最後一次旅行，路途艱辛，給我留下深刻難忘的印象。

四

　　我的老家在富饒的東北平原，是一座不大的中等城市。地理上扼東西控南北，是交通要道，古時兵家必爭之地。二十世紀中葉，干戈四起，烽火連天，趕走了外敵，內戰又起，這裡曾打過一場著名的城市拉鋸戰。如今，全國的運動風起雲湧，這裡的派仗打得不亦樂乎。白天還算平靜，兩派各自盤踞在工廠和政府大樓裡，相安無事。人們可以出門辦事，居民的生活還算正常。晚上，城裡就戒嚴了，不時響起陣陣槍聲。大街上時而會有參加武鬥的組織乘大卡車駛過，喊著「文攻武衛，針鋒相對」口號。車輪帶起路上塵土，行人趕緊避開。

　　北方的城市，街道大多還是黃土路，兩旁都是平房。黃泥路，土坯牆，凝重簡樸。街道兩旁平房有的屋頂蓋著瓦，大部分還是泥抹的屋頂，有泥屋頂上還稀稀落落長著幾根麥草。沿街的房屋沒有門，只有窗。隔不遠一條小胡同伸向縱深，各家都在胡同裡有著一個院子，開著一個門。一條條胡同裡一座座院落，一座座院落裡一排排土坯房。土坯圍的院牆，土坯壘的房子。整個城市一片灰灰土土。

　　我們住在奶奶家，這是座大雜院，我的兩個叔叔也住在院裡。城裡鬧運動，我們被限制在家中，不得隨意出門。

　　奶奶住的房有一間很大的堂屋，放著一隻大水缸，和許多雜物，一面牆砌著座爐灶。裡屋不大，一張大炕占了三分之二的面積。炕邊挨牆一排櫃子，紫黑色漆面，畫著花鳥。炕是土坯砌的，鋪著一張大席。土坯總掉土渣，從牆角席子縫隙冒出來。時不時奶奶用只小掃帚在炕上掃一掃。我問母親，為什麼不用磚？母親說：磚砌的炕熱得快，太燙，冷得也快，不保溫。

　　堂屋爐灶與炕隔著一面牆，外面燒飯，煤煙從牆裡的煙道穿過來，在炕裡曲曲彎彎通到屋頂煙囪上。平時，炕頭是奶奶睡，那裡熱乎。我們來了，奶奶讓我睡。睡了一晚，熱得我直冒汗，就跑到炕尾睡。炕沿一條大紅木，被上上下下人屁股磨得紅光發亮。我在屋裡坑上坑下蹦跳著，有時到院子裡玩。我那時小，只要有不大的空間就夠我活動的了。我的大哥卻被憋悶得夠嗆，他抱怨著母親拉他回老家，沒有參加捍衛無產階級革命路線的戰鬥。他的那些同學戰友要罵他膽小鬼逃兵了。

　　一天夜裡，槍又響起來，放炮仗似的。還會聽到三兩聲轟隆隆手榴彈爆炸聲。突然，燈熄了，停電了。發電廠工人也投入運動中，整個城市陷入黑暗。一縷淡淡的月光從窗外照進來。天空湧起紫色雲團，月亮半遮半掩，影憧憧。街道的暗影，黑駿駿的建築變得陰森森。我緊張地爬上炕，把頭紮在母親懷裡。母親撫摸著我的頭，安慰著：「別怕，媽在這兒。」

　　母親將我們幾兄弟叫到一起，圍坐在炕上說話，給我們壯膽。大哥坐在門邊，他不怕，奶奶說他是初生牛犢。望著外面的黑夜，流彈不時劃過夜空，傾聽一聲聲爆炸聲，槍聲。「嘿，機槍都幹上了」。大哥激動地說，摩拳擦掌。

　　母親摟住我：「孩子，媽很小時就經過大仗。不要怕，這子彈不咬人。」母親輕輕地她講起小時候的故事。黑暗中，我偎依著母親，聽著她絮絮叨叨地講故事，心緒漸漸平寧，忘了屋內的黑暗，忘了屋外槍彈聲。

　　許多年前，軍閥混戰，烽火連天。母親生活的這座城市，今天進來這家軍隊，城頭升起一面黃旗。明天那邊軍隊又佔領了城市，城頭又換上藍旗幟。有一場大仗，兩家軍隊打得特別殘酷激烈。炮聲隆隆，槍驟如雨，城市地動山搖，火光沖天，雙方的軍人和城中百姓死傷無數。倖存者都戰戰兢兢躲到地窖裡。炮火打了幾天幾夜，人們在地窖裡餓得不行了，冒著槍炮紛紛出來尋食。午時，槍炮聲稀了，母親的母親，也就是我的姥姥出來燒飯。母親那時年幼，無人照看，跟著姥姥出來。她一個人坐在炕上玩著，玩累了，倚著炕上那床棉被，倒下睡著了。姥姥在堂屋灶前忙著生火，洗米熬稀飯。外面槍炮聲時驟時稀。突然，一聲尖利的呼嘯破空而來。「轟隆」一聲巨響，一顆炮彈落在院子當中炸開來。地動山搖，屋子震得嘩嘩啦啦，鍋裡正在煮著的稀粥落上一層塵土。炸彈聲響過，姥姥不顧一切，沖進裡屋。母親坐在炕上，炕前那扇大窗子玻璃震得稀碎。尖利的玻璃碴飛濺炕上到處都是，一層層圍繞著母親，閃閃發亮。那床印花棉被紮得滿是窟窿。母親卻平平穩穩，安然無恙，一根頭髮也沒碰著。她醒了，沖著臉都嚇白了的姥姥微笑著。

　　幾十年後，母親才體驗到那時的驚險。她說：「有一塊玻璃紮在身上，你媽那小命就沒了。」

　　小哥挺嚴肅的樣，對我說：「那樣就沒有你。」

　　我不服氣，說：「你也沒有。」

　　母親說：「都會有的，你媽命大。」

　　母親命大，我很堅信這一點。只要一感到害怕，緊緊地依偎在母親身旁，就能安度一切難關。母親福大命大，她是我的保護神。

　　在北方老家待了一個多月，解放軍進了城，成立軍管會。兩邊造反派組織在中央的號召下走到一起，實行革命的大聯合。上面說他們都是造反派，都是捍衛無產階級革命路線。奶奶手額稱慶，母親也松了一口氣

　　緊張的氣氛終於緩和了，人們松了口氣，紛紛走出了家門，街道

上行人多了起來。

　　天空高遠遼闊，雲彩稀落。久不下雨，馬路上炙熱的煙塵像霧似的凝滯不動。街道兩旁一棟棟平房靜悄悄，家家屋頂矗著截磚砌的煙囪。正午已過，有的煙囪還在冒著嫋嫋的炊煙，這是午飯吃得遲的人家。人們過著平淡安寧的生活，如果不是滿街觸目驚心的大字報大標語，誰也不會想到政治運動。

　　在奶奶家吃過午飯，我溜達走出屋。站立在臨街的胡同口，望著大街。在老家待了一個月，不讓出門，也沒有書讀，很覺得無聊。幾輛馬車走過街道，拉車的高頭大馬四蹄得得得踏起塵埃，車輪咯咯吱吱響，在灰泥路上留下一行行印轍。南方沒有馬車，初次見到馬拉的車我歡喜得很。目光跟著馬車，希望看到車把式叭叭甩起長鞭，駿馬奔騰，車輪滾滾。街上馳過的馬車慢慢悠悠，趕車的人一個個戴著草帽，耷拉著腦袋，無精打采，鞭杆摟在懷裡。天氣太熱了。

　　這麼熱的天大街上沒有賣冰棒的。在南方這個季節，狗兒趴在陰涼地張著嘴伸著紅紅的長舌頭拉風箱般喘氣。老母雞熱得蛋也懶得下，一身雞毛落得禿嚕反賑的。人們躲在家中，穿條褲衩打著赤膊拼命搖芭蕉扇。賣冰棒的老太太越熱越高興，她們背著木箱或推著小車沿街叫賣，木箱裡的冰棒用厚厚的棉絮捂得嚴嚴實實，不然冰棒就化了。聽到賣冰棒吆喝聲，咽著口水，望著母親，眼巴巴地，母親就會給買一根冰棒。冰棒有兩種，一種紅糖的三分錢一支。一種是綠豆的，五分錢一支。有時母親給三分錢買一支紅糖冰棒，我捨不得一口口咬著吃，拿在手裡慢慢地吮。吮到後來，冰棒裡的糖都吸沒了，成了一支白白的冰疙瘩，咬起來格嘣嘣響。母親如果多給兩分錢，我就買上一支綠豆冰棒。這綠豆冰棒也不全是豆子，只有前面一小截豆子，後面就是糖水的。我捨不得一下把豆子吃光，先吃後面沒豆的部分，好吃的留著最後吃。吃到一半，冰棒軟化，嘩啦，冰豆子從杆上掉下來摔地上，手中只捏根小棍棍，痛惜不已。

　　天氣這麼熱，我很想能吃上一根冰棒。可是，這城裡，武鬥把賣

冰棒的都嚇跑了。

　　西風撕下街道旁牆壁上的大字報，滿地滾著紙屑。幾幅大標語白紙黑字，鬥大一個，特別醒目。「打倒XXX，火燒XXX」，「XXX不投降，就叫他滅亡」。「捨得一身剮，敢把皇帝拉下馬」。「誰敢反對偉人，就砸爛誰的狗頭」。一幅標語被撕落了半邊，只剩「罪該萬死」四個字。不知誰罪這麼大，該死一萬次。

　　馬路對面一個小姑娘在望著我。小姑娘紮著兩隻小刷子似的小辮，穿件紅底小白碎花衣裳。

　　又一輛馬車呼隆隆從街上馳過。馬路對面那個小姑娘在一直望著我。圓圓的臉龐，紅撲撲的腮，像熟透的蘋果。一雙不大透著靈動俏媚的眼睛，旁若無人。我的目光和她相遇，沖我粲然一笑。笑得我心怦怦跳，臉有點燒，莫名其妙地想：我不認識她呀。這座城市，這條街我還是個陌生的外鄉人。

　　我正在猶豫是不是回去，街對面的女孩朝這邊走來。她橫過馬路，小心地跨過車轍印。「那啥，你是南方來的小老表。」小姑娘走到我身邊問，一口綿軟的捲舌音。

　　我看看她，認出來，剛到奶奶家時，那幾個在院門口覷探的小姑娘中就有她的身影。粗聲粗氣回答：「我不是小老表。」

　　她咯咯笑了。「你叫啥名字？」

　　我沒有回答，瞧她那問話的神氣。

　　「你不說我也知道，你是老孟家的孫子。」她的口氣，大人似的。

　　「你叫什麼名字？」我反問。

　　「我叫小麗。」她回答。

　　這名字太普通了，全國的小姑娘起碼有幾十萬叫這名字。我望望她，目光又掠過她的頭頂看那輛馬車。

　　站一會，小麗說：「我家就住馬路對面，從我家的窗子能看到你家的這條胡同。」順她所指，遠遠的街道那邊有棟平房一隻紅漆的窗半開著。「我有一副新跳棋，你想去玩玩嗎？」她說。

在北方的日子，終日無所事事，漸漸地我感到了無趣味，今天下午還不知怎樣排遣。想了想，就跟她走去。

「你說話真怪，不過，我覺得還算不難聽。」走路上她對我說。我不知道她說得難聽是話不易懂呢，還是聲音不悅耳。

走進小麗家，院裡有一棵石榴樹，靠牆還有一排向日葵。小麗的母親在家，她很瘦，看上去似顯憂愁。她比我母親年輕，可是眼角已佈滿魚尾紋。剛從廚房出來，腰間系著圍裙，解下來，撣撣身上沾的粉屑。見了我表示歡迎，抓了把乾棗塞給我。我不要，她塞進我衣服口袋。小麗拿出跳棋，是彩色玻璃球，的確很漂亮。我們在炕上玩著跳棋，小麗母親坐在一旁縫衣服。

幾盤跳棋下來，都是我輸。不是我笨，這種走法很簡單的棋，我是不會輸給一個女孩子的。而是小麗總是隨心所欲改變跳棋的規則。每次都是她先走一種方法，隔一個子一跳，說規則是這樣的。一旦她落後，就創造出一種新的走棋方法，隔好幾個子就跳過去，幾步趕到我的前面。她變化多端的規則，我手足無措，接連敗北。樂得小麗咯咯直笑。我也很開心，雖然老是輸棋。

又待了一會，我想該回家了，起身告辭。小麗母親拍拍我腦袋，說：「下次來玩啊。」

小麗想下炕送我，我怕被人看見，說聲再見，一溜煙跑了。剛鑽進奶奶家胡同，碰見二哥，他們正找我。母親出來問：「你到哪去玩了，讓我擔心思。人生地不熟，別亂跑。」

我不想告訴他們我和一個小姑娘玩了一下午，就撒謊到五叔哪去了。五叔家離這裡不遠，隔一條街。好在母親沒再追問，我心怦怦跳，有種做賊的感覺，匆匆奔進院子。撒了謊我有點心虛，為了掩飾我的窘態，去幫著奶奶餵鵝。

在奶奶家的院子裡，養了兩隻大白鵝。這是一對漂亮的鵝，潔白如雪的羽毛，金黃的腳蹼，紅紅的扁嘴喙，很招人喜愛。這是兩隻驕傲的鵝，總是昂著頭頸挺著胸脯泥地踱著步，小院子就像它們的領

地。有生人來，它們嘎嘎向主人報警。生人如蔑視警告，繼續走近，它們就會伸長了頸，撲上去用扁嘴叨人幾口。有時，街上的野狗趁人不備偷偷溜進小院子裡來，被兩隻巡邏的大白鵝看見，張開雙翅撲將上去，狠啄幾口，嚇得野狗汪汪叫落荒而逃。

這兩隻鵝不僅看家護院，還很會下蛋，每天都下一個蛋。鵝蛋很大，我用兩隻手掌都捂不過來，打開來個個都是雙黃。奶奶將這些鵝蛋裹上摻了鹽的黃泥，放進罈子醃起來。會下蛋是奶奶寵倖這兩隻白鵝的主要原因，每天都給它們調上兩大盆米糠拌菜葉。燒高粱米飯時，奶奶都潷出一盆子米湯給鵝吃。這兩隻鵝最愛吃高粱米湯了。吃得高興起來，昂起頭頸，挺著胸脯，雙翅半張一上一下起伏不停扇著，兩隻腳掌有節奏地踏著地面，優雅地跳起舞來。一邊跳舞，一邊引吭高歌，洪亮的喉音，引得我們都去觀看。

我們剛來奶奶家的時候，這兩隻大白鵝將我們當外人，初次見到我們撲上來啄我們的褲管。嚇得我躲到母親身後，走進院子都繞著白鵝走。我問母親：白鵝為什麼這麼厲害，比它們大幾倍的動物都不怕。母親說：鵝的眼睛很特別，看東西都會縮小，什麼動物在它們眼裡都很小，所以不怕。而牛的眼睛與鵝正相反。牛的眼睛看東西會放大，小動物也顯得很大。所以牛很膽小，總是老老實實俯首貼耳，牧童都敢騎它。

我經常幫著奶奶去餵鵝，到街上菜場撿拾剩菜葉，溝邊空地採摘青草。一段時間，兩隻鵝對我熟悉起來，變得友好了，也就不再用扁嘴來叨我了。

我一邊幫奶奶給大白鵝餵食，一邊對昂首挺胸的它們說：你們為什麼這麼驕傲，如果你們會飛，那一定都會驕傲到天上去。大白鵝曲項向天，似乎不屑回答我的問題。

我抓把青菜葉，大白鵝向我走近，「嘎、嘎」友好地點點頭。我就近觀察白鵝那對圓溜溜的眼睛，心裡想：為什麼它們看東西竟會變小。以後過了幾十年，我開始觀察人的眼睛，竟發覺人的眼睛也有許

多不同。有類鵝眼，有類牛眼，看人看事能放大能縮小。他們媚富賤貧，趨炎附勢，人們把這種眼稱之為勢利眼。

夏季快要過去，秋天就要來臨，炎熱的氣候並沒有衰減，灰突突的城市還是悶熱不堪。我又到小麗家玩了兩次。我站在胡同口，小麗就會出現在街對面向我招手。我猜想她一定又是從她家的視窗看見了我。我們仍然下棋，為輸贏爭吵不休。有時到院子裡玩。小麗教我玩「插大瓜」。她先把高粱秸稈剝開，將其外皮分成一條一條的，然後彎過來，用秸稈芯將兩端連在一起，做成瓜的形狀。做好了，放到地上，稍微用力一推，隨著微風，就會在地上奔跑起來。有時風大，追都追不上呢，很有意思。

從小麗家窗臺可以望到街上。窗很大，沒有欄杆。窗扇有兩層，外面裝著玻璃，裡麵糊著紙。窗上貼著窗花，紅紙剪的，花卉，魚鳥，這大概是小麗母親剪的。窗外有兩棵老榆樹，樹蔭落在窗前，將街上的暑氣隔開。大街上馳過幾輛馬車。一匹馬特別高大，黑褐的皮毛油光發亮，昂著脖子；胸脯像面牆，渾圓的屁股，一條漂亮的尾巴有力地甩著。我指著說：「嘿，那匹馬真漂亮。」

小麗嘿嘿笑起來。「那不是馬，是騾子。」

「騾子？」我沒聽說過，明明是馬，就是馬，我強調著。

「嘿，別不懂裝懂，你這個南方的小老表。」

小麗母親聽了，責備說：「小麗，你怎麼能這樣沒禮貌。」

我沒在意。看那高大健壯的四蹄動物叫騾子，不叫馬，我還是挺喜歡的。

那一扇大窗子，成了我和小麗看街景的口子。我們喜歡跪在炕上，俯靠著窗臺向外張望。除了騾馬，行人，有一次，我還看到疾馳而過的卡車。車上站著全副武裝的解放軍，車頭一杆紅旗獵獵飄揚，車尾揚起煙塵。這情景很使我有點熱血沸騰的感覺。小麗也覺得夠刺激，她歡快地叫道：「解放軍叔叔好。」

這時，小麗母親卻顯出緊張的神情，把我們從窗臺趕下來。關上

窗子，對我說：「你該回家了，別讓你媽著急。」

　　我一想，也是，回去晚了，母親又得左右盤問。向小麗道別，我急急往回趕。奔進院子，兩隻大白鵝看見我嘎嘎叫，拍動著翅膀。我沖它們揮揮手，溜進屋。

　　城裡的槍聲停息了，一向冷落的街道熱鬧起來。傍晚人們出來，三三兩兩在胡同口乘涼。人們對打派仗還耿耿於懷，同一派系的攏在一起，不同派系的側目而視。不過，總算是平安無事。令母親感到遺憾和不安的是，我的四叔五叔因為參加了不同的造反組織，成了對立派，兄弟間有了嫌隙。

　　這時，父親來信了。信中講了南方的情況，那裡的形勢似乎複雜一些。小鎮的運動也停熄了，但是兩派組織沒有實行大聯合。開進城的解放軍部隊支持一派，打擊一派。聽說問題是這樣解決的：兩派造反組織運動中都申明是為了捍衛偉人，捍衛無產階級革命路線。自稱是左派，是無產階級造反派。他們各自向中央打電報，表明立場，請求支持。兩份電報內容一樣，區別在開首一句。甲電報開首：「最最敬愛的偉大領袖……。」乙電報開首：「最最最最敬愛的偉人領袖……。」省裡運動領導小組一位大首長捏著兩份電報稿左右端詳，一指多兩個最字的電報，斬釘截鐵：「他們是左派」。

　　一份檔，如同聖旨，支持最最最最派的革命行動。他們是無產階級造反派。對立的最最派自然而然成了資產階級老保。在支左部隊的支持下，老造大獲全勝，奪了政權。老保作鳥獸散，逃的逃，反戈一擊的反戈一擊。城裡一統天下，從此太平有望。

　　「平安無事就好。」母親很高興能夠回家了。

　　父親信中說，大哥的同學邱永忠運動中被打死了。大哥聽了，雖然，奪權時他們分為兩派，同學一場難免也動起惻隱之心。記得最後一次我見到他們在我家，邱永忠和大哥進行著激烈的辯論，母親說他們像兩隻鬥架的小公雞。好朋友最後不歡而散，從此分道揚鑣。據說，邱永忠臨死前兩天，邱家院裡養的一隻母雞仰著脖打鳴。邱家母

親見了，心裡很不痛快，認為不吉利，要燒炷香，找出根紅帶子紮在褲腰上。邱永忠痛斥他母親封建迷信思想。走出家門，在院子裡逮住那只打鳴的母雞，抓住腦袋只一扭，雞脖子就斷了。血之糊拉把雞往地上一扔，揚長而去。邱家母親大驚失色。第二天晚上，邱永忠母親做了一個夢，夢見大風吹倒了門前一棵老榆樹，正砸在自家房頂上。早晨慌慌悚悚告訴邱永忠，攔住他不要出門去。邱永忠一臉輕蔑，推開母親，頭也不回地走了。當天晚上，月光清冷，陰風慘澹，兩派隔河對峙，槍聲時聚時稀。邱永忠蹲在一樓房頂上，摟著杆衝鋒槍東瞄瞄，西望望。對方一顆流彈繞過一堵磚牆，穿過一扇窗，鬼使神差鑽進了他左邊第四根肋巴骨，釘在心臟上。

母親噓唏唱歎，連連惋惜，一個二十沒出頭小夥就沒有了。說真不應該讓孩子參加運動。並立即用這事情教育了大哥一番，以此證明自己回老家是多麼的正確。

父親信中還提到了我們的鄰居魏立紅。魏立紅造反時參加了最最最最派。運動中一時期最最派靠著郊區農民扁擔鋤頭的支持，佔領了小鎮，得勢了。最最最最派被趕到了省城。魏立紅反戈一擊，聲明支持最最派。沒幾天形勢又變了，中央表態支持最最最最派為造反派，軍隊持尚方寶劍開始支左。最最最最派從城裡攻回小鎮。魏立紅又宣稱自己始終是堅定不移的最最最最派。現在，她仍活躍於小鎮的政治舞臺上。

我聽到大哥和母親議論著魏立紅，對她風吹兩邊倒的德行表示鄙視。大哥說：「她是女人。」

母親說：「許多男人也這樣。」

自從解放軍乘著汽車開進城，在北方，人們的生活逐漸正常起來。叔叔們準備著要回單位抓革命促生產了。我和小麗的來往，這事不知怎的被小哥和二哥發覺了，他倆笑我交了女朋友。我矢口否認，以後就沒有再到她家去。

過了幾天，吃過午飯，全家在一起。母親和奶奶商量著什麼日子

回南方去。嬸子進來，說外面一小姑娘要找老孟家的小男孩玩。

　　我從窗子一眼瞥見是小麗，她正被兩隻大白鵝攔在院門口。心慌地縮到屋角，當著全家人否認說不認識。小哥跑出去，小麗見了直嚷：「不是他。」

　　我躲進裡屋，聽到外面大人的笑聲，不知說了什麼。小哥跑進來，沖我用手指刮刮臉羞著我。我恨不得找個地縫鑽進去。

　　過一會，小麗走了，我從裡屋出來。大人還在議論剛才來的小姑娘。六叔對母親說：那個小姑娘家是「黑五類」，她爸爸是右派，被鎮壓了，家中只有母女兩人。聽到這話，我吃了一驚，難怪小麗家總是見不到她爸爸，小麗的母親總是一副憂愁的面容。

　　一連幾天，我沒敢到大街上露面，怕遇見她。其實，我和這北方的小姑娘在一起玩得挺開心。但我更在意別人會譏笑我，說我和女孩子玩，沒出息。再說，她家還是「黑五類」，在南方小鎮上，「黑五類」家庭很被人孤立瞧不起的，這更使我退避三舍了。

　　我們要回南方了，臨行時，奶奶煮了許多鹹鵝蛋給我們帶在路上吃。從奶奶家院子出來，走過街道，我看到小麗站在胡同口，一副快快不樂神情。我扭過臉裝作沒看見。那時，還小不懂事，沒什麼留戀的東西。

　　一隊馬車從後面駛來，馬脖子上拴的鈴鐺叮咚叮咚響。馬車趕上我們，從身旁超過去。我認出來其中一匹特別高大的是騾子。我們靠到路旁停下來，微風吹起塵土和草屑追著車輪子，天空厚厚的彤雲裡折出幾縷陽光照在黃土路上。母親向奶奶揮手告別。一個車把式「叭」地甩了杆大鞭，扯起嗓門唱起來。

　　「長鞭哎————呀甩吔，叭叭地響吶——」

五

　　教師和學生陸陸續續回到學校。如風暴席捲過，學校亂紛紛。大

字報貼滿牆，教室門窗千瘡百孔。課堂上吵吵嚷嚷，大喇叭不停地唱著語錄歌。

社會上的派性鬥爭還在繼續，不同派別的互相排擠打擊，爭權奪利。孩子們思想簡單，很快融在了一起。學校原來的少先隊組織取消了，成立起紅小兵。紅小兵團富於革命性、戰鬥性。紅小兵的口號：偉大領袖是我們的紅司令，我們是偉大領袖的紅小兵。

課本都燒光了，學生們已沒有什麼書可讀，同學們回到學校一場接一場開批判大會。批修正主義教育路線，批學校的走資本主義道路當權派，批老師中的資產階級壞分子。老師們戰戰兢兢，唯恐不小心得罪紅小兵又給糊上幾張大字服。

紅小兵經常組織進行批鬥大會，有時在大禮堂，有時在大操場。紅小兵鬥志昂揚唱著歌：

「紅旗舞，春風吹，

紅小兵，排成隊，

都來參加批判會呀，參加批判會。

批判會，真帶勁兒。

誰要阻擋前進路，

就把他們燒成灰。」

紅小兵開批判會時，把學校的一些走資派，叫到臺上站著。還有成分不好有問題的老師也站著。有幾個年輕造反派老師參加主持批判會。年輕造反派老師帶著紅衛兵袖章奪了學校的權，他們指導著紅小兵的運動大方向。

批鬥會，被批者只許老老實實，不許亂說亂動。有人領頭喊口號，大家伸著胳膊跟著喊。

有人喊：打倒余某某（校長，走資派）。

底下人一起舉起胳膊喊：打倒餘某某。

有人又喊：打倒章某某（教務主任，保守派）。

底下人一起喊：打倒章某某。

有人又喊：打倒顏某某（音樂女教師，穿連衣裙，資產階級）。

底下人一起喊：打倒顏某某。

只要有人喊口號，打倒誰，大家就跟著舉手喊打倒誰。

走資派的小孩也在學校讀書，也被叫來參加批判會。他們大多時候一臉愁苦，低頭悶聲不響。也有的急於表現，要跟家庭劃清界限，喊口號特別賣力。

批鬥會上，群情激奮，口號此起彼伏，只要有人帶頭喊口號，就必然是全場革命群眾用最大嗓門跟著喊。忽然，臺上走資派校長在台下的兒子被會場氣氛感染，要和他爹澈底劃清界限。激動地站起來大喊：「打倒俺爹。」

大家也一起舉手跟著喊：「打倒俺爹」。

喊完片刻安靜，人們一下反應過來，大罵起來。有人大喊：「打倒走資派狗崽子」。大家一起喊：「打倒狗崽子」。沖過來幾個大個子紅小兵，扭胳膊揪頭髮，把校長兒子抓到臺上，和他走資派爹站在一起。

台下的鬥臺上的，鬥著鬥著，台下的也互相鬥起來。

兩個同學吵架。

一個說：你家是資本家。

另一個說：我家是鐵匠，做鍋賣鍋，是工人。

一個說：不是資本家就是工賊。

另一個說：你家是地主。

一個說：我家解放時一點田地都沒有。

另一個說：那就是破落地主。

吵著吵著，就打起來。

主持批判會的造反派老師喝止住打架同學，說：當前主要鬥爭對象是走資本主義道路的當權派，你們打架，這是走資派的陰謀，他們妄圖挑動群眾鬥群眾。於是，工人和農民的孩子繼續坐一起進行大批判，和走資派鬥爭。

　　紅小兵大禮堂開完大會，回到教室各個班級還要開小會。不僅批反革命修正主義教育路線，還聯繫實際批同學中的錯誤思想壞人壞事。

　　有一天，同學們正在教室裡開批判會，班長在講臺念著一篇報紙上的大批判文章，批判修正主義教育路線。帶班的班主任邱老師走進教室，陰沉著臉站在一旁。

　　邱老師是個很是自以為是的人，性格有些特別，中等身材，皮膚白皙，有點三角眼，梳著短髮。她的穿著也很是與眾不同，經常穿一件有大翻領的制服，聽說那叫列寧裝。她從來不穿裙子，說那是資產階級小姐。後來聽另一個女老師撇撇嘴說：「就她那身材，那粗腿，哪敢穿裙子。」引人注目的是她在翻領上別著一枚紐扣大小的領袖像章，居然不是戴在胸前。這場革命開始人人都戴像章，可沒有戴在衣領上的。很多人都拿不准邱老師這樣戴革命領袖的像章是不是對革命領袖的不恭呢？我覺得沒什麼，對領袖的崇拜表現方法不同嗎，我還見過把主席像章別在胸脯皮肉上的呢。那可真正是做到了「三忠於」「四無限」啊。

　　等班長念完一篇大批判文章，讓他下去，邱老師把手上的報紙往桌子上一摔，然後咬牙切齒地說道：「陳某某，站起來！」

　　陳某某是個出身不太好的柔弱文靜的女生，淡黃色的頭髮，略有些捲曲，皮膚泛著病色的蒼白。大家的目光自然立即聚焦在靠牆一處角落裡的陳某某身上。陳某某哆哆嗦嗦地站了起來。

　　邱老師指著她說：「交代你的反革命罪行！」

　　陳某某睜大恐懼的雙眼，半張著嘴，囁囁嚅嚅說不出話來。

　　「說，坦白交代。」邱老師猛地一拍桌子，粉筆盒掉到了地上，粉筆撒了一地。

　　陳好像挨了一巴掌，身子本能地縮了一下，卻還是說不出話來。

　　邱老師從講臺衝到陳某某的跟前厲聲喝道：「快說，已經有人揭發了」。轉身罵一句：「反動透頂。」

同學們都不明所以，等著陳某某回答。陳某某蜷縮著身子緊靠著牆，半晌，用幾乎聽不到的聲音說，「我說領袖家的成分不太好」。

「還有呐？」邱老師窮追不捨地逼問。

「是富農」。

邱老師怒不可遏地說道「是可忍孰不可忍。你罪該萬死！」接著又聲嘶力竭地喊道：「死有餘辜！」

邱老師回到了教桌旁，唾沫亂飛仇恨滿腔的長篇大論，把陳某某的問題提高到階級鬥爭的高度，說了無數個「何其毒也」。那時，動不動上綱上線是鎮壓學生打擊別人的有力手段。

同學們都吃驚不小。感覺到陳某某大禍臨頭了。直到怒罵累了，邱老師才余怒未消地宣佈散會。然後氣衝衝地走出了教室。

站了一堂課的陳某某還不敢坐下，只知道低頭抹淚。同學們誰也不和她說話，大多也不出教室，都在悄悄議論著。

陳某某無聲地哭了許久，大概實在是站累了，就坐了下來，趴在書桌上又抽泣起來。

邱老師一會又進來了，留下了一些同學，讓其他同學包括陳某某都放學回家了。她要佈置明天的批判會。

我是以後才知道的，陳某某在和幾個女生閒聊時不知怎麼地說到了偉人的成分上，陳就不知利害地說出了「偉人家的成分不太好，是富農」。還說：「雖然定的中農，其實是富農。他家那麼多地，偉人還能讀書。貧下中農哪有錢讀書。」當天就被一個女生揭發了。

這是惡毒攻擊偉大領袖，是重大反革命事件。邱老師莫名地興奮，似乎等待已久。她留下了一些她喜歡的同學寫批判稿並佈置準備第二天開批鬥會批鬥陳某某。

因為革命運動，學校基本「停課鬧革命」了。在我們小學，低年級玩的時間多起來。上學校都很是隨意，在老師帶領下參加各種批鬥會，不用發言，跟著舉手喊口號。高年級則比較積極，帶著紅小兵的臂章跟隨帶著紅袖章年輕老師貼大字報，撒傳單，或批鬥校長和其他

有問題的老師。有時也上街頭搞宣傳，批鬥「黑五類」。

學校造反派老師們也分為好幾派。邱的特立獨行使她受到排擠，無法和校內其他造反組織和諧相處。她的日子很不好過，幾乎所有其他派別都罵她為「鐵杆保皇派」。紅小兵們已在算計著批鬥她的日子什麼時候到來。

邱感覺到了危險，要用一件事件吸引大家的注意力，以此來轉嫁自己的危機。別人欺負她，她就向更弱小的陳施暴。她暗自慶倖陳的錯誤恰逢時機被她逮到。她以為陳的錯誤足夠大，陳的出生足夠差，陳足夠弱小。沒有什麼顧忌。

作為小學生，我們還不能洞察人心，對於世事，我們還懵裡懵懂。事後，我曾回想和分析，陳某某事件是處於困境中的邱老師一次向外界展示其對偉人忠心的絕佳機會。當時因為一時言行不慎而成為反革命的例子太多了，往往昨日還在一起親切握手言笑，今日就可能頭戴高帽，脖子上掛著牌子，低頭彎腰地站在凳子上，成了被批鬥對象。人人自危，很多老師都盼望著能發生個令人矚目的事件，以利於自己在運動中表現對偉人的忠誠，證明自己是真左派，是最革命的，以獲取稍許安全感。畢竟拿出活生生的行動表演比口頭宣講自我標榜有力得多。陳某某的事自然被邱老師抓住，這是個難得的機會。至於這樣做對那個可憐的女孩及她的家庭會帶來什麼樣的傷害，則完全不在邱老師考慮範圍之內。在大規模的動亂之中，為獲得自身安全感而犧牲一個「小狗崽子」是非常劃得來的。因此邱老師所表現出來的義憤填膺實際上是很誇張的，是刻意表現給別人看的。比如前邊我說她憤怒地拍桌子把粉筆盒震掉地下，實際上就是用手故意碰掉地下的。後來在議論此事的時候，有好幾個同學看穿了這一點。顯然這是一個精心設計的動作。

臨走時。邱老師將從陳某某身上搜出來的一張報紙撕得粉碎，丟在地上。

猶如一根頭髮絲拴系的利劍懸在陳某某的頭上。可以想像這件事

肯定會聯繫到她的家庭成分，使她父母的境遇雪上加霜。不僅如此，還會追查這個消息來源，也就是說還會連累上一個對她說過「偉人家成分不好」的人。不知陳某某那一天是怎麼過的。等待厄運的到來應該是很恐怖的。

第二天一早，一切都在按邱老師頭一天的佈置在進行，紅小兵積極分子都已躍躍欲試，有的甚至寫好了發言稿。陳某某坐在座位上則戰戰兢兢，不敢抬眼看人。等一會，她就要站在臺上成為大家的批判對象。經過這難熬的一夜，我發現陳某某的臉都變得煞白了。其他同學們也都在不安地等著那個時刻的到來，氣氛有些緊張。有的同學準備上臺發言，大部分同學等著看熱鬧。

終於，邱老師板著面孔走進教室來。她一聲不吭，環視了周圍一圈，然後陰沉的目光就死死地盯住了陳某某，陳某某低著頭躲避著她那兇狠的目光。

突然，「哐」的一聲，教室的門被踹開了。一個高個男老師領著一群高年級男女學生湧了教室，將邱老師團團圍了起來。就像某些文章裡寫的那樣，在這千鈞一髮的時刻，風雲突變。同學們目瞪口呆看著這發生的變化。

沖進教室的老師同學們都很熟悉。姓鄭，教體育。鄭老師當過兵，這是個光榮的歷史，沒有人敢惹他。作為青年教師，根紅苗正，鄭老師參加運動並不積極，也不贊成我們這些小學生參加運動，或去批鬥校長等。不讓學生曠課出去玩。曾說：「小孩懂什麼？學生要以學習為主。」

學校裡也有一些老師消極的對抗運動，當然，他們都明哲保身，沒有像鄭老師敢說話。

看到別的班的同學都自由自在外出活動，鄭老師班裡早已是人心思動，特別是男生們，那些紅小兵幾乎公開表現出不滿。認為鄭老師不讓同學參加運動，就是壓制紅小兵的革命性積極性。後來，鄭老師也感覺到學生中不滿情緒，覺得不能脫離運動孤立自己，也組織起一

支造反派組織，參加到運動中。班上活躍的男生跟著他，這樣班上局勢穩定下來。這次鄭老師帶領學生到這邊來要幹什麼，坐在教室裡同學們都莫名其妙。

鄭老師和邱老師之間有矛盾。鄭老師曾遭到過邱老師的攻擊，他們是一對死敵。運動剛開始，學校的青年教師成立各種造反派組織，只有邱老師和鄭老師沒有參加。他們的情況正相反。那些個造反派老師紛紛拉鄭老師參加自己的組織，都被鄭老師拒絕。而邱老師想參加造反派組織，卻都被人家拒絕。這就讓邱老師看鄭老師很不順眼，遇有機會就會針對一下。大字報不敢寫，傳單不敢發，就只有流言蜚語了。比如邱老師就曾說過鄭老師的女朋友不是處女。

這次事件，鄭老師或是本就對邱老師不滿，要整她，批鬥她，正巧沖散了批陳的鬥爭會。或者是對陳某某的同情，幫她一把。對家庭出身，鄭老師也有自己的看法。他曾經說過「老子英雄兒好漢，老子反動兒混蛋」是錯誤的。一次還跟學生說，許多中央領導和老革命家的出生都不好。周恩來家庭成分也不好。他還說了一個故事：一次來到蘇聯，周恩來會見了赫魯雪夫。周恩來坦率地批評了赫魯雪夫。面對周恩來的批評，赫魯雪夫狡黠地說：「我是出身於工人階級的，而你卻是出身於資產階級。」周恩來針鋒相對：「是的，我們兩個人都背叛了我們各自的階級。」赫魯雪夫啞口無言。

當然，遵照偉大領袖的教導：「凡事敵人反對的我們就要擁護，凡事敵人擁護的我們就要反對。」那麼，早就是有矛盾的鄭對邱的鬥爭就不奇怪了。

鄭老師他們一進來，就先聲奪人，課堂上頓時響起一片此起彼伏的口號聲。

「邱某某反對「文化革命」罪該萬死！」

「打倒保皇派邱某某！」

「邱某某不投降就教她滅亡！」

鄭老師拿出一張撕碎的報紙，拼接起來，給大家看。報紙上有

一大副標題，《批判中國的赫魯雪夫》，這正是昨天邱老師撕碎的報紙。

「對大批判不滿，反動，妄想復辟」。後面還學著邱批陳某某的話，「何其毒也」。

撕碎有大批判文章的報紙，說是小事，也可以說很嚴重的大事。邱老師一時驚慌失措，但馬上穩定了一下情緒，開始奮起反抗，一場激烈的辯論開始了。

這真是螳螂捕蟬，不知黃雀在後，還沒等整著陳某某，邱老師自己倒成了被整的物件。當時辯論些什麼同學們也不大明白。只聽得雙方你一條語錄我一條語錄，你一句口號我一句口號，你來我往，此起彼伏，煞是熱鬧。鄭老師他個頭高，聲音極其洪亮，滿口流利的偉人語錄和當時時髦的革命言辭，氣勢洶洶，咄咄逼人。每當邱老師聲音嘶啞地辯解時，鄭老師帶領的那些高年級同學就不斷狂呼革命口號和起鬨。邱老師勢單力孤，完全處於下風。一些別班同學開始鼓動我們和他們一起參加他們的運動去。再加上鄭老師富於誘惑力的煽動，早就蠢蠢欲動的男生們一哄而散，紛紛走出了教室。最後連人多數女生也走了，包括邱老師已經動員起來的紅小兵積極分子們。

邱老師眾叛親離，成了孤家寡人，遭到了鄭老師他們長時間的圍攻，對陳某某的批鬥會自然也就開不成了。陳某某逃過了一劫，這恐怕連她自己都沒想到。也就是從這一天起，同學們澈底「解放」了，再無人管束，完全放任自流，直到上面號召「複課鬧革命」。

學校原來的少先隊組織取消了，成立起紅小兵。紅小兵團富於革命性、戰鬥性。

六

在「複課鬧革命」的號召下，學生和老師都回到了學校，坐進了教室。學校來了「軍宣隊」和「工宣隊」，他們和學校領導一起參加管理起學校。學校成立了三結合（革命幹部、群眾組織代表和部隊軍管代表）「革命委員會」，這是新生的紅色政權。

我們的軍代表是一位三十來歲的軍人，聽說在部隊上是一位元連長，每天學生集合時都由他操著一口江浙腔進行訓話，然後進行佇列訓練。身穿綠軍裝、佩戴紅領章的解放軍威望就是高，隊前一站，鬧哄哄的隊伍立刻肅然安靜，他喊口令「立正」時把後面的「正」字拖得老長老長的。我一聽他喊口號就特緊張，不由得站得筆直。

學校的年級編制被取消，全國學習解放軍，學校改為軍隊編制。校長和工宣隊長稱為營長和教導員。每個年級稱為連隊，年級主任稱為連長。每班學生稱為排，每排有四個小班。我想這在紅小兵學生幹部心裡一定很有成就感，因為小組長升級成了班長，班長升級成了排長。

軍代表不苟言笑，對學生可厲害了。他喊「立正」時誰要是敢笑，或者站得不直，他會從主席臺上跳下去，來到隊伍裡拽住學生的脖領子把你拖到台邊上罰站，所以我們都很怕他。不過，軍代表自身的本領也很過硬，無論出操站隊，做示範動作，嚴肅認真，一絲不苟。而且，他也不是老這麼嚴肅，對年輕的女教師態度還是蠻好的，說話都笑眯眯的。

軍宣隊在學校待的時間不長，一個學期就撤走了，他們就像先遣隊，攻下城池堡壘就交給了後續部隊。工宣隊全面接管了學校。這些工廠裡來的工宣隊人人手拿一本紅皮主席語錄，身穿藍工作服，脖子系條白毛巾，腳蹬翻毛皮鞋，脾氣很大，力氣也很大。他們年齡都和同學們的父母一樣，有的家裡也有孩子在學校讀書，所以家長作風非

常嚴重。遇有調皮搗蛋的學生，大皮鞋照屁股蛋就一腳，大巴掌一煽呼呼生風。老師們有了靠山，凡有意外事件發生感覺情況不妙，立即去搬來工宣隊。

學校在工宣隊的管理下很快恢復了次序，重新響起了上課的鐘聲。「當當當」，鐘聲在校園上空回蕩，一直傳到小鎮很遠的地方。這久違了的鐘聲我們聽來同以前有點不一樣。以前的鐘是口真正的鐘，黃銅鑄的，圓溜溜的上部，下麵一喇叭口。敲起來鐘聲激蕩，餘音繚繞，好聽極了。破四舊時，造反的學生把這口黃銅鐘砸碎了送給廢品回收站。現在的鐘是用一截鋼軌掛在一棵老苦楝樹上，敲上去聲音急促，尖銳刺耳。

敲鐘人還是那個燒開水老頭。老頭快要退休了，乾癟瘦小，佝僂著腰，長期患病，臉黃黃的。從我進學校，他就一直是學校燒開水兼敲鐘人。整天沉默寡言，除了敲鐘，從不多事。工宣隊進校，發現了這個長期戰鬥在教育戰線上的工人階級，很重視，開大會把他請上主席臺。從不引人注目，受人重視的他，一下同校領導並排坐在一起，高居主席臺，眾目睽睽。他扭捏不安，如坐針氈，大會開到一半，大汗淋漓，竟昏倒在主席臺上。以後死活再也不上臺，回到他的茶爐房繼續燒他的開水敲他的鐘，一直敲到我走出這所小學。

學校的鐘聲雖然響起來了，已然今非昔比。學制縮短了，課時精簡了，學生們大部分時間是政治學習。教室正面牆中央懸掛著一幅主席畫像，玻璃鏡框鑲著。每天，偉大領袖居高臨下俯視著同學們，接受同學們的早敬，中敬，晚敬。學校每天早晨開始上課前，學生提前半小時到校。班長點過名後，大家起立，唱「東方紅」，敬祝偉大領袖萬壽無疆，坐下來學習《語錄》，讀「老三篇」。這「老三篇」是從領袖著作精選出來的《為人民服務》《愚公移山》《紀念白求恩》三篇文章，捧如聖經。學生個個背誦如流，滾瓜爛熟。有人給「老三篇」中的經典片段譜了曲，學生們背誦一段唱一段，背誦一段唱一段。此起彼伏，煞是好聽。

　　人們紛紛開展向偉大領袖獻忠心活動，唱「忠字歌」，跳「忠字舞」。紅小兵胸戴主席像章，手捧主席語錄緊貼胸口，呼口號時右手揮動語錄，兩腳用力緊蹬，面帶幸福微笑。「忠字舞」不僅表達了紅小兵無限忠於偉大領袖的忠心，現在看來還很有健身的功效。有各行各業活學活用毛澤東思想積極分子來到學校講用。他們在脖子套根繩胸前懸了個紅心，紅心上一黃燦燦忠字。身背一個紅布袋，裡面裝本小紅皮《語錄》，稱為紅寶書。紅心紅寶書風靡全鎮，人人寶書不離手，語錄不離口。一段時間，人們出門逢人辦事說話，一開口，必須先說一句主席語錄，然後再說要辦的事。你來我往，人們爭著背誦《語錄》。能在對話中引用主席語錄，更是成了革命和時髦的象徵，有時，也是對付別人吵架辯論的武器。

　　我們去供應站買東西就能見到這樣場景。有學生要買筆，對女售貨員說：「要鬥私批修。買支筆。」

　　女售貨員走過來：「為人民服務。你買什麼筆？」

　　「我們都是來自五湖四海。——你拿幾支筆讓我挑挑。」

　　女售貨員很乾脆，不讓挑：「反對自由主義。——買哪支拿哪支。」

　　那同學大聲地：「關心群眾生活注意工作方法。——有這樣賣東西的嗎？」

　　女售貨員：「革命不是請客吃飯。——愛買不買。」

　　同學生氣了，拿出紅學生的氣勢：「打倒土豪劣紳。——你這什麼工作態度？」

　　女售貨員：「一切權力歸農會。——咋的，你想打架？」

　　同學：「凡是反動的東西，你不打他就不倒——你以為我怕你？」

　　旁邊的見兩人的戰爭一觸即發，就急忙上前調解：「要團結不要分裂。——你們有話好好說。」

　　女售貨員：「將革命進行到底。——我看你能咋的？」

同學：「人不犯我我不犯人，人若犯我我必犯人。──你當個售貨員啥了不起？」

看他倆誰也不肯停止舌戰，另一同學便勸說同伴一走了之：「敵進我退。──先走吧，明天再買。」

同學聽了，就順勢下了臺階，轉身而去，他邊走邊說：「別了，司徒雷登。──哼！」

女售貨員如得勝的將軍立即回敬道：「一切反動派都是紙老虎──呸！」

供應站的青磚牆壁上，有一條標語：毛澤東思想勝利萬歲！在驕橫的售貨員面前，中學紅學生都敗下陣來，我這小學紅小兵哪敢多言，每到供應站買東西，軟弱地念句語錄，交錢拿了東西看都不看轉身就走。好在售貨員看我小孩，不多囉唆。

小鎮上湧現出許多活學活用毛澤東思想積極分子，他們走單位，串學校，講學習語錄心得體會。積極分子們有句口頭禪：忠不忠，看行動。同學聽了講用報告，每天搶著掃地，摸桌子，擦黑板，學校裡好人好事蔚然成風。

教室壁報宣傳欄上畫著天安門，上面是金光閃閃的紅太陽，天安門下面畫著六朵向日葵。二十世紀六十年代，全國人口六億。葵花朵朵向陽開，代表著六億中國人民心向偉大領袖。宣傳欄旁有一張圖表，寫著全班同學名字。哪位同學做了一件好事，獻了一次忠心，就在他的名下貼一小紅角星。掃一次地擦一次窗子，拾到兩分錢一支鉛筆了，都能得一個小紅角星。同學們誰都不甘落後。有一位男同學小紅星特別多，他每天都能上交一兩件小東西。他就那麼幸運，總能拾到什麼鉛筆小刀幾分硬幣。有一次，他很令人震驚地交出一塊老懷錶，說是上學路上拾到的。這使全班同學大受感動。正當老師大肆表揚他拾金不昧精神，他的母親找到學校裡來，說他把家中的表偷偷拿來上交了。同學們才恍然大悟。老師嚴厲批評了這位男同學，將他的小紅星都取了下來。這位弄虛作假的同學遭到批評，被認為動機

不純。

也有的同學動機很好卻辦了壞事。一天，一個女同學在教室打掃衛生，看見牆上高懸的主席像上有了灰塵，出於對偉大領袖的熱愛，想去把畫像擦擦乾淨。搬張課桌，再架上椅子，踮著腳去擦主席像上的灰塵。一不小心，失手把牆上掛像釘子拔出來。相框落在地上，哐當一聲，玻璃四分五裂。同學沒站穩，從椅子上摔下來。課桌裡一瓶墨水翻落在主席像上，灑得到處都是。主席像墨蹟斑斑，慘不忍睹。眾學生一片驚呼。有同學喊：「破壞偉人像，反動。」失事女同學臉唰地白了，坐在地上立刻哭起來。

老師聞訊趕來，見此情景，呆了呆，小心翼翼拾起畫像。問題非常嚴重，臉上變了色，對一旁嗚嗚哭的女學生訓斥道：「你要深刻檢查，向偉人請罪。」

犯了大錯同學在班上進行檢查，痛哭流涕。同學們紛紛發言，口誅筆伐。老師也鬥私批修，說自己也有責任，沒有教育好學生，沒有保護好主席像。發生這麼重大事件，老師不敢隱瞞。被污染的主席像連同兩份檢查一起交給年級領導。年級領導深感棘手，也不敢貿然處理，寫了份情況彙報和一份檢查，又上報給學校領導。學校領導反復研究討論，認為事件性質嚴重，但該犯錯誤的學生平時表現良好，家庭成分三代貧農，並且是為了做好事獻忠心無意中毀壞主席像，可免於處分。只是這污染的主席像無法處理。燒掉吧，誰敢燒主席像。保存下來，主席形象受到玷污太不恭敬了。既不能銷毀，又不好保存，真是大傷腦筋。碰到這難題也只能向上級推了。當然，學校領導也鬥私批修，深刻檢討對學校思想政治工作抓得不嚴，對學生教育不夠，對主席像保護不力。寫了一份檢查並一份情況彙報連同學生老師年級領導的檢查及彙報，以及被污染了的主席像一起交到教育處。教育處附上材料又呈給教育局。最後，據說這張主席像一級級向上呈報，直到教育部。所附加情況彙報檢查材料已裝滿一卡車。

雖然發生汙損主席像的嚴重事件，同學們做好事獻忠心的積極性

仍然很高。同學們尋找各種機會表現自己，幹得最多的是掃廁所。有位活學活用主席思想積極分子無比自豪地說：越是髒，越是累，越能錘鍊一顆無限忠於偉大領袖的紅心。

一天下午，上完兩節課，我和班裡的同學們一起給學校的廁所打掃衛生。同學們從家中帶來水桶掃帚各種勞動工具。廁所遠離教室，緊靠學校圍牆，灰磚牆灰瓦頂，裡面一排水泥砌的蹲坑。同學們提來一桶桶水沖刷廁所地面，清掃便池水溝。男同學清掃男廁所，女同學清掃女廁所。人多，幹勁大，很快廁所裡裡外外沖刷清掃得乾乾淨淨。如同打了個大勝仗，同學們紛紛拿上工具回家了。我和一位叫王安福的男同學留在教室裡。我是班裡的學生幹部，教室的鑰匙在我這裡，每次放學我必須關好門窗，鎖好門才能走。這時，王安福忽然說肚子脹要拉屎。翻書包從寫字本上撕了張紙迫不及待向廁所走去。

我在教室旁等著上廁所的王安福。一群麻雀從學校「五七」農場的稻田裡飛起來，掠過圍牆，消失在遠方，校園一片安靜。忽然，王安福從廁所後轉出來，急急向我招手。我跑過去。他張惶失措喊：「有反標」。順他所指，果然，廁所後的圍牆上歪歪斜斜寫了幾個粉筆字：「打倒 XXX」。這幾個字不大，我們卻觸目驚心，不由倒吸一口涼氣，很緊張地四下望望。沒發現別人，學校空蕩蕩，人們都放學回了家。夕陽紅紅地落在西邊的楊樹梢，四處靜悄悄。我們一陣慌亂，稍鎮定些，我說：「趕緊去報告。」

氣喘吁吁跑去把連長也就是年級主任找來。連長他也很緊張，看一下反標，說：「保護現場」。又顛顛地跑去向學校領導報告。

不一會，營長和教導員來了，也就是校長和工宣隊長。跟著又來了兩個公安，還拿了架照相機，喊裡哧嚓對著反標拍一氣，圍著廁所糞坑四處查腳印找線索。消息一下傳開，來了許多圍觀者。人人表情嚴肅，有的人還流露出義憤填膺的樣子。

公安忙一陣走了。廁所旁營長現場即席發表講話。他揮著拳頭顯出極大的無產階級義憤，說「這是嚴重的反革命事件」。慷慨激昂

表示一定要揪出暗藏的反革命破壞分子。他的講話很精彩，其中有一句諺語我很欣賞。他說：「階級敵人是經了霜的蔥，葉焦根爛心不死」。這句諺語我牢牢記住，在以後的一篇作文裡用上了它。語文老師看了也很欣賞，大加讚揚，說我善於從人民大眾的語言裡汲取精華。

一群綠豆蠅從糞坑裡飛出來在營長臉前繞來繞去，他揮揮手趕走蒼蠅，提高嗓門喊一句：「千萬不要忘記階級鬥爭」。一幫圍觀的人也舉舉手跟一句：「千萬不要忘記階級鬥爭」。

營長結束講話，上前用一團紙擦掉那句反標。看到他擦反標的手似乎都有點顫抖，環視周圍一張張緊繃繃的臉，我心裡既緊張又覺得可笑。但我不敢笑，這要是一笑非同小可，那年月，為一句反標掉腦袋的也有。

人群散去，學校沒有讓我們回家，留下來帶到辦公室被兩個公安盤問了很長時間。而且分開來一個個問話，做了記錄讓我們簽字，一直鬧到很晚，弄得我們身心疲憊。第二天，學校召開全體師生大會，宣佈了這一反革命事件。號召大家動員起來，同暗藏的階級敵人鬥爭，揪出寫反標的反革命分子。

學校成立專案小組，有工宣隊，校保衛和紅小兵。我也被吸收為專案組成員，天天開會，對筆跡，查線索，找重點嫌疑談話，發動群眾檢舉揭發。案件終於水落石出，查明罪魁禍首是個男學生。他因為倒楣的地主家庭出生，挨過幾次批鬥，在同學中總是被罵作狗崽子，受盡欺辱，氣憤難抑，寫了那麼幾個字。他真是膽大包天，竟敢同無產階級專政對抗，結果是搬起石頭砸自己的腳。因為年齡小，沒抓起來。但是批鬥大會躲不過。

批鬥會上，群情激憤，口號此起彼伏，只要有人舉拳頭帶頭喊口號，全體革命師生用最大嗓門跟著喊。「打倒XXX！」「坦白從寬，抗拒從嚴！」死不改悔的地主狗崽子瘦小的身軀被兩個身高體壯的紅小兵揪著，雙臂向後搬起，腰背彎得像只蝦米。教師學生代表一個個

上臺發言，聲討控訴，直到將這個小反革命批倒批臭。後來，這位學生被開除學籍，隨同他那地主家庭一起遣返回鄉下去了。

事後，那個第一個發現反標的王安福同學憤憤不平地告訴我，破案時，專案組幾次把他找了去問是不是他寫的反標。懷疑他自己寫反標自己報案，因為發生過這類事件。並追問他為什麼到廁所後面去，那裡極少人去。王安福回答解大便。專案組連連搖頭並追問，就在廁所邊上為什麼不上，反在外面大便。王安福很尷尬，支支吾吾說怕弄髒廁所。專案組的人並不相信。王安福委屈極了，對我說，他是捨不得在剛剛打掃乾淨的廁所里拉屎，想讓乾淨的廁所保持長久一些，所以躲到牆後去。誰知發現反標，一泡屎嚇沒了。經過一番折騰，他一星期沒拉屎，腹脹如鼓。他媽媽給他泡了一大缸子番泄水喝，他才拉出一大堆圓圓的幹屎球，像屎殼郎滾的糞蛋蛋。

我當然理解他為什麼不在廁所里拉屎，同時也很驚訝：「怎麼沒問我。」

王安福不無妒忌地說：「你家庭出生好，老師又喜歡你。」

當時，我很為這句話沾沾自喜。那個時代，講出身，誰出身苦誰最光榮。我家三代都是工人。我的父親是工人，我的爺爺也是工人。早期中國共產黨人祕密地躲在一條小船上開會，這些年輕的書生一隻手高舉著拳頭，一隻手放在馬克思的《資本論》上討論著如何推翻中國的三座大山，槍桿子裡面出政權的時候，我的爺爺就是馬克思在《資本論》中論述過的人類社會最先進階級中的一分子。世間的事，真是說不定。如今就大不以為然了。正所謂風水輪流轉，三十年河東，三十河西。20 世紀 80 年代，當年那位寫反標挨批鬥被遣返農村的剝削階級的孝子賢孫又回到了小鎮上。我曾見到他，西裝革履，滿面春風。據說，正準備出國去繼承一大筆遺產，不知是為什麼當資本家闊佬的叔叔伯伯，舅舅姨媽留給他的。而我，這個工人階級的後代，還將在這灰騰騰鬧喧喧的小鎮上繼續發揚革命傳統，爭取更大光榮。

人們紛紛開展向偉大領袖獻忠心活動，唱「忠字歌」，跳「忠字舞」。

七

北方的邊境燃起了戰火。空氣中彌漫著緊張氣氛，西伯利亞吹來一股濃濃的火藥味。

「要準備打仗」，報紙廣播宣傳沸沸揚揚。學校工宣隊長大會上做戰備動員報告：國內有特務、反革命顛覆破壞，國外有帝、修、反侵略擴張，第三次世界大戰的危險依然存在。美帝國主義和蘇修社會帝國主義亡我之心不死，向中國人民揮舞手中的核武器大棒。聽了報告，我們每個人都感覺到原子彈隨時就會在頭頂上開花，不祥的蘑菇雲籠罩在我們上空。

小鎮地處交通要道，鐵路公路交會縱橫，十裡外有一座飛機場。工宣隊諄諄教導我們：這裡是戰略重地，要百倍提高警惕。學校組織起紅小兵，鎮邊路口站崗放哨，盤查行人，抓特務。幹這事大家都非常有興趣，人人爭先，個個奮勇。戴上紅袖章，手執長梭鏢，就像那戰爭年代的兒童團一樣。渴望能自己親手抓到一個真正的特務，像董存瑞、黃繼光、邱少雲那樣立功，自己還不至於犧牲。站崗時小眼瞪得溜圓，看誰誰都不順眼，都像特務。也不知特務從哪裡來，怎麼會這麼多。

小鎮南郊離鐵道線不遠有一片無人管理的油桐林。林子裡一片墳地，荒草雜蕪。鐵道旁一所孤零零的扳道房，扳道房和林子中間有棟

平房，住了三四戶人家。地處荒僻，平時很少人去。有人報告，說那裡發現特務晚上打信號彈，還有紅色信號燈一閃一閃。紅小兵如臨大敵，緊急動員起來，挑選出幾十名骨幹，夜裡把那片樹林包圍起來。田墾，土丘，三步一崗，五步一哨。我有幸也參加了這場戰鬥，這是一種榮譽。只有家庭出生好，政治上可靠的紅小兵才能參加。

一連埋伏三個晚上，沒有發現什麼情況。野地裡的露水把我們的衣服都打濕了，半夜裡又冷又餓，困得不得了。白天到學校上課趴在桌上呼呼大睡。老師表示支援紅小兵的革命行動，有意見也敢怒不敢言。

第四天，有了情況。月黑之夜，墳地裡火光一閃一閃，接著樹林子中升起兩顆明亮亮的信號彈。埋伏了許久的紅小兵早已急不可耐，躬身從隱蔽地出來，像捕鼠的貓，躍躍欲試。指揮部一聲令下，所有的人都向前包圍過去。我也隨著隊伍前行，既緊張又興奮，握著梭鏢的手都有點打戰。跌跌撞撞，連滾帶爬，越過土坎水溝，蹚過剛剛收割完稻子的莊稼地，悄悄摸進樹林。衝鋒令響起，大夥喊殺四起，撲進墳地。墳地靜悄悄，淒寂冷清，不見一個人影。眾紅小兵住了聲息，戰戰兢兢，一個個墳丘草叢搜索，並無所獲。在一座墳前看到點燒剩的紙灰燼。一個紅小兵像個老練的偵察員，伸手在灰堆裡摸了摸，尚有餘熱，很有經驗地說：「特務沒跑遠。」

大家又一陣緊張。再到樹林子裡搜索一遍，仍毫無結果。有人看到林子邊那幾戶人家有一窗子燈亮了又熄了，很可疑，立即引人包抄過去。大夥乒乓敲門，一時驚得雞飛狗叫。

門開了，燈光裡走出一中年婦女。立刻幾支尖尖的梭鏢戳到她胸前，嚇得她大驚失色，哆嗦起來。「你，你們，幹什麼？」

「你家藏了特務。」紅小兵氣勢洶洶。

「沒有，沒有哇。」婦女慌張回答。

「誰在樹林裡打信號彈？」紅小兵喝道。

「信號彈？」那婦女愣一下。「我兒子剛才放了幾顆禮花，過年

剩的。」屋裡果然站著兩個六七歲小男孩。

紅小兵要進屋搜查，那婦女守在門口不讓進。她看清楚是一群小學生沒有大人，鎮靜些。「你們想抄家，不行，我家是貧下中農。」她嚷起來。

「剛才鬼鬼祟祟在家幹什麼？」紅小兵屬聲責問。

「小孩子撒尿，你們也管。」婦女也不示弱。

正吵吵嚷嚷，遠處有人喊：「你們吵什麼？」鐵路扳道房那邊走來一人，提著盞雪亮的燈。走近，是一中年男人，穿著工作服，顯然他是扳道工人，大概剛下班。他大聲地：「都到我家來幹什麼？」說著用手提的信號燈一個個照過去。那信號燈和樣板戲中的那盞革命傳家寶一樣，這一照，眾紅小兵立刻怯了三分。

婦女說：「這幫小鬼頭說我們家有特務。」

「什麼？」扳道工人勃然大怒。「誰說的？」

沒人敢吭氣。那陣子，工人階級正領導一切。

「都滾蛋。」扳道工人大喝一聲，眾紅小兵趕緊撤退。

雖然沒有抓到真正的特務，紅小兵依然沒有放鬆階級鬥爭這根弦，時刻準備「提高警惕，保衛祖國」。學校舉行的戰備動員大會上，口號喊得震天響：打倒美帝，打倒蘇修，打倒各國反動派。

中國成功爆炸了原子彈。喜訊傳來，人們歡呼雀躍，歡欣鼓舞，敲鑼打鼓上街慶祝遊行。中國自己也有了核武器，腰杆子硬了。據說，造原子彈是在戈壁沙漠，十分艱苦。中國人民發揚一不怕苦二不怕死精神，克服許多困難造出原子彈。一次動員大會工宣隊長在臺上揮舞拳頭表決心：「我們賣了褲子也要造原子彈」。台下有一個男老師小聲嘀咕一句：「人怎麼能不穿褲子」。他的話被旁人聽到，立刻遭到圍攻，起碼有五個老師站起來發言反駁他。發言的人都說原子彈很重要，中國人敢於犧牲不怕犧牲，傾家蕩產在所不惜。雖然那個反對光屁股的老師年輕時是個武俠迷，有那麼點尚武精神。面對圍攻，他陷入孤立，在一片聲討聲中，不得不低下頭再也不敢吭聲了。

　　小鎮放映了一部怎樣防原子彈的電影，各單位組織人們觀看，就像當年看樣板戲。可怕的蘑菇雲，如閃電雷霆，濃煙翻滾，包裹著一個巨大的火球。據說那裡面溫度極高，鋼鐵都能熔化成氣體，還有死光，眼睛一刺就瞎了。電影告誡人們，看見原子彈爆炸立即臥倒，屁股朝著原子彈，用衣服最好是白衣服蒙住頭。真是顧頭不顧腚，像鴕鳥一樣。當然有一個地洞鑽進去更好。就像動物一樣，遇到危險它就跑進洞裡藏起來。

　　人們開始備戰，全國動員，每座城市，每個地區，每個單位，直到每家每戶，都必須挖戰備防空洞。小鎮上男女老少行動起來，家家戶戶在自己門前空地挖防空洞。居民的菜地全都刨掉了，挖成像戰壕一樣的坑道。這坑道一米寬兩米深，還要挖成之字形，才能躲避敵機的機槍掃射。樂得小鎮孩子整天在戰壕裡鑽來鑽去，跳上跳下，捉迷藏打遊擊玩。後來人們又在坑道邊上又向下挖出許多貓耳洞，供人們隱藏。貓耳洞越挖越深，有人把挖菜窖水井的經驗用在挖防空洞。

　　我的三個哥哥用一星期時間辛辛苦苦用鐵鍬鐵鎬在自家院子裡挖了一個兩米深的小洞。上面用木棍架起橫樑，再用木板樹枝鋪在樑上，蓋上半米厚的黃土拍緊壓實。一個僅容一人彎腰通過斜斜的小口進出。防空洞初挖成，我喜歡從那斜斜的入口鑽進去，獨自一人蹲在裡面。四壁黃泥，冬暖夏涼，無人打擾，挺愜意的。我家鄰居的那個防空洞挖得深，足有四五米。我去參觀，站在洞口向下探都有點腿軟。他家有兩個棒小夥是好勞力，挖地洞時，一個在上面用繩子拴一土箕猴子撈月提上吊下取土，另一個在洞底像個穿山甲似的彎腰弓背手刨腳蹬掘著。哥倆光著脊背打著赤膊，弄得泥頭土臉。

　　一時間，小鎮上家家房前屋後到處隆起大大小小的新土包，旁邊是深深淺淺的黑窟窿。轉眼冬去春來。一場大雨，我家的防空洞經不住雨水沖刷，塌了半邊。隔壁的防空洞雖然沒被沖塌，但是被水灌滿成了口水井。戰爭還沒爆發，炸彈還沒落下，一場大雨就把小鎮人們辛辛苦苦挖得防空洞搗毀了。

　　小鎮成立了「備戰」前線指揮部，總結經驗，設計出了防空洞工事佈局圖，每個單位都安排了挖防空洞的任務。「深挖洞」成了當時小鎮各單位的主要工作之一。那是個全民皆兵的年代，學校雖然沒有全部停課，但上課已經屬於半停狀態了。每排（那年代學校按軍事編排，每排為一班）根據分攤到的挖防空洞任務量，每天安排一部分同學去挖，更多的挖防空洞時間是安排在週六周日和課外進行。

　　學校院子裡的空地上被挖得到處都是深坑，縱橫交錯，原本很整齊的一排排平房的學校現在成了工地。水泥、沙子堆得到處都是。上至校長，（那陣子校長不叫校長了，叫「革委會」主任。「革命委員會」是由學校領導、軍代表和工宣隊員三結合的領導體系，就缺一位貧下中農大伯了。後來學軍，校長又稱營長了），下至老師、男女同學全都上陣去挖防空洞。

　　防空洞工事總體框架是一個戰時指揮部，下設若干個戰鬥小組。每個方位都有一個地道入口和一個出口，一旦發現敵情，就可以召之即來，來之能戰，戰之必勝。小鎮的人們全行動起來，這對一些好動的學生來說，有著無比的吸引力。各單位成立了戰鬥小組，領取了鐵鍬、鐵鎬和坂箕，大家在劃定的區域就刨開了。先要像挖水井一樣垂直往下挖，可隨著越挖越深，運土成了一大難題，人們就想辦法在地面洞口用木棍搭個支架，裝上葫蘆，把下麵裝滿泥土的簸箕用繩索把它搖上來。

　　防空洞最艱難的是挖到地下兩三米後，就要橫著挖了。一開始還好，可越往裡挖，難度越大，首先是挖洞的工具並不能像在地面那樣很容易施展和發力，鎬和鐵鍬的木柄要換成短小的木柄，才能一鎬一鎬、一鍬一鍬地把泥土刨下來，那時候，人們常常會為爭得一把好工具而吵得面紅耳赤。第二個難題就是照明，橫洞越挖越深，光線越來越暗，甚至是黑燈瞎火，這個時候在洞裡點上煤油燈，還有一種礦石瓦斯燈。煤油燈和瓦斯燈冒煙很嗆人，在地洞裡待上一小時，鼻孔就熏黑了。後來，工人們從工廠拿來了材料，將220伏電源變壓成

36 伏低壓電，並裝上低壓燈泡。（低壓電不易觸電）。防空洞挖了十幾米後，每隔四五米就要安裝一隻燈泡。在最前沿挖的人，一鎬一鎬艱難地往前挖，後面的一箕一箕地把泥土往後運，進度非常緩慢。第三個困難就是呼吸，因為當時的地道高度不超過 1.5 米，寬最多不過 1 米多點，一個人勉強能通過，空間狹小，所以裡面的空氣稀薄，呼吸比較困難。一個人在裡面挖洞時間最多半個小時，就要再換一個人上去繼續挖。雖然很累很艱苦，許多人對挖防空洞還是樂此不疲。

挖防空洞最開心的事，就是各自兩個防空洞打通的那一瞬間，大家非常興奮，兩邊的人爬過對面，互相祝賀。

經過將近一年時間的努力，挖防空洞任務基本完成，在我們學校防空洞有幾百米長，地面進出口有四五個，在大操場邊，就是一個主洞入口，學校禮堂舞臺地下就是一個地道入口。記得有一次防空戰備演習，從拉響防空警報鈴後二、三分鐘，全校一千多名師生迅速地轉入地下防空洞，教室操場外面一片寧靜，叫人絲毫看不出這瞬間的變化。

小鎮的廣場上又在放映電影了。是一部老電影《地道戰》。內容是中國手持長矛鳥銃的老百姓憑藉地道對抗擁有機槍大炮的日本鬼子，最後終於戰勝了日本鬼子。電影對小鎮的人們啟發很大，大家不再各自為戰挖一個個小洞洞。各單位組織起來聯合挖防空洞，設計周全，工程浩大。各條地道連成網，砌上鋼筋水泥，四通八達。挖地道時，遇到沙土還曾塌方壓死了人。世界大戰還沒爆發，就有人為國防事業獻身。

一次動員大會，工宣隊長對全體師生鄭重聲明：「我們要全民皆兵，挖一座地下長城。」他本來文化不高，還挺幽默地背了一首主席詩詞：「小小寰球，有幾個蒼蠅嗡嗡叫，幾聲哭泣，幾聲抽泣，螞蟻緣槐誇大國，蚍蜉撼樹談何易……。美帝蘇修帝國主義想發動侵略戰爭，純粹是蚍蜉撼樹。」最後工宣隊長慷慨激昂宣佈：「我們的地道

要挖到美國去，挖到克里姆林宮，解放受苦受難的世界人民。」為這事，我們幾個同學還爭論不休。有的說要挖到美國去，只要往地下一直挖，穿過地心，就能到美國。有的說，如果挖偏了，通到大海裡那麼大西洋的海水都會從地道裡冒到中國來，我們就全成了魚類。有位同學地理知識淵博些，他說挖到地心就很熱了，岩石都熔化了，根本穿不過去。

小鎮的地道雖然沒有挖到美國，穿透克里姆林宮牆，但是地下綿延幾十裡，蔚為壯觀。地道裡各種設施應有盡有，作戰室，會議室，醫療室，保衛室。還有專門儲糧、存放戰略物資的倉庫。這些設施還做了防水、防毒、防塌的準備。為防備敵人攻入地道，還設置了迷魂陣，陷阱。陷阱面上做了翻板，人一踩就掉下去。井底密豎著尖利的竹簽，能把人紮成蜂窩。

後來，又經過幾次大規模修葺，地道裡接上電線，安裝了電燈。每個路口安上路標。重要部門，如作戰室，醫療室掛上牌子。還裝修了排水系統，通風系統。這些縱橫交錯的地道網，能打能防，敵人寸步難行。整個地下工程，像一座城市，就是核大戰爆發，打半個世紀也不怕。小鎮的人們很自豪，時常有外地人來參觀。

學校經常請一些在舊社會「仇大苦深」的老工人老貧農來學校給學生們上「階級教育課」。這種課又稱為「憶苦思甜課」。

八

水泥砌的防空洞大門口寫著這樣一副對聯：「六億人民六億兵，萬里江山萬里營」。學校紅磚圍牆上白石灰水寫著大字標語：「敵人膽敢來侵犯，必將葬送在人民戰爭的汪洋大海」。面對帝修反的侵略擴張，我們有了原子彈氫彈，還有堅固的防空洞。但是⋯⋯，學校的領導、工宣隊、政治老師在大會小會課堂上反復告誡我們：堡壘最容易從內部攻破。

為了防止資本主義復辟，防止和平演變，防止衛星上天紅旗落地，全國人民又開展起憶苦思甜運動。工廠、農村、學校到處可以看到人們召開憶苦思甜大會。會上，人們回憶過去的苦難日子，看看今天的幸福生活，一個個滿腔義憤痛哭流涕。

每次開憶苦思甜大會，都會先唱這首歌：

「天大地大不如黨的恩情大，爹親娘親不如主席親，千好萬好不如社會主義好，河深海深不如階級友愛深。毛澤東思想是革命的寶，誰要是反對它，誰就是我們的敵人。」

進行憶苦思甜活動是革命的傳統，讓大家對舊社會更加痛恨，對新社會更加熱愛。教育要從娃娃抓起，從我走進學校讀書時就有著許多這類活動。第一次參加憶苦思甜是在小學二年級，那是一次野外活動。聽說去野外活動，同學們都很興奮。

清晨，我們年級全體同學排著隊出發。同學們背著水壺帶著乾糧，路途比較遠，具體去到什麼地方都不知道。在打頭紅旗引導下，隊伍先在大路上行進，而後走上一道長長的河堤。順著河堤走啊走，河流曲折蜿蜒，走了幾個小時，同學們累了，嘰嘰喳喳不停問老師到了沒有。老師總是說快了，再堅持。

天陰下來，起風了，河面上泛起微漣，隊伍前頭的紅旗已經沒有剛出發時舉得那麼高了。小旗手累得額頭汗津津。無精打采旗杆斜

斜地扛在肩上。隊伍沒了聲息。這情形我想起語文老師教過的一句成語：偃旗息鼓。不過那個偃字難寫又難認，同學們都把它寫成「掩旗息鼓」或者臥旗息鼓。語文老師說這樣寫也對。那個掩和偃是音同意近詞，而那個臥和偃是形似意近的詞。我想大概許多漢字都是這樣延伸演繹而來的。那位語文老師給我們講偃旗息鼓這詞的典故，她講得真好。現在的老師不再給同學講這些歷史知識，語文課都是背誦偉人語錄，參加各種活動。今天出發之前，語文老師還佈置了任務，活動結束每個同學要寫篇憶苦思甜的作文。

在老師的吆喝下，同學們下了河堤，又走了一段田間小道終於到了目的地。在大片青青的水田間，有一座破落衰敗的院子，殘牆斷垣，野草叢生。同學們站在院子裡等待著，吹著颯颯寒風。

連級主任陪著一壯年農民走來，向同學介紹他就是要向我們作報告的人。老農站在院子裡就向我們講述起來。原來這座小院落是當年日本軍隊屠殺中國人的現場。二十多年前，日本軍隊侵略中國，長驅直入，到處燒殺搶掠。有一年，這一帶來了八個扛著槍的日本鬼子，他們從附近村莊趕了二百多老百姓圍在這小院裡。慘無人道的日本鬼子一個個用刺刀挑，用槍打，把村民全部殺死，這個農民是唯一的倖存者。他當時年輕力壯，是趁鬼子不注意從院子後牆缺口跑了出來，逃跑時大腿上也挨了一槍。說著，這個農民還把長褲退下來向我們展示腿上的傷疤。天空飄起霏霏細雨，同學們肅立雨中為農民大叔的控訴所感動，眼裡含著淚小拳頭握得緊緊地。

回到學校，按照老師的佈置寫作文。嘴裡咬著筆桿子，悲憤之餘，我想，只有八個小日本鬼子就把二百多中國人殺了。中國人這麼多，大家齊心協力一起沖，小日本鬼子怎麼擋得住。疑惑了許多年，看了當代的抗日劇，現在我才恍然大悟。我相信，只要有一個英勇的八路軍戰士，就能把這八個小鬼子手撕了。

學校組織學生去省城參觀階級教育展覽館。展覽館裡牆上貼滿了文字圖片，還陳列著許多實物。有討飯碗，打狗棍，破鞋爛襖，不知

從哪裡拾來的。有一座很大的地主莊園模型，收租院，水牢。泥塑的人像栩栩如生。窮奢極欲娶了許多小老婆的地主；窮凶極惡收租逼債揮鞭打人的狗腿子；窮困潦倒乞討的老人小孩，張著血盆大口狼狗正撲向他們。小鎮上到處唱起一首憶苦歌，淒淒切切，嗚嗚咽咽。唱得人聲淚俱下，肝腸要斷。

「天上佈滿星，月牙亮晶晶，生產隊裡開大會訴苦把冤申。萬惡的舊社會，窮人的血淚恨，千頭萬緒湧上了我的心，止不住的辛酸淚掛在胸。

不忘那一年，爹爹病在床，地主逼他做長工累得他吐血漿。瘦得皮包骨，病得臉發黃。地主逼債好像那活閻王。可憐我的爹爹把命喪。

不忘那一年，北風刺骨涼，地主闖進我的家狗腿子一大幫。說我們欠他的債，又說欠他的糧。強盜狠心搶走了我的娘，可憐我這孤兒漂流四方。

不忘那一年，苦難沒有頭，走投無路入虎口給地主去放牛。半夜就起身，回來落日頭，地主鞭子抽得我鮮血流，可憐我這放牛娃向誰呼救。

不忘階級苦，牢記血淚仇，世世代代不忘本，永遠跟黨鬧革命，永遠跟黨鬧革命，不忘階級苦哇牢記血淚仇呀，不忘階級苦哇牢記血淚仇呀——。」

這首歌不知是誰編的，這人也太有想像太有才了，他的經歷真是太不幸太悲慘了。同學們張大嘴吼著「苦哇」「仇呀」，「苦哇」「仇呀」，一個個如小和尚念經有口無心，還有的搖頭晃腦顯得沒心沒肺的。

憶苦思甜是國家經常進行的一種思想教育活動。就是現在，家長教育子女還喜愛用這種方法。「過去」，「曾經」，「當年」，是他們許多人的口頭禪。20 世紀 60 年代末這個運動發揮到了極致，盛況空前。毋庸置疑，憶苦思甜的教育意義還是很重大的，對我的影響還

是很深遠的。我現在寫的這篇故事，就是憶苦思甜文體。

　　為了使同學們更加熱愛偉大領袖、熱愛黨、熱愛新社會，學校
經常請一些在舊社會「仇大苦深」的老工人老貧農來學校給學生們上
「階級教育課」，又稱為「憶苦思甜課」。由「苦大仇深」的老工人
老貧農給同學們講過去的故事，憤怒控訴舊社會資本家地主富農是如
何殘酷剝削工人貧下中農的。告訴大家：在萬惡的舊社會，貧下中農
在地主富農的殘酷剝削和壓迫之下，過著牛馬不如的生活。憶苦之
後，老工人老貧農接著對同學們大講特講解放後發生的翻天覆地變
化。在新社會，工人貧下中農翻身做了主人，「芝麻開花節節高」，
生活過得比蜜甜。老工人老貧農的「憶苦思甜」課結束後，學校領導
或工宣隊隊長親自做總結，通過新舊兩種不同社會的巨大對比，要同
學們更加珍惜和熱愛來之不易的幸福生活。

　　不過，要上好這種「憶苦思甜」課也並非易事，原因是要選擇一
位「苦大仇深」又有較高政治思想覺悟，還具有很好口才的老工人老
貧農來講臺上課。剛開初常常會鬧出一些笑話來。有一次，學校特別
地從郊區農村生產隊請來一個老貧農來給我們做憶苦思甜報告。老貧
農穿著一件露著棉花的舊棉襖，腰裡用布帶子胡亂紮住。也不知道是
冷的還是緊張，他說話口齒不清，前言不搭後語，老師不時打斷他的
話站起來喊口號。這位老貧農在「憶苦」中，回憶了一通「舊社會」
的苦之後，可能是沒有故事了，話題扯到了六十年代初三年困難時期
的生活。情不自禁地告訴同學們說：「同學們，那時候你們知道村裡
人吃什麼？吃糠！吃野菜！能進嘴巴的都吃。很多人都發水腫了。」
這時，學校領導和工宣隊領導感到難堪，趕緊走上台，把老貧農的話
筒拿開，低聲叫他不要講下去了。主持會的老師聽出了錯誤，忙不迭
地做補救工作說：「現在的糧食缺乏是自然災害造成的，解放前的飢
餓是富人對窮人的剝削造成的，同學們務必認識清楚。」我聽到一位
老師對坐在旁邊的同事說，「這種話好在是老貧農說的，要是換了一
個出身不好的有歷史問題的人說了這種話，不說要逮捕法辦，至少要

開他好幾場批鬥會了」。從此，學校的領導們再也不敢叫這位老貧農來「憶苦」了。

　　憶苦思甜活動中，學校讓每個學生到社會上訪貧問苦，還要回家訪問家長，談舊社會的苦難遭遇，然後寫成作文在班上朗讀，評選出苦大仇深優秀作文。這使一些缺乏想像力的家長大傷腦筋。他們搜腸刮肚，翻出陳芝麻爛穀子雞毛蒜皮瑣事，同學們添油加醋拼湊成文。許多同學家庭都有著相似的經歷。解放前，被地主剝削得上無片瓦，下無立足之地，被迫逃荒要飯，賣兒鬻女。絕大部分的人都被地主的狗咬了。憶苦思甜大會上，大家伸直手臂扯著喉嚨喊口號。「不忘階級苦，牢記血淚仇。」學生們的作文後面總有這麼兩句話：現在世界上還有三分之二的人民生活在水深火熱中之中，我們決不能好了傷疤忘了痛，要為解放全世界受苦受難的人民而努力奮鬥。

　　除了聽憶苦思甜報告外，學校還組織同學們吃憶苦飯，親身體驗舊社會勞動人民的苦難生活。請了個老貧農做憶苦飯。老貧農原先在學校小農場幫助養豬，養豬的酬勞就是豬糞無償讓他用小推車拉回他的村子裡肥田。老貧農做憶苦飯，駕輕就熟，用燒豬食的大鐵鍋，野菜、地瓜秧的莖葉，剁碎，放在鐵鍋裡煮熟，放點米糠皮。這憶苦飯吃起來又苦又澀，粗粗地拉嗓子，沒鹽沒味，難以下嚥。有女同學喝兩口就吐了。同學們懷疑老貧農直接就是用豬食給我們吃了，當然誰也不敢抗議，還要表現得積極踴躍的樣子，這可是有關階級感情階級立場的問題。

　　後來同學們自己做憶苦飯，去野外挖野菜，到養豬場討點米糠，買來些紅薯，摻上些碎米，這樣吃起來味道就好多了。每個人都喝一碗。但老貧農發牢騷說：「這算啥憶苦飯？現在農村缺糧季節，不也喝的是這種菜糊糊麼。」

　　有別的班同學介紹經驗，在學校打個證明，到糧站要那種很細很細的米糠，回來還要摻上一多半白麵粉，再摻上點剁碎的嫩蘿蔔纓子，撒上點鹽，蒸成窩窩團。有同學還在家裡拿了些糖做成甜餅子。

這憶苦飯吃得大家很高興，很成功，沒有人指責我們弄虛作假，大家也嘻嘻哈哈心照不宣。送了幾塊給老貧農，他直說好吃，像過年。

相比較還是工廠裡的工人師傅水準高一些。學校經常請工廠裡的老工人做憶苦思甜報告。老工人雖然大多沒有文化，目不識丁，做報告東扯西拉，說話顛三倒四，講著講著就會離譜。但是也有說得好的，很得學校的讚賞。一位五十多歲的工人老師傅，他家世代貧苦，大概還只有十二歲的時候，就父母雙亡，從此過著流浪、乞討的生活。十四歲時被人收留學徒，幹起了童工。在工廠，完不成工作，資本家不給飯吃，還用大木棒打他。老工人說起他那斑斑血淚史，真是情聲並茂，涕淚俱下，著實使台下的聽眾深為感動，不少人隨著都流下了同情的眼淚，一些女同學更是禁不住痛哭失聲起來。會議的組織者領著大家振臂高呼：「不忘記階級苦、牢記血淚仇」等響亮的口號。與會者中有預先安排好的幾個人陸續上臺發言，慷慨激昂地表示要不忘舊社會的苦難，要珍惜新社會的生活等等。一段時間，這位老工人成了「憶苦思甜」課的固定角色。輪番到各年級上「憶苦思甜」課。

還有一個老頭給我們做憶苦思甜報告講得也很生動，有水準。他有雷鋒的童年，楊白勞的遭遇，經受過劉文彩的剝削，黃世仁的欺凌，深受三座大山的壓迫。講到慷慨激昂處，一捋褲腳，露出腿上一碗大的疤，說是舊社會逃荒要飯地主放狗咬的。激動得漲紅了臉，青筋勁爆。揮舞著拳頭，嘴角泛著白沫。「想讓我們吃二遍苦，受二茬罪，我們堅決不答應。」同學們義憤填膺，舉起小拳頭，口號喊得震天響。

過了沒多久，一天，放學路上我看見這個老工人獨自在大街上掃馬路。夏日炎炎，他真是不辭辛苦。我深受感動對身旁同學說：「看，老工人在為人民服務呢。」

同學說：「去你的吧，那老頭已被揪出來了，正勞動改造呢。」

我再一瞧，果然，老頭脖子上掛了一個牌子，上寫幾個黑字：逃

亡地主。這使我錯愕不已。這老頭給我們做憶苦思甜報告多生動，字字血聲聲淚，苦大仇深，怎麼轉眼成了逃亡地主。我想問問老頭那腿上的傷疤是怎麼回事，沒敢去開口。這個問題也沒有誰去考證。

那個逃亡地主隱藏得真深，到底還是被揪出來了。那時，上面不時揪出一個個隱藏得很深的壞蛋。他同他們相比，真是小巫見大巫。政治老師課堂上給我們講中國現代歷史，一次次黨內路線鬥爭，一個個機會主義修正主義分子，排隊數來，名字如雷貫耳。這些個鑽進黨內隱藏得很深的壞蛋，他們都曾竊取了黨內最高領導職位。我們的黨的組織中間隱藏這麼多壞人，叛徒內奸工賊政治騙子，一個個像定時炸彈，不由得我們頭腦裡階級鬥爭這根弦繃得緊緊的。

這一年秋。一天，一位同學將我帶到他家，極機密地指指一副牆上的畫像，家中沒有別人，他還是把聲音壓得低低的：「他叛國投敵摔死了。」我大吃一驚，甚至有心搏驟停大腦缺氧的感覺，呆望著牆上那位緊跟在偉大領袖身旁揮舞著紅寶書的副統帥。不久前每天早敬，還在祝他身體健康，永遠健康。同學說這事件他是從那革委會當幹部的父親那裡偷聽來的。同學本就有點磕巴，這時更是聲音顫抖，叮囑我一定要保密。果然，過了幾天，學校開大會公佈了這一事件。又一次黨內路線鬥爭結束，又一個機會主義垮臺。他的畫像全部摘下來燒毀，他的語錄也從課本扉頁上撕下來。凡是印刷品，遇到他的名字，一律要打上叉，引用他的話全部用墨水塗掉。接著又是一番舉國轟轟烈烈的聲討批判，昨天還滿懷深情揮著手，今天咬牙切齒握緊拳，我毫不懷疑同學們的真情流露。

人類社會總是充滿了爭爭鬥鬥。古希臘人把這一切歸咎于一個叫潘朵拉的女人打開了一個裝著災禍的匣子，人類從此充滿了紛爭和邪惡。馬克思分析了階級這個詞，一切是非爭鬥統統說成是階級鬥爭。佛洛德一鳴驚人，他在人的器官中去尋找這個世界，認為性是決定我們思想感覺與行動的唯一最具威力的力量。人世間的爾虞我詐，互相殘殺是性道德墮落。眾說紛紜，我陷入迷惑中，百思不得其解。我幼

小的心靈樸素的思想，懵懂間對美好的共產主義更加嚮往。據說，那裡沒有階級，沒有鬥爭，人人平等，各盡所能，各取所需，物質特別豐富，東西應有盡有。

▎第四章
陌上草離離

民謠：陌上草離離，少年歸不歸。白駒忽過隙，染鬢如霜飛。

一

　　走進我讀書的學校大門，迎面矗立著一塊比房子還高的語錄牌，上面金色大字：「學生以學為主，兼學別樣。不但要學工，學農，學軍。還要批判資產階級。學制要縮短，教育要革命。資產階級統治我們學校的現象再也不能繼續下去了」。自從有一年的五月七日，學校豎起這塊語錄牌，就少了讀書聲。

　　過去，我讀過一篇課文，意思是這樣的：東漢有個叫司馬光的人，小時候很聰明。有一次和朋友玩耍，一個小朋友不慎掉進一口大水缸裡，眼看就要淹死。別的小朋友都驚慌失措，司馬光急中生智拿起一塊大石頭打破水缸，讓水流走，救出小朋友。有學生批判文章裡寫道：司馬光是大地主，大官僚，不能為他歌功頌德。為大地主大官僚歌功頌德的課文當然不能上。新編的教材薄薄的沒幾頁紙，盡是政治口號和語錄。

　　過去的許多門課都不再上了，音樂、圖畫、歷史、地理都取消了，只剩下語文、數學，還有一門政治課。語文課本的內容變化最大，所謂封資修的內容全部刪去，增加了領袖著作、領袖詩詞、革命英雄人物故事。書的封面印有主席語錄，第一頁是偉大領袖向我們招手的彩色照片。

　　早晨，上課前全體學生起立唱《東方紅》。工宣隊指導員親自

給我們上政治課。他高視闊步走進教室，講臺上一站，雙手支在桌子上，伸著脖子，聳著肩，講得嘴角唾沫翻飛。口水從第一排一直噴射到第四排，半個教室都在他掃射之下。前排同學仰著臉，目不轉睛，承受著天空紛落的毛毛雨，可誰也不敢動。政治課，非同一般，可不敢放肆。被扣上一頂大帽子，破壞教育革命，真是吃不了兜著走。

政治課主要學主席的著作，講階級鬥爭。有時講一些時事政治。今天講，美帝國主義出兵越南，抗美援越，印度支那三國人民英勇戰鬥，打敗美國侵略者。明天忽而又講中國乒乓球代表團訪問美國，打開了中美兩國人民友好往來的大門，小球轉動了大球。時而危言聳聽，蘇修社會帝國主義在我國北方邊界屯兵百萬，虎視眈眈妄圖侵略我國。黑龍江上一座叫珍寶島的小島，我英勇的中國人民解放軍用手榴彈火箭筒打敗了蘇修社會帝國主義機械化部隊，打爛了他們的烏龜殼（坦克）。時而又津津樂道，我們的朋友遍天下，亞非拉人民要解放，同志加兄弟的阿爾巴尼亞是歐洲的社會主義一盞明燈。我在世界地圖上看到，中國的四周，不是帝國主義就是修正主義，全是反動派。費了好大的勁，才在遠遠的一隅找到芝麻粒大小的兄弟阿爾巴尼亞。

指導員給學生講課，念一首主席詩詞。他捧著書，搖頭晃腦。念到「子在江上曰，逝者如斯夫。」念成「子在江上日，逝者如斯夫。」有個老師糾正他指著曰說：「這個字念白了。」指導員很不高興，瞪著眼睛說：「你在騙誰，那個念白字。白字我還不認識，白字上還有一撇呢。」

老師暗自哂笑，不再吭聲。我們也就跟著指導員念「子在江上日，逝者如斯夫。」一邊念，一邊搖晃著身子，將冷得發僵的腳輕輕地在地上頓著。

寒冷的冬天，坐在四壁透風的教室，手腳凍得發痛。窗玻璃時常被富有造反精神同學砸爛，西北風呼呼從破洞往教室裡吹。看著講臺上面似寒霜的老師，同學們都希望去上勞動課。

我在小學的最後一年，學校大牆內我們經常玩耍的那一片空地和幾座孤墳給平掉了，開闢成一塊塊莊稼地，種上玉米、紅薯和蔬菜。這是學校走「五、七」道路的小農場，每個星期同學們都要在地裡勞動兩天。玉米地糞肥水足，長得桿粗葉壯鬱鬱蔥蔥，只是不愛結穗，收得盡是瞎子玉米。紅薯地收穫不小，每年收穫的季節，全校師生人人能分一點勞動果實。學生每人三兩斤，喜氣洋洋用書包裝回家。紅薯個個比拇指大不了多少，大的老師揀去了。再剩下根根須須連同紅薯藤就給了學校養豬場。

那時，學校不僅種地，還辦了養豬場，制磚廠。用煤灰渣制出來的磚一塊塊像豆腐乾似的，不要說蓋房子，就是蓋豬圈，被豬一拱就稀裡嘩啦。這並不妨礙學校領導敲鑼打鼓，貼出喜報慶祝「五、七」道路豐碩成果。每有人參觀都要在磚廠豬圈裡轉上一轉。參觀完畢，還要愉快地合影。在養豬場，飼養員將豬群從圍欄裡趕出來，學校領導和參觀大員們站在滑嘰嘰的豬糞上，那群呼呼嚕嚕的豬如眾星捧月般圍繞著他們。我敢肯定，那味道絕不會好受。但學校領導微笑著，不露半點怕髒怕臭的神情。怕髒怕臭是資產階級思想。那時，一提資產階級就會令人變色，不寒而慄。

制磚廠工作比較繁重，由高年級承擔，幾個班的學生輪著在磚廠幹活。一個月幹一星期。制磚的原料主要是火車頭燒剩的煤灰渣，同學們從工廠裡用板車拖來灰渣，經過篩洗，碾碎，和上點黃泥摻上石灰，放在方模子裡夯緊成四方塊，堆起來架上木柴燒一下，就成了我們的產品。整個製作過程全部是很原始的手工勞動。

磚廠最簡單的工作是將大塊的灰渣敲碎。這需要很多人。同學們各自從家裡帶來鐵榔頭，一人搬個小板凳，坐在制磚廠的空場地上，面前放一塊鐵板，堆著一堆灰渣，將大一些的灰渣挑出來放在鐵板上敲碎。叮叮噹當，乒乒乓乓，響成一片。我一開始也是做這個工作，從家裡問母親要了個鐵榔頭，這只榔頭不知母親從哪裡翻出來的，鐵銹斑斑，還缺了一隻角。每敲一下灰渣，灰渣亂濺，還老是從缺角的

方向迸濺到我一嘴一臉。我很想向父親要他用的那個的榔頭。父親的榔頭擦得錚亮，上班隨身帶著從不離手。我見過鐵路工人手拿榔頭在火車上敲敲打打，他們通過聽敲擊的聲音來檢查火車的零件。父親的榔頭就像他的武器，我哪敢開口。

磚廠最繁重的工作是攪拌。由老師指揮，按比例在灰渣裡摻些黃泥，再摻些石灰，灑上水用鐵鍬攪拌均勻。這工作由幾個大個子男同學承擔。那成人用的大鐵鍬我是望而生畏。許多同學的手掌打起了水泡。後來學校弄來一台電動攪拌機，才將同學們從繁重的攪拌工作中解放出來。

最光榮的工作是在制磚機房工作。制磚機是一根長長的大圓木裝在架子上，前面翹起像杠杆。杠杆頭上垂直裝一截短圓木作錘頭。一個同學站在錘頭下上料放鐵制模子，兩個同學在後面踩杠杆。踩一下，圓木高高翹起，一松腳，圓木落下，砸在磚模上。再將圓木翹起來，一松腳砸下去。砸他個四五下，一塊磚就成了。這是一個光榮的崗位，同學們都希望親手做出幾塊磚，為社會主義建設添磚加瓦。

有一天輪到我填料做磚。我一絲不苟幹著活。站在模具前的一個坑裡，用手將原料填進模子，放上一塊厚厚的夯鐵，擺正後命令一聲，踩圓木的同學就一下一下砸著。叫一聲停，將模具取出，小心翼翼倒出磚坯，再填料做下一塊。

正當我幹得聚精會神，填好一塊磚料，手還在模具上，踩圓木的同學思想開小差，一松腿，圓木砸下來。我的手沒來得及縮回，砰一下，砸到了大拇指。我的手指在這重擊之下感到一陣麻木，血湧了出來。我「哎喲」大叫一聲，用左手捂住受傷的右手，從坑裡爬出來。同學們驚呼著圍過來。有人去叫老師。老師說：去醫院。

在兩個同學陪同下，我向衛生所走去。我的手指被砸麻木的神經醒了過來，疼痛起來。也不知是哪位女同學塞給我一塊白手絹裹傷，被鮮血染紅。當時我傷痛難忍，這血染的白手絹我應該保存下來做紀念，本可演繹發展出一段純潔美麗曲折動人的情感故事，竟被我忽

視了。

衛生所，醫生給我清理傷口。拇指砸得血肉模糊，還好，沒有傷到骨節。再多伸進去一點，我的手指就完了。手指甲連根砸了出來，醫生說必須拔掉。沒有麻藥，醫生拿只鉗子夾住指甲。一個同學幫著握住我的傷手。我咬緊牙關，一副視死如歸的樣子。女醫生瞪我一眼：「別緊張，越緊張越痛的」。我不好意思起來。

真痛，正所謂十指連心。拔掉指甲，又流了很多血。我一聲沒吭，生怕被醫生小瞧了。

包紮好傷口，用繃帶將受傷的手吊在胸前，像一個戰場上下來的傷兵。同學們見了，都說我像沙家浜裡的郭建光。從衛生所回到家。母親見我受傷很是心痛，埋怨起學校。過一會，老師到我家來慰問，母親的怨氣就消掉了。我的傷指後來感染發炎，打針吃藥過了一個多月才好。大拇指一段時間沒有指甲，很難看。我以為指甲再也長不出來了，後來居然一點一點又長出來，彎彎曲曲，拇指上留下個難看的疤。走「五‧七」道路，我不僅出了汗，還流了血，拇指上的傷疤總是觸起我對少年時代那段歷史的回憶。

幾十年後的一個初春夜晚，九點了，夜漸深沉。窗外傳來一陣陣小提琴聲。這是樓上的小女孩又在練琴。這琴聲已經響了一年多了，或者有兩年，記不清琴聲是從什麼時候開始的。只記得那琴聲剛開始時吱嘎吱嘎如拉鋸，一聲聲不成調。一段時間後，慢慢地有了音符，再慢慢地有了旋律。現在這琴聲已經能拉出一段曲子，只是一種簡單的反復的曲調。我不懂音樂，不知道這是一隻什麼練習曲。

琴聲打破了夜的寧靜，聽著並不使人反感，琴聲飄飄忽忽悠悠揚揚空夜中使人遐想。這小女孩拉琴時候想的是什麼？莫札特，帕格尼？或者什麼都沒想。這麼小的女孩想的都是巧克力，冰淇淋，花布娃娃。或者她的父母在想著那些成名的大音樂家，或者他們什麼也沒想，因為他們只是普普通通的工人，他們對女孩子的期望不會很高。

小女孩十一二歲，一頭黑髮又粗又長，梳兩隻大長辮，胳膊掛著

三條杠少先隊的牌牌。樓道裡遇見總是微微一笑，叫聲叔叔好，低頭稍往邊讓一點擦身而過。看著這女孩子，我感慨她真幸運，遇上這好時代。不由得想起我讀小學時那個拉小提琴的女同學。

我的小時候沒有小提琴，沒有音樂。那時大人們還在為著溫飽忙碌，我們這些孩子也只能趴在地上玩泥巴。在學校，也接觸不到什麼音樂和藝術，美術，圖畫，音樂課都沒有了。

有一次，學工勞動，在磚廠搬磚。同學們不怕髒不怕累，把磚摞起來，兩手托著抱在胸前。男同學一次能搬四五塊，女同學只能搬兩三塊。為了省勁，兩手伸直托著磚底部，將磚靠在肚子上。我曾經的同桌，那個一心想當音樂家的女同學勞動時怕弄髒衣服，不願把磚塊靠肚子上，彎著腰很吃力地搬著磚。踉踉蹌蹌，一不小心，手上磚掉地上「啪」地摔碎了。本來灰渣磚就不結實。被一個工宣隊看到，狠狠地批評挖苦她一頓。女孩羞愧委屈低頭哭起來。那時候，什麼小提琴，音樂家，是多麼遙遠的夢。

自從有一年的五月七日，學校豎起這塊語錄牌，就少了讀書聲。

二

我在學校讀書的時代，坐在課堂裡的時間不多。同學們經常去戶外活動，種種紅薯玉米，養養豬喂喂牛，不坐寒窗，倒也樂不思書。

在學校，同學們本來用來讀書的時間都被各種政治活動取代了。經常開展的一個活動就是宣傳毛澤東思想，也就是排練文藝節目演出，一個班就是一個宣傳隊。學校經常舉行文藝匯演，優秀節目還到社會上給工人農民演出。有一段時間宣傳赤腳醫生事蹟，大家都熱衷於看人體圖找穴位，學習針灸扎針，辨識中草藥。同學們約伴去野外挖各種中草藥栽在自家小院裡。每年，學校還要組織大巡遊，紀念主席暢遊長江。還有軍訓，搞拼刺刀，就是用木槍相互拼。後來又興拉練，大家背起背包行軍，一走就是幾十裡路。還搞防原子防化學演習。

學校緊跟形勢響應號召，活動一個接一個，讓同學們感到不枯燥，不單調，非常有意思。同學幹得多的還是學工學農勞動，到校辦工廠校辦農場實習，同學們勞動積極性很高。那時期，沒有升學或者考試的壓力，一個個懵懂無知簡單快樂。我們那一代人，許多人就是這樣，沒有什麼轟轟烈烈的經歷氣壯山河宏偉的壯舉。父輩們的抗戰救亡，兄長們的造反抄家都沒趕上。少壯沒有去怎麼努力，老大也沒有多少悲傷，庸庸碌碌渾渾噩噩，就這麼一輩子。

我那時也沒什麼思想，沒什麼方向目標，沒什麼動力。既然會勞動是好學生，那麼我也和同學們一道努力去勞動。從我走進校門我就一直在努力做好學生。我的母親從小就教育我要做好孩子好學生，我不能辜負母親的期望。學校上課沒有什麼教材，我從書本沒學到什麼知識，我想讀書，當然，主要還是喜歡看小說。可惜沒有書讀。實在無書可讀，找到一本政治讀物，翻來覆去讀，主要是讀後面的注釋，有一些成語典故歷史故事。

我剛進學校讀書的時候，小學一年級老師要求我們要講衛生勤洗手。早晨進教室小班長還會讓同學伸出手來檢查，手乾淨不乾淨，手指甲剪沒剪。衣服雖然很舊，補丁落補丁，但必須整潔乾淨。記得有一個女孩子的褲子大腿地方破了，露出白白的肉，被教我們語文的韓老師看到，嚴肅批評了一通，直說得那女孩臊得面紅耳赤。現在人們不再像過去那麼講衛生，怕髒怕臭是資產階級思想。誰的手髒，手上

老繭厚，誰就是思想紅的革命接班人。有的同學，身穿補丁舊衣，腰系草繩，趿拉雙破鞋以顯示其樸素，是貧下中農工人階級的後代。

學校裡各種政治活動很多，這令那些不願讀書的學生挺高興。老師不教書，有的改了行，當起了飼養員。還有的整得像個農夫整天在農田裡轉悠。

王安福是我在小學時經常一起玩耍的好朋友。乳名叫二福。他有個哥哥叫大福。他的父親很希望能三福四福多子多福下去，但連生了三個妹妹後，只得善罷甘休。王安福是一個很機靈的男孩。勞動課他最活躍，有機會就溜出學校。星期天，他更閒不住，鎮子外田野裡四處遊蕩，能找到許多樂趣。

夏天，蟬在高高的樹上沒命地叫，不知是吸食樹汁吃得高興，還是熱得難受，遠近「知了」聲連成一片。馬路上柏油被烈烈的太陽烤化了，鼓起一個個黑黑的凸包。中午，溜出家門，頂著烈日，高舉著長長的竹竿套知了。竹竿頂端插一節鐵絲，鐵絲彎成圓圈撐一隻小布口袋。光著脊背穿著短褲，打一雙赤腳，仰著脖子望著樹上，不一會脖子就酸了。赤腳走在太陽烤熱的路面上，沒走幾步就受不了了，急忙跳到路旁草地上。

發現停在樹幹上的蟬，舉著長杆悄悄地靠近，將布袋口對著蟬一撲，蟬撲啦啦落進袋底。蟬有啞子，有叫子。抓到叫子，我們就把它的翅膀折斷，不能飛行，放在門前小樹上，讓它盡情高歌。或者捏在手上使它叫個不停，聲嘶力竭。如果是啞子，就餵家中的那群小雞。我一天多能逮上幾十隻知了。吃了我逮的知了，雞群茁壯成長。那些長成半大的公雞，非常好鬥，經常互相啄得羽毛零落，鮮血淋淋。有一隻小公雞還被啄瞎了一隻眼睛。結果，尋食時，它總是往好眼那邊轉圈圈。

蟬都停在很高的地方，一有動靜就飛了。捕捉它們必須小心翼翼，快而准。操作杆還得有點能耐。金精蟲就傻多了，只要沒碰到它，是不會飛的。道旁老榆樹上，它們擠成一堆一堆，一動不動，埋

頭吸食榆樹漿汁。爬上樹伸手就很容易地抓住它們。金精蟲還喜歡停在玉米稈和玉米穗上。我們學農勞動時，鑽進玉米地，能逮很多。逮住用玻璃瓶裝起來，或者用細繩系在金精蟲脖子上牽在手裡嗡嗡地飛。

金精蟲樣子很醜陋，小小的尖腦袋，與它圓圓的有著硬殼殼身子不相稱。六隻小腳爪有勾刺，放在手背上爬麻呼呼，癢酥酥的。金精蟲雖然醜陋，那光滑的背殼顏色很好看。有紅的，有黃的，有綠的，光亮閃閃。我們給它們起了很好聽的名字，紅的叫關公，綠的叫劉備，黃的叫曹操。大概這是戲裡三國人物的裝扮。演關公的總是紅臉膛，著紅袍。劉備總是穿綠袍戴綠頭巾。曹操穿黃袍，是個大花臉。關公少，個大，也就稀罕些。同學們抓到金精蟲，互相比賽誰抓得多，誰的關公多。一隻關公能換兩個曹操或兩個劉備。中國老百姓一向比較抬舉關老爺子，也許是崇尚個義氣吧。關公的故事家喻戶曉，過五關，斬六將，名氣超過他的長兄劉備。過去，許多地方建有關帝廟，裡面供著關公，身著紅袍威風凜凜，身旁杵著青龍偃月刀。

王安福除了抓知了逮金精蟲，他還會釣魚，抓黃鱔。有時邀我一同去。這樣的郊遊，我經常會是空手而回。王安福每每都滿載而歸。回來後就將他的戰利品分一半給我。其中除了友誼還有個原因，那個學工時思想開小差砸傷了我的手的就是王安福。出了這個事故王安福很有些歉疚，不過，我並沒有責怪他的意思。

王安福去水田裡抓黃鱔，不用鉤子，也不要其他工具。打著赤腳，褲筒卷得高高的，光著脊背在田畔尋覓著。他知道什麼洞有黃鱔，什麼洞是空的沒有黃鱔。發現黃鱔洞，找到黃鱔進出的洞口，光腳丫子後跟對著洞口咕哧咕哧一個勁踩。一邊踩一邊用眼在近旁水田裡尋找著。看到有什麼地方冒出渾濁的泥水，就牢牢盯住，那是黃鱔的第二個出口，與正踩著的洞相連通的。果然，一會兒黃鱔就被搗鼓的洞裡待不住了，呲溜呲溜從那裡鑽出來。王安福上前用三隻指頭，像鉗子似的一夾，敏捷地抓起黃鱔往竹簍子裡一丟。站起身提起竹簍

子又往前走，尋找新的黃鱔洞。

我沒有那本事，我的手總抓不住那滑溜溜的黃鱔。我用鉤子釣黃鱔。鉤子是用一根鋼絲磨尖彎成的，穿上蚯蚓，慢慢伸到黃鱔洞裡。有時，也能夠釣不少，關鍵在於能找到有黃鱔洞的出口。千萬別把蛇洞當黃鱔洞。有一次在一處挨著水塘的田壨，我尋到一個小洞洞。我跪在草地上，頭低低探到洞前將鉤子伸進去。有東西咬鉤了。我很興奮，快快一拉，被我從洞裡拽出一條蛇，黃燦燦的。嚇得我魂飛魄散，丟了勾就跑。

王安福告訴我，黃鱔洞都緊靠水面，很潮濕，有的還是浸在水裡。黃鱔經常進進出出，洞口很光滑。蛇洞多半在土坎下，草叢底。洞口沒有黃鱔洞那麼圓，那麼光滑。我信服地聽著，不住點頭，照他說的去尋黃鱔洞，果然有收穫。

王安福釣魚抓黃鱔機靈過人，到了課堂上就糟透了，判若兩人。他的作業總是抄我的，偶有考試，那時不叫考試，叫測驗，多數是開卷，也要我傳紙條給他。上課最怕老師提問，一點到他的名，愁眉苦臉，站起來抓耳搔腮，身上彷彿有臭蟲咬，扭來扭去。有段時間，我們在學校半天學習，半天勞動。王安福就有半天苦惱，半天快樂。

新來的數學女教師在王安福苦惱的時候偏不放過他。有意無意間總是特別關照他，點他的名，要他站起來回答問題。有堂數學課，女教師一連提了三個問題，王安福都回答不出來。王安福很尷尬，老師也覺沒趣，又提了個很簡單的算術題：二分之一加三分之一等於多少？王安福吭哧一陣，回答：五分之一。女老師說：「錯了」。手一揮，在空中打了一個很大的叉。王安福連忙糾正：「不對，不對。我想起來了。」大家一起盯著他。王安福大聲回答：「五分之二。」同學們「哄」地笑起來。王安福意識到又錯了，把頭低下來，一直快低到褲襠。

第二天，上課前，幾個同學在教室裡比誰抓的金精蟲多，誰抓的關公多。王安福走過來，一臉神祕兮兮，一隻手背身後：「我今天抓

了個張飛。」他說。

大家很奇怪，金精蟲沒有叫張飛的，都讓他拿出來看看。

王安福拿出一小紙盒子放桌上，大家把腦袋湊近了。盒蓋一開，裡面爬出一黑屎殼郎，嗡的飛起來。大夥嚇得往後一仰，散開，哈哈大笑起來。

王安福向前一撲，將屎殼郎抓住，兩指捏著，放進老師講臺的粉筆盒裡。這傢伙又在玩什麼把戲。上課鈴響了，我們趕緊坐回位子上，屏住笑。教數學的女老師進來了，戴副近視鏡。開始講課。講了一會，她要在黑板上寫字了，把手伸進粉筆盒一摸，抓出屎殼郎。沒看清什麼東西，湊近眼鏡。屎殼郎沖她張牙舞爪，「媽呀。」嚇得一扔，驚慌失措眼鏡吧嗒落在地上，摔得粉碎。

屎殼郎在地上翻個跟頭，嗡嗡地飛起來。碰著四壁，飛不出去，在教室裡盤旋著，轟炸機似的，不時俯衝下來從學生頭頂眼前掠過。嚇得女學生尖聲喊叫四處躲避。男同學哈哈笑。有人吹起輕快的口哨。課堂上亂成一團。女教師撿起摔碎的眼鏡，氣憤的淚水往下掉，扭頭沖出教室。

不一會，年級主任陪著工宣隊走進教室，同學們立刻鴉雀無聲。只有那只屎殼郎不知趣嗡嗡響。年級主任用一把掃帚一揮，將屎殼郎打到地上。工宣隊上前一腳，屎殼郎立刻成了爛泥。工宣隊往講臺一站，一臉肅殺之氣，掃視一眼台下，喝道：「誰幹的？」

下麵無聲。工宣隊又問一句：「誰把老師氣走了？」

王安福小聲回答：「屎殼郎。」同學們忍不住哄笑起來。

工宣隊惱羞成怒，一拍講臺，鎮住笑聲。走王安福跟前，照他腿踢一腳，拎著耳朵，喝道：「站起來。」把王安福拎得屁股離了座。「你說屎殼郎，什麼意思？」

王安福歪著頭，臉漲紅了。「哎喲喲，你怎麼打人。」

「打人？我不打好人。」工宣隊把王安福拖到台前，抬腿踢了他兩下，讓王安福站好。「聽說你一貫調皮搗蛋，破壞無產階級教育路

線，我要殺殺你的囂張氣焰，實行無產階級專政。」工宣隊自從進了文化教育陣地，講話也喜歡咬文嚼字了。

王安福似乎還不服氣，梗著脖子，一副敢怒不敢言的樣子，兩條腿還晃晃蕩蕩。工宣隊惡狠狠再踢他兩腳，照他腦袋扇一巴掌，讓他立正。收拾了王安福。工宣隊月臺前，雙手叉腰，目光如電掃視學生。目光所到之處，同學們一個個低下頭，不敢對視。工宣隊開始訓話。他滔滔不絕，開口國際國內形勢一片大好，不是小好。帝修反不甘心失敗，蠢蠢欲動。誰反對我們教師上課就是反對革命教育路線，就是反革命。希望廣大革命師生擦亮眼睛，提高警惕，不要上當受騙。

年級主任一直曖昧地站在一旁，這時走上前，說：「工宣隊同志的話，真是語重心長，語重心長。對王安福同學，我們一定要嚴肅處理，嚴肅處理。」他一連聲嚴肅處理，然後和工宣隊押著王安福走了。這時間，我們連大氣都不敢出。

學校教室的山牆上有一條標語：「誰反對工宣隊就是反對無產階級教育路線，誰反對無產階級教育路線就砸爛誰的狗頭。」王安福被工宣隊帶走，自然沒有好果子吃。走的時候拗頭強頸，回來時哭哭泣泣。第二天老老實實交上一份檢查，檢查中滿是錯別字。

我的學生時代，坐在課堂裡讀書的時間很少。同學們種種紅薯、玉米，養養豬餵餵牛，不坐寒窗，倒也樂不思書。

三

　　早在工宣隊進駐學校之前，小鎮上新生的紅色政權革命委員會組織了一次盛大的活動。那個年代，經常舉行盛大活動。偉大領袖發表最新指示，革命委員會成立，黨的代表大會勝利召開，「五一勞動節」和「國慶日」。人們上街遊行歡慶，敲鑼打鼓，喊口號，邊遊行邊載歌載舞。遊行通常是上午九點開始，各種彩車滿載著展示各行各業成就的造型，綿延上十裡，熱熱鬧鬧地經過主席臺觀禮台，接受省、市領導和人民群眾的檢閱。

　　最隆重最熱烈的是黨的大會勝利召開。標誌著無產階級取得輝煌勝利，使遊行又成為大家狂歡的盛大節日。大會召開的當天，電臺裡不斷發佈的關於「今天晚上將有重要新聞」的通知已經給人們吊足了胃口鉚足了勁頭。所以當晚上大會召開的「特大喜訊」一傳開，人們就拿出早已準備好的旗幟、標語、鞭炮連夜上街慶祝。各個單位自發組織，無數支遊行隊伍把大街堵了個水泄不通。此起彼伏的口號聲常常被震耳欲聾的鞭炮聲所淹沒。那些身強力壯的成年人舉著紅旗，扛著巨幅領袖畫像，我們這些小學生就只能手捧紙紮的紅花或揮舞著紅綢帶，邊走邊手舞足蹈。

　　同以往不一樣，這一次活動，我們沒有上街，紅小兵排著隊，來到了火車站。月臺上紅旗招展，鑼鼓喧天，各路人馬隊伍一齊會合。天上下著濛濛細雨，鐵軌和枕木被雨水澆得黝黑發亮。雨後潮濕的空氣寒意貶人，人們不顧寒冷迎風而立。遠處傳來火車聲，一列客車徐徐開進站，車頭裝飾的五彩繽紛，披紅掛花。列車停穩後從車廂裡走下幾個身穿藍工作服，脖子上系條白毛巾，袖子高高挽起的工人階級。他們昂首挺胸，其中一個人捧了一紅布罩著的方盒子。在人們簇擁下，走上月臺。歡迎人群載歌載舞，高唱「大海航行靠舵手」，「敬愛的偉大領袖」。從歡騰的人群中，我踮起腳遠遠地望見那只被

人們前呼後擁的紅布罩的玻璃盒內是一黃土豆樣的東西。

　　別人對我說，那東西叫芒果。是外國友人送給偉大領袖，偉大領袖又送給了工人階級。工人代表顯出無上光榮無比幸福的樣子，舉著橫幅標語，喊著口號，將這芒果捧如聖物，開了個隆重的大會，舉行了一個盛大的歡迎儀式，陣列在小鎮的禮堂裡面。大會主持充滿激情地說：「這不僅是對工人毛澤東思想宣傳隊的最大關懷最大信任最大支持最大鼓舞，也是對全國工人階級和廣大工農兵群眾的最大鼓舞，最大關懷，最大教育，最大鞭策！我們的偉大領袖永遠和群眾心連心」。

　　人們聚集到偉大領袖贈送的禮物周圍，熱烈歡呼，縱情歌唱，紛紛向偉大領袖表達他們的赤膽忠心。芒果被供奉在大廳中央的一個方桌上，人們排著隊參觀瞻仰。

　　小鎮上的人從來沒有見過芒果。據說，這種東西生長在熱帶非洲。提起非洲，遙遠而神祕。一個小如土豆似的東西，以這麼盛大的儀式隆重迎接，我想那芒果一定像唐僧西天取經那麼歷盡艱辛得來的。王安福口水四溢地說它的功效像那人參果，一千年才結一顆，吃了延年益壽功德無量。當他把這個看法告訴同學們時，大家都表示贊同。

　　自從工人階級代表捧來了芒果，便領導了一切。學校的大事小事全部由工宣隊管理起來。工宣隊從工廠弄來許多鐵鍬鐵鎬小推車，學校的小工廠小農場轟轟烈烈發展起來。

　　開春，同學們用鋤頭和鐵鍬在校外一片滿是荊棘和礫石的土崗上開墾了一大片荒地，準備種紅薯和花生。一位五十多歲的老工宣隊員管理著學校的農場。過去他種過很多自留地，很有經驗，帶領我們這些學生在這片貧瘠的土地上戰天鬥地愚公移山。

　　老工宣隊有五十來歲，個子高高瘦瘦，背有點駝。雖然上了年紀，力氣仍很大。他不多話，吆喝一聲，聲如銅鐘。身先士卒，「鋤禾日當午，汗滴禾下土。」幹得又快又好。給土地施肥，一人挑兩大

桶糞便，健步如飛。同學們兩人抬一桶，走路還搖搖晃晃，桶裡的大糞砰濺起來，弄得身上臭烘烘的。有同學做小資狀，抬糞桶時捂著口鼻，老工宣隊訓斥道「沒有大糞臭，哪有稻米香。」

老工宣隊說：糞是農家寶，種地不可少。要求我們多積肥，多施肥。大小便都必須傾倒學校的廁所裡。同學們都不吝嗇，學校的糞坑總是滿滿盈盈，這令小鎮附近的農民很有些眼饞。他們有時擔著糞桶溜進學校裡從廁所糞坑偷大糞。老工宣隊一旦發現，立即把偷糞者驅逐出境。他站在糞坑旁守衛著，手握一長柄糞勺，威風凜凜像那當陽橋上猛張飛。

老工宣隊對我們要求很嚴，分配的勞動任務沒有完成就不讓收工。他百般挑剔，厲聲呵斥。土地沒有整平，土坷垃沒有弄碎，糞灑的不勻。有同學偷懶，翻地時只挖淺淺的表面一層浮土。老工宣隊目光敏銳，發現後一通臭罵，責令全部返工。時常很晚還不放我們回家，弄得我們饑腸轆轆，就眼巴巴地盼著一個人來。

早春，下午五點多鐘，夕陽慢慢地下了山，天色漸漸暗淡。這時，通往校園的小路上一個人影一步一搖走來。那是老工宣隊的寶貝兒子。邁著八字步，腆著大肚皮拖著兩條黃鼻涕。走到老工宣隊面前，結結巴巴叫：「爸，爸，爸。回，回家吃，吃飯了。」

我們一看到老工宣隊結巴兒子，就很高興。只有這個時候，老工宣隊才會面孔多雲轉晴，吩咐一聲：收工吧。我們如同大赦，歡呼著，拖上工具往回走。

老工宣隊結巴兒子叫毛毛，和我們一般大，也在我們學校念書。我的同學當中有三個知名的特殊人物。第一個是我先前介紹過的阿全，第二個就是毛毛，還有一個叫朱老三的。他們都很弱智，然各有特點，是我們少年時期津津樂道的話題，屬名人一簇。

毛毛雖然弱智，學習做事很是低能，數數不過百，識字僅知自己名字。有些方面卻很是精明，自己手上的東西別人費盡心機哄騙不去。對食物特別的貪婪，凡是能吃的東西，能填進自己肚子的東西就

決不給別人拿去。見到吃的東西，他雙眼發直，口角流涎。如果有旁人和他一同進餐，他手忙腳亂，拼命往嘴裡填，肚子裡咽，直撐地躺在床上摀著肚子哼哎喲。在老工宣隊嬌寵下，毛毛身體健壯，胖胖乎乎，總是紅光滿面。

學校裡，同學們惡作劇，喜歡捉弄毛毛。毛毛貪吃，有同學弄了些風乾兔子屎裝在盒子裡，送給毛毛。兔子屎一粒粒圓圓黑黑的，微微有點褶皺，很像是小鎮上的特產黑豆豉。這是一種用黑豆煮熟醃制而成的食物，炒菜做配料，也可作零食吃。毛毛接過盒子狐疑地看著不敢吃。王安福幹這事最有趣，他會裝模作樣捏起一粒轉身做個往嘴裡放的動作，回身沖毛毛喳吧喳吧嘴說：「真好吃。」

毛毛信以為真，趕緊捏起兔子屎往嘴裡填。一喳吧，不對味。一臉苦相，忙不迭往外吐。同學們開心地哈哈笑，跑開去。毛毛十分氣憤，結結巴巴罵：「去，去，去你媽，媽的。騙，騙，騙老子。」然而，過不了多長時間，毛毛就會忘了兔子屎的味道，又被別的同學用同樣的招數騙上一次。

毛毛不參加勞動，學校小農場分紅薯卻跑最前面挑大的。有人指責他，瞪眼立馬頂道：「我，我爸是工宣隊。」別人也無奈。老工宣隊偌大年紀，只有毛毛這麼一個寶貝兒子，十分疼愛。我們很少見到毛毛的母親。毛毛母親身體不好，病病歪歪，極少出門。

小鎮上的人大部分都是順著鐵路來的外鄉人，老工宣隊是當地土著。他的父親是個地道的種田漢，鄉巴佬。早在小鎮還沒興建起來的時候，他的家緊挨著鐵道搭了間茅草棚。小鎮修建火車站時，佔用了他家那塊土地。鐵路施工人員開著推土機要鏟平他家茅草棚。老工宣隊的父親為保衛自己的老屋，手握一柄鐵鋤雄赳赳氣昂昂攔在推土機前，使得鐵路擴建工程幾乎陷於癱瘓。鐵路上一位負責人說服老農放下鋤頭，答應給他的兒子招進鐵路，參加工作。老農轉怒為喜，丟下鋤頭，樂顛顛去搬家。於是，年輕的老工宣隊進了工廠，從此成了一名鐵路工人。他脫下土布小褂，褪下抿襠褲，套上簇新的嗶嘰布工作

服，心裡充滿了自豪。

　　小鎮歷史不長。一百年前，這一帶還荒無人煙。漫山遍野沒人頭頂的茅草。野獸出沒，土匪橫行。方圓數裡名叫蟻山，連綿的土崗上白蟻特別多。一望無際，蕭蕭荒野，孤零零幾棵枯樹被白蟻蛀空。蟻山上蟻塚累累。五十年前，鐵路修到這裡，轟轟隆隆的火車吼聲嚇跑了野獸。扛著鐵鎬的工人趕走了土匪。創業者們放一把火，燒盡了漫山遍野的茅草，燒死無數的白蟻。殘存的白蟻頑強抗爭，潛伏到地下，幾十年仍沒絕跡。我在小學讀書時，還經常看到它們一隊隊一列列穿梭於教室窗沿屋角之間。

　　老工宣隊的父親臨危不懼，手握一柄鋤頭攔在推土機前，拼死抗爭，為老工宣隊爭來一隻鐵飯碗。他很得意，逢人便說他輝煌業績，赫赫戰功。兒子上班後，老農每天給兒子送飯，一路順著鐵軌走去工廠。老工宣隊的母親已去世多年，只有父子倆過活。一天，老農又去給兒子送飯，走在鐵軌上，悠閒地哼著小調。遠處開來一列火車，冒著黑煙，鳴著汽笛。老農優哉游哉，對轟轟隆隆越來越近的火車視而不見，對路旁驚呼的人群充耳不聞，他還陶醉在面對突突冒煙隆隆作響的推土機大鏟前的英勇行為輝煌履歷。他睥睨著火車，心想：我就不信，你敢壓我。誰知火車不是推土機，雷霆萬鈞，排山倒海直沖過來。砰的一下，老農血肉之軀哪堪百噸鋼鐵猛烈一撞，立刻撞得靈魂出了竅。

　　老農撒手歸西，留下老工宣隊孤身一人，再也沒有人給他送飯了。他成天拎著個腰型鋁飯盒打遊擊，饑一頓，飽一頓，冷一餐，熱一餐。這種狀況一直到老工宣隊三十歲還沒有改善。老工宣隊三十幾歲還沒結婚，小鎮鐵路工會主席考慮到應該關心一下職工生活，從蘇北老家帶來個要飯的黃臉婆，介紹給老工宣隊。

　　老工宣隊孤身一人，一貧如洗。工會主席好事做到底，將自己的一張大木床借給他。新婚之夜，老工宣隊被同事們灌了半斤高粱酒，醉醺醺擁著黃臉婆滾在大木床上。半夜裡彷彿鬧地震，昏黃的十五瓦

燈泡吊在屋子當中，一根電線晃晃蕩蕩。這對新人正在那張古老的大雕花木床上緊忙活，老工宣隊吭哧吭哧關鍵時刻來臨時，忽然「轟隆」一聲，彷彿天崩地裂，大木床在他們身下崩塌了。黃臉婆一聲驚叫，險些暈過去。他們赤身裸體從粉塵木屑中爬起來，慌兮兮一看，原來白蟻把木床架全蛀吃空了。朽木支撐不住老工宣隊的震盪，散了架。

這場災難使得老工宣隊一蹶不振，再怎麼努力也沒弄出個好接班人來。種子不健壯，土地又貧瘠，長出來的苗苗蔫蔫歪歪。老工宣隊抑制不住對白蟻的刻骨仇恨，以後看見白蟻，必大加殺戮。

小鎮一帶的螞蟻有很多種類，危害最大的是白蟻。它們有強有力的牙齒，驚人的消化能力，無論什麼樹木都能吞噬蛀空。白蟻肥肥胖胖，很像蟻類中的土豪劣紳。還有一種黑蟻喜愛在樹上爬上爬下，吃點樹的漿汁。最常見的是紅蟻。這種紅蟻很小，除了有時會進入人家廚房糖罐裡偷點糖吃。對人沒有什麼害處。它們整天忙忙碌碌顯得很勤勞的樣子，由此常被人們稱讚，成為動物界勤勞的模範。自從洪水滔天挪亞在方舟上救了一對螞蟻，竟繁衍出這麼多後代。

小時候，我常拿這些螞蟻消遣。在房子牆根下，時常會出現一隻螞蟻的隊伍，又黑又長，浩浩蕩蕩行進著。螞蟻隊裡每隔開一段距離，就有稍大一點的螞蟻出現，那是兵蟻。它們負責巡邏，維持秩序，防止外敵侵犯。來來往往的螞蟻碰頭時，雙方停下來交頭接耳一番，好像是互通什麼消息。我俯視這些小生靈，有時候發慈悲丟點食物給它們。開始是一隻螞蟻，發現食物它就會趕回洞裡叫來一大群螞蟻，推的推，抗的抗，嘿嘿唷唷唷往洞穴中搬。它們力氣很大，能舉起比自己身子大幾倍的食物。小工蟻吃力地舉著食物，大兵蟻神氣活現在旁巡邏。有時我拿了只衛生球，在蟻隊必經之地劃一道線。彷彿一條天塹，來往螞蟻遇到這條線就不過去了，它們左右徘徊，奔走呼號。我每每被這神奇的現象所激動，被衛生球的威力所迷惑。歎息道：「這些小傢伙真可憐，回不了家了。」當食物上爬滿了螞蟻，我

生起殺機將它們放在烈日下烤死。或點火去燒它們，火焰所到之處，無數螞蟻死於非命。在這種屠殺中，我原始的殘暴得到宣洩。

我們在土崗上開荒，一旦發現白蟻，老工宣隊就要窮追猛挖，直搗蟻巢。他有時自己動手挖，有時指揮我們學生挖。一反常態，平坦的土地挖得坑坑窪窪，新栽種的薯苗遭踐踏也在所不惜。蟻巢很深，藏匿地下數尺黃沙中，每每挖出一個很大的坑來。

每當同學們鬧鬧哄哄在老工宣隊的帶領下挖蟻巢。我就獨自一人走到一旁。我已經不再是玩泥巴捉螞蟻的自得其樂無知的孩童了。我想讀書，只有讀書，我才有優勢，有自信，有樂趣。現在在學校挖泥巴，以後下鄉還是挖泥巴，我這一輩子就是挖泥巴了。滿腹心事，一腔惆悵，我常常陷入迷茫。

小鎮一帶方圓數裡，地下挖掘幾尺深就是黃沙。越往下挖沙子越多。沙粒純淨細密，黃燦燦，是建築的好材料。沒有人知道這些沙子是怎樣形成的，是什麼地質構造。看著同學們熱火朝天挖著白蟻，一隻大坑越挖越深，挖出來的沙子越來越多，堆成一座小丘。我有時想這些沙子是哪裡來的呢，是大海沉積的還是河流沖刷的呢？在遠古的時候，我們腳下這片土地又是什麼樣子的呢？我們生活的地球又是怎樣形成的？從來沒有老師給我們講這些知識。我時常沉浸在思考中，運用有限的知識，腦海浮想聯翩，想像著遠古的時候，地殼運動，山崩水湧，風侵雨蝕，滄海變桑田。

春寒料峭的日子，原野顯得空曠寥廓。北風一無遮擋在山坡吹過，白草沙沙作響。風吹起沙塵掃過我的腳面。幾棵楝樹，落光了葉，枝條強打精神支向天空。風掀起沙粒和草屑，旋轉著卷向坡下的鐵軌。一列火車從遠處開來，火車頭轟哧轟哧轟哧噴著濃煙，沉重地喘著氣，一團團白色的煙氣隨風飄散。這景象吸引著我。站在地頭，拄著鋤頭把，望著由遠而近的火車。

開過來的是列客車，一節節車廂的視窗晃動著人頭。我望著他們，想著這些旅行的人是從哪裡來，又去什麼地方？車窗裡的人也在

看我，他們一定也在想，這拄著鋤頭把的少年在嚮往著什麼，他是誰家小男孩？

有時開來的是列貨車，長長的車廂像一條黑龍，逶迤著經過土崗下，我一節節數著車廂。貨車比客車長許多，呼呼隆隆很長時間才過完，一共有四十幾節車廂，最後一節是守車。要進站了，一個手拿信號旗的守車員站在車尾。飛奔的車輪卷起股風塵，追逐著車輪，幾張紙片舞起又落下。我一直目送車尾遠去。

經過一陣忙碌，勞動的人群中傳來歡呼聲，終於挖到了蟻巢。巨大的黃泥幹結而成的蟻巢有兩米多長，一米來寬，上面滿是凹凹凸凸的大大小小的洞窟。無數的白蟻附在上面急急忙忙來回爬動，他們大難臨頭了，驚恐萬狀。

同學們將地裡刨出來的雜草樹根攏起來堆到蟻巢上，點火燒起來。我看到王安福歡快地圍著蟻巢，一邊叫著一邊往上丟乾草。劈劈啪啪，火焰舔舐蟻巢，白蟻全被燒死。一陣煙吹過來，熏到我的眼睛，我揉一揉眼走開去。

燒死這窩白蟻，老工宣隊出了口怨氣，指揮大家把土地重新平整好。我拿起鋤頭走上前。這時，西邊，灰濛濛的天空下走來一個人影。人影漸漸走近，我們歡喜地看到，那是老工宣隊的結巴兒子毛毛。我們知道，今天的勞動結束了。

四

每天清晨，我都會被門外一陣陣的吆喝聲吵醒。這吆喝聲有賣菜的，收破爛的，磨剪子餿菜刀的。其中最早出現聲音最響亮的是那些挑著糞桶的鄉下農婦。

天剛濛濛亮，農婦們挑著木糞桶從四面八方進入小鎮，順著大街小巷一路高聲吆喝：「倒馬子喲」。隨著這高亢嘹亮的吆喝聲傳進家家戶戶，各家各戶緊閉的門開了。一個個婦女衣裳不整，頭髮蓬亂，

睡眼惺忪，趿拉著鞋提著馬桶放到屋外門前，由挑糞桶的農婦挨個將馬桶中糞便倒去。那些個居家女人們再提著空馬桶到路旁公共自來水管前將馬桶沖刷乾淨。

清晨自來水管前最熱鬧，刷刷刷，一片涮馬桶聲，夾雜著女人爭吵笑罵聲。人多就要排隊。一手提馬桶一手攥竹刷，粗布舊衣難掩春光漏泄，早起女人成為男人眼裡的風景。刷過的馬桶放到自家門前晾著。太陽出來了，照在家家門前紅漆馬桶油光閃亮。我的同學好朋友王安福唱道：「太陽出來紅呀紅彤彤，老婆子老媽子出來倒馬桶。」

這本來是當時流行的一首歌，政治色彩很濃，歌詞被篡改了。他唱的時候，我東張西望一下，小聲對他說：「小心別人抓你小辮子，打你反革命。」王安福伸伸舌頭，做個鬼臉，摸摸後腦勺。

小鎮居民住的平房沒有衛生間，家家用馬桶盛排泄物。馬桶都是木頭做的一種圓形桶，中部圓鼓上面帶著蓋，用桐油或上好的防水漆加以塗抹，外部漆著紅漆。有柴棚的放在柴棚一角，沒有柴棚就放在臥室的角落。每天早晨都有農婦進城挑著糞桶倒馬桶收糞水。那些挑擔農婦個個頭紮白毛巾，臉呈醬油色，腿肚子粗粗的，穿著自己織的灰土布衣。進鎮挑大糞理直氣壯，吆喝聲四起，尖銳嘹亮。弄得小鎮每天清晨糞水四溢臭氣熏天。

「糞是農家寶，種田不可少」，農諺這樣說。進城農婦多了，就有點競爭，於是，有農婦出錢買糞便，一馬桶五分或一角錢。有狡猾些的家庭婦女半桶糞兌水充一桶。而農婦也精明，看質論價，乾貨多就價高，水貨多就錢少。我想現在的市場競爭，就從那些農婦們開始的。後來競爭越來越激烈，不光是價格競爭，還提供服務。有的農婦，不光給錢，還幫忙刷洗馬桶。有的服務好，馬桶刷得溜光錚亮，有的馬馬虎虎，馬桶還粘帶殘餘排泄物。於是在農婦和主婦間又會圍繞著馬桶發生爭吵。

農諺說：人靠飯養，稻靠肥長。小鎮為數不多的公廁更是農家爭奪的熱點，後來不知經過幾番爭鬥幾輪協商，小鎮周邊幾家生產隊的

農民各自瓜分了自己的勢力範圍，小鎮公廁分別被他們承包下來，每個生產隊就近佔領一兩座公廁。他們掏走糞水，順便打掃廁所衛生。

時過境遷，後來農家肥沒人要了，農民施起了化肥，方便省事。據說，現在更省事，施生長激素了。這是後話。

除了挑糞桶進鎮，農婦們也會挑一些別的東西進鎮來，大米或土布。她們拿這些自己生產的東西向居民換點油鹽醬錢。這時，她們就不那麼理直氣壯了，而總是在天還沒亮時鬼鬼祟祟摸到家家戶戶窗門前，小聲地問：「嫂子，買米吧。」

大米是統購統銷，居民每人每月定量二三十斤，憑糧本到糧站購買。很多大肚漢不夠吃，四處覓食，紅薯南瓜都是填肚子的主食。布是要憑布票供應，一年四季就三五尺，勉強剛夠蔽體。小鎮的家庭主婦費盡心思忙溫飽，悄悄從農民那裡買一些生活必需品。農民自己買賣土布和糧食是不允許的，這些活動被認為是投機倒把，要堅決打擊。被聯防隊民兵抓住就倒楣了，會把她們的秤桿摑斷，菜籃子踩扁，產品全部沒收了去，厲害的還會把人關上幾天。

小鎮的清晨最忙碌，婦女早起第一件事倒馬桶，然後稍洗漱一下，挎上籃子上市場去買菜。小鎮居民吃的蔬菜都是郊區農民挑進鎮來的，他們將蔬菜擔子擺在馬路旁，一擔擔緊挨著，等著小鎮的居民來採購。各種蔬菜還間或有幾份魚蛋禽類。不過，這些葷菜，買的人不多，那些上市場的主婦錢包還不夠豐滿。市場上熙熙攘攘，買菜的主婦同賣菜的農婦爭吵著，為著一斤一兩，一分一厘，互不相讓。買菜的主婦總是覺得菜又貴起來。賣菜的農婦們訴著苦，她們種的菜自己捨不得吃，從口裡摳出來拿到鎮上來換錢。到處在割資本主義尾巴，自留地都革沒有了，沒有地就種不了菜。農婦的訴苦並不能引起主婦們的同情，她們捏著錢包的手沒有因此松一松。

當工廠裡響起第一聲汽笛，提醒著人們上班時間快到了。買菜的婦女陸陸續續往家趕，她們籃子裡大都裝著青菜蘿蔔。偶爾稱上一兩斤肉，掩掩藏藏放在籃子底。那時，露富是很遭人鄙視的，會被同資

產階級生活聯繫起來。勞動人民逢年過節餐桌上才會有肉類。有時期有研究人員說歐洲人是肉食者，亞洲人是草食者。說草食更長壽。我覺得有點阿Q。就像古時吃不上肉的人說肉食者鄙未能遠謀。如果那時餐桌上能有紅燒肉，我們個個都會是吃肉的大老虎。

小鎮的孩子都盼著過節。過節才能有肉吃。一年中的節日，春節是最隆重的了。再就是端午、中秋和國慶日。我們小孩子還有一個節日，六一兒童節。大人們不過這個節日，而菜籃子都被大人掌握著，所以過六一節的時候，餐桌上並沒有多大起色。當然，六一節孩子們還是很高興，學校裡會舉行各種慶祝活動。

過節當然少不了看電影。過去的很多電影都禁演了，據說那些電影是封建主義、資本主義、修正主義，是生長在文藝園地裡的毒草。老電影都當作毒草剷除了，就只有幾部樣板戲，反反復複放。小鎮上的人，無論男女老少都看了十幾遍。

革命現代京劇《紅燈記》是我看的第一部樣板戲。劇情是20世紀40年代初中國抗日的故事，表現了工人階級英雄形象，充滿了革命英雄主義色彩。簡陋的電影院一排排長木椅，四個座號一條，我們小朋友坐上五個還寬綽有餘。同學們嘰嘰喳喳，燈一黑，都安靜下來。電影開始了，一陣鏘鏘的鑼鼓扣人心弦的樂曲，銀幕上走過一隊端著刺刀的日本鬼子。同學們伸直了脖子，目不轉睛。當一個頭戴大蓋帽手提紅色信號燈的鐵路工人走出來，不慌不忙地唱起來，我的脖子就矮了下去。我不喜歡看唱戲的電影。戲裡的人走路說話裝腔作勢，唱的詞也很難聽懂。那些人一唱起來，咿咿呀呀，沒完沒了，聽著都讓人打瞌睡。不過，這部戲裡那些遊擊隊員和日本憲兵翻著跟頭打仗還是挺精彩的。有一個裝扮成磨刀師傅的遊擊隊員真厲害，一個人對付幾個日本鬼子。那條磨刀用的長板凳被他耍得出神入化，打得鬼子人仰馬翻。還有那個梳長辮子穿紅衣裳的姑娘，高舉著那盞傳家寶紅燈，也給我留下很深的印象。

樣板戲拉開了我眼前社會大舞臺的帷幕。悠悠歲月，往事歷歷。

有一出樣板戲裡有這麼幾句唱詞：「來的都是客，全憑嘴一張，相逢開口笑，過後不思量，人一走茶就涼，啊，有什麼周詳不周詳……」那時黃口小兒跟著咿呀學舌，如今，細琢磨不禁覺得這詞很有意思。

　　六一節到了，學校裡紅小兵準備著歡慶這個自己的節日。自從開展「文化革命」，很長一段時間，人們忙於政治運動，過節似乎都淡忘了。當人們重新想了起來，響應號召，決定過一個革命化的節日。各班級都準備聯歡會上的文藝節目。節目沒有什麼新內容，學唱革命現代京劇樣板戲。學校裡的文藝活動，都是看樣板戲學樣板戲唱樣板戲。我們這個年級，一班唱《沙家浜》，二班唱《紅燈記》，三班唱《智取威虎山》，四班唱《海港》……。

　　唱《沙家浜》是「智鬥」選段。一邊站了十個阿慶嫂，由女同學扮演。每個女同學用一塊手帕圍在身前當圍裙。另一邊站了十個刁德一。扮演刁德一的男同學每人手指頭夾支白粉筆當香煙，粉筆頭上還沾點紅墨水像是燃燒著的煙頭。這些演員一上臺就贏得台下一陣熱烈的掌聲。唱《紅燈記》扮演李鐵梅的女孩子提了盞信號燈，也穿上了紅衣裳。小黃毛丫頭不知從哪裡找了根假辮子拴在腦後，像根牛尾巴，直拖到腳後跟。還有一個節目受到好評。有一個男同學樣板戲唱得特別好。他唱《智取威虎山》中「打虎上山」選段，頭戴狗皮帽，腳蹬黑皮鞋，手拿一根馬鞭子，就像戲裡真正的楊子榮。這個同學不僅唱得好，字正腔圓，還會翻跟頭，真是天生一個演員的材料。他一唱走紅，被選上參加學校文藝宣傳隊，成為宣傳隊臺柱子。「打虎上山」成為校宣傳隊的保留節目。後來這個男同學還被解放軍部隊看中，挑選去當了文藝兵，令許多人羨慕得不得了，激起同學們學唱樣板戲的熱情。

　　我天生害羞，人前顯得笨嘴拙舌，很少開口唱歌。學校裡沒有音樂課，我是先天不足後天未補，五音不全，純粹一個音盲。看到別人上臺，贏得喝彩，挺出風頭，令我羨慕。悄悄地跟著廣播學，盼著下次演出也上臺唱一首，可是一直沒有這個機會。雖然有幾段樣板戲我

自認為練得很好。我特別喜愛《智取威虎山》裡那個英俊瀟灑的參謀長，唱「幾天來，摸敵情，收穫不小」最是拿手。但是我缺乏上臺的勇氣，始終沒有在臺上當眾演唱過。

　　每個星期六晚上，小鎮上都會放一場電影。除了樣板戲，幾部老的戰爭片電影也重新拿出來放映，這些戰爭片激起小鎮上觀眾們的極大熱情。雖然看了許多遍，還是津津有味。無產階級佔領了文藝舞臺，看電影看戲不再賣票。放映電影就在小鎮中心的廣場上。兩根杆子懸起一張大影幕，正面反面都可以看。看電影的人很多，去晚了就得站在遠些的地方。反面人少，位置也好些。左撇子都喜愛在反面看，銀幕上的人都是左撇子。

　　有些電影雖然放了許多遍，人們的熱情還是不減。每當廣場上放映電影，人們早早地搬著小柳丁坐好位子。太陽還沒有下山，白色的影幕映著霞光；人們嗑著葵花子，嘮叨著家常。小孩子在人群中鑽來鑽去嬉鬧。夜幕降臨，放映員慢騰騰調試放映機。晚去的人站在後邊，再晚去的就得站在椅子上越過無數人頭才看得見。銀幕上的人小得可憐，好在高音喇叭音量很大，半個鎮子都聽得見。

　　每場電影前面都要放映一段新聞，有些像現在電視裡的新聞聯播，那時稱新聞簡報，當然都是宣傳革命大好形勢。進入七十年代，為了緩解人們單調的生活，新出了一些電影，有些電影是外國的。這些外國電影全部來自三個兄弟的社會主義國家：朝鮮，越南，阿爾巴尼亞。朝鮮的電影都是生活片，那些演員很誇張，說哭就哭，說笑就笑。越南的電影對話很少，人物木無表情，戰爭場面轟轟烈烈。阿爾巴尼亞的電影不知為什麼被刪去很多，看得使人莫名其妙。有人偏了順口溜。「中國新聞簡報，朝鮮哭哭笑笑，越南飛機大炮，阿爾巴尼亞莫名其妙。」雖然莫名其妙，人們還是饒有興趣，廣場上看電影人密密麻麻，黑壓壓一大片。那時，人們的生活很單調，白天在單位上忙著幹革命，搞生產。天一黑，都無所事事，一切娛樂活動都被禁止了。除了看電影，人們沒有別的消遣。每到夜晚，人們早早爬上床自

尋樂趣，人口在飛速增長。

　　每次放映電影，我的鄰居朱老三都早早地去操場占位子，緊挨著放映機，擺上幾隻小板凳，坐在那裡守候著。朱老三一米四幾的個子，乾枯瘦小，鑼著個鍋，一副癟塌塌的胸。細溜溜的脖子上支棱著個小腦袋。瓦刀臉，額上幾條刀刻似的皺紋，小老頭樣。一頭短髮硬硬得像棕刷。他是個電影迷。

　　太陽還沒下山，晚霞中人們端著碗在自家門前吃晚飯，互相通告著晚上電影片名。黃昏，廣場上來的人漸漸多起來，慢慢侵佔了朱老三的領地，他費力地維護著，口齒不清地同人爭吵。電影開始，朱家人連同七姑八姨，不慌不忙來一大群。朱老三熱情招呼著，請大家入座。有時，電影還沒開始，朱老三坐一會尿急去廁所，別人乘他不再將他的凳子移到一邊，占了他的地盤。他回來，找到自己的凳子坐下來一看，怎麼有些不對勁，影幕偏去了，他莫名其妙。別人騙他，影幕換地方了。他嘟囔著，你騙誰，當我是小孩。可是黑乎乎一片人，他也分不清是誰占了他的地盤。無可奈何，歪歪著脖子看電影。第二天，脖子還難恢復過來。再後來，他守著影幕不離開，有尿也憋著。直到電影結束，急得他貓著腰一溜小跑，鑽出人群，找處牆根，嘩嘩就放起來。

　　電影不多，幾部電影翻來覆去不知看了多少遍，情節都爛熟了。以致銀幕上主人公登上高處，手一揮正要開口說話，底下仰著脖的小孩子們先喊起來。電影一個高潮到來，和著電影音樂，觀眾中響起一片哇哇啦啦伴奏聲。小鎮上的孩子能把幾部電影從頭至尾排演下來，他們模仿電影裡人物的神態動作，惟妙惟肖。

　　看電影是我們唯一的文化生活。有一部新出的外國電影給人留下很深刻的印象。電影是那個也是社會主義的國家羅馬尼亞拍的，名叫《多瑙河之波》。從這部電影，我們第一次看到浪漫的外國人，他們竟然男男女女在螢幕上公開摟摟抱抱。最為驚心動魄的，影片中有一個男女接吻的鏡頭。每次電影放到這個地方，全場鴉雀無聲，安靜到

聽見旁邊人沉重呼吸聲。那時，20 世紀 70 年代初期，一個被禁錮的
年代，只有外國電影中才有接吻鏡頭。如果在小鎮大街上，有男女摟
抱在一起親吻，立馬就會有聯防隊民兵趕來把這對當眾接吻的男女當
流氓抓起來。這種傷風敗俗之事，朱老三都會站出來，大罵流氓，直
叫抓得好。他羅鍋兒還雙手叉腰，肩上斜挎著一小紅布袋，早先裡面
裝著的是風靡一時的紅寶書，不知現在他裝的啥。

　　外國人似乎特別流氓。那部電影中，船長和他的新娘妻子走近艙
房，彼此含情脈脈地凝視，然後，靠近，靠近，……倏地，畫面切成
風光，這個鏡頭結束得非常突兀，看得出是被挨了剪刀剪切了的，那
個被哆嚓掉的鏡頭，雖然只有幾秒鐘，讓人心癢難耐。還有那些令人
難忘的場景，黑暗中男主角米哈伊抱起女主角安娜大叫：我把你扔到
河裡去。米哈伊借酒澆愁，把安娜拉過來坐在自己腿上，問自己的情
敵托馬：「她漂亮嗎」。此情此景，足以撩動每一位觀眾的心弦。
朱老三也看得目不轉睛，鏡頭沒了還意猶未盡，擦一把口角流著的
涎水。

　　這外國的電影畫面和我國電影中不食人間煙火，不談戀愛，高、
大、全的英雄形象反差太大了。有一部新拍的電影，名叫《金光大
道》，裡面那個正面英雄人物共產黨員就叫高大泉。還有一部《閃閃
的紅星》，是屈指可數的紅色電影。我們這些學生幾乎都看過，而且
看過不止一遍，可以說，我們是閃閃紅星的一代。這部電影的畫面很
美，電影音樂尤其出色。《紅星照我去戰鬥》和《映山紅》流行了幾
十年，傳唱不息，看樣子還得繼續流行下去。電影中的經典臺詞，
「我胡漢三又回來了」，則超越了時空。胡漢三成為「還鄉團」的標
誌，在變幻莫測的政治風雲中時常令人意味深長起到另類的作用。

　　每當星期六晚上放電影，小鎮的人都集中到廣場上，黑壓壓一片
人頭，家家空門空戶，都不鎖門。那時社會治安很好，可以說路不拾
遺夜不閉戶，沒有順手牽羊的小偷，更沒有溜門串戶的盜賊。不過，
莊稼地裡瓜果熟了的時候，可還是要提高警惕。

　　為了防止有人偷摘勝利果實，學校在農場瓜地旁搭了只小窩棚，每天派幾名學生守望瓜地。守瓜地的同學看不到廣場的電影，不過他們自有補償。夜晚睡在窩棚裡，半夜鑽出來，揮揮手，互相打著招呼：「悄悄地進莊，開槍的不要。」摸進瓜地，月光下，熟透了的香瓜泛著白光，一眼就盯住了。呼啦啦，一人捧只瓜回來。瞭望的同學問：「怎麼樣，熟不熟？」

　　這邊回答：「嘿，放心吧，不見鬼子不掛弦。」將瓜用衣袖擦一下，大口啃起來。瓜子吐在地上，第二天被學校發覺，狠狠挨了一頓批。晚上不再敢下地摘瓜，個個垂頭喪氣。一同學忽然站起高聲呼道：「鄉親們，別難受，八年抗戰，日本鬼子都被我們打敗了……」大家哈哈一笑，又興奮起來。

　　在守瓜的窩棚裡，大家閑極無聊，天南海北無所不談。話題漸漸地越來越深入，談起了女人。說到女人那隱秘的東西，談為什麼會生孩子，這是很令人刺激的話題，我們從書本上看不到這方面的知識，大人更是諱莫如深。大家胡亂猜測著，說出一些很無知的令人啼笑皆非的話來，說得大家都很亢奮，聲音輕輕地，嗓子帶著顫抖。談這話題，弄得個個身子熱乎乎，血往兩頭湧，睡在窩棚裡，做起些荒唐的夢。

五

　　一九七一年春天，我上了中學。不知道什麼原因，過去我們升學都是在夏天，這次升學卻改在了春天，這也許又是教育革命的內容吧。這樣，我在小學待了六年半。漫長的小學結束了，真正在課堂裡讀書的時間不多。到了中學，升學又換回夏天，折騰一個來回，學校狀況也沒有改變。我們這一屆學生，小學六年半，中學四年半，讀了十一年書，離開學校還跟文盲似的。以後在工作單位又參加文化補習班，進行考試，拿到合格證才承認我們的中學學歷。

　　同學們雖然識字不多，思想政治水準卻不低。學期末總結會上，我的同班同學王安福站在教室裡，手捧一張紙結結巴巴地念著：「在主席思想的光輝照耀下，在主席的革命路線指引下，在黨中央的英明領導下，在各級革委會的正確帶領下，本學年中，我能夠高舉主席思想偉大紅旗，突出無產階級政治，活學活用主席著作，並取得了一些成績……」。王安福沒有這麼高的思想覺悟，也沒有這麼高的理論水準，他是抄我的。當然，這幾句話也不是我的原創，抄報紙的。在學校，每到年終期末，學校都要求每個學生寫個人思想總結。而每寫總結，同學們開篇總是這樣寫。文章臨結束，還必須這樣寫道：「主席教導我們說：事物都是一分為二的，所以，我在本學期雖然取得了一定的成績，但是也存在著一定的缺點。例如……。今後，我一定按照主席關於發揚成績，糾正錯誤，以利再戰的教導，爭取取得更大的成績。」

　　王安福甭說是否能做到「高舉主席思想偉大紅旗，突出無產階級政治，活學活用主席著作」，運其中概念也是模糊不清的。什麼是「主席思想」？什麼叫「無產階級政治？」這些問題他不懂，我也不懂，那些老師也未必真正懂。

　　總結會上，一個女同學把兢兢業業念成克克業業。老師無動於衷地聽著，也不糾正。王安福同學難得在認真聽講，轉頭悄悄對我說：「她念錯了」。我以為他認得那兩字，誰知他接著說：「少念了兩個克字」。我看他一眼，懶得跟他解釋，沒吭氣。

　　王安福理論水準不高，但是，實踐一點也不差。學農，學工，學軍他一直很積極。學軍是他最興奮的事了。

　　20世紀六七十年代，響應上邊號召：深挖洞，廣積糧，要準備打仗！全民皆兵的軍訓，成了學生必修一課。

　　學校按照解放軍的編制，把教學班級編成排、連、營進行訓練。我們一年級二班就編為一連二排。第一天是「軍訓動員誓師大會」。

　　同學們開始時對軍訓還是蠻新鮮的，主要是不願在教室裡待著。

軍訓第一課必定是一二一的佇列練習。立正——向右看齊——向前看
——稍息。向右轉——跑步走——立定，翻來覆去硬是把一群生龍活
虎的學生折騰得精疲力竭無精打采。

教官穿著一身下了領章褪色的軍服，不顧疲勞仍在聲嘶力竭地喊
著口號。不管是寒風凜凜的冬天還是酷熱難熬的夏天，參加軍訓的學
生被那個威武的教官訓得苦不堪言。

隊形佇列正步走，因為人數比較多，在那個天然的大操場裡「一
二一」，「一二一」，「一二三四」的口號此起彼伏震天動地響徹雲
霄。軍訓不准打赤腳，也不准穿拖鞋。那時候除了有身分的大幹部穿
皮鞋或一種北京生產的布鞋，全國工、農、兵、學生都穿一種橡膠底
帆布綠面的球鞋，名叫解放鞋。一雙鞋一年四季套腳上。有同學家
窮，穿的鞋破了也沒有換，前面露著腳趾頭，後面露著腳後跟，還沒
襪子。排隊出操，齊步走，後面的同學故意去踩前面同學開口的鞋
後跟，刺啦一下，鞋底和鞋幫分了家。前面同學回身和後面同學打起
來。教官過來把兩人一起揪出隊伍到一邊罰站。我的鞋沒露腳後跟，
但襪子是前後破了大洞的。冬天腳上生了凍瘡，不痛，只是癢得難
受。夏天，腳趾頭黢黑，一脫鞋，臭氣熏天。

軍訓佇列休息，同學們又渴又累，排著隊在食堂邊的自來水水龍
頭喝水。我口渴也經常去喝，但有一次真真切切看到從水龍頭裡爬出
一條大螞蟥，就再也不敢喝那水龍頭的水了。乾渴難耐，只有忍著。

佇列訓練完後，就練習匍匐前進，爬地前進，仰地前進。還講戰
術，進攻敵人的三三制，前三角後三角，交叉掩護。教官不厭其煩地
高喊口令，最後叫得聲嘶力竭，學生們在野地裡摸爬滾打，反反復複
由慢到快，一絲不苟做到熟練。接著再練刺殺，由教官用一杆木頭做
的假槍，講解了刺殺的要領和動作，再叫出兩三個人出來示範，別看
學生們個子小，個個精神十足，嚴肅認真。

練完了刺殺動作，接著就練投彈。投彈相對比較好練，大家看了
教官的示範動作之後，一般都能夠甩出一個二三十米的距離，但是要

像教官那樣能夠準確地打到一個畫上圓圈的位置上就不那麼容易了。再接下來的內容就是臥倒——瞄準——射擊的訓練，當然，放的還是空槍。大家趴倒在田埂邊，把槍架在田坎上，在教官的指導下三點一線瞄準前方用稻草做成的美帝蘇修假人。瞄準射擊訓練是最輕鬆的訓練也是最枯燥的訓練，大家都覺得很容易而心不在焉。三點成一線瞄準，就是這個動作也是被教官糾正得最多的，要麼是槍托抵得不緊，要麼就是槍管顫抖不穩定，要麼就是眼睛閉得不久容易流眼淚。後來教官還指著掛在田邊的幾幅打飛機的示範掛圖講解打飛機的要領，瞄準飛機前進一定距離飛行的方向開槍射擊，射擊運動物體提前量。站立開槍射擊，半蹲式開槍射擊，仰式開槍射擊的動作。最後還練習了簡單的戰地包紮戰地救護。

最後的訓練就是實彈射擊。這也是大家最興奮的一課，但是也不是每一個學生都能打實彈，還得由班主任從中挑出幾個表現好的同學做代表參加實彈射擊。記得第一次打槍的時候心裡又害怕又想打，拿著步槍聽著口號臥倒瞄準射擊那一刻，震耳欲聾的槍聲，槍托猛然一退的振動都給自己的身心帶來一種從未體驗過的刺激和快感。這種感受會使你終生難忘！

在中學和小學就不一樣，軍訓能用上真槍，王安福樂在其中。當時的民兵組織民兵成員很普通很廣泛，你只要不是五類壞分子之列的人都有可能是民兵的成員，當時全民皆兵絕不是一句空的口號。

軍訓的步槍各式各樣，有三八大蓋，七九式步槍和漢陽造。這些槍都是部隊淘汰下來的，很老舊。三八大蓋是抗日戰爭時期繳獲日本鬼子的，槍桿很長很重。七九式射擊後坐力特別大，掌握不好會把肩甲打腫。肩膀被撞得青一塊紫一塊。靶場上，有同學一扣扳機，「呼」地一聲槍響，震耳欲聾。步槍彈跳起來，後坐力把人打得往後退，骨碌碌從掩體斜坡上滾下來。漢陽造就更老舊，有的槍木把都破損了，機件鏽跡斑斑，磨損嚴重，實彈射擊子彈老卡殼。子彈卡殼會炸膛，很危險。一卡殼，軍訓教官就衝上去，大吼一聲：「都退後，

讓我來」。膽小的學生躲得遠遠地，也有人躍躍欲試，想當英雄。王安福就一個勁往前湊。

本來我們投彈也要用真彈演練的，但因為有別的地方民兵投彈出了事故，手榴彈沒有丟出去就爆炸了，死了人，所以就改投一種紙做的教練彈。教練彈和真手榴彈一模一樣，木把有拉火，只是鐵的部分是硬紙殼做的，塗上黑漆。旋下後蓋，拉出拉環，拉火丟出去，原地臥倒，轟的一聲，紙屑飛濺，像放一個大炮仗，令人興奮不已。

那是個英雄主義的時代，是英雄輩出的時代。有許多英雄的畫像就貼在教室牆上。有毅然撲向炸藥包，用身體掩護民兵，獻出了年僅23歲的年輕生命的解放軍戰士王傑。為救兒童，力挽驚馬壯烈犧牲的戰士劉英俊。還有民兵英雄金訓華，為搶救國家物質財產，而犧牲於特大山洪。最讓人羨慕的是戰鬥英雄孫玉國。他在中蘇邊境珍寶島自衛反擊戰中，和戰友們冒著蘇軍猛烈的炮火，給不可一世的蘇修社會帝國主義入侵者以殲滅性打擊，以我軍的勝利敵軍的慘敗而告終。珍寶島之戰，使用鮮血和生命保衛祖國的英雄們大放光彩。孫玉國從連長一下升為團長，參加黨代會，受到偉人接見，又當選中央委員會，成為軍區副司令。那時有句口號，榜樣的力量是無窮的。我們人人都想當英雄，隨時準備挺身而出。

領導我們民兵軍訓的部隊營長背著盒子炮檢閱般從隊伍前走過，吸引住許多近乎崇拜的目光。有人抱怨手中武器老舊落後，營長對著我們揮著拳頭說：戰無不勝的毛澤東思想是我們威力無比的精神原子彈。

精神原子彈也不是說爆發就爆發的。營長說：平時多流汗，戰時少流血。軍訓很刻苦，後期還進行拉練。所謂拉練，也叫野營或野營拉練。就是把臉盆打進背包裡，負重行軍。每天五六十裡，據說最多有走一百多裡的。

有一天軍訓拉練，中午在一學校吃飯。饅頭稀飯，菜是茄子燒土豆，稀少幾片薄薄的五花肉。這伙食雖比不上過年，但已經很好了，

香噴噴，不限量，敞開吃。民兵中有一人，長胳膊長腿，腦袋出奇地大，人送外號大頭。這傢伙特能吃，二兩一個大饅頭吃四個，一手抓饅頭，一手端半盆大鍋菜，吃完四個饅頭，又盛一小盆稀飯喝下肚。

王安福敲著碗用本地土話念叨：「大頭殼，雞麻篤，恰（吃）飯恰一桌，主席的話，要節約，堅決打倒大頭殼。」

連長過來找人扛機槍，王安福一指大頭。連長看了看大頭吃飯的大飯盆，手一揮把他叫走了。

連長讓大頭扛重機槍。那是一種叫馬克沁重機槍，第一次世界大戰使用的老古董，全鐵疙瘩，僅一支槍管就三十多斤重，壓得大頭呼哧呼哧喘粗氣。

野營拉練很少走大路，大多爬山坡小路，走田間地頭土埂。山坡植被稀少，蒿草荊棘絆著褲腳。農田立冬收割完莊稼，光禿禿就剩些稻草根。在農田挨著路邊的地頭都挖有糞坑，農民們將一冬季拾來的糞肥堆放在這裡，人畜糞水還有雜草漚在一起發酵，開春就近方便往田裡施肥。糞坑一米多深，堆滿糞肥，撒些乾草，表面上已經風乾結殼，風吹些泥土草屑蓋住看去如同地面。走在田間小路上，遇到田頭裡挖有糞坑，王安福會拽拽我衣服，提醒我，示意別踩上去。

儘管大家都很注意，可還是有人中招。正走著，忽聽後面撲通一聲，接著一陣混亂吵嚷。回頭一看，原來是我們民兵指導員掉糞坑裡了。指導員要做思想政治工作，常在隊伍旁跑前跑後。剛才他在後面從旁往前跑趕超隊伍，沒看出糞坑，以為是泥地，一腳踏上去，咕哧陷下去，深沒及腰。他大聲呼救，旁邊人把槍伸過去，讓他抓住皮帶，把他拽出來。指導員一身糞便，臭氣熏天，狼狽不堪。這個指導員平時訓練特別凶，時常罵人，大家對他印象都不好，許多民兵捂著嘴偷偷笑。

這樣的軍訓，難忘的還不僅僅是艱苦。除了累，腳上打泡，褲子磨破。那時，全民皆兵，整個國家如同一個大兵營。「召之即來，來之能戰，戰之必勝」。學校裡的軍訓，由部隊派員來指導。還請解放

軍裡據說和日本鬼子拼過刺刀的老戰士作報告。最令同學興奮的是實彈射擊。這個項目一般會拖到最後，先要練瞄準，許多同學就靠這個盼頭支撐下來。

回過頭來再看，後來有人覺得，通過學工、學農、學軍，學生從小就參與更多的社會活動，學到了一定的社會知識和勞動技能，對日後團結互助吃苦耐勞精神，自理、自立的意志品質有著積極的影響。但更多的人認為，軍訓形式主義，荒廢了學業。

我很懷念我的少年時期，雖然那時並不快樂。

六

為了適應「五‧七」辦學方針，中學新開了一門農知課。教我們農知的是一位二十幾不到三十歲的男教師，姓楊。楊老師是新調到學校裡來的，中等身材，黝黑的臉膛，寫得手好字。後來我們才知道，他原來是一所美術學院畢業的，不知什麼原因下放到了農村，在農村待了幾年才調到小鎮上。學校沒有美術課，就讓他教農知。學校領導說：上層建築必須為經濟基礎服務，文化課必須與生產勞動相結合。這位美術學院的高材生經常帶著我們這群學生娃穿梭跋涉在水稻田棉花地裡，察看稻瘟病，捕捉棉鈴蟲。打雙赤腳，褲腿卷得高高的，一腿桿的泥。

當然，教農知也能發揮他的特長。楊老師給我們講水稻，手拿粉筆，不看黑板，望著學生隨手喇喇幾筆，又點幾點，幾株水稻躍然黑板之上。莖、葉、須，形神兼備，粉筆的效果，很有點寫意的味道。他講稻瘟病，講二化螟，三化螟，畫的標本圖，那小小的飛蛾，我們看過之後，在大田中，二化螟絕不會認成三化螟。他畫的蠶蛾，我們都能從生殖器上辨出雌雄。本來很乏味無聊的農知課，因楊老師上卻使得同學們生起興趣來。

楊老師在課堂上不苟言笑。我們剛開始都以為他很嚴肅，上了一

段時間課，同他接觸多了，才發覺他對學生還挺隨和。

　　一天上課，楊老師在講莊稼的蟲害，講到昆蟲，然後問我們：「同學們，蚜蟲的天敵是什麼？」

　　一個同學顯然前面沒認真聽講，大聲回答：「牙刷！」見沒有回應，又小聲補充：「還有牙膏」。他的回答令楊老師有點啼笑皆非，不過還是表揚了這個同學。

　　「很好，這個同學講衛生，愛刷牙。不過我說的蚜蟲不是牙齒裡的蟲子，而是蔬菜莊稼上的蚜蟲。」同學們都笑起來。

　　上農知課，學校要求理論聯繫實際。楊老師經常帶我們下地勞動，不過他不像老工宣隊那樣一個勁催我們幹活。學校農場全盛時期，開墾了很多地，種著紅薯玉米花生這些耐旱作物。有的地在鎮子外的荒土崗子上。那時，小鎮的居民還不多，都是平房，走出學校就是田野。我們跟楊老師到校園外下地勞動，倒有點像郊遊。同學們唱著語錄歌來到地頭，勞動委員宣佈今天的勞動任務是拔草。同學們像放羊一樣散到地裡，三五一群在紅薯地一邊拔草一邊嘻嘻哈哈打打鬧鬧，互相開著玩笑，打著土仗。楊老師呢，自己往地頭草坪上一坐，掏出一支鉛筆和一本本子畫起畫來。

　　同學們幹一會，勞動委員喊一聲：休息啦。大家都坐下來，有同學攏到楊老師身旁，看他畫的鉛筆畫。楊老師邊畫邊同學生聊著天。他的鉛筆靈巧地在手中舞動，刷刷刷，有時幾筆就勾勒出一幅風景或一個勞動著的人。那粗粗細細的黑線條既簡潔又生動。有時他找個學生做模特畫人像。模特同學應楊老師要求擺個姿勢，還有點羞羞答答。我們圍著看，七嘴八舌稱讚楊老師畫得真是形象極了。

　　楊老師平時在學校裡不多說話，從沒見他在大會上發過言。而這時和同學們在一起卻很健談。同學們拔草，有時把玉米苗當草拔了，楊老師也不責罵同學。他給我們講他剛進美術學院讀書時，無知得很，把麥苗當成韭菜，以為馬鈴薯像蘋果一樣樹上結的呢。楊老師居然也這麼孤陋寡聞，我們不由得聽得哈哈大笑。小鎮的孩子對田裡的

莊稼不陌生，都下地幹過農活，當然不會認為馬鈴薯是樹上結的。

　　盛夏，天氣挺熱，勞動一陣子，日頭偏西，楊老師看看時間差不多了，收起本子和筆叫同學們收工。農場的地離小河不遠，同學們紛紛到河邊洗洗手腳，把工具上的泥土洗乾淨。河邊吹來涼爽的風。女同學坐在河堤樹蔭下歇息，幾個調皮些的同學撩著河水打水仗。河水清清亮亮，有男學生忍不住，扒了衣服，穿著短褲跳到河裡，撲通撲通玩起水來。女同學在一旁，男同學特別得來精神，互相比賽誰遊得快。水面一片喧嘩，女學生在岸上喊著加油。楊老師來到河邊，他沒有制止學生下河，站在岸上笑嘻嘻望著。水裡的學生更加來精神，爭先恐後，劃著水翻著跟頭。本來幾個站在岸上水性不太好的男同學也被鼓舞，下到河裡在岸邊水淺的地方玩起來。

　　楊老師站岸上看一會，對水裡遊著的男同學說：「你們的游泳姿勢不對。」他把同學招攏過來，比劃著：「蛙泳應該這樣：伸出去手要合攏，減少阻力。向後劃水要劃一個弧線，雙腳蹬水由兩邊向後在蹬的時候併攏，像青蛙一樣。看過青蛙游水嗎？」我們當然看過青蛙游水，於是水裡漂起一隻只笨拙的大蛤蟆。

　　楊老師教了蛙泳又教自由泳。「自由泳手臂揮起來，雙腳併攏上下交叉打水，不要像蛙泳那樣蹬水。」於是河面一片擊水聲。水裡的同學頭朝下屁股朝上四肢亂撲騰，岸上的同學看著笑得哈哈的。

　　楊老師比劃著教了幾下，興致上來，脫了上衣和長褲要下水。他穿了條蘭平腳短褲，身材非常勻稱，皮膚光滑潔白，胳膊肌肉有力，結實的雙腿富有彈性。我們一些同學對楊老師比較欽佩，特別有的女同學看楊老師眼神就不一樣，熱辣辣的。楊老師自己也挺自信，曾半開玩笑對人說：我是一表人才。不過，這話傳到別的老師耳裡，就有人覺得很不以為然。

　　站在河邊，楊老師活動活動四肢，顯得精神抖擻。從堤上一個魚躍，身體筆直，漂亮地劃出一條弧線落進河裡，同學們一齊喝彩。楊老師在水裡遊著，一會蛙泳，一會自由泳，姿勢真好看。他還能仰面

躺在水面上四肢伸展一動不動漂著。一大群男孩子模仿著他，跟在身後拼命劃著水，你追我趕。

我也下到水裡，認真看著楊老師的動作，泳姿。學那漂亮的蛙式和自由式劃水。在楊老師的指導下，我們的游泳技藝大有進步，不再是那難看的狗刨式。

我們這些學生無論男女都比較喜歡楊老師。楊老師單身一人，住在校內，我和同學曾到他宿舍去過。楊老師的宿舍挺簡樸，一間十來平方米房間，一張床，一張書桌，還有一隻大木箱，卻有許多書擠在木板釘的簡易書架上。牆上幾張素描人像，當然都是工農兵。兩張不大的風景油畫，我認出來是小鎮上的風光。一張是小鎮的火車站；另一張是我去玩耍過的鎮郊的烏龜山。我們看來很尋常的景色，在楊老師畫中，顯得那麼優美恬靜。小站青灰色的房子，天空紫色的流雲；靜靜地伸向遠方的鐵軌。煙靄籠罩的小山，山腳墨色瑩潤的翠竹倒映水中，波光瀲灩的河水，一條彎彎的小船。看得出楊老師沒有忘記他的藝術。他雖然在小鎮中學教著農知，卻是身在曹營心在漢。

有些同學常到楊老師宿舍去玩，有幾個是美術愛好者，跟著楊老師學繪畫。其中有個姓周的同學和我關係比較好，常邀我一同去。我不懂繪畫，我喜愛到楊老師那裡翻看他的書和舊畫報。從那些畫報上我看到了許多精美的繪畫，知道中國有個叫徐悲鴻的畫家特別喜愛畫馬。還有一個畫家叫齊白石的，很會畫蝦。中國畫大多是些墨團團。有一幅畫小雞的畫，大墨團團連小墨團團。畫雖簡單，挺生動，挺有趣。我還看了一些外國的畫。那些外國畫家有個叫達·芬奇的，他有一幅畫叫《蒙娜麗莎》，是個女人像。這個女人我看了覺得並不算漂亮，居然被許多人吹捧，還編出了許多離奇的故事來。還有許多外國畫家，米勒、列賓、門采爾，他們那些色彩絢麗氣勢恢宏的油畫更令我歡喜。

一次，我和幾個同學在楊老師宿舍翻著畫報，有幾幅人體畫，我們看了覺得很新鮮。翻著翻著，突然一幅畫映入我們的眼簾。畫中是

一個一絲不掛的女人，手舉一個陶罐像是在洗澡。看到這幅畫，我們的呼吸彷彿都一下停止了，心跳加快臉孔發燒。趕緊合上畫報，抬頭互相看看，都裝出一副若無其事樣。四周沒有人注意，悄悄地再翻開戰戰兢兢看著，激動不已。過去從來沒有看過這種畫。從楊老師宿舍出來，同學們還很激動，神祕地告訴沒有看過這幅畫的同學。激起一些同學的好奇心，也找點藉口到楊老師宿舍悄悄地翻看那幅女人裸體畫。後來楊老師發覺了，就把畫報收起來。

楊老師對那些舊畫報很珍惜。那時，文學美術的書很少。同學們書讀得少，知識很貧乏。有一次，楊老師問幾個學繪畫的同學：什麼是八大山人？有個同學無知，不懂還胡編，回答說：八大山人是萬惡的舊社會被地主老財逼迫八個躲進山裡的人。後來聽楊老師解釋，才知道八大山人原來是個三百多年前的一個畫家。他的故居離我們小鎮不遠，和我們還算是鄉親呢。

楊老師的畫畫得好，學校裡經常讓楊老師寫壁報畫宣傳畫。學校禮堂前，矗著塊高大的宣傳牌，學校決定在宣傳牌上畫一幅巨大的主席像，這個任務交給了楊老師。那時，城市、機關、學校到處都矗立著巨幅主席像。偉大領袖高高地挺立在人民群眾中，揮動著巨手，指引人民前進。

宣傳牌很高，楊老師站在木板搭成腳手架上，手裡拿著好幾支畫筆。他畫得很認真細緻，先在巨幅宣傳牌上用細筆劃出一個個小格子，然後再按著格子仔細地用彩筆描繪著。楊老師沒有畫偉大領袖揮巨手的像，他畫的是偉大領袖年輕時的像。這是一幅很著名的畫。畫上偉大領袖身穿長衫，腳蹬草鞋，手夾一把雨傘健步走來。偉大領袖是去一個古老的煤礦發動工人鬧革命，星星之火就這樣燎原起來了。看著楊老師畫這麼大的一幅畫，我們都佩服得不得了。那幅畫像栩栩如生，遠望偉大領袖神采奕奕，健步如飛。可是，誰也沒有想到，因為畫了這麼一幅畫，竟給楊老師帶來了一場大災難。

一天上學，我走進學校，宣傳欄邊站了許多人。走過去，原來是

誰貼了張大字報。我一看大字報嚇了一跳。大字報標題《揪出我校暗藏的反革命分子楊ＸＸ》。楊ＸＸ就是楊老師。楊老師怎麼突然成了反革命。我急忙讀大字報文章。原來，有人檢舉說，楊老師畫的主席像有嚴重問題，在畫像上打了一個Ｘ，是反革命行為。

主席像上打了叉？我們一些學生仔細看楊老師畫的那幅像，在別人牽強附會的指點解說下，我看所謂的叉，那不就是風擺動衣服的褶皺嗎？但是沒有人敢為楊老師辯護。學校正在批判階級鬥爭熄滅輪，工宣隊校領導一個個很緊張。有人揭發楊老師使他們鬆了一口氣，階級鬥爭有了新的進展。和楊老師一起的教師們暗自慶倖，揪出楊老師使他們又有了安全感。

主席像很快遮蓋起來，蒙上一塊好大的布。楊老師被停止上課，隔離審查。有人又貼出大字報揭發說楊老師不僅是反革命分子，還是暗藏的國民黨特務。他宿舍裡那幾張風景畫，是祕密軍事情報地形圖。小鎮是通往前線海防的交通要道，附近還有飛機場，如果世界大戰打起來，敵人首先進攻的就是飛機場火車站這些重要的地方。大字報還檢舉了楊老師一條罪狀：腐蝕毒害青少年。說楊老師宣傳西方反動思想，給同學看不健康的畫報。楊老師並不隨便將畫報給別人看，主要是幾個經常去他宿舍愛好美術的學生。很明顯，這一條罪狀出自一個學生猶大。

學校發動全校師生檢舉揭發楊老師的反動言行，進行批判。一番來勢兇猛的口誅筆伐，公安並沒有將楊老師進行專政抓起來。經過調查，楊老師並不是特務，風景畫也不是地形圖。那幅領袖畫像也沒有很大的問題，經過塗抹修改依然立在校園。楊老師逃過一劫。一場風波過後，受到這一陣驚嚇，我再看到楊老師時，他少言寡語，衣裳不整頭髮蓬亂，一副萎靡相。我想，今後楊老師恐怕再也提不起畫筆了。

七

　　我們在小學讀書時，有一冊語文課本上，正文前的圖片第一頁是《我愛北京天安門》，第二頁就是《南京長江大橋》，課文寫道：「清晨，我來到南京長江大橋。今天的天氣格外好，萬里碧空飄著朵朵白雲。大橋在明媚的陽光下，顯得十分壯麗……滔滔的江水浩浩蕩蕩，奔向大海。自古稱作天塹的長江，被我們征服了。一橋飛架南北，天塹變通途。」這是篇需要全文背誦的課文，一代中國人從小就記住了南京長江大橋。工農兵雕塑，紅旗橋頭堡，玉蘭花燈柱。多年以後，「一橋飛架南北，天塹變通途」，仍深深印在人們的腦海中。

　　南京長江大橋 1968 年建成通車，是長江上第一座由中國自行設計和建造的鐵路、公路兩用橋，有「爭氣橋」之稱。

　　南京長江大橋建成以後，舉行了隆重的通車慶祝儀式。大橋竣工之日，橋上紅旗招展，鑼鼓喧天。三輛花車駛過大橋，一個巨大的「忠」字走在中間，比兩邊的國旗更引人注目。南京市 5 萬多軍民歡聚在江邊橋頭，隆重舉行大會，慶祝南京長江大橋全面建成。那一天，南京城百姓幾乎傾城出動，人們鼓掌、歡呼、跳躍，為祖國的「爭氣橋」流下了熱淚。

　　大橋建成當時是了不起的大事，連總理會見外國人都說這是中國人創造的奇跡。

　　報紙廣播大肆宣傳，還發表了公告。公告說：

　　南京長江大橋勝利建成，是無產階級革命路線的偉大勝利！

　　南京長江大橋的建成是戰無不勝主席思想的偉大勝利！

　　南京長江大橋是中國人民的「爭氣橋」。

　　南京長江大橋建成，極大地鼓舞了全國人民，也鼓舞了小鎮的鐵路工人，激發了工人們的創造熱情，決定自力更生建造內燃機火車頭。那時，國內還沒有內燃機，鐵路上跑的都是燒煤的蒸汽機車。小

鎮鐵道上煤灰飛揚，鐵路工廠上空黑煙滾滾，連天上飛的麻雀都熏黑了。小鎮鐵路工人決心創造奇跡，造出不冒黑煙的火車頭，向偉大的黨和偉大的領袖獻禮。

鐵路工廠的工人動員起來，沒有圖紙，沒有經驗，一窮二白，他們說：有條件上，沒有條件，創造條件也要上。經過半年的艱苦奮鬥，內燃機火車頭終於建成了。

慶功會上，一個鐵路革委會領導拿了張稿紙發言：革命加拼命，苦幹加巧幹，四方支持，八方增援，終於，第一台內燃機車建造成功。

鐵路內燃機車勝利建成，是無產階級革命路線的偉大勝利

鐵路內燃機車的建成，是戰無不勝主席思想的偉大勝利！

鐵路內燃機車是中國人民的「爭氣機車」。

他念的稿子和報紙上的文章一樣，就是把南京長江大橋名字換成鐵路內燃機車。只是最後一句：這是中國人民的「爭氣機車」，引起很多人質疑不滿。

有人問：「怎麼還是蒸汽機車？」

旁邊人解釋：「是爭氣機車，不是蒸汽機車。」

問的還不明白：「都說不燒煤了，是內燃機車。」

答得又耐心解釋：「當然不燒煤，燒柴油。」

問「那還說是蒸汽機車。」

答「不是蒸汽機車，是爭氣機車。你這文盲。」

「你才文盲，你這白癡。」

問的人和答的人都面紅耳赤。爭氣蒸汽，爭來爭去，差點打起來。

喜報貼出來，人們才看清楚，這「爭氣」不是那「蒸汽」。小鎮的鐵路工人興高采烈向上級報喜，當然還有慶功會，敲鑼打鼓，熱烈隆重。參加建造的人員和新內燃機車合影，照片貼在宣傳欄光榮榜上。同學們崇敬地圍著光榮榜觀看。內燃機火車頭和蒸汽機火車頭完全不同，像一台大公共汽車。不燒煤了，沒有黑灰了，機車全身漆成

了綠顏色。

一個同學對另一個同學說：看，你爸爸在相片上呢。

另一同學說：造內燃機我爸三個月沒回家，吃飯都是我媽送的。我爸飯量特別大，我媽用木桶裝飯挑到工廠裡。說話的同學身材瘦小，似乎家裡定量糧食都被他爸吃了。

又有一同學說：造內燃機，我爸十天十夜沒合眼，兩眼熬得通紅，回到家也不睡覺，半夜三更起來，拎著把榔頭四處亂敲，折騰得全家都沒法睡覺。說話的同學眼圈發黑卻仍顯出驕傲樣子。

這些建造內燃機火車頭有功人員贏得大家稱讚，慶功會連同他們的家屬都光榮地戴上了大紅花。

這樣偉大的成績，自然少不了紅小兵的歡慶。新內燃機火車頭披紅掛彩，鐵路職工家屬列隊歡呼，紅小兵手捧紅花載歌載舞。歡慶的人群慢慢目送這台新建造的內燃機火車頭緩緩駛出工廠。

新的內燃機車第一站開往省城，是去省城報喜。插滿紅旗，披紅掛彩，嶄新的內燃機車轟轟隆隆開上路，後面拉了兩節客車廂。車廂裡坐著主要參與建造的人員和領導，個個興高采烈。

誰知開出去十幾裡路，還沒到省城，內燃機車就出了故障，半路拋了錨，在軌道上趴了窩，不能動了。隨車領導和工人師傅都沒辦法，趕緊叫一輛蒸汽機車去救援。內燃機車被一台蒸汽機車拖回工廠。行程總共十幾公里，小鎮鐵路工人建造的內燃機火車頭第一次也是最後一次行駛，就完成了它的歷史使命。內燃機停在工廠一角，旁邊幾棵老桑樹綠蔭掩映。綠色的內燃機車無聲無息，以後再也沒有開動過。

那年代，有一句口號：社會主義終將戰勝資本主義。偉人們信誓旦旦地說。南京長江大橋勝利通車，是社會主義建設的偉大成就，全國各地都舉行了慶祝遊行。與以往不同的是還有水上遊行，這個活動是偉大領袖暢遊長江而興起的。大城市游長江，小城市游大河。沒江沒河的地方水庫水塘都轉一轉。水面漂著木制標語牌，游泳的人排成

隊，邊游泳邊喊著口號。

我們男同學很是喜歡這個活動，會游泳的同學自發地到河裡慶祝一下。大家遊得挺暢快，因為理由很堂皇，沒有人吆喝阻止。平時游泳，都是約上伴偷偷地跑出去。私自下河游泳，學校會批評，家長會責罵。現在有偉人的榜樣。據說，偉大領袖從小就雄心壯志，喜愛游泳。同學們終於可以光明正大地下河，公開地往水塘裡跑。

在水裡揮著手臂，用著自由式的游泳姿勢。大家互相比劃著你的動作不標準，他的姿勢很難看，不由想起教同學游泳的楊老師。有同學感歎楊老師沒再教農知課，畫畫也不讓畫了。同學年齡小，也沒怎麼特別難過，有幾個同學沒心沒肺議論起楊老師嘻嘻哈哈的。他們不是懷念楊老師，也不是懷念楊老師上的農知課，而是懷念楊老師宿舍裡看到的裸體女人畫像。

立秋了，夏日的餘威還在馳騁。這個時候，可以說是一年中最熱的季節，民間號稱十八個秋老虎。這個季節小鎮的男孩幾乎天天泡在河裡。

小河上有木船來往穿梭，每年夏天，上游漂來許多竹筏，停在河裡，一根根粗大的毛竹緊緊地排在一起，毛竹頭打了孔，用竹篾紮住，兩米來寬一排，一排連一排，連成長溜，竹排長龍沿河停靠，長幾十米。寬也有五六米。游泳的男孩在竹筏扒上翻下，站在竹筏上往水裡紮著猛子。膽大地從竹筏一邊潛下去，再從另一邊冒出來。這樣做很危險。有時遊偏了，在竹筏下如果憋不住氣就糟了，頭頂綿延的竹筏覆蓋著，密不透風，浮不出水面，活活憋死。曾經就發生過這事件。有個男孩游泳時潛入竹筏下沒出來，悶住淹死了。

普通人家的命輕賤，窮苦人家孩子多，大人根本照顧不過來，一點兒不嬌貴，死了就死了，哭上幾天又繼續過著日子。為了節省一點點的錢，為了撈取一根洪水沖走的木頭，都會失去一個生命。我在小學的那個小坡同學，也就是他的爸爸為省點醫藥錢，給他吃自己采的草藥送了命。那綠葉婆娑花開紅豔豔的夾竹桃，竟會奪人性命。

　　還有這條小河，每年都會淹死一兩條人命。這也阻止不了孩子們下河。

　　我喜歡游泳，我也會扎猛子潛水。年輕氣盛，和同伴互相比試，在竹排翻上跳下，從一頭潛入另一頭。一次，我潛入竹排底下，向另一頭游去，遊一陣氣快憋不住了，覺得遊出了竹排，從水底往上浮去。「嘣」的一下，腦袋撞到竹筏底。冷不丁嗆口水，立馬慌了神。想起游泳夥伴說的經驗，睜開眼四下望，水裡灰濛濛，用手指扒著竹筏縫隙，朝著有亮光的方向，橫著摸著一根根竹子，摸出去。出了竹排「呼啦」冒出頭，兩臂抱住竹排邊一根竹子，大口喘著氣。死亡失之交臂。以後，再不敢往竹排下鑽。

　　秋老虎過後，天漸涼了，一場秋雨，河水也漲了。小鎮的男孩依然天天往河裡跑。游泳時，男孩子喜歡站在河岸高處往下跳。膽大地站在橋上往水流湍急的河裡跳。

　　小河上有一座橋，早先是木頭橋，後來改建成水泥橋。建水泥橋時，築壩攔水，離橋五百米的地方形成一個大水塘，後來這裡就成了小鎮孩子的天然游泳場。當然，這天然游泳場大都是些初學游泳的孩子玩水的地方。我們這些會游水的男孩子都是喜歡在水深流急的中間逆流而上。

　　水泥橋有三米高，膽大的男孩就會站在橋欄杆外往下跳。頭上腳下我們稱跳冰棒。身體筆直，兩手捂著襠。撲通一聲落水，水花四濺。有一男生，跳水時，高喊：同志們，沖啊。揮著雙手跳下橋，風鼓起他的大褲衩。只聽「嘭」的一聲響，等他爬上岸，大家看到他的褲衩被水沖擊破成幾塊布片，四面走光，兩手捂著襠趕緊往家跑。

　　沒幾人敢在橋上頭朝下跳水，只有一個男孩敢頭朝下跳水。他家住河邊，水性特別好，我們都稱他水猴子。一天，幾個男孩正站在橋邊躍躍欲試，水猴子從後面一竄，頭朝下紮進河裡。「撲通」聲水花四濺，人不見了，河裡漂起一褲衩。男孩子的褲衩大都是鬆緊帶的，穿脫方便，也容易從屁股滑下來。水猴子大頭朝下，紮進水裡，水面

阻力一下把他的褲衩扒了個精光。

　　褲衩漂在水面順流而下。岸上大家正擔心著，遠遠的水猴子的頭冒出水面。他腦袋撥浪鼓似晃晃，四下看看，使勁朝自己褲子遊去。水面時隱時現一小片白光，那是他的光屁股。抓住褲子，趕緊在水裡套上。

　　爬上岸，大家看他走路有點彆扭，屁股眼勒成一條溝，前邊令人詫異地鼓起一個包，不知真的假的。細一看，褲衩穿反了，哈哈笑提醒他。

　　水猴子一低頭，不好意思嘿嘿一笑，扯扯褲襠，前面鼓包立即小了下去。大夥兒一洩氣，「操」，原來是空的。水猴子一手捂前一手捂後，回身又紮進水裡，在水中脫下褲子翻個面穿上。

　　從河裡上岸，一群光著脊背的少年，在夕陽映照下往家走去。

　　許多年後，那個一心想當作家的孟昕時常沉浸在兒時的回憶中，他的筆下有這麼一段家鄉風景的描寫：夏日喧鬧的小河，水面漂浮的竹排；岸上綠蔭婆娑的楊柳，天空半明半暗的斜陽，水面時隱時現的金波。回憶中的青春少年，唯獨沒有安靜的課堂，沒有朗朗的讀書聲。我的學生時代，沒有學習的囑託，沒有讀書的叮嚀。只有野性的喧鬧，飢餓的呼喚。

　　我們這一代人，公認是讀書少的人。沒有能完成小學六年學業，經歷兩年多時間「停課鬧革命」。在校複課也沒讀什麼書，十年時間，白白虛度了光陰。那時，圖書館關閉了。新華書店只有「紅寶書」以及「兩報一刊」社論及大批判文章。幾乎所有以前出版的書籍，要麼是大毒草，要麼是小毒草，剩下的也是「封資修」，都在被禁之列。我們沒有獲取書籍的正常管道，但是我們又有對書籍、對知識的強烈渴望。我們四處覓書。那年頭，讀的書是哪裡來的？能讀到一些什麼書呢？

　　我也曾發憤讀書，我也曾志向遠大。當我坐在教室裡，朗讀那篇《南京長江大橋》課文時，當我手捧紅花歡慶鐵路工人自己建造的內

燃機火車頭時，我就會想著，我長大了之後，要建造一座彩虹般的大橋，要建造一座不冒黑煙疾馳如飛的火車頭。

想起青春年少的學生時代，心裡時常湧動著一股激情，也有深深的惆悵。

出於對文學的熱愛，我立志寫一部巨著。努力了幾十年，嘔心瀝血，卻只寫成了幾篇憶苦思甜。年少時不知世界之大，生活之難，雄心壯志想當英雄。成年後識盡艱辛，逐漸變成猥瑣卑微的阿 Q。

想來可笑，書沒讀多少，字還認不全。當然，全世界認全漢字的沒幾人。我們總歸不是文盲。那時文盲的定義還很低，識字幾百就算有文化。那些下鄉插隊的中學都沒讀完半大姑娘小夥都叫知識青年。

沒有文化就會迷信，無知而頭腦簡單的人們相信著奇跡。一段時期，傳言像早先人們拋撒的傳單在小鎮飄蕩。

有人說：四川一村民家的狗突然開口說人話，後來被醫學院以研究為名買走了。

南京一家養的鸚鵡會喊偉人萬歲。另有人更是證據確鑿地說，一隻家養的大鵝會唱東方紅太陽升。

這不算稀奇，又有人說，黑龍江出現帶文字的雞蛋，分別是；抓革命，促生產。另一人反駁說，後來發覺是畫上的。

傳言紛紛，這些沒有引起我的關注，我沉浸在自己的世界中。我讀書不多，才疏學淺，思想卻日趨複雜，漸漸地生出些想法，這些想法有著英雄主義浪漫主義的色彩。

天涼了，下河游泳的人漸少了。我依然往河邊去游泳。一天，我在岸上沿河邊走。忽聽到一陣呼喊聲，呼喊聲斷斷續續隨風飄來。向河面望去，遠處河裡一穿紅衣女孩揮臂呼喊著什麼，似在呼救。我一下緊張激動起來，腦海裡立即浮現許多想像中景象，女孩落水了正在求救。這正是我幻想期待許久的事情。無暇多想，緊跑幾步，一個魚躍跳下水。屁股一涼，橡皮鬆緊帶的短褲被水一沖，一下滑到腿上，趕緊用手一提，奮力向女孩游去。

游到女孩身邊，伸手一把拽住女孩胳膊。女孩很是慌張，手臂亂打，嘴裡嗚嗚喊著什麼。掙扎中兩人都喝了幾口冰涼的河水。

我緊張中喊道：「別動，我來救你」。

女孩喊：「不，不」。水嗆得她說不出話。

我抓住她的胳膊拖曳，她掙扎得更厲害。正在這時，忽聽岸上一聲大喝。「你幹什麼，放開她」。

我一驚，松了手。那女子撲通撲通手腳並用爬上岸。我也起身上岸，還有點蒙。一男子捏著拳頭沖過來，「你想幹什麼，揍你」。那女子爬上岸，攔住男子，說：「算了」。臨走往這邊白了一眼：「神經病」。

我呆若木雞站在那裡。

八

我讀書的學校是鐵路子弟學校。從小學到中學，年級裡還是那些學生，中學裡的老師也都是熟面孔，有的還是小學來的。表面上學校還是那麼一種狀況，環境並沒有什麼大的變化，但是我的內心卻起著很大的改變。我從紅小兵升級到了紅衛兵，戴上了紅袖章。不過，如今的紅衛兵已經沒有了昔日那小將威風。那些千里長征大串連，那些叱吒風雲造反抄家的紅衛兵已全部上山下鄉接受貧下中農再教育去了，在廣闊天地勞動鍛鍊。

學校上課時間不多，沒有書讀，我無所適從，與同學們的交往越來越少。我對書籍越來越沉迷，無論什麼書都拿來讀一讀。借到一本舊小說，不釋手看幾遍，唯有讀書才能排解我寂寞的心靈。社會上的書都銷毀了，只有大城市裡圖書館還有一點藏書。可是沒有借書證，普通百姓無法看到。出版社印刷廠只印《選集》和語錄，新華書店裡空空蕩蕩，就是《新華字典》也買不到。這些字典詞典許多年都沒有印刷出版，書店也沒有銷售。據說那裡面也有許多不健康的封建主義

糟粕。

　　有一次，我借到一本好書，讀了愛不釋手。書名叫《魯賓遜漂流記》，是我幾經周折很不容易才借到的。破四舊時，書籍都被燒毀了。這本書劫後餘生，藏匿人間暗中傳閱，被很多人翻弄已經很破舊了。書麵包著厚厚的牛皮紙，沒有寫書名，以防被工宣隊發現。將書交給我的同學千叮嚀萬囑咐，我再三保證一定完璧歸趙才拿到手。

　　我被這本書的故事吸引。一個叫魯賓孫的人乘船失事，漂流到一個荒島上。在遠離人類與世隔絕的環境中，憑著自己的聰明和毅力，在惡劣條件下，單獨生活了二十八年。魯賓孫不僅頑強地活了下來，而且有著自己的領地王國，還有一個叫星期五的土著人臣民。這真是一本很有趣的書。

　　忍不住，我樂滋滋告訴班上一個經常同我接近的同學。這個同學是個心胸狹隘的人，出奇地瘦，細胳膊細腿，卻有一顆大腦袋，大腦袋上一對金魚眼。不幸的是這對金魚眼盯上了我手裡的書，露出貪婪的神色。他提出來要借這本書。這叫我很為難，因為別人正催得緊要我還書，並且我也答應一定不再借給別人。這本書幾經輾轉，書的主人根本不知所蹤。

　　這傢伙被我拒絕，懷恨在心，竟去告發我。他跑到工宣隊那裡揭發我看外國小說。那時，除了《選集》，市面上只有兩三部新小說，都是為了迎合政治形勢，階級鬥爭色彩很濃的書，外國小說一律成為禁書。工宣隊來到教室裡，將《魯賓遜漂流記》從我的書包裡搜去。那個骨瘦如柴的傢伙看著工宣隊搜去我的書一副無辜的模樣，他真善於偽裝。我還天真地把他當成知己，誰知他卻欺騙了我，我很憤慨。

　　魯賓孫又遭劫難，這一次不是海難，而是火災。魯賓孫能夠在荒島上生活，戰勝嚴酷的大自然，但敵不過階級鬥爭覺悟高的中國人。工宣隊拿著書，在教室裡當場劃火柴將書燒毀。我在全班同學面前遭到嚴厲批評。從學校出來，我悲憤難禁，大哭了一場。這天夜裡，天氣驟變，氣溫急劇下降零下十攝氏度，小鎮下了一場百年未見的凍

雨。第二天路面凍了半尺厚的冰，醫院裡一下收了近百名因路滑摔斷胳膊腿的病人。其中那位告密者就躺在一張病床上，一條腿纏滿繃帶，高高吊起，大頭朝下，就像一個猶大在地獄裡被審判，受著煎熬。

　　經歷了一些事情後，漸漸地我對學校失去了興趣。每天清晨，我走出家門，走在通往學校的路上。去學校的路不長，我慢慢悠悠消磨掉半個小時的時光，一邊走一邊向東方望。太陽正冉冉升起，又紅又大，小鎮一片灰色的建築簷角抹上縷縷金光。初升的太陽照射到路旁的小樹，樹葉間晨露的水珠閃閃爍爍。我知道，當太陽越升越高，升到電線杆子梢上，就會縮小成像一個白盤子。小鎮沐浴在一片金光中，空氣中稀薄的晨霧被陽光驅散。正午，太陽高懸空中，就看不出它的輪廓了。在豔陽炙熱耀眼光亮中，路邊綠綠的春草在陽光中挺起了腰。上課時間到了，我並不著急。漫不經心，仰脖望著天空的日頭，思索著古代聖賢都感到疑惑的問題。

　　工廠裡傳來悠長的汽笛聲，過去，這笛聲總是催促我跑步去學校。那裡曾是引導我人生光明境界的燈燭，是我通向理想殿堂的階梯。如今，學校裡已學不到什麼文化知識，學習成績變得不重要，這使我茫然而沮喪。同學中間流行著一些順口溜：「學好數理化，照樣拿鋤頭把」。「不學 ABC，照樣開機器」。「我是中國人，何必學外文，不會 ABCD，也能當接班人」。漸漸地我失去了在同學中的優勢，變得孤獨起來。過去同我玩耍的同學要麼換了班級，還在班上的也漸漸疏遠了。我的班長職務被一個很會養豬的五大三粗的女孩子取而代之。因她在學校養豬場的功績多次被評為三好學生。她從我手裡將我掌管了幾年的班上大門鑰匙接了過去。同學中活躍著一批個子大有力氣能勞動的留級生，他們成為班級裡的骨幹，勞動積極分子。還有幾個會唱歌跳舞的女孩子，參加學校宣傳隊也很出風頭。雖然，我對總要拋頭露面且吃力不討好的班長工作深感厭倦，我性格靦腆害羞，不喜歡在大庭廣眾大聲說話發號施令。免去這班長之職，茫茫然，仍有著一種失落感。

　　清晨的陽光把我的影子推得長長地首先進了校門，我有點不情願地跟過去。茂密的冬青樹像兩道牆夾道而立，夾竹桃經了霜的葉子發著暗淡的青翠色。空曠的路上已無人跡。

　　走到我上課的教室前，很遠就能聽見裡面亂哄哄的嘈雜聲。天氣真好，暖融融的陽光照著校園。操場邊上一群男同學圍著兩張水泥檯子打乒乓球。中國乒乓球運動員拿了世界冠軍，還去了美國，在全國掀起乒乓球熱。球桌旁總是排著長長的隊。我也很喜愛打乒乓球，但是打球的人太多。我不是高手，等了老半天才上場打那麼兩三拍，就被人趕下臺，實在也就沒了興趣。操場上還有一些女同學在玩跳繩遊戲，她們邊跳邊唱：「東風吹，戰鼓擂，現在世界上究竟誰怕誰。」這歌有點殺氣騰騰的。我喜歡像小時候，小朋友圍成一圈，玩找朋友的遊戲。一邊跳一邊唱著，歌聲在那快樂的人群中飄揚。「找呀找呀找朋友，找到一個好朋友，敬個禮呀握握手，大家一起大家一起找朋友……」

　　同學們玩得很開心。我真想參加到同學們中去，和他們一起歡快地跳，大聲地唱。花團錦簇般的陽光吸引著我，那些活動的人群對我視而不見，過去是不會這樣的，我當班長時，總是有同學圍繞著我，他們的活動都爭著要我參加。不知道什麼時候開始，已經少有同學和我攀談，我覺得自己被冷落。我有點感傷。

　　人是喜愛群居的動物。孤獨者之所以喜歡清靜，那也是因為遇不到知己貼心之人。

　　日子一天天地過去，在家裡，大人們也很困難。母親這時期一直很憂愁，生活的重擔壓在她肩上。她日夜操勞，顯得憔悴，臉上出現細細的皺紋。勞動使得皮膚特別粗糙，一雙手開裂出一道道口子。她的幾個子女，個個讓她操碎了心。

　　我的姐姐大學畢業，分配到了一所國防工廠。因為戰備，這種工廠都搬進了偏遠的深山溝裡。姐姐探親回來說，她們那裡，為了保密，廠房建在挖的山洞裡，一年四季都看不到太陽，陰冷潮濕。經濟

落後交通不便。工廠天天政治學習，生產不出什麼產品。據說是造直升機，但一架也沒飛起來。大哥的境遇就更糟了。他中學畢業下放到一座農場。這座農場在一座大湖畔，到處是沼澤，是有名的血吸蟲區，生活條件極差。起早摸黑下田勞動，一天的工分還不夠買米。不要說吃肉，青菜也沒有，天天用醬油鹽拌飯吃。不到兩年，大哥就得了肝病，回家休養。他變得又黑又瘦，母親想方設法找偏方尋草藥給大哥治病。我的二哥和三哥即將中學畢業，也面臨著上山下鄉。

這時，家裡發生了一件事令我們很傷心。有一天，我和小哥正趴在窗前聽收音機，一人抓一隻喇叭摀在耳朵上。父親下班回來，怒氣衝衝，走過來一下從我們手中扯過喇叭連同收音機匣子一起用力摔到門外，對小哥說：「去把天線拆下來。」

我們不知什麼緣故父親發這麼大火，都嚇壞了，呆呆地站著。父親又對小哥吼：「你聾了，去把天線拆了。」

小哥不敢違抗，走出門，他委屈地哭起來。

母親過來，埋怨著：「你幹什麼，發那麼大火。」

父親生氣地說：「有人說我在家收聽敵臺，裡通外國，那豎起的天線就是罪證。還懷疑我有發報機，是特務。」

母親一聽也嚇了一跳。裡通外國，特務，這罪名非同小可。急忙吩咐小哥趕緊拆天線。小哥爬上樹，拆下天線，我們難過了好幾天。以後很長時間沒有收音機聽，生活中沒有了音樂，沒有了歌聲。

生活多麼憂鬱，唯有讀書才能撫慰我的心靈，給我帶來歡樂。我四處尋書，無論什麼書，都拿過來，如饑似渴讀著。能借到的書太少了，如果那時，我知道世界上還有白雪公主，野天鵝和海的女兒這些美麗的童話。還有莎士比亞，歌德，凡爾納那麼多有名的作家。還有《大衛科波菲爾》《哈克貝恩歷險記》《堂吉訶德》這些有趣的書，我的眼前將會是多麼絢麗多彩的世界。我將會像蜜蜂一樣飛翔在花叢中吮吸著芬芳的花粉，吸收知識的營養。那在今天我就不會像現在這般庸庸碌碌一事無成，我將用我的知識去釀造吐哺，向人們奉獻出精

神的甘美香甜的蜂蜜。現在想起這些事，真是悲哀。

少年時代，歲月如一首歌，有歡樂也有悲哀。大自然的琴弦撥奏出如泣如訴的旋律。如果說，少年的歡樂是我們生活陽光下歌唱的主題，那麼少年的悲哀更是我們夜半私語傾訴的心聲。

許多年以後，當我在昏黃的燈光下趴在淩亂的寫字臺上吭吭哧哧，結結巴巴捏著支破筆管在稿紙上一寫一劃時，腦子裡像擠著幹結的牙膏似的一點點把往事從狹窄的記憶裡摳出來。回憶，對我來說並不都是輕鬆愉快的事。我一路泥濘坎坷，跋涉不停。如今，回頭去數一行行深深淺淺歪歪斜斜的腳印，真是感慨萬分。許多人總是對童年時代的生活回味無窮，那是他們心中聖潔的淨土，快樂的源泉。我的童年沒有積木，沒有玩具，沒有奶糖，沒有音樂，沒有歌舞，更沒有浪漫傳奇的經歷，甚至沒有讀書聲。但是，在我的筆下，童年還是盡可能地體現出一點天真和快樂，也許摻和了些許美好的想像。我曾努力把尋常的鄉村之行描繪成田園詩一般。把我同某個夢寐以求的姑娘可憐巴巴幾句攀談渲染成一段純潔的愛情故事。我將用我若拙的筆描繪我的童年生活，這裡充滿童趣，童真，生活裡遍地是快樂的陽光。這不同於虛構，這些愉快的故事，確確實實存在於我童年的幻想中，存在於童年的夢中。我總是把幻想，把夢當真。

我努力地從灰色的童年提取一些彩色的記憶。毫無疑問，我的回憶粉飾了我黯淡的少年時期。回憶如酒，有人說，越是經年越醇香。

十五歲，我進入一個多夢的季節。無數的夢，可歸納成以下幾類。

夢之一，侵略者佔領了我的家園，我深入敵後，孤膽英雄，手握衝鋒槍英勇戰鬥殺敵。

夢之二，我偶拾一張藏寶圖，進深山探寶藏，同毒蛇猛獸搏鬥，奇遇冒險，終得寶而歸。

夢之三，遇飛蝶，在太空人幫助下，我成超人，比孫悟空本領還大。上天入地，海闊天空，自由飛行。鋤強扶弱，殺富濟貧，拯救人類。

　　還有許許多多形形色色的夢。愛情的夢也不少，都很純真。

　　寒冬過去，春天來臨。大地草木又返青了。

　　舊的生命枯萎了衰竭了，新的生命又生髮出來。一年又一年，大自然周而復始。我的心憧憬著。高天上，漂浮著稀疏的流雲，南來的大雁排著人字行飛過頭頂，傳來陣陣嘹亮的叫聲。仰望蒼天，我時常神思飄然而去。隨著年齡的增長，我感到越來越寂寞苦悶。但我也有排繡抵制的辦法。寂寞時，我勤於思考，苦悶時，我沉於幻想。我從一個身體羸弱稚朴沉靜的兒童，成為一個勤於思考，感情充沛的少年。正是在這個時期，形成我多愁善感的性格。也正是這個時期，我的純樸善良堅韌不拔的品格逐漸完成。

▍第五章
子衿

青青子衿，悠悠我心。
但為君故，沉吟至今。
——（曹操‧短歌行）

你那青春的身影，
深深印在我的心裡，
只因為你的緣故，
我的思念至死不渝。
——（作者譯文）

一

　　在我成年之後，許多年來，經常重複地做著一個同樣的夢。夢中，我又回到我的學生時代。我和我的同學們坐在課堂裡聽老師講課。老師站在高高的講臺前俯視著我，他開始出題讓我們考試。我拿著筆，看著考試卷很緊張，面對一道道試題，腦子裡亂亂的，總也想不起來答案，握著的筆竟寫不出一個字。時間很快過去，我又慌又急，遽然醒來，心裡仍久久地悵悵著。不知是為了那考不出來的試題，還是為那夢中逝去的年華。

　　我家祖上世代農民，自從我爺爺從農村進入到城市，中國的工人階級才逐漸發展壯大起來。雖然是工人階級普通勞動者，我的父親也知道文化知識的重要性，他一直希望我們能好好讀書。儘管那時讀

書的風氣已經沒有了，許多的書也燒毀了，父親還是把書籍看作很寶貴。我的姐姐和大哥中學讀過的舊課本，他都一本本收起來，很好地保存著。我經常將那些舊語文歷史自然課本翻出來讀，反復地讀許多遍。這種方式的自學，也掌握了一些知識，獲益不少。不過，我的父親對文學有著很大的偏見。他雖然希望我多讀書，但每當看到我讀的是小說，就會不滿地哼一聲：「讀那閒書有啥用。」

父親認為有用的書就是我們上學的課本，那才是正經知識。父親希望我們能掌握一門實用的技術，耍筆桿子他是很不屑的，父親最引為自豪的是當一名火車司機。若干年後，我參加鐵路工作時，他極力主張讓我去開火車。由於母親考慮到我的身體瘦弱，揮不動大鐵鍬，我沒有當成火車司機。那麼父親決定，不能開火車就去修火車。父親從不讀文藝一類書，當他知道我有想去當什麼作家的念頭，教訓說：「沒出息。」此後，這句話不幸而被他言中。

經過幾年的政治運動，社會上又平靜了一些。造反的紅衛兵都下了鄉，中央裡的定時炸彈已自取滅亡，學校裡的工宣隊也逐步撤回工廠抓革命促生產去了。小鎮的階級鬥爭暫時平靜下來，國際上形勢也有緩和。美國總統訪華，中美兩國關係堅冰被打破。政治老師給我們上課，講人類社會是分階級的，有階級就有鬥爭。他帶領我們批判階級鬥爭熄滅論，說階級鬥爭是時起時伏，而不是時有時無，歷史是波浪形的前進螺旋形的上升。

這一年，學校重新開始重視學習。運動中被打倒靠邊站的老校長又被請出來，這被稱為解放。許多被打倒的老幹部重新出來工作，國家在慢慢恢復次序。

老校長上了台，恢復一些以前的教學方法，學生又開始要考試了。老師們站上講臺，放大了聲音講課。學校還組織了幾次學習競賽，一些學習成績好的同學又活躍起來，他們嶄露頭角。我當然不甘示弱，學習是我的強項。只有在學習上才能體現我的價值，恢復我的信心，在同學中樹立我的威信。我的身旁又聚集起一些同學，考試時

都爭著坐在我的座位旁，是為了抄我的答案。

　　學校舉辦數學競賽。沒有輔導，沒有習題，每班老師指派幾名他認為學習成績好的學生參賽。題目不難，可是經過了長時間的閒散日子，忽然坐在了考場裡同學們還真是不適應，多數同學面對試題發了兩小時的呆。雖然學校組織大家批判了讀書無用論，學生們心裡卻依然想著再學習也沒有別的前途，只能去下鄉，學習的積極性並不高。

　　憑著我過去在學習上的努力以及對知識的追求，在學校組織的第一屆數學競賽中，我取得了全年級第一名。我們那年級有十個班，五百多名學生。那是我一生中最春風得意的一段時光。也是我如今落魄潦倒中唯一還能面對咄咄逼人可畏的後生們一遍又一遍阿Q般地說：「想當年……

　　想當年，我數學競賽得了獎，走到哪裡都會遇到人們的恭維和讚揚。就是在家中，母親也總是驕傲地把我從身後推到客人面前，那些長輩說著些誇獎好聽的話，母親更是笑靨如花。

　　這樣的好景象並沒有持續多長時間，也僅僅一年多的時間，學校又刮起政治運動風，階級鬥爭又出現新的高潮。那些自以為階級鬥爭熄滅了的人又倒了黴，組織數學競賽的老師遭到批判，稱為白專道路，老校長又靠邊站，說他是還在走的走資派。報紙上宣傳著一位叫張鐵生的年輕人，他在一次考試中交了白卷，據說他的時間都在勞動，沒有時間學習文化，他得到了稱讚，被當作英雄。還有一個小學生由於敢給老師提意見寫大字報，也被樹為典型，說她敢於反潮流，號召同學們向她學習。

　　憑一雙長滿老繭的手就能上大學，我們學校的三好學生都給養豬場的幾個學生壟斷了，他們年年都是先進。我不會養豬，雖然我在勞動上也很賣力，在學校小工廠學工時還被砸傷手，比起那些養豬的同學還是有差距。學校不重視學習，學生的課程少了許多，老師講課敷衍了事，學生們散散漫漫混著日子。鐵棒不磨不成針，沒有智慧的老婆婆的鼓勵，就是李白也難成為大詩人。

　　姐姐過去讀書的語文課本裡，有這麼一篇童話故事，叫《獵人海力布》。故事說的是從前有個人，名叫海力布，因為靠打獵過活，大家都叫他獵人海力布。海力布心地善良，經常幫助人，打來獵物總是分給大家，很受人尊敬。有一天，海力布去深山打獵，忽聽有人叫救命，抬頭看見一隻鷹抓了一條小白蛇從天空飛過。海力布彎弓搭箭，射傷了鷹，從鷹的利爪中救下了小白蛇。小白蛇原來是龍王的女兒，為了感謝海力布救命之恩，帶海力布去龍宮，贈給他一塊寶石。這塊寶石只要含到嘴裡，就能聽懂任何飛禽走獸的語言。只是不能對別人說出來，一說出來，人就會變成石頭。

　　海力布有了寶石，大山裡的動物說什麼他都知道，打獵更方便了。過了幾年，一天，他在山裡打獵，忽然聽見一群飛鳥嘰嘰喳喳議論著，明天附近的大山要崩裂，湧出的洪水氾濫遍野，這一帶許多地方都要被淹沒，會死很多動物。海力布聽見這個消息，心裡很著急，趕緊回家。進了村子勸眾鄉親們立刻搬家，有洪水沖來。

　　村裡的鄉親們聽了海力布的話，都很奇怪。看著晴朗朗的天，誰也不相信會有洪水，甚至懷疑海力布瘋了。急得海力布掉下眼淚，說：難道一定要我死了，才能相信我的話。時間很快過去，海力布想：災難就要來臨，我寧願犧牲自己，也要救出大家。於是，他對著鄉親們把如何救了小白蛇得到寶石，今天去打獵，又如何聽見一群飛鳥的議論，它們正在逃難。以及不能把聽來的事情告訴別人，如果說出來，立刻就會變成石頭而死去。海力布把這一切都說出來，他邊說邊變，漸漸變成一塊僵硬的石頭。

　　大家見海力布變成石頭，十分悲哀，終於相信了海力布的話，立刻趕著牛羊馬群把家搬走。這時，烏雲密佈，下起了大雨。第二天，轟隆隆，山崩水湧，洪水滔滔淹沒大地。大家站在高處感動地說：「是海力布為大家犧牲，救了我們。」後來，人們找到海力布變成的石頭，把它放在一座山頂，讓子子孫孫都記住他，世世代代祭祀著他。

　　我上學讀的語文書裡沒有了《獵人海力布的故事》。我不明白這麼感人的故事為什麼要刪掉。我的語文書裡有一篇課文，叫《劉文學》。

　　課文裡寫道：劉文學是一個階級鬥爭覺悟很高的少先隊員，對村子裡的地主富農始終保持高度警惕。有一天傍晚，他放學回家，在路上，發現一個地主鬼鬼祟祟鑽進生產隊的田裡，很是可疑。於是，他就悄悄跟蹤過去。原來，地主是到生產隊的田裡偷拔蘿蔔。正當地主在幹壞事的時候，劉文學大喝一聲，當場抓住偷蘿蔔的地主。做賊心虛，地主嚇得哆哆嗦嗦跪下向劉文學求饒。劉文學正氣凜然，堅決不動搖，揪住地主要押送回村裡去。地主看求饒不行，窮凶極惡，露出本性，威脅劉文學。劉文學毫不畏懼，堅持鬥爭。兇殘的地主下了毒手。劉文學同地主英勇搏鬥，終於因為年小體弱，被地主殺害了。

　　殺害劉文學的兇手最終難逃法網，得到了應有的懲罰。為保護生產隊的利益而英勇獻身的少先隊員劉文學被追認為烈士。課文號召廣大同學們向劉文學學習。這篇課文在許多幼小的心靈埋下仇恨的種子。

　　鐘聲響了，老師來上課了。又是無聊的語文課。臺上台下的嗡嗡聲響成一片。四十多歲瘦瘦的語文老師站在講臺上，一隻手背身後，一隻手拿著書舉到鼻子前念課文。他細長的脖子向上伸直，隨著嘴巴發聲，喉結上下滑動著。過去，在小學，我們的語文老師都是女的，到了中學，就換男的了。雖然是男老師，沒有威信還是制止不了學生的吵鬧。課堂秩序很亂，嗡嗡聲不時蓋過老師的念書聲。

　　語文老師站在講臺上，他不看學生，只是機械地念課文。彷彿聾子瞎子，任著學生在下面交頭接耳幹自己的事，一將裡講下去。每當下課鐘聲一響，他就啪地一下合上書本，揮下衣袖上沾的粉筆灰，說聲下課，竟顧自走了。

　　我注意到，整個上課期間，語文老師始終沒有向學生看一眼，彷彿講臺下空無一人。下面的嘈雜聲高起來時，就停頓一下，咽口唾

沫，提高嗓門。學生的雜訊小了，他再降低點聲音。如果學生吵鬧聲長時間蓋過他的聲音，他就停頓一下，或轉身在黑板上寫幾行字。這位語文老師是四川人，新近從一個單位調來的，普通話還講不大好，念課文時常會冒出四川腔調來，這常成為學生們的笑料。聽到他怪滑稽的四川話，我也夾在同學中間哄笑。

有位姓皮的男同學模仿語文老師的腔調，惟妙惟肖。我們剛剛上過一篇魯迅先生的雜文，課間休息，姓皮的同學跑上講臺，學著語文老師的樣雙手支在講臺上，使勁向上伸著脖子，搖晃腦袋。「苟活者在淡淡的血色中，會依稀看見微茫的希望。真的猛士，將更奮然而前行。」他向前一揮手，停一停，頭一低。「嗚呼，我說不出話來。」底下的同學嘻嘻哈哈一片笑聲。

這篇文章題目叫《紀念劉和珍君》。我們還學過一篇魯迅的文章，題目挺怪的，叫《論費爾潑納應該緩行》。語文老師的講課使得我們學生以為解放前中國文壇只有一個魯迅先生，單槍匹馬，左沖右殺孤軍奮戰。其他的文人，如林語堂，胡適，梁實秋之流不是漢奸就是走狗。以致後來我初次看到林語堂，梁實秋，沈從文的文章，真有點小和尚看老虎的歡喜。

每到上課時間，看到窗外語文老師夾著課本朝教室走來。一群男同學砰砰敲著桌子。語文老師走到門口，聽到吵鬧聲，皺起眉頭，似乎猶豫著，然後很無奈地走進教室。

我不喜歡這位瘦瘦的語文教師，我時常會拿他同過去教我們語文的韓老師相比。比較的結論是我認為現在的語文老師比過去的韓老師差遠了。這不是性別的歧視。過去上課我總是很認真聽講，積極舉手發言。不知什麼時候開始，我再不願舉手回答問題了。我對上課失去了興趣。沒有同學認真聽課。學習好得不到稱讚，在那樣的環境裡，我也只能隨波逐流。

課堂裡沒有誰看書。三三兩兩，大家幹著自己的事，女學生交頭接耳講著話，我不知道那些女孩子間怎麼有那麼多講不完的話。男

同學在座位之間竄來竄去，打鬧著。有同學用紙折成小飛機往空中拋去。這些白色的紙飛機在空中滑翔著飄落下來，落在女學生身上，招得一個白眼，一聲尖尖的「討厭。」居然，有兩個女同學縮在牆角拿著鉤針在織紗線襪子，她們真會利用時間，真是窮人的孩子早當家。在一片哄哄的嘈雜聲中，我獨自想著自己的心事。望窗外的天空的白雲，還有窗前小樹上蹦蹦跳跳的小鳥，沉浸在自己的幻想中。突然，「咣瑯」一聲巨響，嚇我一跳。是有同學乘另一個同學起身不注意，抽掉屁股下的椅子，使那同學坐下來時摔了個四腳朝天。

學生們越來越肆無忌憚，課堂上大聲講話，吹口哨，往講臺上扔東西。正應了那句老話：人善有人欺，馬善有人騎。一堂課上到一半，課堂上紀律實在太差，語文老師已經不得不停頓了好幾次。他轉身背朝學生在黑板上寫字，下邊一個男同學脫了鞋，雙腳架到課桌上，臭腳丫熏得旁邊同學直皺眉。一個男同學悄悄摸起一隻鞋猛一扔。那只鞋從下麵飛上講臺，打翻了粉筆盒。「嘩啦」一響。老師轉過身吃驚地望著下面。鞋子的主人，那個男同學一隻腳一跳一跳上臺去拿鞋。大家哄笑聲中，我看到語文老師氣得臉發白，捏著粉筆的手在抖動，眼裡含著淚。終於停了講課，顫聲問：「誰幹的壞事？」

底下亂哄哄無人回答他的詢問。老師又問一句：「誰幹的壞事？」

他掃視著下面的學生，目光從一個個學生臉上望去，然後落在我臉上。他的眼睛蓄著怒，細密的皺紋佈滿了眼角，嘴唇哆嗦著。他期待著我能站出來指出幹壞事的同學，譴責他。

我低下頭，不敢與他目光對視。我很慚愧，同這些胡鬧的同學混在一起。但我不敢站出來揭發別人，這樣會得罪同學們而被孤立。

語文老師合上書，默不吭聲，我彷彿聽到他的心在歎息。靜一會，他瘦長的脖子青筋凸暴，聲音顫抖：「你們不願聽我就不講了。」拿起書轉身向外走去。他步履沉重，背都駝了。

如今，這件事已經過去三十多年了，可是，我一想起來仍然感到

很難受。語文老師那雙痛苦的眼睛就會浮現在我的面前。

　　我覺得我應該寫點東西，弄上一篇譬如魯迅的《藤野先生》，梁實秋的《我的國文老師》這樣的文章。可是，我沒有，我寫不出。我讀書時，學校裡那些老師正為自己的事操心。他們的境遇很有些窘迫，自顧不暇，哪還有情志得天下英才而教育之，更不要說什麼伯樂相千里馬的精神了。

二

　　北方老家來了客人，是我的三叔。

　　三叔到鐵路單位上找父親，一下就被人認出來了。有人告訴父親：「你兄弟來了」。父親很高興，兄弟許多年沒見面了。兩兄弟真的很像，從五官相貌到言談舉止。

　　聽父親說三叔在北方一家國企工作。他十幾歲就到工廠當學徒，勤奮好學，刻苦努力，從工人，班長，車間主任，到生產廠長。但是這幾年三叔工作並不順利。運動來了，他受到衝擊，被打倒成了走資派靠邊站。單位成立了革委會。革委會掌握了權利，啟用了一些老幹部和專業技術人員，還有解放軍代表，成為三結合領導班子。三結合後三叔重新出來工作，沒多久，又被打倒成了還在走的走資派。這次是有事到南方順路過來看看大哥。

　　哥倆邊喝著酒，邊說著話。

　　父親：「挨批了。」

　　三叔：「嗯，還好，陪鬥的。」

　　父親：「挨打沒？」

　　三叔：「沒，咱出生好，又沒得罪人。」

　　三叔想不通：「我一直勤勤懇懇抓生產，怎麼就是走資本主義了。」

　　父親也不理解：「什麼寧要社會主義的草，不要資本主義的苗，

這不是瞎搞嗎。」

兄弟倆沉默一會，父親問：家中還好？

「還好。」三叔拿出一張照片遞給父親。

我們都湊上去看。照片上，三叔半蹲摟著一個兩三歲的小姑娘，那紮著兩隻小短辮可愛的小姑娘是我的堂妹。在南方家中我是最小的孩子，在遙遠的北方，我的老家，我還有著許多弟弟妹妹。

三叔待了一天就匆匆走了，兄弟又天各一方了。

自從進入二十世紀七十年代，社會上政治運動派性鬥爭仍然持續不斷。不過，新的鬥爭不再是公開的上大街遊行呼口號，動刀動槍，而是呈一種宮廷式鬥爭，耍陰謀搞政變。小鎮上的政權革命委員會頭頭走馬燈似的換更。廣場上已經沒有了遊街示眾批鬥大會。學校經歷了一段短暫的安寧，又重新喧鬧起來。同學們捧起的書本又放了下來，一會學工，一會學農，一會大批判。批判了「左傾」機會主義又批判右傾機會主義。批判了走資本主義道路的當權派，又批判封建主義孔孟之道。不知道什麼原因，又把兩千年前的孔子揪了出來，進行批判。本來是批判那個叛國投敵當代的大野心家大陰謀家政治騙子，歷史上中國人的至聖先師不知怎麼竟成了陪綁的人。

上面發下來一些學習材料，批林批孔運動在全國開展起來。孔子被形容成一個四處遊蕩窮困潦倒的糟老頭，直呼為孔老二。學校裡誰也沒有讀過孔子的書，他的經典名著《論語》同學們一無所知。憑著斷章取義隻言片語，大家鸚鵡學舌跟著廣播喊口號，照著報紙寫批判文章。批判「師道尊嚴」，批判「人性論」，批判「中庸之道」。所謂「師道尊嚴」，學生都明白，許多學生已經沒把老師放在眼裡。這一批判，老師更是威信掃地。至於人性論和中庸之道，同學們就有點糊塗。據說就是不要階級鬥爭。不鬥爭怎麼行。偉大領袖說：「階級鬥爭一抓就靈」。學校三天兩頭開批判會，直鬥的那些老師灰溜溜，那些走資派戰戰兢兢。

報紙廣播宣傳說孔子滿口仁義道德，是為了封建復辟。他四體不

勤五穀不分，有一個故事就證明了孔子沒有科學知識。一次，孔子在路上遇到兩個小孩爭論中午的太陽近還是早上的太陽近。一個說早上的太陽大，看著近。一個說中午的太陽熱，感覺近。小孩見到孔子，問孔子，孔子竟回答不出來，遭到兩個小孩的嘲笑。報紙上還宣傳一個叫盜跖的人，說他是個起義英雄，聚眾山林，橫行天下，打家劫舍。還說他敢於反潮流，當面斥責孔子虛偽的仁義道德。我很納悶，這古代漢字的意義也真夠複雜，盜竟是好人。比如那個臭不可聞的臭字，古時候竟表示花香。

　　二千年一直被中國人尊為聖人的孔子從來沒有這麼倒楣。學校有一個老師說：孔子是個大思想家教育家。過去皇宮大殿裡柱子上都畫有九條龍，只有孔府大殿的柱子上是十條龍。孔子的地位高於帝王之尊。他說這話當然不敢在課堂上，而是私下裡和幾個學生說，還是被人揭發出來遭到攻擊。有人批判他是封建主義餘孽。為這句話他吃了不少苦頭。我不知道孔子是什麼樣人。據說他生前並不得志。經常帶著他的高矮胖瘦參差不齊七十二弟子顛簸在華夏春秋大地上，一路風塵僕僕，將他的智慧，思想和對生命生民無奈的歎息，在流漓中撒播在黃土路上。那時人人寫文章批儒評法。我也寫了一篇文章批判孔子。現在我早已忘了我的文章寫得是什麼，我慶倖沒有人再提起這件事。有個叫馮友蘭的老先生就因為那時寫了一篇批孔文章，到後來很長時間都很尷尬呢。

　　在批林批孔運動中，各個班都辦黑板報，無非是抄一些報紙上的話。還派代表參加學校批判會，批林批孔是人人都要發言的。我第一次在大庭廣眾面前發言，儘管都是抄的大批判的話，還是緊張得變了形，結結巴巴讀完了發言稿，紅著臉跑下檯子。

　　宣傳欄貼了許多漫畫，這些漫畫故事中有當年的孔夫子如何歷盡千辛萬苦到處遊走，宣傳推廣儒家思想而到處碰壁的情形。宣傳漫畫中，北風瑟瑟的深秋時節，樹木一片枯黃，地上到處落滿了樹葉，一片淒涼景象，只見「孔老二」身著破舊衣衫懷裡夾著一隻鞭子，捲曲

著身體趕著一輛破牛車，極其狼狽漫無邊際地朝前走著，路邊上還立著一根歪歪扭扭的木牌，上面寫有「此路不通」的字樣。

從批林到批孔，從批孔到批周公，從批周公到批《水滸》反投降派，後來又批「走後門」。不知道為什麼，這麼多不相關的人和事都串在了一起進行批判。不過，藉口批判，人們可以公開看小說《水滸》了。

因為破四舊，書籍都銷毀了，舊小說很難看到。我在大姐的舊語文課本裡看過《水滸》片段，《林教頭風雪山神廟》，《智取生辰綱》，歡喜激動得很，心癢難耐，看不到原著。因為批判，我才有機會讀到《水滸》，那些英雄好漢殺富濟貧除暴安良，真是暢快淋漓，過癮得很。宋江是叛徒，我可沒看出來，不過那一百零八將當中，宋江確實沒有多少人喜歡。而是武松，魯智深，林沖這些草莽英雄人們更喜歡。

把歷史人物都分邊站隊，不是法家就是儒家。就像是現在，每一個人都被打上階級的烙印，不是革命的就是反革命，不是造反派就是保皇派。法家只講刑法六親不認，在歷史上是向前進的。儒家假仁假義任人唯親，是開歷史倒車的。那個焚書坑儒的秦始皇是法家。商鞅、韓非、李斯都是大名鼎鼎的法家。後來我才知道這些法家都死於非命。商鞅被車裂，韓非被毒死，李斯被腰斬。不由得感慨，古往今來，階級鬥爭多麼的殘酷激烈。漢朝的董仲舒，罷黜百家獨尊儒術，是歷史大儒。所以，漫畫中除了孔子就是打倒董仲舒的最多。

雖然法家的命運似乎都不太好，我們許多同學還是都願意當法家。班上有一個同學就自稱是法家。這同學每天穿著雙破拖鞋踢踢踏踏來到學校，一件髒不拉幾的舊褂子，冬天也不扣扣子，不過衣服上面也沒兩粒扣子，敞著懷腆著肚子。他早些時候總是開口就說我是貧下中農，後來又逢人叫嚷我是造反派。現在又自稱我是法家。

這個自稱貧下中農的同學在學校勞動課並不積極。小學也是最後一批參加紅小兵，如果不是要求百分之百的升學率他也難上初中。學

校有一些家庭條件差些的窮孩子，學習成績不好，但勞動積極，遵守紀律，這樣仍然會得到老師喜歡。如果個子再高大一些，老師就會推薦當個勞動委員。在沒有恢復次序動盪的學校，力氣大也是實力。或者當造反派當法家，或者當勞動委員。我既沒有勇氣，也沒有力氣，當不了造反派也當不了勞動委員。學校對學習不重視，學生既不考試，也沒作業，我這學習委員如同虛設。

一天，我學習用的一支鋼筆不見了。這次不是忘在外面學校操場上，而是在教室裡丟的。我平時都很小心地帶在身上，一支鋼筆在那時對於學生是屬於貴重物品了。那時每個家庭收入都不高，每個月就是幾十元錢。我們每個人每月平均生活費十幾元。學校有規定，如果哪個同學家庭平均每月每人生活費低於八元，就可減免每學期三元學雜費。我的鋼筆是花了一元八角錢買的，上課我放在課桌抽屜裡，轉身上廁所一會時間就不見了。肯定是被人拿走了，準確地說是偷走了，而且，我也知道是誰。班上這個自稱法家的男同學一貫小偷小摸，剛下課時他就在我的課桌旁轉悠。這個同學，他是個很無聊的傢伙，而且力氣也大，老師都拿他沒辦法，我也沒能抓到他現行。有人罵他，你是什麼法家，不經允許拿別人的東西，是小偷。他竟然說小偷就是法家，小偷是盜賊，盜賊的老祖宗是盜跖，盜跖都是法家。他這一套歪理邪說荒唐推論使人啞口無言。這是個不講次序的社會，要麼權力大，要麼拳頭大，就能橫行無忌。被他拿了鋼筆，我只能自認倒楣忍氣吞聲。一元八角錢，我幾天的生活費沒了，母親又要節衣縮食省錢給我買只新筆。

這時期，新出了一本書，郭沫若的《李白與杜甫》。我從一個老師那裡借來讀了這本書。我們這個年齡的人，在青少年時期可以隨便公開讀到書的作家，除了魯迅、浩然，便是郭沫若。那個時代，是一個書籍極度缺乏的年月。我們這些人正是求知欲旺盛時，那些愛讀書的人，幾乎個個都患了饑渴症。魯迅的書，浩然的書，郭沫若的書，甚至政治刊物宣傳小冊子，都看得津津有味孜孜不倦。別說一點有注

釋的文言文，就是給我們甲骨文，我們也會啃的。

郭沫若在《李白與杜甫》書中，挖空心思揚李抑杜，給我印象很不好。他煞費苦心地貶低和糟踐杜甫，看了讓人生氣。書中說：杜甫「安得廣廈千萬間，大庇天下寒士俱歡顏」，句中的「寒士」，就是士大夫，是富人階層，而不是「寒民」，窮寒的平民。以此來貶低杜甫是站在封建地主貴族的立場。我們的語文課書裡沒有了杜甫的詩，我也還是在大哥和姐姐的中學語文課本中讀過杜甫的這首《茅屋為秋風所破歌》。雖然杜甫的詩讀得很少，我的樸素的思想感情，還是非常喜歡杜甫。對於郭沫若的評說，當時我十分鬱悶氣結，在日記中寫道：飽漢不知餓漢饑。

郭大文豪把李白分為法家，杜甫定為儒家。中國歷史上所有的文學家詩人都被劃分了派別。柳宗元是法家，韓愈是儒家；王安石是法家，蘇軾是儒家；唐朝的詩人李賀也分類到了法家一邊。這些歷史上的大文豪我們都不熟悉，也沒讀過他們的詩，只有李白和杜甫知道一點，也就是「床前明月光，疑是地上霜」「兩個黃鸝鳴翠柳，一行白鷺上青天」的兒歌調。李賀只是知道他的一句詩，被偉大領袖引用過。被偉大領袖喜歡的詩人當然是法家了。那句詩就是家喻戶曉的「天若有情天亦老」。使我知道唐朝有個年輕早逝的詩人李賀。說起那李賀，說起那句「天若有情天亦老」的詩，還是有爭議的。

中學裡，我們新的語文課本裡也有詩詞，大都是主席詩詞。有一個男語文老師在語文課上講主席詩詞《人民解放軍佔領南京》。

「鐘山風雨起蒼黃，百萬雄師過大江。

虎踞龍盤今勝昔，天翻地覆慨而慷。

宜將剩勇追窮寇，不可沽名學霸王。

天若有情天亦老，人間正道是滄桑。」

老師感情充沛抑揚頓挫地朗誦了一遍詩詞，然後聲情並茂進行解說。

「革命的暴風雨震盪著蔣家王朝都城，解放軍以百萬雄師突破長

江天險。

雄奇險峻的古都南京城回到了人民手中，變得美好起來。這天翻地覆的巨大變化，令人慷慨和歡欣鼓舞。

應該趁現在這我們勝利的大好時機，追殲殘敵。不可學那貪圖虛名，放縱敵人而失敗的楚霸王項羽。

老天如果有感情的話，也會為世間不平事煩惱，歷史不斷地發展、不斷地前進，這是人類社會發展的必然規律。」

這是一節完美的語文課，結束時，這位老師也許想賣弄下淵博的知識，結果犯了畫蛇添足弄巧成拙的錯誤。他竟然說主席詩中的「天若有情天亦老」這句，是引用了唐朝李賀的詩句「天若有情天亦老」。順便講了些李賀的生平和詩作。李賀也是唐代著名詩人。他所寫的詩大多是慨歎生不逢時和內心苦悶，抒發對理想、抱負的追求；李賀的詩作想像極為豐富，經常應用神話傳說來托古寓今，所以後人常稱他為「鬼才」，「詩鬼」，但是李賀因長期的抑鬱感傷，焦思苦吟，二十七歲就早逝了。

講主席詩詞怎麼扯到唐朝李賀了。什麼詩才鬼才。他的話傳到了學校裡，階級鬥爭覺悟高的紅衛兵敏銳地嗅到階級鬥爭的資訊，抓住了他的小辮子。這個傢夥竟然說「天若有情天亦老」這句詩是偉人引用李賀的詩，這是惡毒攻擊偉大領袖，是反革命言論。

這個老師開始還想進行辯解，說他沒有攻擊偉大領袖的意思，他是稱讚偉人學習古詩詞學得好，用得好。結果遭到更嚴厲的批判。

紅衛兵義正詞嚴：世界幾百年，中國幾千年才出現了一個偉人這樣的天才。李賀是什麼東西，怎麼能和我們心中的紅太陽相提並論。

老師實在經受不起學生的鬥爭，只好認罪。「我有罪，我階級覺悟不高，我侮辱了偉大領袖、偉大導師、偉大統帥、偉大舵手，我們心中最紅最紅的紅太陽。我向偉人請罪。」

積極的紅衛兵聲明：誰反對主席思想我們堅決不答應，誰反對偉大領袖我們就砸爛誰的狗頭。經過紅衛兵和校革委會討論，這個老師

犯有嚴重錯誤，是反革命行為，不過，認罪態度較好，解除關押，以觀後效。當然，他沒能再教我們語文課了。

這個老師姓張，雖然沒教過我的課，因為家住得離我家挺近，也就熟了。我和兩個家在附近的同學放學後偶爾會到他家串門，問些學習上的事情。那本郭沫若的《李白與杜甫》就是從張老師那借的。

張老師的愛人也在中學當老師，兩夫妻都是清華畢業生。那年代，工農兵最吃香，知識份子臭老九很沒地位，雖然是清華畢業，也沒人當回事，另眼看。張老師非常樸素，簡直家徒四壁。他家有一個小孩還只有半歲大，我們去他家，正遇見他愛人抱小孩在懷裡。他愛人胸前衣襟和袖口都被小孩鼻涕奶水蹭得發亮結殼，一點都看不出來是知識份子樣子。唯有家裡淩亂的書刊和滿牆壁貼滿寫了字的小紙條，顯出主人是讀書人。那些小紙條，聽張老師說他是在準備資料要編一部辭書。那年代編書哪裡能出版。

我們向張老師請教寫作文方法。張老師一打開話匣子，就滔滔不絕。他講散文寫作，什麼形散神不散，什麼虎頭豬肚豹尾，還有什麼既出人意料又在情理之中。

同學們都希望能寫出犀利的大批判文章，如投槍一樣，把敵人批得體無完膚。有一首歌：拿起筆，做刀槍，集中火力打黑幫，革命師生齊造反，文化運動當闖將。忠於革命忠於黨，黨是我的親爹娘，誰要敢說黨不好，馬上叫他見閻王。

什麼形散神不散，什麼虎頭，豬肚，豹尾，勾饞蟲呢。同學們哼哼哈哈，並沒認真聽進去。

我從張老師那拿到郭沫若的《李白與杜甫》，看完後，還書時，張老師談起《李白與杜甫》這本書，記得當時他對郭沫若很憤慨，說他喪失學術公正和知識品格。張老師對郭大文豪一點也不客氣。直說這本書的後半部，完全不必寫。除了標榜階級立場之外，看不出郭沫若在杜詩研究方面下過任何功夫。

張老師很推崇杜甫，說杜甫是忠實反映現實社會生活和人民命運

的偉大的現實主義詩人，他被後人尊為「詩聖」。說起古代詩歌，張
老師就神采奕奕，滔滔不絕。在我們面前揮著手，就如同在講堂上。
他講杜甫的詩風格，沉鬱頓挫，優念國家命運人民疾苦的深厚感情。
闊大深遠波浪起伏，反復詠歎百轉千回。

張老師講得興起，嘴角都泛起白沫，激情地吟詠起：

「風急天高猿嘯哀，渚清沙白鳥飛回。

無邊落木蕭蕭下，不盡長江滾滾來。

萬里悲秋常作客，百年多病獨登臺。

艱難苦恨繁霜鬢，潦倒新停濁酒杯。」

吟哦完，對我們說：這是杜甫《登高》詩，一首最能代表杜詩的
七言律詩。為古今七言律第一的曠世之作。

他是上不了講臺，把我們當聽眾了。我們覺得有點好笑。有許多
話，在當時是很不適宜甚至反動的。這個張老師還真是本性難改，
記吃不記打。不到兩年，被批鬥的事就忘了，又開始評頭論足說三
道四。

見我們聽得無甚反應，張老師慨歎：「你們讀的書太少，讀的詩
太少」。他搖搖頭：「不讀書，愚笨無知，不讀詩，俗不可耐。」

張老師講唐詩，我們還都是知之甚少不太理解。對於他情緒激動
的自話自說，也都沒當一回事。當年我的同學，會看《李白與杜甫》
有我這樣愛好的不多。我還想聽，同去的同學待不住了，告辭出來。

張老師念的詩，我沒有記住多少，他那滔滔不絕，口角泛沫，神
情激奮的樣子，我卻一直記得。一九七七年，恢復高考後，教育百廢
待興，需要各式人才，張老師夫婦一起調走了。清華大學畢業生還是
稀有人才。張老師應該有了用武之地，有聽得懂他講散文形散神不散
的學生了，有和他一起品嘗虎頭豬肚豹尾的學生了。他那本什麼辭書
不知編輯出版了沒有。

學校裡誰也沒有讀過孔子的書，同學們一無所知。大家鸚鵡學舌跟著廣播喊口號，照著報紙寫批判文章。

三

夏天過去了，秋老虎又肆虐了半個多月，炎熱的季候終於過去。中秋，國慶，都在渾噩中度過，我的生日，忙忙碌碌的母親都差點忘了。

我自然不會忘記。新年剛過，家裡掛上新的日曆本，我就把生日那天折了起來。一天撕下一張，一天撕下一張，日子一天天撕過去。厚厚的日曆本變得薄了，我的生日到了。在我吞吞吐吐旁敲側擊的提醒下，母親恍然記起了我的生日，照例給我煮上兩個雞蛋。吃了兩個雞蛋，我才心安。舊的一年過去，新的一年開始了。我慢慢忘卻過去，展望新的未來，盼望著明年的煮雞蛋。

秋風蕭瑟，落葉飄零，地上小草葉兒開始泛黃。天氣漸涼，路旁空地有小男孩在玩陀螺，用力揮鞭，抽得頭上直冒熱氣。那只陀螺搖擺著旋轉著，很粗糙，沒有齙牙車的陀螺好看。

齙牙已經不再幹車工了，他的手被人打壞了，一口齙牙也打掉了。我看到他時，齙牙沒了，嘴憋了下去，彷彿一下老了十多歲，四十歲不到的人看去像五六十歲。

齙牙是參加社會上政治運動被人打傷的。運動來了，所有的人都參加了組織。狂熱的人們停下工作上街刷標語開大會喊口號。齙牙守

著車床觀望了一陣。齙牙開了十年車床，技術精通，很是敬業。那台車床被他擦得乾乾淨淨。他的一個師弟找到他塞給他一隻紅袖章，拉他去參加一個大會。

會場在露天廣場，聚著一群人，舉著幾面旗幟。有個人手拿一隻喇叭聲嘶力竭喊著什麼。喇叭品質不好，齙牙也聽不清。一個旗手扛了會旗子，嫌累，交給齙牙說：你幫我扛一會。老實的齙牙舉著一杆紅旗暈頭暈腦站在人群中。忽然會場亂了起來，沖過來一群同樣舉著紅旗戴著紅袖章的人群。呼啦啦兩邊不知為何打了起來。旗杆亂舞，拳頭亂揮，鞋子亂飛。人群散了，四處奔逃。齙牙也撒腿就跑，跑著跑著，扛著的旗杆捨不得丟，引來一大群人追他，嚇得他趕緊丟了旗杆。跑回家，齙牙腿發軟，心怦怦跳，扯下胳膊上袖章心想再也不參加什麼活動了。

小鎮運動愈來愈激烈，齙牙師弟的組織被對方打散了，東躲西藏。齙牙躲在家裡一陣子，想著平靜下來回工廠去開車床。有人告訴他，對方組織的人要抓他，說他是旗手，骨幹，不輕饒。嚇得他連夜逃出小鎮，糊裡糊塗跟著師弟往鄉下跑。

勝利的組織掌握了政權，齙牙參加的組織成了反派。上面號召恢復生產，勒令逃到山裡的人回到鎮裡。齙牙在外面也待不住了，惦記著老婆孩子，惦記著他的車床，悄悄跑了回來。兩派組織的仇恨還沒有消弭，齙牙回來被抓住毒打了一頓，一口牙全打掉了。

因為他扛了旗幟，被認為是骨幹。他人老實，有口難辯。其實也有扛了旗幟的人沒事。許多人回來都沒事，齙牙回來卻挨了頓打。因為齙牙回來比別人早，趕在了風頭上，晚些回來就沒事。剛開始兩派的矛盾還很深，見面就往死裡打。後來，上面派來了軍隊維持次序，打人的事就少了。社會逐漸安定，上面開始糾錯，打人的人受到了懲處，小鎮的孩子卻再也沒有漂亮的車床車的木陀螺了。

我已不再玩陀螺了，我上高中了。學校以前只有初中，新開辦了高中。高中並不高，學生老師都沒有變化，課本依然是薄薄的內容不

多，數學連二元二次方程和微積分都沒有。語文都是非常政治化，大都歌頌紅太陽詩歌，大批判文章，魯迅是唯一的文學作品。

學校的文學還是很繁榮的，經常舉辦詩歌朗誦會。同學們寫得好的詩歌登上了黑板報宣傳欄，再選出優秀的到學校會堂上臺朗誦。「學工農，志氣大。繼紅軍，走天涯。渴飲延河清泉水，饑食井崗大南瓜。」學校領導非常重視，廣大師生積極踴躍。一時間，「到處鶯歌燕舞，更有潺潺流水」。

王安福沒有資格上臺，仍然興致勃勃。會堂大門前有一對石獅，原先一邊一隻守在大門兩邊，很是威武。同學們進出會堂，都喜歡摸一下石獅的腦袋，石獅腦袋被摸得發光鋥亮。後來，造反的學生將石獅推倒，立獅成了躺獅。石獅很重，搬不走砸不爛，一直躺在泥地裡，光亮的獅子腦袋濺滿塵土。王安福登上會堂大門旁一隻推倒的石獅上。他腳踏獅子頭，搖頭晃腦在我面前念了一首詩：「遠看大石頭，近看石頭大。石頭果然大，果然大石頭。」

王安福念得朗朗上口，我很訝異，問誰的詩。王安福一副高深莫測樣：「不說不知道，一說嚇一跳，當代大大的文豪。」說罷是讚不絕口。我也覺得驚豔，心裡歎道：果然奇，果然妙，果然是個大文豪。

學校各類活動一個接一個，開完詩歌朗誦會，又開展起「一幫一，一對紅」活動。學校號召同學們結成了「一幫一」「一對紅」的對子，就是兩個同學互相幫助，共同提高。表現好的同學，要幫助一個落後的同學。這樣，後進變先進，先進更先進。

王安福在班上挺活躍，他還是有自知之明，在我面前，把自己歸為落後分子。找到我，笑嘻嘻對我說：「我們倆配對吧。考試你幫我，下次我帶你去釣魚。」

一幫一一對紅活動同學都要參加，還訂有責任制。班主任老師點名問王安福。王安福連忙大聲說，配好了，配好了，揚揚得意一指我。看他那樣，我心裡那個氣呀。

　　下課後，我問他：「你幹嗎找我？」王安福說：「你是班幹部。」

　　我說：「你怎麼不找副班長」。副班長是個女的，和王安福同一小組。

　　王安福不屑的，「我不找女的，她又不漂亮，還一天到晚嘰嘰喳喳，老批評我，吹毛求屁（疵）。」

　　不找女的是假，她不漂亮是真，我被他的吹毛求屁逗樂了。

　　一幫一一對紅活動很有成效，同學之間有選擇地互相幫助，各取所需。特別是幾個勇敢的同學，標新立異，大膽地找異性同學結成一幫一一對紅。男幫女，女幫男，男女搭配，幹活不累，荷爾蒙的動力不是一點點。

　　開展一幫一一對紅活動，學生幹部要帶頭。共青團員們「時刻聽從黨召喚，越是艱險越向前，專揀重擔挑在肩」。在我們高一年級學生中，有一個女團支書決定幫助全班最落後的學生。女團支書很漂亮，高挑的身材，精緻的五官，白皙的皮膚。而她要幫助的是個有名的落後男生。

　　那男生平時流裡流氣，邋裡邋遢。在學校翹課，曠課，撒謊吹牛，還小偷小摸。

　　漂亮女團支書迎難而上，主動找那男生談心。這件事得到了學校的支持，在學生中引起不小的轟動。

　　漂亮女生來找自己結對子，那男生心裡樂啊，肯定要給女生面子的。女的說什麼都唯唯諾諾。不翹課了，不曠課了，講衛生了，在學校賣力地做著好事。

　　一時間，彷彿脫胎換骨，男生進步巨大，成了先進典型。

　　女團支書熱心幫助，男落後生積極配合。他們從白天幫助，到晚上談心，公開的出雙入對。

　　接觸多了，就有些曖昧。晚上，兩人單獨在一起，少男少女就有些衝動。開始有些傳言，後來，中學畢業，他們公開了戀愛關係。

因為是學校的先進典型，兩人都避免了下鄉。

那時，中學畢業生剛剛開始實行四個面向，一部分留城，一部分下鄉。為了留在城裡有個好工作，競爭很激烈。那時還沒有腐敗特權走後門，競爭都是公開的面對面辯論，評條件，看表現。獨生子女，家中老大，按政策是必須留城的。家庭出生好，軍屬烈屬都要照顧。再就是學校班幹部，五好學生，得過先進表彰的也有加分。我家不遠有一家鄰居為了小孩留城工作，家長在會上爭得面紅耳赤，勢均力敵不可開交之時，那家長突然從會上跑回家，翻箱倒櫃找出一張獎狀，匆匆趕回會場，舉給大家看。這張獎狀成了制勝砝碼，起了決定作用，他家孩子終於壓倒競爭對手獲得留城，並得到了好工作。

女團支書和男落後生一幫——對紅取得巨大成績，後進變先進，先進更先進，他們成為宣傳的典型學習的模範。因為這樣的成績和榮譽，他們沒有下鄉，留在小鎮分配到了工作。

然而，有句老話：江山能改，本性難移。走上社會不久，那男的就有點原形畢露。在工作單位裡三天打魚兩天曬網，再後來曠工，打架鬥毆。

女的後悔了，想離開那男的，開始躲。男的死纏爛打追上女的家門，有時還拎著一把刀。

一個晚上，兩人約出來，走在了鎮裡小河邊。

夜很溫柔，景也不錯，小河水靜靜流淌，只是河岸上走在一起的一男一女兩個人卻很糟糕。一個滿腹心事，一個詭計多端。

女的鼓起勇氣提出分手，男的死活就是不同意。女的轉身想走，男的露出凶相，攔腰抱起女的，威脅道：你不答應，我就把你丟到河裡。女的無奈，只得答應。生米煮成熟飯，倆人結婚生了個孩子。

日子過了沒幾年，那男的愈來愈放浪形骸。不務正業，坑蒙拐騙，盜賣國家財產被單位開除。在小鎮路上，我見過那女人幾次。那女的總是面色冷峻，不見一絲笑容。而那男的，離開學校，我就沒再見過。聽說那男的沒了固定工作，混著社會，坐牢出獄，出獄坐牢，

反復折騰，後來不知所終。

時光如晦，往事如風。

為什麼總覺得我寫的這些東西就像我早年學生時代寫的憶苦思甜報告一樣。那些憶苦思甜的老人們老得沒牙，說話漏風，東扯西拉顛三倒四。而我卻像一個口吃的人去朗誦一首詩歌，窘得滿臉通紅。我不是一個講故事的好手。我不能熟練地通過敘述的方式講一個帶有寓意的事件，或是陳述一件往事。講好故事，時間、地點、人物、事件、原因結果，這些要素還遠遠不夠。故事總是沒有生活精彩，文字總是沒有思想深刻。我努力著，我想要講述什麼？

一段難以忘懷的悠悠往事，一首隨風飄逝的青春挽歌。

四

北風吹雪花飄的時候，大哥回家養病了。下鄉三年，他變得又黑又瘦，農村的日子太苦了。風吹日曬雨淋，起早摸黑出工，一天掙一角錢工分，一年到頭，聞不到一點葷腥味，就是有錢也買不到吃到。大哥幾位同學到我家來看他，這些昔日的紅衛兵，革命的闖將，曾經多麼的意氣風發鬥志昂揚，現在稱為知青，一個個曬得黑黑的，頭髮長長的，落魄不羈樣。他們從學校上山下鄉到廣闊天地勞動鍛鍊，接受再教育，有的在農村插隊，有的在農場種田，生活都很難。談著各自的境況，一肚子辛酸。只有一個叫吳興華的同學樂樂呵呵，他沒有上山下鄉，留在鎮上參加了鐵路工作。當時所有的中學畢業生都下放到了農村，而吳興華幸運地留在城裡，大哥說他是因禍得福。

吳興華在中學讀書時就常來我家。他是個很活潑的人，喜愛湊熱鬧，說俏皮話。個子不高，身子胖胖的，笑眯眯。一九六七年，他參加紅衛兵，同他的同學戰友一起投身運動造反抄家打派仗。當造反派在支左解放軍支持下佔領了小鎮，掌握了政權，忙著鞏固勝利果實。對立派殘餘還在，社會治安還不穩定，鐵路上各單位組織民兵在

鎮上日夜巡邏站崗放哨。吳興華也和工廠裡的民兵一起扛著槍護廠。一天晚上，他和兩名工人民兵在高高的工廠房頂上放哨，半夜瞌睡上來都睡著了。月黑風高，有外逃流竄人員溜回小鎮，摸到工廠裡，順著樓梯爬上房頂，朝酣睡的哨兵扔了一顆手榴彈。「轟隆」一聲，鮮血四濺，死傷慘重。三個站崗的哨兵當場炸死一人，傷兩人。吳興華命大，沒炸死，只是受了傷。一塊彈片鑽進他的胯襠，擊中他的生殖器，一隻睾丸崩飛了。

抬到醫院，吳興華痛哭流涕，以為成了廢人，要絕後了。住院期間，整日無精打采。一段時間治療，漸漸的傷好了，胯中傢伙結了一個很大的疤，很是醜陋。這傷真不是地方，兩個蛋蛋剩了一個，差點成了太監，吳興華沮喪極了。

這天，護士又來給他換藥。過去每天換藥都是一個年紀挺大的女護士，今天換了一個年輕姑娘。小姑娘大概剛參加工作不久，十八九歲模樣，還很害羞。吳興華褪下褲子露出大黑腚，她臉都羞紅了。輕輕地笨拙地擦拭著傷口，那雙柔柔的小手不經意碰到了那東西，縮一下。

吳興華看著小護士嬌羞樣真是可愛，情不自禁衝動起來，胯中傢伙直挺挺豎起來，把個小護士羞得「媽呀」一聲，丟下紗布嚇跑了。

吳興華又羞愧又歡喜。羞的是那醜東西不爭氣，竟然本性難移。歡喜的是受了傷一個蛋蛋還能管用。出院後，他拼命去追求那個小護士。幾經曲折，居然成功了。那時，吳興華護廠受傷，是有功之臣，免於上山下鄉。被特殊照顧進了工廠，當了名鐵路工人。那時期，當名工人是很光榮的了，這令許多上山下鄉的知識青年羨慕得要命。

吳興華羞答答說起自己的愛情故事，幾位同學吵吵嚷嚷要他請客，要吳帶小護士出來給大家認識一下。吳猶猶豫豫說：「不知她肯不肯出來。」

眾人起鬨要吳談戀愛經過。吳支支吾吾說就是看過兩場電影，看電影時趁天黑拉了拉她的手。眾人還不放過他，刨根問底。吳忸怩著

不停地摸後腦勺嘿嘿笑。我在一旁見吳那模樣覺得可笑。瞧他是那麼害羞，初春的暖陽照在他那泛著紅光的臉上，掩飾不住滿足得意的心情。

後來，吳果然帶來了他的小護士，是一個挺清秀的姑娘。過了兩年，吳和小護士結婚了，居然生了一對雙胞胎男孩。這是後話。

大哥那位叫吳興華的同學的愛情故事，不僅令大哥他們讚歎不已，我也覺得很是羨慕。春天來了，大雁排著整齊的人字隊形飛過小鎮上空，歡快的叫聲從雲間傳來。青青的原野飄來清新濕潤的氣息，空中飛揚著絲絲縷縷的柳絮；窗前那棵亭亭玉立的小桃樹枝上綻出嫩嫩的幼芽，綴滿星星點點粉紅的花苞。在這個春意盎然，萬物生長的季節，我的心湧動著一股朦朦朧朧的渴望。

隨著年齡的增長，不知不覺地在我的身上起著一些變化。有一些東西在我隱秘的部位悄悄地生長起來，真不知道它們無端地長出來有什麼作用，給我無知的害羞的少年心靈又添許多煩惱。

有一次，一個小個子男同學悄悄告訴我，他發現一大個子男同學胯間長了陰毛，細細的，黑黑的，還曲裡拐彎，說著哧哧笑。不由得我的臉紅起來，因為我也正悄悄地生長著那玩意兒。以後無論在誰面前，我都羞於脫下短褲。幾個星期也不去澡堂裡洗澡，脖子耳根後的黑垢有銅錢厚。被母親逼著才去澡堂洗澡。

澡堂子裡面人很多，赤身裸體的人一個個頂上黑，底下黑，中間大片白花花。我穿著褲頭不敢脫，蹲在水池泡一會，爬起來在水龍頭下草草沖一沖。洗完更衣間背著人匆匆忙忙脫下濕褲頭換上乾的，身上水漬都沒擦乾。

我身體的任何一點變化都會引起我的驚恐和不安。汗毛少了，我擔心是不是缺乏什麼營養元素，更可怕的是得了什麼疾病。汗毛多了，又懷疑有什麼異常。總想知道別人是不是也同我一樣，長有這些玩意兒。

我不僅注意身體內的一些變化，也開始注意起自己的儀錶了。

穿的衣服雖然大部分都是舊的，我希望能少幾塊補丁。那些哥哥穿剩的衣褲使我非常不滿意，不是長就是短。如果我有一雙新雨鞋，我就會常盼著天下雨好穿它。冬天雖然冷的兩腿打戰，我也不願穿那厚厚的棉褲。每個月理一次髮，這件事也很令我煩惱。為了省那一角理髮錢，我們從不去理髮店理髮。父親自己買了一隻剃頭推子，他親自給我們理髮。這使得我們哥幾個又多一樁苦惱。

父親理髮手藝很糟糕。他只講究實用，而對藝術方面很不在行。理髮時，他一隻大手按住我的腦袋，使我動彈不得。一隻大手捏著理髮推子，從我的脖根一路推將上去。披荊斬棘，直達腦瓜頂，從不考慮我的腦袋是圓的。每理一次髮，我都要承受著同學們幾天的嘲笑。他們給我的腦袋起了個極不雅的名號：馬桶蓋。

在學校裡，我對班上的女孩子也開始注意起來。同她們接觸有一種異樣的感覺，心情悸動。幾個漂亮點的女孩子吸引了我的目光，她們一點細微的變化都會被我觀察到。她們的新衣服，她們的黑辮子以及紮辮子的頭繩，還有她們的笑聲，不時地撩動我的心弦。同她們交談我會不自然起來。為掩飾這種緊張情緒，我有時故意裝出一副冷淡模樣，愛理不理。我的內心裡非常想同她們交往，然而一旦有比較大膽的女孩子主動來接近我，又恐慌得不得了，不知所措。那個時代，男女同學接觸是很少的。在學校裡，男同學一起經常會背後議論女同學。那些漂亮點的女孩子更是大家談論的話題。但誰也不敢表示出對異性的好感，否則會遭到別人譏笑群起而攻之。只有極個別的打著一幫——對紅口號的男女同學才敢在一起交往。

學校有一支文藝宣傳隊。參加文藝宣傳隊的隊員都是學校裡比較活潑漂亮的學生，他們能歌善舞。宣傳隊一半男的一半女的。因為經常在一起排練演出節目，男女同學接觸頻繁密切，在學生中有些議論，流傳著他們的所謂緋聞軼事。哪個男隊員拉了女隊員的手了。哪兩個男女隊員緊靠在一起親親熱熱講悄悄話了。居然，在舞臺上男學生抱著女學生的腿舉起來，這在當時就有點驚世駭俗了。雖然談起宣

傳隊，同學們都表示出輕蔑，惡意地貶低他們。現在一想，恐怕還都是因為吃酸葡萄的心理。

這一時期，夜裡我總是做一些稀奇古怪的夢。這些夢又大都和異性的身體有關。夢中時常出現異性的裸體，這些裸體總是呈現奇形怪狀的模樣，也難以確定到底是我認識的女性中的哪一個。夢醒後我都描繪不出夢中人是什麼面貌形狀。

一個初春的夜晚，發生了一件駭人的事情，我做了一個荒誕的夢。夢中，我擁抱著一具柔軟的軀體，做出種種莫名其妙的舉動，一種無法言說的柔軟與美妙將我身心包圍浸透。恍恍惚惚，從夢中醒來，朦朦朧朧，回味那個夢中發生的事情，情不自禁，再一次重複那夢中的動作。我用我更多的身體去接觸床鋪，去熨帖，去搖晃，陷入一種無比的快樂中，真是舒暢極了。許久，我睜開眼睛，不由得驚慌失措起來，戰戰兢兢。短褲內濕了一大片。我又恐懼又害羞，懷疑自己出了什麼毛病。不敢吭聲，哆哆嗦嗦從被窩裡爬起來，換條褲頭。將髒褲頭掖掖藏藏，悄悄洗掉。我心神恍惚，這不可告人的醜陋現象，長時間折磨著我的精神。白天陽光下，我臉色蒼白，人前抬不起頭。

那個昏聵迷亂的春夜，帶給我無盡的哀愁與恐懼。夢中的情景沒日沒夜糾纏著我，我既感到害怕又嚮往著。又有幾個夜裡發生了那種事情，當時我無法拒絕，不由自主，過後又悔又恨又怕，有種犯罪的感覺。

這時間，學校裡發生了一件事，大家都很震驚。我們年級裡一個男同學強姦了一個女孩子。那男同學長得五大三粗，在學校裡不多話，說起話來嗓子粗粗的，甕聲甕氣。平時循規蹈矩，從不和女孩子交往，誰也不會想到他竟幹出這種事情。被強姦的女孩子是個智障者，是我們學校裡一位老師的女兒，十六七歲，又矮又胖，像個冬瓜。經常看到她站在家門口朝路人傻笑，見到男人呵呵呵招著手，口角流著涎水。

　　這事件很嚴重，他真是色膽包天。同學們都以為學校會把那男同學當作流氓抓起來。學校沒有抓人，只給那男同學一個處分。這是因為女孩的父母比較寬宏大量，並沒有很嚴厲追究。

　　那個出事的男同學一星期沒敢到校上課。當他回到學校，出現在班裡，誰也不理他。特別是女同學避他如瘟疫。班上沒有他說話的權利。他一開口，無論老師還是學生，立刻揭他的傷疤，毫不客氣，一句話把他噎得半死。背後同學都叫他綽號「無聊鬼」。過去同他關係較好的同學也迫于輿論壓力不再理他。這位男同學在學校被大家孤立，受到鄙視，長時間抬不起頭。他精神萎靡，很快瘦下去，只剩一副大骨頭架子。後來實在待不下去，退學回了老家。

　　雖然我對異性的身體充滿渴望，她們是那麼神祕迷人。時常我的夢中出現異性裸體，這些裸體往往都是些成熟豐腴女子。然而我對我喜歡的女孩子沒有一絲雜念，幻想中的愛情浪漫又純潔，柏拉圖似的。這時期，我對班上一位姓肖的女孩子特別鍾情起來。

　　肖是一個迷人的姑娘。白皙的臉，彎彎細眉下一對水汪汪的大眼睛。常穿一件水紅色的衣裳，藍色褲子，穿著白色襪子，白塑膠涼鞋。肖的父母是部隊裡的軍官，家境較好些。那時，小鎮上的女孩子夏天都不穿襪子，露著灰灰的髒腳趾。肖與眾不同，整潔乾淨。頭上梳著兩條短辮，用綢帶結個大花蝴蝶。她還在長身子，衣衫顯得短了點，可恰好顯出她婷婷的腰肢，修長的雙腿。兩條辮子不長不短，正搭在她肩上。有時，看她在操場跳橡皮筋，兩條小辮一上一下飛舞起來。她對誰都很友善，落落大方，無顧忌地同男同學交往。這有時使我很妒忌。我的愛情像火一樣燃燒起來。

　　部隊駐地離學校較遠，有六七裡路，每天有汽車接送部隊子弟在學校讀書的學生。有時下課晚了，耽擱了時間，學生沒趕上車，就得走路回去。我瞭解到汽車開車時間，每天下午，特別地注意她，找點藉口磨磨蹭蹭，待在教室裡。如果她沒趕上汽車，挎著書包準備走回去。我有意在她面前晃來晃去，想提出來送她，可是又沒有勇氣開

口。每次都眼睜睜地看著她離去。

後來，她家裡給她買了輛自行車，她經常騎車上學，下午放學再騎回去。為了愛情，我會在她回家所經過的路上等上一兩個小時，而往往落空。有時終於等到她來了，遠遠地望見她，心就怦怦跳。心裡鼓勵著自己，見到她大大方方同她說話，送她回家。走到身邊，她笑一笑打個招呼。面對面，我卻突然失去了勇氣，心慌意亂起來。甚至有一種要逃走的衝動，訥訥地只裝作偶然遇見，點點頭，匆匆從她身邊走過。她去遠了，才停住腳回頭望著她漸漸遠去的身影，心中懊惱不已。後悔沒應該與她多攀談攀談。找個藉口，假裝順路送她回家。或者請她看電影，手中早已買好的電影票說成正巧多了一張。應該……我這時心中生出許多美妙機智的念頭，設想出許多巧妙的方案，湧出許多有趣的話語。於是，第二天，又盤桓在她必經的路上。周而復始，為著愛情苦惱著，憔悴著。

有一天，放學了。同學們都離開教室回家去了。我留意到肖沒有走，還坐在座位上寫作業。大概遇到了難題，坐在那裡咬筆桿發愣。我猶豫了一下，鼓起勇氣走到她旁邊。她抬起頭沖我笑一笑，說：「這道數學題我想不出來了。」我朝她本子上看了看，是道數學應用題。她的方程式沒列對。我忙不迭向她講解起來。她很聰明，被我一點就通了，很快把作業寫完，高興地說聲：「謝謝你。」這一聲謝謝真使我受寵若驚。別的女孩子從不會說謝謝，她們沒有這樣有教養懂禮貌。

我們一起往校外走。我心裡甜絲絲，很興奮。但我沒敢和她靠得太近，一前一後保持著距離。在校門口，她要去趕汽車了，沖我招招手：「再見，歡迎你去我家玩啊。」

我聽了這個邀請，激動了整整一個星期，感覺幸福極了。時刻準備著接受她的再次邀請，到她家去。甚至在想，見到她家的人我該怎麼辦。我打聽到，她父親是一個老軍人，官挺大，這使我感到畏懼。她還有一個哥哥，我也不知怎樣與他搞好關係。後來我發現，她對別

人也發出過邀請，並不是對我一人的青睞，這又使我痛苦不堪。懷疑
起自己在她心目中的地位，自慚形穢起來。

　　一部早先拍的電影又被允許拿出來放映。這在小鎮人們單調鬱悶
的生活中引起轟動。人們看膩了樣板戲，一時間，街頭巷尾工作單位
裡，人們都在議論這部電影。電影是越劇《紅樓夢》。演的是賈寶玉
和林黛玉的愛情悲劇，很是感人。很多人在看電影時都流了淚，甚至
哭出聲。有一些婦女，她們年輕時就看過這部電影，現在重看舊片，
觸景生情，一遍又一遍地看，著了迷似的。有一婦女聲稱看了七遍，
看一場哭一場。那時電影很少，一部電影反反復複地放。各單位都將
放映員請去，空地上豎起兩根杆子支起一張影幕，或者乾脆在大房子
白牆上放電影。我第一次看電影《紅樓夢》，是小鎮附近的解放軍部
隊住地。為看這場電影，來回走十幾裡路。電影裡的愛情故事深深感
動了我，演到林黛玉葬花那段情節，我站在人群中，竟忘記自己身處
何地，控制不住自己，淚水奪眶而出。

　　「一年三百六十日，風霜刀劍嚴相逼。

　　我今葬花人笑癡，他日葬儂知是誰？」

　　模模糊糊淚水漣漣站在人群中，聽著這悲傷的曲子。身旁一女孩
子傷心地哭出了聲，很大聲地抽泣，引起我的注意。我回頭一看，竟
是肖，吃了一驚，頓時覺得不好意思起來。肖的家就住在部隊駐地，
沒想到會在這裡碰見她。她是不是看見我流淚了，那就太糟糕了，趕
緊悄悄溜向一邊。我躲進人身後，一邊看電影，一邊還暗中瞄她一
眼。我為著賈寶玉和林黛玉的愛情悲劇感傷，一邊又為自己可憐的單
相思苦惱。

　　我害著可憐的單相思，萬分苦惱不能多接近她。別的男同學同她
接觸談話，都會使我妒忌得要命。與此相反，一位喜出風頭身材高
大的女同學，我沒去接近她，她倒來接近我了。她的大膽直率性格，
她那成熟的少婦般的體態，使我窘惑尷尬。她每在我面前搔首弄姿，
主動地向我提供幫助，借書給我，並殷勤地送到我家中。我費了好大

的勁，結結巴巴此地無銀三百兩地面對母親詢問的目光解釋著。一天，她在路口攔住我，糾纏不放，邀我看電影。我推說要上課，她提醒我說下午沒課。我說要看書，她哧哧笑說現在還有誰看書。我支支吾吾，說有事，拔腿逃一般離開她。

我的少年的心靈已全部被肖佔據了，別的姑娘簡直不屑一顧。我不知道別人是不是有過這樣的經歷，當美麗的晚霞將它的金輝灑在校園小路上，我一邊走一邊胡思亂想著。我渴望這時遇見肖，我可以裝作偶然相遇，然後順路送她回家。一路上，我跟她談新看的一本書，然後推薦給她，再邀她去看電影。我沒打算邀她到我家去玩。我家那狹窄的乾打壘土屋接待不下尊貴的客人。我一邊幻想一邊不時抬頭向路口遠方望去，希望看到她的身影，從美麗的彩霞裡走來。我當時內心起伏跌宕的感情波瀾，我的想像編織的美妙場景和情節，我為我的愛情構思的許多奇遇故事，足可以寫上十部瓊瑤愛情小說。

少年時期，我在女孩子前的形象是很糟糕的。我個子不高，相貌平平，不善言談交際，不會唱歌跳舞，文藝體育都不擅長，也很少參加。只有學習成績好一些，但在那個時代讀書並不被重視。學校裡活躍著一些能勞動會跳舞的學生。我變得自卑起來，與同學們的交往越來越少，每天都是躲入自己的幻想中。我常常沉浸在這樣一種充滿詩情畫意的幻境中：我夢想著一位女孩子夕陽斜照時站立遊廊；夢想著俏麗佳人粉面露于桃花叢中；夢想著一位少女手捧詩卷向我求教作詩。我總是尋找夢中的情景，而對現實中我周圍的女孩子畏畏縮縮，避而遠之。這一時期，我憂鬱的生活中，欲望和激情，青春的光和熱被深埋在心底。

成年之後，我的狀況仍然很糟糕。幾十年漫漫人生路，許許多多姑娘與我交會而過。有的姑娘的美貌引起我的注目，但她們高傲的目光飄過我的頭頂，尋找著她們傾心的身材和地位的高度。有的也曾注意到我，卻把我當作守株的農夫。她們平庸的外貌簡單的頭腦我實在提不起興趣。我一直在尋找著那麼一種兩心相悅純潔的愛情，卻每每

讓我失望。我的心靈總是被一股惆悵的情緒纏繞。那些傳說中的佳話每使我心靈激動，期待著能有這麼一次豔遇。「長劍雄談態自殊，美人巨目識窮途。」我在茫茫人海中苦苦求索，充滿希望地尋找真正的知音。

我在人生的風雨中踽踽獨行，穿過沉沉的暗夜希望在那燈火的廊下，有一個撐著雨傘的她在等待著我。當我坐在小屋昏暗的燈下苦讀靜思，希望有一個她拖著搖曳的影給我端來一杯熱茶。當我在子夜的噩夢中傷心抽泣，希望有一個她用柔柔的手撫摸我的額，梳理我散亂的頭髮。我的心琴長久地不拔已喑啞，希望有一個她用真情的目光來彈撥。

五

關關雎鳩，
在河之洲，
窈窕淑女，
君子好逑。

《詩經》中這首美麗的愛情詩，被人們吟誦了幾千年，現如今，也是識得漢字盡人皆知。

北風其喈，
雨雪其霏，
惠而好我，
攜手同歸。

《詩經》中這首詩，前人說是一首反映貴族逃亡的詩。我以為這首詩是一個生活中困苦失意的人，尋求人生旅途伴侶，呼喚志同道合朋友。情真意切，有著十分強烈的感染力。這兩首詩，或直白，或委婉，或歡樂，或悲傷，是愛情中人美好的心跡，傾訴的衷曲。這是人性中互古不變的理想追求。過去是，現在仍然是。

　　《詩經》，中國詩歌的源頭，字字真金美玉。子曰：「不學詩，無以言」。我年輕讀書的時候，看不到古詩，沒有讀過《詩經》。

　　「《詩》三百，一言以蔽之。曰：思無邪。」古時人們用詩歌表達讚美愛情，從古到今，無論什麼年代，什麼社會，人們對愛情、友誼的追求呼喚從來沒有停止過。

　　我是個靦腆害羞的孩子。讀書時，很少參加學校裡活動，不喜歡拋頭露面。直到現在也是如此。在小學讀書的時候，我當了幾年的班長。我學習好，又聽老師話，能和同學友好相處，班裡選學生幹部時總會選上我。可是當班長要管理學生，出操喊口令，參加年級裡會議，還要經常在人多的時候發言，這些場合讓我怯懦。班長還負責掌管教室的鑰匙，每天要早起開門，去晚了就會挨同學的罵，這也使我很苦惱。有一年，我決心再也不當班長了。新學年選舉班幹部，因為這是新組合的班，同學之間都不太熟悉，我以為不會選上我。可是在選舉時，和我同班的徐同學竟給我做起宣傳，拉起選票來。結果我還是被選上了，而且得票最多。這使我痛恨起這位多事的徐同學，覺得是她給我拉選票惹了麻煩。

　　我堅持不想當班長，找到班主任老師，請求辭職。老師很驚訝，她認為這是缺乏上進心不要求進步的表現，很嚴厲地批評我。我又委屈又傷心，不由得哭起來。除了憶苦思甜的時候，有過那麼兩次，這次是我唯一的在學校裡當著老師的面哭泣，碰了壁無奈地回來。

　　古時候，有個陶淵明，辭官不做去種田。後來有個曾文正公，自己當夠了官，嚴訓子孫不准做官。再早時，春秋有個叫介子推的人為了逃避做官躲到山上被大火燒死。我可沒有南山采菊的雅趣，也還沒有經歷仕途的險惡，犯不著為了逃官性命都不要。我只是為著我的性格而實在不願做出頭露面的事，去板著面孔教訓人。如今這個時代，似乎不願做官的人越來越少了。許多人為求得一官半職，馬鹿顛倒，馮道盛行，這更使得我對做官更沒興趣。古人說：達則兼濟天下，窮則獨善其身。近些年來，我的日子混得越來越落魄，我是羞言兼濟天

下，獨善其身也不容易，想一想，還只能去賣紅薯了。

徐是我在小學到中學都在一個班的同學。她很漂亮，學習也挺好，膽子挺大，性格潑辣。那時女孩子都不敢找男孩子講話，她卻無所顧忌，喜歡用命令的口氣指揮男同學。她伶牙俐齒，叫人很難抵擋。

有一次，幾個男同學站在教室走廊說笑，擋在道上。別的女同學都繞過去，她上前大聲呵斥那幾個男同學讓路。一個男同學做個鬼臉，有意站在她面前。她沖上去用勁推那男同學一下。那男同學跌跌撞撞，沒提防，摔了個大跟頭，狼狽得很。她卻捂著肚子笑彎了腰。

徐也是養豬場的飼養員，那些小飼養員只有她學習成績好。她是自己報名去的養豬場，她總是喜愛出風頭，當積極分子。在養豬場她拼命表現自己。母豬生小豬她日夜看護在豬棚裡，為了加強小豬的營養，把家中的糧食拿來摻在飼料裡喂豬。徐在一篇作文裡寫道：我是革命的螺絲釘，哪裡需要就在哪裡釘，站在養豬場，放眼全世界，願為革命獻青春。

我以為女孩子應該是文文靜靜的，對她那潑辣性格很有點不以為然，沒什麼好印象。可是徐對我似乎印象還不錯，總是主動來接近我與我說話。中學二年級時，一學年下來，熱情的班長建議全體班幹部去照張合影。我和徐都是所謂的班幹部。那時我早已不是班長了，掛著個學習委員的閒職。照相時，徐不知有意無意，靠過來，讓我站在她旁邊。那張相片現在還保存在我的照相簿裡，一共九名同學，六男三女，相片上還印了幾個字：「班委紀念。」時間是一九七二年。

中學畢業後，同學們各分東西。徐先去了一座農場。我正在家等待著頂職接父親的班，收到徐寄來的一封信。信中講了點她的情況，她在農場繼續養豬，幹著老行當。那時，剛下鄉，還很浪漫，徐用很抒情的筆調在信中寫道：每天，她迎著朝陽去放豬，披著霞光回豬圈。她們那地方居然把豬當羊一樣放牧，我想像著她揮著鞭子趕著豬群上山坡，那樣一定挺滑稽。她的信中還回顧了我們的學生時代生

活，恰同學少年，風華正茂，流露出一點特別懷念的意思，希望能與我通信。我的心正為著文學而惆悵著，尚無暇兒女私情，沒有回信。

幾個月後，我剛參加工作不久，又收到她的一封信，這封信她已然沒有了剛下鄉時的浪漫，情緒有點低落，信中責備我為什麼不回信。我不想與她保持什麼聯繫，覺得她有點人纏人，回了一封信，抄了兩句舊詩：「司空見慣渾閒事，斷盡江南刺史腸。」這兩句詩是從一本《成語詞典》裡抄來的，也沒弄懂什麼意思，胡亂用上。以後就再也沒有收她的信了。那時，我少年的無知傷害了她的自尊心，想起來，我一直心存愧疚。

二十年後，命運使我和她又在小鎮相見，各自都有一點滄桑印在臉上。她輾轉幾年也回到小鎮在鐵路工作。都要四十歲了，她還在讀夜大。拿了大專文憑又拿本科。說不然晉不了職稱，弄得自己很苦很累。因為鎮子小我們經常會見到。一次，和她單獨在一起時，我想對那封二十年前的信表示一點歉意，一點懺悔，話剛開頭就被她岔開。似乎她一點也不記得這件往事。我不相信她真會忘了，不過想一想還是這樣好。對於心底的歉疚，我想補償點什麼，當她分了一套住房找到我時，我立即滿口答應，拿了榔頭斬子給她鑿牆布電線裝電燈，弄得一身灰灰土土，連口熱水也沒喝她的。我無權無錢，物質和精神一貧如洗，所能給予的唯有我的汗水和勞動。

常聽到有人說：少年兒童是祖國的花朵。說得真好，我很喜歡這個比喻。第一個這樣說的人真是偉大，有著偉大的愛偉大的想像。花朵需要陽光雨露。徐是個聰明漂亮的女孩子，在那美妙的花季年齡，她的青春的花朵應該綻放在校園裡課堂上，而不是養豬場豬圈裡。如果不是那個錯亂的時代，她的周圍應該是燦爛的陽光而不是臭烘烘的豬糞。

我讀書時那些年，學校不知為什麼總是變來變去。小學六年制變為五年制，只一年又變回六年制。夏天升學改為冬天升學，後又改回夏天升學。我在中學待了兩年半，學校忽然又辦起了所謂高中。

　　隨著我年齡的成長，我的性格變得越來越內向，一股惆悵的情緒總是纏繞著我。我與同學的交往越來越少，只有一兩個與我保持著友誼。我變得孤僻起來，對周圍的人和事特別敏感。一件小事也會令我激動不已。如果有人在一旁背著我談論什麼，或者偶爾向我這邊看了兩眼，就疑心是在議論我，不由耳熱心跳，沒理由地生起氣來。我不再參加同學間的活動。別人看我清高孤傲，其實，我也很想加入到過去的小夥伴當中去，和他們一起玩耍，一起打蛋子賭煙盒，海闊天空神聊。但我不會主動提出要求參加進去，我等著別人來邀請我。這種邀請我已經很少能接到。我更多的時間去尋書讀，沉浸在幻想中。

　　在中學第二年，我們開了英語課。對於開這門課，學校裡曾有許多的爭議。有同學抵制上英語課，在課本上寫：「我是中國人，何必學外文，不學 ABC，照樣開機器」。不過，學校新來的校長說：為了解放全世界受苦受難的人民，學習外語也還是有必要的。

　　學校一會兒批判讀書當官論，同學們放下課本走出教室到「五、七」農場勞動。一會又批判讀書無用論，同學們又端起書，老師就又回到講臺上講英格利須。學生們學了幾句外語，互相用那怪腔怪調罵：「遊啊厄稻殼」（你是豬），「哎木呦發得」（我是你父親）佔便宜。中學學了兩年英語，有的同學二十六個字母還寫不順。

　　教我們英語是個又高又瘦的老頭，姓劉。他每當走進我們教室，就冒一句：「好啊油，康門靈」。同學們應著他的要求回一句：「好啊油，踢雀兒劉」。

　　踢雀兒劉出國留過學，現在還有許多親戚在外國。因這複雜的海外關係，他被下放到這小鎮上。那時，許多大城市的知識份子都流放到了鄉下，我們這所小鎮中學也不乏北大清華復旦名牌大學的高材生。

　　踢雀兒劉雖然年近花甲，身子腰板還挺硬朗。花白頭髮朝後梳得整整齊齊，鬍鬚修剪得光光的，衣著筆挺頗有風度。據說這習慣是從英國帶來的，叫紳士風度。不過，英國的紳士在中國並不吃香，他沒

少挨批。

　　我的同學塗一向對學習很認真，很快對英語產生了興趣。而我卻以為中國的漢語言文字足夠我使用的了，沒有認真去學。現在看來還是塗高瞻遠矚。當時，塗的好學也博得了踢雀兒劉的讚賞，當上了外語課代表，還成了踢雀兒劉家中常客。有一次，下午勞動課後，塗拉我去踢雀兒劉家。

　　太陽剛剛從天空落在了西邊的樹梢，就要接近地平線，又紅又大。紅紅的霞光在房屋玻璃上閃爍，溫暖而柔和。我們走到踢雀兒劉家，一排幾家平房，沒院子。門開著，屋內卻沒有人。看來踢雀兒劉沒走遠。我們看到櫃子旁有一架電唱機，還插著電，呼呼轉著，一張唱片走完了，唱針在唱片頭上空轉著。塗說：聽踢雀兒劉放過唱片，很好聽。他大著膽，從一旁拿起一張唱片放到唱機上，撥動唱針。我看到那張唱片的曲名《二泉映月》。電唱機轉起來，音匣子裡傳來悠揚的音樂，我們欣喜地聽著，被悅耳的琴聲感動。

　　門突然開了，踢雀兒劉走進來，看見我們正在聽音樂，一愣。我們嚇得要命，以為要挨罵了，伸手去關電唱機。踢雀兒劉沖我們擺擺手，自己也坐一旁，將唱針又放到開頭處聽起來，微微瞇起眼，很專注的樣子。窗外射進來晚霞的餘暉照在他寫著風霜的臉上。

　　電唱機有些老舊，音匣子裡傳出來的聲音有點沙沙的。但是那悠揚的音樂聲飄蕩在空間，絲絲琴聲如怨如訴滲入心田。我彷彿感覺到琴聲裡有一幅美麗的圖畫：一股清泉從林間草地上流過，汩汩地匯成一汪清澈的水潭；一輪皓月映在潭中，明淨的水面波光漣漪，銀光閃爍。一股悱惻纏綿的情緒感染著我。琴聲哀怨，悠長，直飄入心靈的深處。

　　音樂結束了，電唱機在空轉，踢雀兒劉關了電唱機，緩緩地說：「這音樂，應該跪著聽。」我和塗瞪著眼好奇地望著神情莊重的他。

那張像片現在還保存在我的照像簿
裡，一共九名同學，六男三女，像
片上還印了幾個字：「班委紀念」
時間是一九七二年。

六

　　許多年來，我獨自一人在這灰騰騰的小鎮上孤軍奮戰。我夢想
著愛情，渴望著友誼，為著一個信念，忍受著孤寂。在黯淡的日子，
時常地，我會想起我中學時的同學好朋友塗。塗很多年前去了北方，
我們分別已經很長時間了。分別之初，我們還互相通信，彼此談談各
自的情況，敘著舊誼。而到後來信就越來越少，漸漸斷了音鴻。大概
所有的男人都有這麼點疏懶，不願寫信。但是，我和塗的友誼沒有斷
絕。時間把我們的友情釀造的醇香怡人，餘味無窮。距離更增添了
我們的思念。正是這種回憶和思念，把我們的過去變得那麼美好而
珍貴。

　　塗是上高中才和我分在一個班裡。他個子比我高，胖胖的圓臉，
白皙的皮膚，高高的額頭一雙小眼睛總是眯縫著像是沒睡醒。他視力
不好，是遺傳。他的父親就是深度近視，他的幾個哥哥姐姐大都戴著
眼鏡。因為視力不好，塗看東西總喜歡湊近去看，走路也總是探身向
前，吃力地注視前方，像是探索著什麼。後來，他配一副近視眼鏡戴

起來。那時，中學生戴眼鏡的還很少，戴眼鏡成為會讀書有知識的象徵。我們都叫塗眼鏡子。

塗戴了眼鏡顯得文質彬彬，其實他是很活潑的人。為人誠懇，樂於助人，也很喜歡讀書，看小說，學習也很好。塗還喜歡下棋，他的象棋水準挺高，同學中難逢對手。常看到他在學校教室走廊擺上棋盤與人對弈。有同學圍觀，可都不是君子，吵吵嚷嚷，指手畫腳。常會看到塗緊緊地攥著一隻棋子，旁邊伸幾隻手搶著。

我和塗通過一段時間交往，共同的興趣愛好使我們成了好朋友。當然不是因為象棋，我的象棋技藝很差，塗甚至開玩笑能讓我車馬炮。我也開玩笑回一句：我讓你一隻老帥。我和塗的友誼是因為我們都喜愛讀書。我們兩個人誰借了一本好書都會互相傳閱和對方共用。我們經常在一起談書中的故事和人物，頗為投機。那時能借到的書很有限，我們有一本書自己看完了再想方設法去同別人交換。塗的一個姐姐在省城一家文化館工作，有時能帶幾本外面少見的書給我們看，這使我受益不少。多虧了她，才有幸結識保爾柯察津，牛虻，吉卜賽女郎艾斯美拉達，敲鐘怪人加西莫多。塗看過許多書，懂的知識也挺多。同學之間聊天吹牛他總能說出個故事博得大家讚歎。中國乒乓球代表團參加世界乒乓球大賽，有個叫莊則棟的運動員連奪三屆世界冠軍。塗繪聲繪色地說，有一場比賽，雙方運動員勢均力敵，揮著球拍你來我往戰在一起。比分一直打到三十平，莊連扣十幾板都被對方接回來，莊大怒。當對方一個高球落到臺上，莊一個箭步跳上球臺，用力一扣，球落到對方臺上再沒起來，原來球癟了。塗又說莊厲害，但打不過另一個運動員李。中國為了保莊拿三連冠，讓李故意輸給莊。

除了讀書，後來我們又找到一個共同愛好，下圍棋。有一次，我們在一個老師宿舍裡看到兩個人下棋。橫豎線條方格子棋盤，黑白二色圓棋子。從沒見過圍棋，我們很新奇，都對那黑白的棋子發生了興趣。回來後，也想學圍棋，看幾次旁人下棋，才懂一點棋理。原來圍棋一個子下在棋盤上，在它周圍至少就會產生兩口氣，或者三、四口

氣，只要把子所有的氣堵上就可以吃掉它了。誰的目多就算誰贏，目也就是棋盤上橫線分隔號的交叉點。原來是這樣，我剛開始還以為是數棋盤上誰的子多就算誰贏呢！

那年代商品奇缺，買不到圍棋。我們想方設法弄了許多黑色小紐扣，將一半塗上白漆，另一半是原有黑色，再自己用張白紙畫張棋盤，然後你來我往廝殺起來。塗還不知從哪找來一本下圍棋的舊書，使我們知道了圍棋什麼飛呀尖呀，打呀，跳呀，知道圍棋死活形狀，什麼金角銀邊草肚皮。一段時間博弈，圍棋水準我自認略勝一籌，和塗對殺勝多負少。但塗卻從不承認，每次總是說他輸得大意，我贏得僥倖。

我們沉浸在這圍棋的黑白世界裡，興趣盎然。那時期，我們看世界也是如此這般一片黑白，萬事簡單明瞭。所有事物，不是對就是錯，不是好人就是壞蛋。就如政治老師所說，不是無產階級就是資產階級，不是革命的就是反革命。現如今，世間紛繁複雜，到處是灰色的理論，灰色的人生。滿眼迷茫，我們很難區分對與錯，好與壞。哦，世界一片混沌，長青的生命之樹也將枯萎。

塗是本地人。奇怪的，作為北方來的移民，我同父親一樣，對北方人更有好感。北方人樸實，直率，豪爽大方。南方人機靈活潑，有時也招人喜愛。但我以為同他們難以深交。不過，當我知道了屈原是湖南人，陶淵明是九江人，我就打消了這個念頭。魯迅說北人南相為貴，南人北相為貴。塗既有北方人的正直誠實，又有南方人的聰明活潑，確實是難能可貴。這也是我喜歡他的原因。

夏天，我和塗常到小鎮邊的河裡游泳。小鎮旁有兩條河。一條小河穿鎮而過。這條河其實是人工挖的大渠，兩岸有石砌的臺階。河邊是小鎮人們夏日消暑的地方，每天傍晚，河岸都聚了許多人，洗衣服，洗澡，游泳。離這條小河不遠還有一條是老河，依傍著小鎮，蜿蜒曲折緩緩流淌。老河比小河寬闊許多，河畔有平展展的沙灘。如果下幾天大雨，雨水注入老河，老河的水就會變闊許多。沙灘被淹沒，

對岸高高的河堤變成水天間一條線。這時，小河上游的水庫關了閘，小河水就會淺了下來，徐徐地流著，清澈見底。當天晴久不下雨，莊稼需要灌溉了。小河上游開閘了，小河水就會漲起來漫上堤，汩汩地向前奔湧。而老河水就會變窄變淺，變清，一片片沙灘在陽光下閃閃爍爍。

我和塗喜歡往小河上遊人少的地方去。清亮的河水，如茵的草地。我們光著赤縛，向水裡紮著猛子，揮動胳膊，攪得水花四濺。有時我們去老河灘，在沙灘上奔跑，打滾翻跟頭。兩條河的中間都很深，每年都會淹死人。一旦有人淹死，出事那天，河面上空蕩蕩。那些常來玩水的人都嚇得不敢下河，往日喧鬧的河流變得冷冷清清。這種現象只是持續兩三天，不久，夏日的炎熱驅走死神的陰影，河面上又會熱鬧起來。

有一天，下午時分，我和塗像往常一樣往河邊走去，打算下河游泳。路上遇見一個男人說昨天河裡又淹死一個人。並且說每年這條河都要淹死幾個人，據說是三個。今年才淹死了一個，還差兩個，閻王等著誰去報導呢。說得我和塗不由心裡慌悚，猶豫起來。互相望望，誰都不好意思先開口說回去。硬著頭皮繼續往河邊走。這天，正逢農曆七月十五，民間有個風俗，七月半過鬼節。傳說中的鬼這一天會出來活動，尋找替身。河岸上有人在給往年溺水死去的人燒紙，升起幾縷青煙。河面空無一人，緩緩流淌的河水深不可測，潛著殺機。風在水面吹起漣漪，似在誘著投羅網的人。我和塗勉強下得水去，遊了一會兒就失了興味。急急忙忙爬上岸，擦乾身子，往回走。比平日早了許多時間。

塗喜歡繪畫，因受他那文化館搞美術的姐姐影響，班上黑板報的刊頭都是他的作品。他的作文也寫得好，很得老師的賞識。他寫作文喜歡用成語，張口即來。後來我才發現，他的成語為什麼這麼豐富，原來得益於他有一本《成語詞典》。這本詞典他很寶貝，平時不帶學校去，怕弄丟了，輕易不借給別人看。用的時間長了，詞典很舊了，

封皮邊角都磨損了。

別人雖然借不到塗的詞典，但是我可以。我太喜愛這本詞典了。我很天真地以為能把這些成語都背下來，文章就一下子能寫得好。我很希望也能有一本這樣的《成語詞典》，但是買不到。我不知道這麼好有用的書為什麼不出版印刷。據說裡面有些內容不健康，有封建主義的糟粕。有描寫粉飾帝王將相，才子佳人的字句。我可不懂這麼多。我找了本練習本，從塗那將詞典借來抄了幾天，密密麻麻抄了一大本。以後寫文章只要有機會我就會用上幾句成語，有時難免犯張冠李戴畫蛇添足南轅北轍欲蓋彌彰的錯誤。

在中學裡的時期，我沉湎於讀書和幻想，很少參加同學中的活動，這被別人認為性格內向。當同學們都冷淡疏遠了我，塗來到我身邊。感謝他，在我孤寂的時候，向我伸出友誼之手。世界上沒有比友誼更美好更令人寬慰的東西了。

一天，塗在無人處悄悄遞給我一本很舊的書。這本書與常見的書不同，是一種很薄很輕的紙，都發黃了，很古老的樣子。書上印的字也不是我們讀的那種字，是筆劃很多的繁體字。滿紙密密麻麻的毛筆小楷，且是豎行。更奇怪的是沒有標點符號。書名叫《東周列國志》。我很新奇，將書帶回家讀起來。開始看得吃力，逐字逐句很慢，那些繁體字許多不認識的。一篇篇沒有標點符號的句子也很難讀通讀懂，看了幾段還不明白什麼意思。我反復看了幾遍才慢慢看明白。漸漸地越讀越通順，竟發覺這是一本很有意思的書。我被書中的故事深深吸引。這本書說的是兩千多年前自周王朝東遷，春秋戰國至秦始皇統一中國前後五百年的歷史故事。歷史風雲變幻，列國豪強紛爭。許許多多人物，他們智愚忠奸，演繹出許許多多動人故事。一個個國家興衰存亡，一個個朝代新舊交替，組成一部浩瀚紛繁的歷史畫卷。看了這部《東周列國志》，我還發現塗那本《成語詞典》裡的詞，很多就是出自這部書裡的故事。譬如圍魏救趙，臥薪嚐膽，朝秦暮楚，雞鳴狗盜。真使我大開眼界，大長知識。讀了這本書，不知不

覺，無師自通，我的古文閱讀能力大有進步。

這個時期，我充滿了求知的欲望，如饑似渴想要讀書。只有從書本中才能學到知識瞭解世界，但是我沒有書可讀。我喜歡的文學更是貧乏。我不知道荷馬、但丁，不知道雨果、巴爾扎克，不知道狄更斯、羅曼·羅蘭……還有莎士比亞，歌德、普希金、托爾斯泰……只聞其名不見其人。我知道中國歷史上有一個唐朝，出了李白，杜甫許多大詩人，我卻讀不到他們的詩。那時，我能看到的小說只有那麼幾本政治色彩很濃，趨炎附勢之作。現在，我連提都懶得提起他們的名字。對於我那時饑不擇食的好胃口，真是羞愧萬分。那些粗劣的食品，傷害了我的腸胃，至今仍患著營養不良的後遺症。

我的這部小書正寫到這裡，吃午飯時，我打開客廳的電視機。我有個習慣，喜歡一邊看電視一邊吃飯。我把多彩的電視節目也當成一道佐餐的菜肴。曾有時，我喜歡一邊看書一邊吃飯。科學發展了，社會進步了，我的餐桌上更豐富了些。

電視裡播的是一個文化節目，叫《中華文明之光》。一個穿西裝的男人在講唐詩。說起唐詩，如今三歲稚童也能背誦許多首。可是，在我讀書的時候，讀不到唐詩。我直到高中畢業，所讀的唐詩恐怕還沒有現在的學齡前兒童會背誦的多。文明之光遲遲未照到我身上。那時，我會背誦的是偉人詩詞。每一首詩詞都滾瓜爛熟。記得有一次寫作文，我為偷懶，模仿主席詩詞也寫了一首詞。我沒有知識，缺乏文采，好在學過拼音，懂得點押韻。七拼八湊，寥寥數十字，內容當然是歌頌祖國讚美大好形勢。沒想到竟得到語文老師的讚賞。她有點驚訝，問我讀過古典詩詞。我說沒有。他又問我是否懂得詩詞格律。我說不懂。她問我怎麼想寫古詞。我說模仿偉人詩詞照葫蘆畫瓢。她不再問，顯出失望的神情。

我的朋友塗同樣患著精神的饑渴。他的父親出生書香之家，過去家中有許多書。破四舊時，到處抄家，他父親嚇得要命，把家中的書燒的燒，賣的賣，當作廢紙送給廢品收購站。我們覺得真是可惜。那

本《東周列國志》就是破四舊子遺。

鎮文化館有個小小的閱覽室，擺放著的都是《毛澤東選集》和馬列著作。裡面也有一些書吸引著我們。有《魯迅全集》，《史記》，高爾基《我的大學》，奧斯特洛夫斯基《鋼鐵是怎樣煉成的》。那時圖書館書架上值得一讀的書也就是這麼點了。不過這對我們來說已是很具誘惑。我們沒有成年人借書證，借不到書。好幾次我和塗在閱覽室轉悠，垂涎欲滴。塗悄悄對我說：「我們晚上來偷書吧。」

我也很是心動，咬咬牙。「好，偷。」在我和塗所受的家庭教育中，偷東西是最大的惡行，但是我們以為偷書是例外。

我們語文課學過魯迅的一篇文章《孔乙己》。魯迅先生的文章總是給人印象深刻，孔乙己這名字就很特別。文章說「孔乙己是站著喝酒而穿長衫的唯一的人。他對人說話，總是滿口之乎者也，教人半懂不懂的。」孔乙己大概很窮，有人說他偷書，「孔乙己便漲紅了臉，額上的青筋條條綻出，爭辯道，竊書不能算偷……竊書……讀書人的事，能算偷嗎？」孔乙己是個讀書人，他說偷書不算偷，這對我們是一個安慰鼓勵。

白天，我們圍著閱覽室轉了又轉，設計行動方案，決定半夜從圍牆爬進文化館。圍牆不算高，大概兩米的樣子，我們跑幾步，一躍就能用手扒到牆頭。翻過牆敲碎閱覽室窗玻璃，鑽進去偷出書，捆起來，用繩子從圍牆吊出去。我們很興奮，蠢蠢欲動，準備晚上夜深人靜了再出發。

半夜，座鐘打了十二下後，我躡手躡腳溜出家門。街道上靜悄悄，路曠人稀，天上浮雲遮得月兒半明半暗。在約定的路口沒見到塗，我正想去塗家叫，塗從一樹影后轉出來。我問：「帶了繩子沒有？」

塗說：「沒帶。」

我說：「沒繩怎麼捆書？」

塗支支吾吾：「我們還是不去吧，抓住就糟了。」他臨陣膽怯

了。我也猶豫起來，但是既然出來了，費了那麼多心機，有點不甘心。說：「不會被抓住，我們兩個跑步不都挺快的嗎，學校比賽還拿過名次。」

我這麼一說塗不再吭氣。我們畏畏縮縮來到文化館，到這裡一看又傻了眼。閱覽室旁電線杆上一盞路燈，照得這裡一片通明，我們要是爬牆，老遠就能被人看見。我們都泄了氣。書還沒偷，腿就開始打戰，只得灰溜溜回家。

書沒偷成，卻擔驚受怕，嘗到了做賊的滋味。塗因半夜回家，被他父親發覺，扇了一巴掌。那古板的老頭要是知道塗晚上是去偷書，那還不打斷他的腿。他可不會認為偷書不算偷。不勞而獲，想都不能想。我每去塗的家總會遇見他教訓幾個子女，偷東西在他眼裡那可是十惡不赦。一次，他說了這麼個成語：「瓜田李下」。嘮嘮叨叨，什麼在瓜田裡不能彎腰，鞋帶松了都不要系。李樹下不能把手舉起來，帽子歪了都不要去扶。老頭子迂腐至極，我很不以為然，心裡暗暗嘀咕一句：臭老九。

那時，我們正年輕，十七八歲，不知天高地厚。有的是一腦子幻想一肚子豪氣。心臟猛跳著，熱血奔流著，一心想摘下天上的星星鋪一條光輝燦爛的路。我和塗都有著自己的理想志向，談起來覺也睡不著。我一心要當作家，文學家，要當中國的莎士比亞。塗想當個科學家，數學家，物理學家。

一九七七年國家恢復高考，渴望讀書的青年人有了希望，泥地裡掙扎的知青出現一個轉機。千百萬人秣馬厲兵，躍躍欲試。我卻相信了那些蠱惑人心的宣傳，認為工人階級地位崇高，學校裡培養不出大作家，要當中國的高爾基，放棄了上大學的機會。塗高瞻遠矚，想著讀書改變現狀，他參加高考，在激烈的競爭中拼搏。本來報考的是理科，出乎意料被一所醫學院錄取。他沒想到過要當醫生，猶豫了許久，還是捨不得放棄。讀了五年醫科，畢業後又考上研究生，現在成了醫學博士，進了京城。我卻始終待在小鎮上自我奮鬥，以至於有一

年在小鎮遇見曾教過我的一個老師,吃驚地問:「你怎麼不去考大學?」我當時正被自學成才的美妙前景所鼓舞,很曖昧地說沒興趣,弄得那老師很詫愕地望著我。以後,又過了許多年,當他發現我還在小鎮上,一副窮酸的模樣,很有些不屑理睬我。

我和塗都有著自己的理想志向,談起來覺也睡不著。

七

隨著我讀的書越來越多,囫圇吞棗,也吸收了不少養料。知識的增加,視野的擴大,思想日趨成熟,我對文學的興趣越來越濃厚,志向逐漸清晰。幼兒時,我喜愛聽童話故事。少年時期,我偏愛戰爭題材小說和武俠小說。後來,又對科幻小說,驚險偵探小說感興趣。每一個時期,我的信念都很堅定,以為我喜歡的就是世界上最好的。可惜,在那文化貧荒的年代,我的選擇不多。

　　在姐姐讀中學的舊的語文課本裡，有幾篇長篇小說選段，很吸引人。有曲波寫的《林海雪原》片段。《水滸》裡的《智取生辰綱》，《三國演義》中的《失街亭》。可惜都是那麼一段，沒頭沒尾。我很想能看原著，可是無處尋找。我為小說中壯烈戰鬥場面所激動，為那些英雄好漢叫好不迭。那時期，我讀書很注重故事情節，而不喜歡那些描寫瑣碎生活場景的文章，還有那些冗長的議論，那些男男女女的詠唱對白也令我失去耐心。我很欽佩那些英雄好漢，用大瓢在水桶裡舀酒喝，多豪氣。戰場上立馬橫槍，大喝來將通名，殺將過去。我一直想著如果將李逵手中的大板斧換成現代化的衝鋒槍，那才痛快。

　　有些作家總是喜愛在自己的傳記中輕描淡寫地說自己當上作家純屬偶然，似乎那麼隨意，漫不經心就戴上了這麼一頂桂冠。多麼超然，灑脫。我不能，我辦不到。我從小立下雄心壯志，一生孜孜不倦的追求，大有破釜沉舟，義無反顧。

　　大約在十二歲的時候，我就開始了我的文學創作生涯。那時，我還在小學讀五年級，認識漢字不足三千。我用一本薄薄的練習本開始寫作。為了節約寫小說的練習本，作業我都先用鉛筆寫，然後用橡皮擦去字跡，再用鋼筆寫一遍字。那時我還沒有想到要準備多少練習本才能當上作家，思想很單純。如果要知道文學的路這麼窄這麼長，我可能就會去做一些充分的準備，起碼先準備好我人這麼高的一疊練習本。當年，我雄心勃勃，以為文學一蹴而就，作家舍我其誰也。

　　我最早的文學創作是一部戰爭題材小說。年輕時總有股子英雄主義，特別喜愛看戰爭故事。當然這部小說沒有寫完就夭折了。其實，照魯迅先生說的早期人們勞動時哼的杭唷就是詩歌，我的文學創作還可以追溯到更早以前。在童年，我常和小夥伴們一起玩耍做遊戲。晴朗的夏夜，坐在草地上，頭頂上星星在閃爍，小朋友們輪流講著故事。輪到我時，聽來的故事講完了，一時想不出講什麼。我是被認為比較會講故事的。於是我在腦子裡編起故事來，一邊編著一邊講。是小動物的故事。比如烏龜和兔子啦，狗熊和大灰狼啦，獅子與老

虎啦……不會很生動，更談不上有什麼意義，但也能應付小夥伴。以後，在中學時，也曾有過別的志向愛好。數學競賽得了獎，我也曾想當一名數學家。讀了一本太陽月亮星星的科普書，就想當天文學家。但是，文學的夢一直伴隨著我。

如果說，早期我對文學的認識還是朦朦朧朧，僅僅是興趣是愛好。自從我瞭解到世界上有一個地方在頒一個名為諾貝爾的文學獎，我就開始做著一個偉大的夢。我曾經做過許多的夢，多彩多姿的夢構成我生活的主要內容。在學校裡讀書的時候，如果有我的作文被老師選中作了範文，在班上朗誦之後刊登在黑板報上，我得意洋洋，以為自己有這麼好的寫作才能，將來定能躋身於名作家之列。其實，那些作文只是很幼稚的應時之作，不長，幾百字，通篇都是空洞的口號式排比句。不過，這對我的鼓舞仍然很大。

我的想像力隨著生活閱歷的增加和讀書增長的知識而激發出來，越顯豐富。對語言的美，語言的力量，我有了更新更深刻的理解。我在精神上更講究起來，認識到心靈裡湧出來的才是不朽的詩篇，用文字建造起來的金字塔勝過任何材料。我們的前輩早就為我們樹立了榜樣，他們詠歎道：屈平詞賦懸日月，楚王臺榭空山丘。

雖然，我從小就立下雄心壯志，但是並沒有很快獲得成功。古時候，有許多少年時期就顯示出超人天賦的才子，他們好似燦爛的星辰在天空閃耀。有個叫解縉的，七歲能改詩使縣官大人免去加重賦稅。王勃十四歲寫出《滕王閣序》。落霞與孤鶩齊飛，秋水共長天一色，千古絕唱。我真是望塵莫及。我這棵小松樹長在貧瘠的土地，缺水少肥，枝凋葉鄙，時運不濟，命途多舛。但是我相信，繩鋸木斷，大器晚成。我孜孜不倦，默默苦讀，胸懷大志，充滿理想。

我一心要走文學的路，卻不知這條路如此艱難坎坷，荊棘密佈。我像一棵戈壁沙漠的小草，匍匐在沙塵中景仰著那巍峨高聳的金字塔。金字塔上端坐許多大師。莎士比亞、普希金、雨果、托爾斯泰……還有我的老鄉曹雪芹，他一直是我的榜樣。大師們俯瞰蒼茫人

生，目光中充滿了悲憫。他們向我頷首微笑，使我勇氣倍增。在充滿幻想，充滿希望，志氣昂揚的少年時期，文學在我的人生中為我創造出另一種人生。它使我生活在另一個世界。文學是人類夢的延續，人類只要會做夢，就會有文學。我至今仍堅信不疑。

　　生命的歷程孕育著希望與神話，人類的苦難與夢想日復一日在心靈中進行創作，並以神話的形式表現出來。古希臘、古埃及、古羅馬燦爛的文明，在愛琴海、尼羅河、亞平寧山脈留下不朽的奇跡。人類優秀的兒子荷馬、但丁、莎士比亞以曠古的喉音唱出飽經滄桑的歌聲。在東方，古老的中國，這片黃色的土地，女媧補天，精衛填海，大禹治水，夸父追日，一代代人憧憬渴望，編織著一篇篇美麗的神話，動人的傳說。如今，古老的神話傳說已經逐漸被人遺忘。電腦，基因，克隆，生命不再神祕。太空船，星球大戰，破滅了人們對天堂的最後嚮往。物質戰勝了精神，物欲腐蝕了理想。在這喧囂的塵世，我，一個最後的行吟詩人，一個穿越時空的流浪者，高舉起堂吉訶德的長槍……古老的神話又在我的心靈中編織創作，閃爍出一道道五色迷離的光彩。我被誘惑、迷亂、沉醉了，情不自禁提起了筆。

　　我十七歲的時候開始寫第一篇小說。這是一篇童話，講的是少年英雄為民除害的故事。我曾嘗試過寫一部戰爭故事小說，但是沒有成功。後來我分析為什麼失敗，主要是沒有經驗。我沒有經歷過戰爭，這一直是我的遺憾。當然，不寫小說我也願意去打仗，那樣，當不了作家也可以當將軍。

　　當不了將軍也寫不出戰爭小說，我就得另闢蹊徑。寫童話不需要經歷，只需要想像。我的腦子裡每天都充滿了奇思妙想。這些奇思妙想充塞了我多彩多姿的夢。一個仲夏夜的夢用文字記錄下來就是一篇奇妙無比的童話。在夢中，我是孫悟空，我是金剛，是超人。我一蹬腿就能飛上天，一埋頭就能潛下海；手一伸嘴裡噠噠噠就能掃射出子彈打倒一大片敵人。並且我槍打刀砍總不會死。不過，非常奇怪，我在夢中總是被人打敗，飛天潛水也總是為了逃跑。我嘴裡不停發著

連珠搶，敵人卻越打越多，這有點叫人沮喪。後來我讀了點佛洛德的書，他說這些夢卻原來是我從幼年起被壓抑而得不到滿足的本能欲望，在被排擠到無意識領域中。被他一分析，我更覺得沮喪。

我的童話當然要以喜劇結束，這樣才符合中國小說的傳統。小說的開頭使我費了許多腦筋。我寫道：「從前……」很快就劃掉。這太一般了。過去人們講故事都是這樣開頭。我又寫：「很久很久以前……」還覺得不滿意。我以為一篇小說開頭很重要，這樣才能引人入勝。我嘔心瀝血，冥思苦想，終於靈感出現，我的腦子霍然冒出兩句絕妙的佳句，馬上提筆寫下來。「這是個美麗的地方，有一個動人的傳說。」我很高興，既開門見山，又回味悠長。真有點像古人說的那樣，「兩句三年得，一吟雙淚流」的味道。我至今仍覺得是妙筆，不亞於那句托爾斯泰的開篇名言：「幸福的家庭都是相似的，不幸的家庭各有各的不幸。」勝過歐陽修那句刪繁就簡：「環滁皆山也。」我左推右敲，智盡能索，寫出經典開篇之作。這時，我起身一望，窗外昨天還是赤白的小楊樹一夜間已是一片翠綠了。

一段時間，我每天把自己關在小屋內捏著筆桿思索著，斷斷續續寫出一點東西。晚上，我躺在被子裡，趴在枕頭上寫字。白天則坐在小木凳上把床當書桌。所幸的是，也可能是不幸，那時我有很多閒置時間。學校只上半天課，沒有作業也不考試。我把這些時間都花在了幻想和寫作上。我冥思苦想，攪動我大腦裡那些灰白的細胞。整整花了一個月的時間寫出一篇童話小說。

我的童話故事描寫了海洋。那時，我還沒有見過大海，但是我知道，這個地球上四分之三都是水。我極力想用生動優美的詞彙描寫海灘、礁石，還有美麗的浪花。我看過一本書，叫《木偶遊海記》。我從這本有趣的書裡得到許多關於海和海裡生活的動物的知識。現在這些知識還充實著我的腦子，在生活中運用著。我少年時期關於海洋的知識主要來自這本小書裡。我的童話故事寫道：

許多年以前，大海蔚藍平靜。海岸上，青山綠水，風光美麗。居

住在這裡的人們世世代代辛勤勞動，建設自己的美好家園。

　　有一年的冬天，這一帶的海裡來了一個海妖。海妖一來，人們可就遭殃了。海妖吃人，時常上岸把人掠到海裡吃了。海妖吃人的時候，是在漆黑的夜裡，天空雷鳴電閃風雨交加，很遠都聽得到海妖翻騰著海水的咆哮聲。有時，海妖性起，還會驅趕著海水撲上岸來，沖毀房屋卷走人畜。每當災難臨頭，人們嚇得哆嗦成一團。天亮了，風停了，雨住了，人們哭喊著奔到海邊，在沙灘上收殮親人的屍骨。那是海妖吃完人吐出來的骨頭。

　　許多人葬身兇惡的妖腹，人們紛紛逃離家鄉。可是，離開家鄉土地，哪裡又有安身之處呢。人們祈求海妖不要吃人，給海妖上供品，把成群的豬羊趕下海。可是兇殘的海妖不要，它用海浪把牲口又推上岸，它就是要吃人。人們嚇得連門都不敢出，戰戰兢兢度過了一個寒冷恐怖的冬天。

　　故事開始進入高潮了，我的主人公出現了，他們是兄妹兩人。哥哥叫阿山，妹妹叫阿雲。阿山十六歲了，長得像山一樣健壯。阿雲十三歲，美麗得像一朵天上潔白的雲。自從海妖來了以後，人們都不敢上山砍柴了。可是阿山不怕。他說：哼，海妖敢來，我就用柴刀砍死它。也許，海妖真的被阿山的勇敢嚇住了，不敢傷害阿山。也多虧勇敢的阿山每天上山砍柴，將砍來的柴送給鄉親們，使許多鄉親在寒冷的冬天沒有凍死。

　　冬天過去了，春天到了。人們害怕海妖，不敢出門幹活，田園都荒蕪了。

　　這天，阿山又出去砍柴，可是，不一會就空著手回來了。怒火燒著胸膛，兩眼噴著烈焰。他對阿雲說：「海妖又吃人，妹妹，我要去殺海妖，為鄉親除掉這一大害。」

　　阿雲一聽，眼淚就流出來了。她知道，殺海妖，哥哥的生命很危險，但她沒有說阻攔的話。只是問：「你知道海妖在哪裡嗎？」

　　「我到大海裡去找，不殺海妖，不回來。」阿山炯炯的眼睛閃著

堅毅的光。臨走時，把他的砍柴刀留給阿雲，說：「妹妹，這把砍刀
你留在身邊，給你做伴，你守著篝火，不要讓它熄滅了。」阿雲忍住
湧上來的悲傷，使勁點點頭。

阿山走了，三天三夜沒有消息。阿雲在家裡守著篝火，三天三夜
不吃也不睡。她不停地往篝火里加著乾柴，一邊撥著火，一邊輕輕地
唱著歌。

「篝火在熊熊燃燒，
光明照亮了黑夜。
哥哥出門殺海妖，
妹妹等哥哥勝利歸來」
……。

「風啊，輕輕地吹，不要吹落了我的篝火。
雨啊，慢慢地下，小河水已經漲滿了。
大海啊，安靜些吧，善良的人們向你祈禱了。」
……。

唱著唱著阿雲在篝火旁睡著了。她太疲倦了。

突然，阿雲被一陣猛烈的喧囂驚醒。天黑了。屋外刮著狂風，大
雨傾盆而下，大海又咆哮了。篝火劈劈啪啪地燃燒著。阿雲又加了幾
塊乾柴，輕輕撥著篝火，她的心擔憂著哥哥的生命，默默地向著火光
祈禱。

風越刮越大，雨越下越猛，雷鳴電閃，海妖的吼聲驚天動地。篝
火猛烈燃燒著，隨著一陣陣風雷和海妖的吼聲，它擺動火焰，奮燃起
舞。這一定是阿山哥在與海妖作殊死搏鬥。阿雲緊張得渾身都哆嗦
起來。

忽然，一聲霹靂驚雷，狂風一下吹開了屋門，風雨撲到篝火上。
火苗頑強地跳動著掙扎著。狂風將火焰吹彎了腰。火焰不屈地左右搖
擺，騰的一下，向上沖去。雨箭從門外撲來，乾柴叭叭爆響，金星四
射。阿雲跳起來撲向房門，把門用力關上。外面一片恐怖的號叫。風

雨還在拼力撞著柴門。阿雲用身子死死抵在門上。房屋在顫動。又一陣強勁的狂風衝開房門，阿雲跌倒地上。風雨無情地撲向篝火。篝火終於熄滅了。阿雲驚叫一聲：「哥哥。」暈倒在地。

天亮了，風停了，雨住了。阿雲昏迷中蘇醒過來。她走出門，來到海邊。沒有找到哥哥的屍骨。在海灘拾到一截腰帶。阿雲認出來那是阿山哥出門系在腰上的，上面還有她繡的一枝杜鵑花。

山在哭泣，青青的草是它的睫毛，上面掛滿晶瑩的淚珠。大海在嗚咽，身軀抽搐著掀起一陣陣浪花。它輕聲喊：阿——山——。阿雲沒有哭，也沒有喊。回到家，拿起哥哥留給她的砍刀，在一塊大青石霍磨起來。磨著磨著，她想起哥哥，眼淚止不住地落下來。一顆顆晶瑩的淚珠落在青石上，落在砍刀上，吱吱地響著，騰起一股股青煙。阿雲一邊流著眼淚一邊磨著砍刀。砍刀淬著淚水磨得雪亮雪亮。

砍刀磨好了，輕輕拭去水漬。拿在手裡一揮，寒光閃閃，嗚嗚作聲。舉刀在大青石上輕輕一按。「啪」。砍刀離青石還有幾寸距離，大青石就自動分作兩半。又輕輕一按。「啪」。大青石分作四半。看看刀刃，一點痕跡也沒有。有這麼一把好砍刀，阿雲心中充滿了力量。

阿雲手提砍刀走出家門，將腰帶系腰間。她一直向前走，頭也不回。

大海很平靜，雪白的浪花輕輕地拍打著沙灘。阿雲順著海邊走啊走啊，不見海妖的蹤影，也不見一隻船。她站住，向海面望去。海上，蒼蒼茫茫。我到哪裡去找海妖呢？阿雲想：找不到海妖，怎麼替哥哥報仇。她著急起來，覺得一點辦法也沒有。坐在一塊礁石上，掏出哥哥的腰帶看著，傷心地哭起來。

一顆顆晶瑩的淚珠從她那美麗的眼睛裡滾落出來，葡地落在腰帶上。突然，腰帶騰地一下從她的手裡滑落到海上，迅速地變著，越變越大，最後變成一隻小船。阿雲一看，分外高興，立即跨上小船。小船載著她向大海中飄去。

　　風輕輕地吹，浪輕輕地搖，小船兒乘風破浪在海面行駛。阿雲站立船頭，海風吹得她飄散的長髮，像一面黑旗在飛舞。

　　小船漂呀漂呀，一直漂到太陽入海，黃昏在海面降臨。大海中出現一座孤零零的礁石。礁石上長滿了綠森森亂蓬蓬的海草。小船不再往前走，向礁石靠上去。阿雲跳上礁石，環顧大海，手握砍刀，威風凜凜，大聲喊：「海妖，你在哪裡，你出來。」大海一片沉寂。阿雲又高聲喊：「海妖，你不敢出來麼？」

　　忽然，一陣怪笑從海裡傳來。「哈哈哈——」阿雲不由得一下握緊砍刀，睜大眼睛向海裡望去。可是，什麼也望不到。而笑聲卻一陣陣傳來。這猙獰恐怖的怪笑，連大海也顫抖起來。笑聲戛然停止。一個兇惡沙啞的聲音傳來：「小人兒，竟敢到這裡來，你不怕死呢？」

　　阿雲正循聲尋找海妖，忽然腳下的礁石動了起來。她低頭一看，哎呀，原來腳下不是礁石。自己正站在海妖的頭上。阿雲吃了一驚。但仇恨和憤怒使她很快就鎮定下來。她更加有力地握緊砍刀，直握得手心沁出了汗。

　　海妖張著血盆大口，露出一排長長的獠牙。一隻獨眼暴突前額，大得像只燈籠，賊亮賊亮。那綠色的毛髮披散頭上，覆蓋著醜陋的頭和臉，相貌很是猙獰。由於得意，它沒有馬上傷害阿雲，一邊怪笑一邊說。「哈哈。這遼闊的大海也任我驅使。你這小小的人奈我何。只要我一張口，你就填了我的牙縫。」說完大笑不止。

　　阿雲手舉砍刀，心中充滿了仇恨。她想：我要殺死它。它太兇惡太龐大了，我一定要出其不意砍它的要害。對，先把它獨眼弄瞎。想到這裡，她大聲對海妖說：「海妖，不要笑，你的末日到了。」說著故意往天空一指。「你看，那是什麼。」

　　海妖不知是計，翻著獨眼往天上看去。乘此機，阿雲揮刀對著腳下海妖的獨眼猛力砍去。「啪」。海妖那大的像燈籠一樣的獨眼立即爆破瞎掉了。緊接著阿雲縱身一跳，上了小船。海妖沒提防，一下子眼睛瞎了。痛得它大吼一聲，竄出一裡多遠。嘩啦一下落到水裡，掀

起沖天的浪濤。巨浪差一點將小船掀翻。阿雲站穩船頭，手握砍刀迎戰海妖的反撲。

海妖負痛吼聲如雷，對著小船撲過來。阿雲駕船靈巧地躲過，揮刀向海妖砍去。一場惡戰，直殺得天昏地暗，排浪滔天，大海彷彿都要翻了個。海妖瞎了眼，看不見阿雲和小船。狂暴地駕著狂風縱著巨浪撲來撲去。阿雲勇敢沉著，避開海妖的襲擊，一刀一刀伺機向海妖身上砍去。小船一下被拋到高高的浪峰，一下又跌入深深的浪穀。阿雲始終穩立船頭。

又是致命的一刀砍在海妖身上。海妖垂死掙扎，拼力一跳，那龐大的身軀直跳到半空，重重地跌下來。嘩啦，一個巨浪遮天蓋地撲來，小船躲避不及，被巨浪吞沒了。在最後一刻，阿雲還巍然屹立船頭，臉上浮現勝利的微笑。

風還在刮，雨還在下，大海還奔騰不息。這一帶鄉親又膽戰心驚度過了一個風雨交加的夜晚。第二天，風停了，雨住了，太陽出來了。人們趕到海邊，只見大海蔚藍平靜，晴空萬里。人們正議論著兄妹倆殺海妖的事。忽然，一個小孩手指海面叫道：「你們看，那是什麼？」人們抬頭一望。只見在遠遠的海面上，一道美麗的彩虹飛架晴空，宛如一條美麗的天橋。人們驚奇不已。這時，一人說：那一定是兄妹倆殺了海妖，跨過那座天橋到仙島上去了。大家紛紛說是。從此，再也沒有海妖吃人。這個故事一直流傳至今。

這篇童話故事是我認認真真寫出來的第一篇小說。寫完，很想找個人看看我的作品。我渴望聽到讚美聲。我的心有點忐忑不安，我那時就像鼓足氣的氣球，如果被誰紮上一針就會泄了氣。誇張點說，真有點伍子胥過昭關的味道。當然，我並沒有因此一夜白了頭。說起白髮，我在少年時期就長有白髮，上初中時最多，成年以後白髮反而漸漸沒有了。我的身材沒有什麼可讚美的。用中國古典文學裡的形象描寫來說，是五短身材，其貌不揚。但是我始終有一個被人稱讚自豪的腦袋。只是少年時期人們誇讚的是我聰敏的大腦，中年後人們誇讚的

是我一頭蔥蘢黑髮。

我將我寫的小說鄭重地給我的朋友塗看。塗是我的第一個讀者，我很重視他的意見。

塗看了我的小說，給予很高的評價，堅決地鼓勵我去投稿。塗的小眼睛在鏡片後面閃爍，一副世事洞明的樣子，建議我起一個能引人注目打動編輯的筆名。許多大作家都是用筆名，我的朋友塗對此津津樂道。他幫我起的筆名個個意味深長：魯速，高爾礎，巴銀。聽了塗的話，我很激動，考慮再三，覺得還是先給自己揚名要緊。

我信心十足將稿子給一家文學雜誌寄去，然後，天天算著日子盼回音。誰知，過了兩個月，稿子被退回來，裡面夾著一張小小的印著鉛字退稿信。這令我很沮喪，同時心裡也有點不平衡，覺得這些編輯真是有眼不識荊鄉玉。如今過了許多年後，當我重新回頭看看我寫的這篇小說，還有幾篇早年的拙作，真是羞愧得很。覺得實在是錯怪了那些編輯。如果要是我幹上這倒楣的職業，每天都要硬著頭皮讀那些枯燥無味紕漏百出的文字，如同嚼蠟，只怕是要跑肚拉稀，活不長久。

我忠實的朋友塗是我唯一的知音。他鼓勵我不要洩氣，繼續給我支持。說他的姐姐在省城認識一個搞文藝的編輯，可以去見一下，也許能幫幫忙。他通過他姐姐借回來幾本怎樣寫作的書，有《寫作概論》《怎樣寫應用文》等。看了這些書，我在學校裡的申請書決心書倒是寫得更好了。不過，我沒有去見那個編輯。我以為那樣有點褻瀆神聖的文學，還有損我的形象。我不想將來讓人們說某某大作家曾有為斗米折腰的經歷。

因為失敗，我開始比較客觀地考慮問題，尋求支持。塗的父親經常教育塗要抓緊時間多學習文化，不要白白浪費了時間。這個老知識份子還始終保留著他那傳統的世界觀。他時常感慨世風日下，人們不再重視知識。記得有一次他對我們說：「古之學者必有師，學無師承難求益。」這兩句話文縐縐，但我明白話裡的意思。我喜愛讀書，一

心想在文學上有所作為，我瞭解到許多人的成功都是因為有老師的指導提攜。我想了許多日，決定給一位重要的文學前輩寫一封信，說說心裡話，希望得到幫助。

給誰寫信？我頗費躊躇，思考了幾天。有的人名氣很大，學問很高，現在還身居高位，出入社會活動場所，但是德行卻得不到我的尊敬。有的人我無比敬仰，但是久無音訊。這些年政治鬥爭不知被打倒關押，還是已去世了。最後，我選擇了當時名氣很大常能在報紙上看到他名字的一位先生寫信。我滿腔熱忱，無比虔誠提筆給先生寫信。信中先傾訴我對先生的敬佩之情然後殷殷地請求希望得到幫助。最後，我還驕傲地告訴他，這是拯救中國文學的行動。那年，我十七歲，一位十七歲的愛好文學的少年給一位七十歲位高望重的老作家寫了一封長長的懇切的信。這本來可以發生一個很動人的故事，可以成為文壇千古佳話。可是在中國，二十世紀七十年代，這封信如石沉大海，杳無音信。

那些日子，我翹首盼著回信，期盼中，做著一個美好的夢。夢中，我看到我家的門庭春風如煦，紫氣東來。我聽到青牛踏著春草噠噠噠的蹄聲。

八

一九七四年春，淅淅瀝瀝的細雨忽晴忽落；微醺的風輕輕吹過原野。空氣清涼，桃花開了又落了，田裡的油菜謝了黃花結起翠綠的豆莢。天晴時，暖暖的春陽從薄雲裡透出柔柔的光，天空飛起一隻只風箏。

小時候，這個季節，我跟著小哥去放風箏。風箏是小哥哥自己做的。用竹子做骨架，新鮮的幹竹子，又輕又有韌性。削得扁扁薄薄的，用線紮好固定，用軟米飯粒黏合糊上輕薄的白紙，再接上一長串紙尾巴。風箏尾巴的紙要厚一點牢一點，以防被風刮斷。尾巴不能太

長太重，否則風箏飛不起來。也不能太輕，頭重尾輕的風箏會在空中翻跟頭。向母親要一卷棉線，拴住風箏，牽引著。小哥哥做的風箏是個凸字形，加上根長尾巴，飛上天空像只大蝌蚪。平坦的操場或田野空曠的草地，我舉著紙紮的風箏，小哥在另一頭牽著線。他喊一聲「放。」我一鬆手，小哥拽著線奔跑著，風箏迎風飄飄升上天空。我趕緊追過去，從小哥手裡接過線卷，仰頭望著天空中的風箏，將線放得長長的，風箏飛得高高的。我的手牽引著細細的線兒，線兒牽引著高飛的風箏。我的心渴望著像風箏一樣飛翔。

清明時節，孩子們都去放風箏，天空中一隻隻風箏翩翩飛舞。有淘氣的孩子牽著風箏互相鬥架，用線去割別人風箏的尾巴。割斷尾巴的風箏就會一個倒栽蔥掉下來。要想戰勝別人，風箏得放得高高的，別人夠不著。有時放著風箏，天色晚了，不願收線，就將線拴在自家門前樹上，風箏能在天上飄一個晚上。這一定要極好的天氣，不然，夜晚的霧氣會將風箏打濕掉下來。

這年春天，我沒去放風箏。我十八歲了，已經進入成年人的行列，如果我有個小弟弟，我就會幫他做風箏，帶著他去野外放飛。自從換了新的班級，我和同學們的關係越來越冷淡。我越來越孤獨起來。我和我的朋友塗又被分開來，我們見面的時間少了。這時期，我的第一篇小說給一家文學雜誌寄去，很快就被退稿，這令我十分失望。我又給一位大作家寫了一封信，傾訴我的苦悶我的理想，希望得到指導和幫助。這封信遲遲未有回音。學校很少上課，學不到知識，在家中也無人交談，都在忙碌。沒有書讀，無聊空虛，每日用一些幻想來排遣打發時間。這時期，我漸漸地沾染上一些惡習。

很長時間，我就經常失眠，整夜整夜在床上輾轉反側，瞪著黑黢黢的屋頂直到天亮。夜裡睡眠不好，白天頭腦昏昏沉沉。上高中後，我的失眠症越來越嚴重起來。早晨，我從支離破碎的夢中醒來，起身出門，晨曦中走向田野。我喜歡到田野裡走一走。春暮，一陣細雨澆得小鎮樹木房屋顏色更鮮明，紅的更紅，綠的更綠。地上濕漉漉，汪

著水泡，浸著油油春草。天空紛飛的風箏都落了下來。有的掛在高高的樹梢，纏在電線杆頭；有的沉在水田池塘裡，落在溝渠中，零零落落，好不淒涼。微風吹過田野，因為失眠昏沉沉的頭腦清醒了許多。

　　夜雨過後的清晨，地平線放射出萬道朝霞，滿天玫瑰色的雲彩；抬頭望著東方，每天太陽都將從那裡升起。揉一揉酸澀的眼，挺一挺沉悶的胸，這時，我的心中會湧起一股感傷情緒。我越來越憂鬱了，開始寫詩，模模糊糊有一種創作欲望湧動在胸間。站在高坡上，悲從中來，斷斷續續吟出幾句詩：

　　我不知道，我從哪裡來，
　　從什麼地方，什麼時間？
　　我不知道，我的血脈有多長，
　　在我的軀體裡，曲折蜿蜒。
　　我不知道，我什麼時候去，
　　去到我來的地方——從前。
　　今天是明天的昨天，
　　明天的昨天是今天。
　　⋯⋯
　　我不知道，宇宙這麼大，
　　哪裡是界，哪裡是邊？
　　我不知道，浩瀚的天空有多寬廣，
　　神奇的生命，縹緲的神仙。
　　我不知道，哪些是真哪些是假，
　　世間的事都說是——因緣。
　　一切終將走向死亡，
　　死亡又是新的開端。
　　⋯⋯。

　　北方的天空，一隻工廠煙囪正冒出一團團白色的煙氣。煙氣上升，凝聚成一團，那形狀看上去像一頭綿羊，低頭吃草。隨著氣團慢

慢飄動，它又變幻成一匹奔馬，威武雄壯，炸聳著鬃毛，四蹄騰躍。不一會，這匹奔馬就消失了，一點殘雲升高變成灰暗色，彷彿成了高空一大塊濃墨的雲團中的一部分。工廠裡的煙囪還在冒著嫋嫋的煙氣，一團團漂浮著，變換著各種形狀。我向那天邊望著，被這多彩多姿的雲朵吸引住。這白色的雲，紫色的雲，陽光映照成金色的雲，形態萬千隨風飄動，其實都是水蒸氣，為什麼這麼多變幻？我想：難道也像人一樣。

工廠裡傳來上班的汽笛聲，我慢慢往回走。

不久，我將告別小鎮，再聽不到這熟悉的汽笛聲了。我和我的同學們都要去上山下鄉，只有極少數的人得以倖免。成千上萬即將畢業的中學生準備著響應偉大領袖的號召上山下鄉去。偉大領袖經常地向年輕人發出號召。偉大領袖揮一揮手號召說：造反有理。熱血沸騰的青年學生燒了他們的書，沖出了課堂，把個中國鬧得天翻地覆。偉大領袖又揮一揮手，說：知識青年到農村去，很有必要。於是一批又一批青年學生背著行李下了鄉，接受貧下中農再教育，泥巴地裡摸爬滾打。當那些知識青年在鄉下勞動鍛鍊苦苦熬煎，偉大領袖又說了話：大學還是要辦，特別是理工科大學。於是，停了多年的大學又開了門，接收推薦上來的工農兵學員。許多下鄉知青用各種方式奮鬥著走出泥巴地，進城去讀書。一批批中學生下了鄉，城裡的年輕人走光了，偉大領袖覺得該給城裡留點年輕人，就說：知識青年要四個面向。面臨下鄉的中學畢業生忽然有了轉機，有的人留了城，進了工廠，當了兵。

我大哥下鄉後，二哥中學即將畢業時正逢部隊招兵，他報名參軍，很幸運地被部隊選中，成了光榮的解放軍戰士。我家成了軍屬得到優待，三哥沒再下鄉，他留城進了工廠當了一名鐵路工人。當然，這些也來之不易，為了兒女的前途，父親和母親急白了頭。父親放下傲骨四處奔波，找熟人，請幫忙。兩個兒子安排好了，他們剛剛鬆口氣，又為我操起心來。

我不是獨生子女，按國家政策一家只能一個孩子留城，我已經有哥哥當了工人，不夠留城條件。剛剛恢復開辦的大學並不招收中學畢業生，學校面向工農兵，招收有實踐經驗的工人、農民、解放軍戰士，我只有下鄉去了。那些即將下鄉的學生家長們盼著偉大領袖能再說點什麼，他們議論著今年政策會不會變。偉大領袖揮一揮手，皺一皺眉，說一句話，千千萬萬的人的命運就決定了。偉大領袖很謙虛，他說：人民，只有人民，才是創造世界歷史的動力。

在小鎮的街道上我時常會遇見朱老三。朱老三讀了一年半初中就退了學。他有個革委會的親戚，給朱老三辦理了殘疾證，沒有去上山下鄉，現在是小鎮上的清潔工，每天清晨同清潔隊一起打掃街道。他佝僂著腰，扛了把大掃帚，邁著羅圈腿，逢人便說：「我上班呢。」很光榮的樣子。

清潔工大多是中年婦女，她們早晨出現在小鎮街道上，掃的掃，鏟的鏟，清理人們倒在路旁的垃圾。朱老三站在一旁，指手畫腳。這裡沒鏟乾淨，那裡還要清掃，顯得比誰都忙。有人來倒垃圾，他嘟嘟囔囔提醒人要倒進垃圾箱。人們幹著自己的活，沒人理睬他。他自以為是個人物，負著好大一份責任，跟在別人身後轉來轉去，背著手踱著步像個領導。逢人就喋喋不休吹噓自己的功勞，進行一番表揚與自我表揚。朱老三被特殊照顧留城，贏得許多人羨慕，只恨自己沒有殘疾，不是朱老三，沒有革委會舅舅。

在小鎮還能看到一些男同學，他們一個個無所事事精力過剩，成群結夥東遊西逛。有幾個同學不知從哪里弄來的舊黃軍裝，每人都穿一套馬路上大搖大擺招搖過市，撩雞逗狗，尋釁打架。打起架一窩蜂齊上，看誰不順眼拳打腳踢。就是比他們高大的成年人也給他們追打得狼狼逃竄。他們中有和我同過班，看見我，打個招呼，遞給我一支煙。這是幾分錢一包的劣質煙。我有點猶豫，接過來，哆哆嗦嗦湊嘴上，使勁吸一口，嗆得眼淚都出來了。他們邀我隨他們一起玩，我搖搖頭，趕緊離開他們。我怕被母親看到會生氣。

　　早晨，我獨自一人乘火車去省城。我想到書店看一看。雖然知道書店裡很少有什麼新書，我還是想轉一轉，或許還能在一排排《選集》這些政治書籍邊上找到一本新出的文藝書。

　　車上人很多，許多人站著。這是郊區短途客車，主要是給鐵路職工上下班通勤，也有郊區的農民。政治運動平緩了一些，有膽大些的農民挑著蔬菜進城販賣，車票也就一角兩角錢。鐵路職工都有免票，沒有票地說聲鐵路的，拿工作證學生證晃一下就過去了。有郊區農民冒充鐵路上的人，想不買票，被列車員推推搡搡，將他們的竹籃子踢下火車。

　　列車很慢，一小時幾十公里，站站停。車上人無所事事，個個漫不經意。那時的生活慢節奏，人們都很有時間。

　　列車到了一座小站，有人下車，我旁邊空出一個座位，我坐了下去。列車停了幾分鐘又向前開去，幾個剛剛上車的人從車門口擠過來。一個抱小孩的年輕婦女來到我身邊，沒有空位她靠著椅背站著，顯得很吃力的樣子，隨著列車賓士搖晃著。我想站起來給她讓座，忽而又遲疑起來。在這種人多的地方，我不想引人注意，對方是個女人更使我害羞膽怯。正在我猶豫的時候，斜對面一中學生樣的姑娘站了起來給抱小孩的婦女讓座。我頓時覺得難為情起來，後悔自己沒有起身讓座。彷彿邊上有人在用譴責的目光注視我，挺不自在，如坐針氈。

　　女學生挎只黃書包，站在走道上，從書包裡拿出一本書看起來。那是本外國小說，名字叫《牛虻》，是本半禁半開的書，我看過。書中那個主人公雖出身豪門，卻離家出走投身革命，歷經磨難，被敵人抓住，英勇不屈從容就義，使我感動地落淚。油然我對這女學生生起好感，想將座位讓給她，又羞於啟口。忐忐忑忑，好不容易，列車到站了。連忙跳起來，對女學生說：「我要下車了，你請坐這裡吧。」女學生奇怪地望著我。「我也要下車了，這是終點站啊。」幾個乘客詫異地望著我。我頓時覺得無地自容，慌慌張張往前擠去。

　　一個人踽踽地在街道逛著。持續了二十來天的雨季過去了,天空逐漸晴朗起來。空中佈滿灰色的雲團,正午的陽光從雲的縫隙射出來,一束束光柱看起來有點朦朦朧朧。空氣潮濕,呼吸起來並無涼意。地上蒸騰著熱氣,望著天空,那束束光柱,從雲間射向大地,使人生起幻想,彷彿那裡會飛出幾位小天使來。路過一座廣場,廣場很大,號稱僅次於天安門廣場。主席臺上立著巨幅領袖畫像,對面是革命歷史博物館。

　　廣場草坪上三三兩兩有人散步。一個女人又唱又跳,手舞足蹈,幾個閒人在旁邊圍著觀看。這是個精神殘疾的瘋子。瘋女人不停地唱,不停地跳。唱的語錄歌,跳的忠字舞,身子旋轉扭擺著。遠看有點像羅老師的愛人,近看卻不是。她很年輕,模樣也端正,可是兩眼發直目光呆滯,呈著一種病態。她為什麼瘋了?她經歷了什麼?是為了愛情,還是有冤屈?沒有人告訴我。啊,可憐的人。

　　廣場邊上的書店沒什麼人,櫃檯裡也是空空蕩蕩,兩個女售貨員站角落裡聊天。不多的書都在櫃檯裡面,只能隔著櫃檯看書的封面名字,看中了就請售貨員拿出來,站櫃臺邊翻看內容,喜歡就掏錢買下來,不喜歡就還給售貨員。現在買東西不再用背語錄了,不過如果讓售貨員多拿幾次就會遭到白眼甚至訓斥。

　　標著文藝書籍的櫃檯寥寥可數放著幾本詩集。《井岡山頌》,《天安門禮贊》,《獻給火紅的年代》,《軍訓號角》,書名一看就知道內容。我隨手指指要了兩本翻看,熟悉的口號式語句,裝腔作勢忠心的表白。又換兩本翻看,還是了無趣味。看到櫃檯一本最新出的長詩《西沙之戰》,讓售貨員拿過來。售貨員已經顯出很不耐煩神情,抽出書丟過來。我翻開,讀了幾行。

　　炮聲隆,戰雲飛,

　　南海在咆哮,

　　全世界,齊注目,

　　英雄的西沙群島。

湧浪裡，風雲中，

海燕排空上九霄。

壯志鼓雙翅，豪情振羽毛。

……

這位詩人，很是令我羨慕嫉妒。他既能寫詩，還能上戰場。

我猶豫著買還是不買。售貨員在一旁與另一個售貨員搭訕，不再理睬我。摸摸口袋，捏捏衣角，我訕訕地還回書，空著手逃也似離開書店。

春天過去，夏季來臨，天氣漸漸熱起來。學校已經停課，我在家中無所事事，極感無聊，度日如年。我時常一個人外出遊蕩。到工廠看工人們修火車，到田野看農民耕田。有時，躲在校園無人的一處角落怔怔坐上半天。

這一年，我的身體狀況糟糕起來。神經衰弱困擾著我，憂鬱的病毒侵蝕著我的肌體，我開始出現健忘，心悸，煩躁不安。我的注意力不能集中，精神恍恍惚惚。有時面前攤開一本書，呆呆地盯著看了許久，卻不知看了些什麼，腦子裡一片空白。時常出現眩暈，面色蒼白，全身冷汗津津。我可憐的心臟似不堪這重負，在輕輕地呻吟。我的大腦裡那些細胞由於缺血開始枯萎。

母親也發覺我的身體狀況不好，我的精神萎靡不振，整天少言寡語，她很擔憂，弄了些偏方來給我治療。我心臟不好，她想方設法買個豬心，洗乾淨將她一隻珍藏多年的，還是母親的母親留下來的金戒指放在豬心裡燉熟了，取出金戒指讓我吃豬心。我經常出虛汗，她用雞蛋殼在爐火上烤得黃黃脆脆地碾碎了沖水讓我喝下去。她還不知從哪里弄來許多別人孵小雞沒出殼的蛋煎了給我吃，說這能補虛。孵過小雞的蛋殼殼裡已經長出雞的雛形，有雞頭雞腳還有許多雞毛，但小雞肚子裡還是蛋黃，這種蛋吃得我膩歪極了。為了治療我頭昏眩暈，母親托人從外地買了點天麻，放在一隻鴿子肚子裡蒸熟了給我吃。飛翔得又高又遠的鴿子不會暈眩，它對我也許會有幫助。母親想方設法

給我治病，無微不至關懷我，但她並不知道我病症的根結所在，不知道我心裡的苦悶，我精神裡的病源。

這時期，我尋到一本安徒生的童話讀著，心靈充滿悲傷。我讀《海的女兒》，被深深感動。我讀《醜小鴨》的故事，心中充滿夢想。憂鬱的日子，我到處尋找歷史上偉大人物克服困難艱苦奮鬥走出逆境的故事。我心裡默默地背誦著許多先賢哲人的名言。我相信，是玫瑰總會開花的。

近年來，漸漸地，我熱衷於翻閱照相簿了。並且有意無意地將家中零散的舊相片收集起來。過去的家庭都喜歡將家中的照片夾在鏡框裡掛在牆上。全家福放得大大的居正中央，家庭成員以及親戚朋友有單照有合影各居一隅。倘有人來訪，這些照片是很好的話題。客人一進門，首先被迎面的相片吸引目光。主人一一指點著每幅相片解釋著。客人對主人的家庭情況很快就得到了瞭解，站在鏡框前瞻仰著，隨著主人的解說感歎幾聲，讚揚幾句，然後才會坐下來談別的事。

現代家庭一般不再掛老照片。新婚家庭會掛一幅結婚照，經過化妝，很藝術的。別的相片都收在相冊裡，偶爾才拿出來給人翻閱一下。過去，我家在一進門就能望見的牆上掛了一幅很大的鏡框，裡面夾滿了相片。從我的爺爺奶奶，到我的叔叔嬸嬸，應有盡有。當然，最多的還是我家中父親，母親，哥哥姐姐的相片。還有我自己的，不同時期從小到大的光輝形象。鏡框是竹制架子，雕飾著花紋，古色古香。

隨著歲月流逝，古老的鏡框幾經搬家拆卸，散了架。那些照片散落在櫥櫃抽屜裡，經過一段時間遺失了許多。我看見這些照片，整理起來，收進我的相冊。過去的老相片都是黑白照，質地很好，很經得起歲月的考驗。

人到了一定的年齡就會懷舊，我似乎還太早了點。我看過劉心武在《收穫》裡寫的一個專欄，《私人照相簿》。尋常舊事，慢慢道來，饒有興味。我倒不是想模仿他也講些什麼舊照片的故事。像這一

類的小文章也只有大作家可以寫的，這需要名人效應。倘是普通人，誰耐煩聽你的陳芝麻爛穀子瑣事。其實，我的照相簿裡也蓄著許多故事，看見這些相片，能打開我記憶的閘門，湧起情感的浪花，流淌出歲月的故事。

歲月悠悠，人生的長河不停地冲刷著時日。思緒隨波逐流，往事如沉積江心的沙洲。童年的夢像金色的砂礫在陽光下閃耀，一片片亮閃閃，有歡樂，有憂傷。在隆起的沙洲上，悄悄地長出綠草，飛來鷗鳥，泛起盎然的生機，響起活潑潑生命的旋律。我在沙洲上漫步，有時，彎腰拾起一顆卵石。美麗的小石子兒光滑圓潤，五彩的紋路閃著記憶的光輝。這些歲月的河灘上五光十色多彩的卵石，有的是一本舊書，有的是身上的一處疤痕，有的或者是一張相片。最能蓄存記憶勾起往事的東西莫過於相片了。

在我家保存著一張三代同堂全家福大照片。這張照片上，有我的爺爺奶奶，我的父親母親和我們一家。還有我的幾個叔叔嬸嬸姑姑和他們的家人，二十余人濟濟一堂。照這張相片那年我才兩歲。從照片上看，兩歲時的我很有些其貌不揚。據說，去照相時，我表現不佳，又哭又鬧不肯進照相館大門，似有一種無名的憂慮攫住了我。大家用了很多辦法也沒能哄我安靜下來。最後，爺爺將我抱起來，走進街旁一家玩具店，買了一隻橡皮胖娃娃才止住我的哭泣。我安靜下來，對橡皮胖娃娃發生了興趣，愛不釋手。照相時，橡皮胖娃娃就擱在我腳前，使得我的大家庭就像多了一個小成員。以致後來有人竟會指著照片裡那小胖娃娃問：這小孩是誰？

這只玩具娃娃那麼可愛，吸引了我大哥的目光。他只顧盯著玩具娃娃，衣服沒穿好，一半掖在褲腰裡，一半露在外面。系褲子的皮帶稍翹起來，像一根尾巴。這根尾巴被二哥發覺，他正要去提醒大哥，卻被攝影師按了快門。而我的三哥那患炎症的鼻子總給他找麻煩，他正擤了鼻涕往衣服上擦。那一次大概是我有生第一次照相。母親也對那次照相記得特別清楚，她多次指著這幅照片說起我哭鬧不肯進照相

館的事，那只挺神氣地站在我腳邊的橡皮胖娃娃被當作取笑我的例證。

　　照片年代久遠，已經發黃，人像依然清晰分明。照片中我被爺爺摟在懷裡愁眉不展正盯住那攝影師，不知他將頭鑽進那塊紅黑兩色的布裡幹什麼。突然白光一閃，我兩眼一黑，怔怔地呆若木雞，彷彿被那攝影機攝去了靈魂。

　　我有時會將這張全家福照片翻出來，久久地端詳。歲月蹉跎，照片中兩歲的小男孩已進入中年，人生真是彈指一揮間。當年，照這張照片我的長輩們圍住我又哄又騙，軟硬兼施，誰能想幾十年後這孩子會出息成什麼樣。毛毛蟲沒有變成美麗的蝴蝶，至今我還是一事無成。

　　人生到底是命定的，還是機緣巧合。宇宙是有序還是無序，人們還在爭論不休。長期以來，我總是心緒難寧魂不守舍，這一切我懷疑是不是與那次照相有關。而立之年未立，不惑之年還充滿幻想。我迷惘，我惆悵。母親啊，您真應該去到大路口為您的兒子喊一喊：魂兮，歸來吧！

照片中我被爺爺摟在懷裡愁眉不展正盯住那攝影師，不知他將頭鑽進那塊紅黑兩色的布裡幹什麼。突然白光一閃，我兩眼一黑，怔怔的呆若木瓜，好象被那攝影機攝去了靈魂。

▊ 第六章
青春隨風

一

　　中學的最後一年，學校繼續走「五、七」道路，學生僅僅在學校裡勞動已經不夠了。學校實行開門辦學，組織學生去工廠學工，到農村學農。為了適應畢業後四個面向（即面向農村、面向邊疆、面向工廠、面向基層），學校把原來的班級打亂了，成立起許多興趣小組。有電工興趣小組，鉗工興趣小組，農機、木工興趣小組。還有一個寫作興趣小組。同學們報名參加興趣小組都表達了自己良好的願望。出於對文學的熱愛，我報名參加了寫作興趣小組。對於我參加什麼寫作小組，父親有點不高興。不過他也冷靜地看到並不是參加什麼興趣小組將來就會幹上什麼職業，也就沒有干涉我。

　　我們寫作小組一共有十幾人，大都是平時喜歡舞文弄墨的同學。也有的同學以為搞寫作好混日子，不必像其他小組要勞動，整天和油污泥巴打交道。寫作興趣小組人數比較少，學電工的人最多，有一百多人。學校開初還成立了一個學農興趣小組，可是報名的只有毛毛一個人。毛毛並不是為了準備去下鄉務農，而是因為他爸爸老工宣隊管理著農場。

　　電工、鉗工興趣小組的同學都去到工廠，他們跟著工人師傅當起小學徒。木工小組的同學在學校忙著修破桌椅板凳。寫作興趣小組則留在學校念報紙上的文章。我的好朋友塗去了農機興趣小組。他考慮得比較現實，為著將來下鄉後可以去修水泵，修拖拉機。我們見面的

時間少了，我少了個說話的人，形單影吊。

這年秋，我們寫作小組在學校讀了一個多月文章，決定下工廠農村去體驗生活。那時提倡作家深入生活，和工農兵群眾同吃同住同勞動。同學們寫文章總喜歡用什麼「鋼花飛舞，稻穀飄香」的詩句。一體驗生活，還真是覺得幼稚無知。

在農村，幫農民割禾插秧，累得腰酸腿痛，幹不到農民一小半活。割稻子許多同學被鐮刀割到手指頭。在工廠，穿上馬褂似的工作服，跟著工人師傅屁股後面轉，寸步不離。經常搞得身上油漬麻花臉上烏漆墨黑。有時幹完活坐下來休息，忽然師傅起身走了，連忙跳起來跟上去。跟了會，師傅一回頭看見，說：「你跟來幹啥？我上廁所。」不由臉一紅，快快地回去坐下。

有一段時間學工勞動我進了父親上班的工廠，跟著工人師傅修火車。那一年，我十八歲，我在學校學不到什麼知識，開始走上社會。每天，在汽笛召喚下我隨著那些工人一起上班下班。在工廠呼吸著充滿煤煙和油污的空氣。機器聲轟鳴震耳欲聾，火車汽笛不時響起此起彼伏。走在一排排鐵軌上，我神經緊張四下張望，躲避著呼呼隆隆開來開去的火車頭。

我跟著學工的師傅五十來歲。個子不高，頭頂有點禿，有個紅紅的酒糟鼻頭，那下邊時常噴出點二鍋頭的味道。他是個面善性情隨和的人。剛進工廠我一步不離緊緊跟著他。幫他提工具，幫他領材料，甚至幫他買香煙。師傅同我說話，問我的名字，多大年齡，在家排行第幾。我都畢恭畢敬一一回答。

我經常跟著一起幹活的還有一個師傅，三十來歲，瘦瘦的。戴頂鴨舌帽，背有點駝，形象有點滑稽。為了區別大師傅，我稱他為二師傅。二師傅曾經也是大師傅的徒弟。不過這個徒弟跟著師傅幹了好多年，師傅的本領都學會了，就不像我那樣對師傅畢恭畢敬了。二師傅人有點懶，在車庫幹活有髒活累活他總往旁邊躲。他不鑽車底，蹲邊上幫著遞工具。抬重物他跑去指揮行吊。有時人們都忙著幹活，他卻

站在邊上同開天車的女工開著玩笑。大師傅罵他，也不生氣，嬉皮笑臉的。細瘦的手腕戴了塊挺大的沉甸甸的手錶。不時抬起手腕看看時間，每次不等下班汽笛響說聲到點了，就拿起飯盒去吃飯。

大師傅是個老兵，五十年代末從部隊下來進了鐵路。休息時，他喜歡談自己年輕時當兵的歷史，談過去打仗的經歷。他愛吹噓自己四九年隨軍南下，從膠東灣一直打到海南島。在海南島用木船打國民黨軍艦，南下的北方兵大都是旱鴨子，木船雖多，被國民黨軍艦一撞就翻了，落海裡死了不少人。我聽了大師傅的故事，很是佩服，把他當成大英雄。

二師傅卻不以為然。二師傅悄悄告訴我：別聽他吹牛，他是國民黨俘虜兵。二師傅當著我的面嘲笑大師傅：「你當了那麼多年的兵，也算老革命了，肩上連一個小星星都沒混上，從部隊下來怎麼還是丘八一個。」

大師傅被二師傅說得不好意思，辯解說：他本來要當排長的，在部隊最後一年，已經讓他代理排長了。有一次，他的排去打靶，正遇上副團長下來視察。在靶場上，副團長心血來潮，從一戰士手裡端過槍對準靶子乒乒乓乓放了一通。大師傅在一旁畢恭畢敬。副團長打完了子彈，他忙不迭跑去看靶。半截人高的靶上光禿禿沒一個槍眼。將靶子扛到副團長面前，他尷尬地報告說沒打中。副團長好沒趣，指著靶上一破洞說：「中了一發。」

大師傅傻乎乎：「報告團長，是風吹破的。」

副團長惱羞成怒，掉頭就走。臨走，給連長扔下一句話：「這樣的人怎能帶好一排人。」第二個月，復員名單上就有了他。

二師傅是蘇州人，說話軟軟的，嗲聲嗲氣。他也會向我談他的過去。談到他讀小學時，參加少年藝術團，跳過新疆舞。上中學寫過詩在《萌芽》上刊登過。《萌芽》是當時全國著名的文學期刊，多少文學青年都曾夢想著自己的名字出現在它上面。他的老師曾預言他很有出息，會成為詩人，藝術家。中學畢業，因家庭出身，上大學政審沒

通過。不得已求其次，進了所鐵路機校，畢業後當了名工人。談到這些，二師傅顯出無限感慨的樣子來，懷念起那幸福的童年時代，感歎自己越來越落魄了。

二師父三十歲了還沒有結婚，聽大師傅說他曾談過一個女朋友，都快領證了。後來因為他平時嘻嘻哈哈，說話隨便。一次在澡堂洗澡，看見一個人下面濃密茂盛，戲謔說：嘿，像老馬（克思）的大鬍子。被人告了狀，說他誣衊偉大導師。大會小會狠批一通，差點打成壞分子，女朋友也離他而去。談起來這些他很有點感傷，神色黯然。不過只一會，就又放晴了面孔，抬腕看看手錶說：「哎，要下班了。」

那塊表是他的驕傲。只要有人說：「你這表真漂亮。」他立刻引為知己，得意地將手腕伸過來，在人面前晃一晃。「很貴的，二百多元買的。」二百元錢是他近半年的工資。

有一天，幹完活，下班換衣服時我發現大師傅腰上系了條紅布帶，遮遮掩掩解下趕緊塞進衣兜。邊上無人時我悄悄對瘦子二師傅說：「大師傅系了紅腰帶。」

二師傅狡黠一笑，說：「那是大師傅避邪用的。」

「紅腰帶能避邪？」我問，覺得好奇。

二師傅是個愛說話的人，他告訴我，在小鎮，不知從哪裡傳出一個謠言，說今年是劫年，要遭災。有人傳給大師傅，大師傅說：「這是迷信。」嚇得那人連忙做自我批評。誰知不久大師傅右眼皮跳了三天，全家五口不知吃壞了什麼東西，拉了三天肚子，他住了三天醫院。出來後，大師傅就悄悄地找了根紅布條系在腰裡。我聽二師傅講大師傅的這段故事，覺得挺有趣。

火車頭在工廠修好後，生起火來第一次開出去，修車的工人都要跟著機車看看行駛狀況。我也跟著師傅出了幾趟車，作了幾趟特別旅行。

秋高氣爽的日子，出門旅行最是心曠神怡。火車頭獨自在鐵道上

奔馳，我坐在司機旁的椅子上，既緊張又興奮。汽笛聲宏偉嘹亮，在頭頂上嘶鳴，直貫雲霄。車頭上搖晃得很厲害，比車廂裡顛簸多了，站也站不穩。我的手使勁抓住座椅的鐵扶手。這火車頭太龐大了，開起來轟轟隆隆。汽笛一鳴，我的耳朵震得嗡嗡響，耳膜都要震破，每次我都被它嚇一跳。對這個鋼鐵大傢伙，我真是又敬佩又恐懼。

司機大都是上了年紀的老頭，他們和大師傅都很熟，坐在駕駛室的座椅上，一邊眺望著前方，一邊同大師傅說著話。這時候，二師傅總是坐在一工具箱上耷拉著腦袋不知是在打瞌睡還是想心事。年輕的司爐忙著給爐膛里加煤。揮著鐵鍬，鏟上滿滿一鍬煤，轉身送進爐膛。每當爐門開啟，熊熊的爐火映紅他青春煥發的臉龐。燒一陣火，停下來，用掛在脖子上的毛巾擦擦汗，手扶鐵杆站在門邊吹吹風。胳膊上隆起塊塊肌肉，風鼓起他的衣裳。

車行半日，在一座小站停下來。行駛了許久的火車頭呼哧呼哧喘息著，冒著白汽。趁這個時間，大家紛紛下車活動活動腿腳。我走下機車站在地面上，感覺大地都在搖晃，好像還是在行駛的火車頭上，好一會才穩住腿腳。

年輕的司爐抓時間幹活，他搖動爐排從爐膛裡放出許多煤灰。一群撿煤渣的婦女小孩圍上來，用鐵絲做的耙子從車輪邊扒著煤渣，有的還伸進車上的灰箱撈煤塊。二師傅吆喝著把圍在機車旁的人群趕開。一個胸部鼓鼓的敞著衣領的婦女笑嘻嘻還往上湊，二師傅推推搡搡，乘機在那婦女懷裡摸一把。我看著笑起來，那婦女胸部准有五個黑手印，回去丈夫發現該揍她了。

年輕司爐從爐膛裡鏟出鍬紅通通的炭，用水一澆，滋滋升起蒸汽。火熄了，熱炭變成二煤。這種煤最好燒，火很旺，又不冒煙。他將這鍬煤到路邊向一賣瓜婦女換來兩隻香瓜，給我一隻，另一隻自己啃起來。迎面開來一列客車呼嘯著從身旁駛過，帶起一陣旋風，嚇得我緊緊躲在大師傅身後。前方信號燈變綠了，大家登上機車，火車頭又向前駛去。

　　傍晚，機車在一座城市停下了，找到鐵路乘務員公寓，準備休息一晚返程。吃過晚飯，大家一起在車站廣場散步。車站廣場建築上面有一座高大的火炬雕塑。奇怪的是這火炬垂直向上，像一隻巨大的尖辣椒，我表示好奇。二師父見多識廣，說：建造這火炬時，原來表現風吹的效果，向著西邊。但領導審查不通過，認為暗示嚮往西方資本主義，便又改成風向東吹。但領導又認為不行，是西風壓倒東風。於是，乾脆把火炬設計成垂直向天，像一個朝天椒。我覺得有些可笑。二師父顯然心有餘悸，說：「難為那些領導，這是方向性路線性大是大非問題。」

　　大師傅冒一句粗話：「瞎雞巴扯淡。」

　　第二天，我們的火車頭不再單獨行進，拉上了一列客車。長長的車廂牽在車頭後，一路走走停停，每個站都要上下旅客。傍晚，列車正行駛著，突然，前方鐵道上發現一頭耕牛。老司機拉響汽笛，該死的牛站在道中一動不動，瞪著一雙大眼，翹著一對牛角，好奇地望著直沖過來的機車。列車越來越近，老司機緊急剎車，車速很快，一下停不住撞上去。「砰」的一下，那頭牛捲入車輪下。車上的人嚇得要命，以為這下車要翻。機車嘎嘎響，鐵軌上火星直冒。列車跳動著，搖擺著，車輪要飛起來似的。我一個踉蹌，險些從座椅上掉下來。雙手抓緊扶手。一隻茶缸叮噹當從工具臺上滾下來，的溜溜打著轉落在煤坑裡。終於，列車停了下來。大家驚出一身冷汗。下車一看，車輪下血肉模糊。那頭耕牛壓得支離破碎，內臟濺得到處都是。一張牛皮壓得爛爛糊糊，裹在車輪上。真懸啊。我知道堅韌的牛皮纏住車輪，會使車輪打滑，列車脫軌要翻車的，以前發生過這類事故。

　　老司機罵罵咧咧下了機車，幾個人費了好大的勁，才把死牛從車輪下拖出來。路旁放牛的農民這時才趕過來，吵吵嚷嚷要鐵路陪牛。老司機訓道：「車翻了，你們怎麼陪。」

　　放牛的農民胡攪蠻纏，扯住老司機不鬆手。呼啦啦不知從哪裡鑽出來一大群鄉下人，他們攔在鐵道上，吵吵嚷嚷，列車開不了了。

隨後趕來的列車長見勢不妙，趕緊把乘警找來。一臉絡腮胡兇神惡煞般的乘警拔出手槍朝天「砰砰」放兩響，吆喝著才把站在鐵道中間的人群趕開。列車又開動了，經過路旁人群。那些鄉下佬大聲罵著朝機車扔石塊，氣得年輕的司爐打開機車排水管。「轟」地，一股強大的蒸氣沖出來，道旁的人群嚇得連滾帶爬。老司機加大氣門，列車快速向前開去。

出了這個事故，耽擱了時間，列車晚點了兩個小時。天色漸漸黑下來。大家都沒吃飯，饑腸轆轆，肚子咕咕響，列車不晚點就該到站了。二師傅罵罵咧咧「該死的牛。」

老司機提醒蒸汽壓力往下降，要夥計加把勁燒火。二師傅回家心切，站起來從司爐手中奪過鐵鍬，氣哼哼，鏟了一鍬煤掄圓了往爐膛裡送去。這一甩，不知怎的手腕的錶鏈開了。刷的一下，手錶隨著煤塊飛出去，「當」地打在爐壁上，又彈下來，滾一滾從車門掉下去。他伸手一撈沒撈到，險些連人也掉下去，嘶聲大喊：「停車。」

老司機被喊聲嚇一跳，一個緊急剎車。列車咣當當停下來。後面列車裡的旅客又要遭殃了。前一次撞上耕牛緊急剎車，車廂裡人仰馬翻。有旅客撞得頭破血流，餐車裡的碗嘩啦啦打碎一大遝。這又來一次，車廂裡又該叫苦不迭。列車一停住，二師傅急忙跳下車。天色很暗，下面黑乎乎看不清，他在機車旁摸索著，好一陣沒找到表。他氣急敗壞：「奇怪，就從這門邊掉下去，怎麼沒了。」

大師傅罵：「笨蛋，車都走了幾十米，你在這裡摸什麼。」丟給他一個手電筒。

二師傅慌忙往尾部跑。

列車長來了，車上旅客都從車窗探出頭。車長問：「怎麼回事，又停車。」

老司機回答：「又發現一頭牛。」

車長心有餘悸，問：「沒撞上？」

老司機回答：「沒有，牛跑了。」

列車長歎一聲：「好險。」往回走。

二師傅找回表，急急忙忙爬上車。他將表放在耳邊聽聽，還在走，鬆口氣。

列車又啟動向前開，直到夜很深才到站。將機車開進工廠下了車，大家匆匆回家。

第二天大家照常上班，快下班時，我突然被二師傅尖叫聲嚇一跳。只見他大驚小呼：「哎呀，我的表，我的表怎麼倒著走。」他一手拿飯盒一手舉著表，一連聲。「怎麼回事，怎麼回事？」

我探頭去看那塊表。果然秒針的噠噠倒著轉，走得還挺帶勁。大師傅接過來看了看，哼一聲：「能走就不錯了，機車那麼快，表摔下去還有好。」

二師傅哭喪著臉：「這表是全鋼防震的呀，聽說從飛機上扔下來都沒事，怎麼就完了呢。」

一青年工人湊上來，笑嘻嘻：「這下好，時光倒轉，你就帶著這塊表越活越年輕，又回到你那幸福的童年。」二師傅狠狠白他一眼。

在工廠學工期間，漸漸地，我喜歡上了乘車旅行。只要聽到大師傅一聲招呼，我登上機車就出發。汽笛長鳴，列車似鋼鐵巨龍，風馳電掣，穿山越水，我有時想：將來，如果可能，我要繼承父親傳統，當個火車司機，駕駛火車頭馳騁廣袤大地。

火車頭又出發了。

清晨，太陽從地平線下爬上來，從右邊的窗子直射到左邊的窗上。一束金光在車廂裡跳躍，照著老司機的臉，他正聚精會神向前方眺望。看著他，我想著父親開火車也一定這樣神氣。我對火車司機這職業充滿了羨慕和崇敬。初生太陽的金光照著大師傅的額頭，稀疏的頭髮像鍍了層金。他坐在副駕駛位子上隨著機車輕輕搖晃，氣定神閑閉目養神。他在想什麼？南海風雲戎馬生涯？還是老婆孩子二鍋頭？二師傅坐在機車角落一工具箱上，他還在懊惱著，不時將手錶掏出來，看一看，搖一搖，放耳邊聽一聽，嘴裡叨叨咕咕。瞧他樣哪裡還

看到一點詩人藝術家的氣質。年輕的司爐燒一陣火，雙手握住車門扶杆向外探出身。他青春洋溢的臉龐掛著汗珠，身上灑一抹金光。我走到門邊同他並排站在一起，向外望去。

前方，陽光下閃亮的鐵軌從遠方源源不斷地出現，快速靠近縮進車輪下。路旁的樹木呼嘯著向後倒去，遠處的農莊田野也在緩慢地向後移動。只有藍天上幾朵白雲始終追逐著機車，一時還看不出它們的運動。田野裡，稻子黃了，快要收割了，隨風翻著金浪。池塘裡開著荷花，紅綠紛披。一大片綠油油的瓜田裡，一個個圓圓的香瓜泛著白色。列車不停晃動，腳下的鐵板咯吱吱發出聲響；風卷起煤屑吹進駕駛室，車頭上到處都是黑黑的，我的兩隻手摸到了車上，髒極了，不一會弄到臉上也烏黑。父親那件半舊的工作服我套身上又肥又大。我將袖子卷起來，戴上頂老司機給我的藍布鴨舌帽，臉上油漬麻花，儼然是一個鐵路工人，同那些老鐵路沒有什麼區別了。

火車頭隆隆地賓士向前，不斷的山崗田野一層層向後飛逝。有時馳過一座鐵橋，閃亮的河流移近來又急速地流過去。一路賓士，經過一個又一個車站，離小鎮越來越遠。每當機車經過一座車站，車輪馳過道岔哱嚓嚓作響，劇烈搖擺一陣。我既新奇又興奮，睜著大眼想看清站牌上的站名。呼嘯而過的站牌只是一晃即去，很難辨認得清上面的字。

田野沒有散盡的煙霧在初升的太陽光輝映照下顯得縹緲迷蒙，有夢一般的感覺。機車飛駛，眼前的景色不停地變換。一座座農莊灰色的瓦房錯錯落落，飛簷高桃，山牆雪白。小河的水清清亮亮泛著白光，平坦遼闊的農田，遠處是灰色的丘陵。火車頭隆隆向前賓士，平原過盡是群山。連綿的山巒不斷向後飛逝，鐵道穿山而過，石崖幾乎貼著車窗。山上樹木稀疏，複著青草，斑斑駁駁。這些天旅行，我已漸漸習慣了賓士的機車，不再害怕顛簸，在搖晃的機車上我能站穩並隨意走動。有時，我還幫著掄起鐵鍬往爐膛裡拋一點煤。看著爐火翻卷著烈焰，熱氣撲面。年輕的司爐手把手教我。我同他們很容易就成

了好朋友。

　　我揮一陣鐵鍬，滿頭大汗，學著司爐的樣，敞著懷雙手把著扶杆站在車門口，任著疾風吹到胸膛。有時我坐上副司機的椅子，從視窗向前眺望，像一個真正的火車司機，駕馭著這匹巨大的鐵馬。鐵軌在眼前延伸，綿延不絕。看著這條一直通向遠方的鐵軌，想像著它能帶我到多遠的地方。鐵道筆直地閃著亮一直伸向地平線的盡頭，彷彿火車頭向前開，順著鐵軌就能一直開到天上去。一根根枕木躺在路基上，似乎從未停止過，滑進我們腳下，如飛快彈奏的琴鍵，有種說不出來的韻律。有時，前面出現彎道，山重水複疑無路。火車頭飛奔過去，峰迴路轉，眼前又出現新的景致。

有一段時間學工勞動我進了父親上班的工廠，跟著工人師傅修火車。那一年，我十八歲，我在學校學不到什麼知識，開始走上社會。

二

冬去春來，過了一個寒假，從工廠回來，寫作小組又轉戰農村。

我們去的地方是一處偏僻的山區，過去是老革命根據地。因為這原因，突出政治的年代，一條鐵路彎彎曲曲修進了山。山裡人口稀，物產少，沒有什麼可運的東西，火車頭一天拉著幾節車廂也就那麼往返一趟。我們在仲春時節離家，小火車一路咣咣當當吱吱嘎嘎，將我們送進了山。在一座小的連候車室都沒有的車站我們下了車。一條鐵道臥在峽谷中。

生產隊派人來接我們，開來一部名叫起宏圖的手扶拖拉機。我們爬上拖拉機小拖斗，柴油機「突突突」震天響，黑煙直冒。離開火車站，起宏圖在山路上上下下彎彎曲曲走了三個多小時，才望見了目的地。

我們到的這個村子有四、五十戶人家，在山裡算是比較大的村子了。大都是些土坯木板房，有些磚牆也已陳舊不堪。生產隊給我們安排住在一棟舊倉庫裡。男的住一間，女的住一間。一路旅途疲勞，大家攤開行李在木板鋪上草草入睡。

第二天，山村的晨雞將我們喚起。端著臉盆到村旁的小河邊洗臉。河對岸就是山，草木青翠，連綿起伏，河面吹過清清涼風。大家站在河灘上，揮揮手伸伸腰呼吸著山裡的新鮮空氣。村子裡，家家屋頂上飄著縷縷炊煙，同山腳河面彌漫的晨霧一起冉冉升起；遠處的山呈著墨綠色，河岸一塊塊農田露著褐色的泥土；收割了的油菜稈還臥在地裡，有的田裡灌滿了水等待著翻耕。幾畦田裡，兩寸來長的稻秧綠油油，密密實實如綠毯，這是插栽大田的水稻秧苗。山裡的第一天，都有些興奮，望著面前的景物，同學們指手畫腳，吵吵嚷嚷喧笑著。此時，我也融入山野鄉村大自然中，暫時忘卻了昨日旅途中那點憂鬱。

　　突然，呼啦啦從河岸邊的樹叢中鑽出幾隻小牛犢般大的動物來。黃黃的皮毛，掃帚似的大尾巴，支著耳朵瞪著眼朝幾人不懷好意地呲牙。「狼。」同學們驚呼著，丟下臉盆往回跑，氣喘吁吁的。慌慌張張在村口，遇到出工的村民。喊：「有狼。」村民不相信，說狼早就打絕了，很多年沒見狼。正說著，道旁草叢中鑽出一隻來。同學驚叫：「狼進村了。」村民們笑起來。有人一喚，那動物上前很親熱地沖村民搖著尾巴。原來是狗，虛驚一場。我們不好意思地轉回身，都說這山裡的狗真大。

　　村裡的知青來看我們。有幾個是我們中學同學，其中一個叫扁鴨子的同學還和我同過班。他們讀了兩年初中就下鄉了。也就一年多時間，一個個曬得黑黑的瘦瘦的，爭先恐後向我們訴著苦。很快，我們就體驗了他們的生活。

　　初到鄉下，有些生活不習慣。這里拉屎的茅房，只是在村邊地頭挖一個坑，埋一隻大缸，上面橫兩塊木板，四周用柴草圍起一人來高，遮擋一下。茅房男女不分，誰先占誰用。糞坑裡蛆蟲亂爬，臭氣熏天，踩在木板上令人戰戰兢兢。在村外，如果站在高一點的地方，不經意往茅房那邊一望，時常會看見柴草圈裡撅著一隻黑得發亮的大髒臀。村民用水都是在村邊一口小水塘。這水塘呈 8 字形，一邊在淘米洗菜，一邊就在刷著糞桶。塘邊癩蛤蟆蹦來蹦去，看著叫人噁心。我們用水不到這水塘，寧願多走幾百米路到村外河裡挑水。平時河水還清，一下雨就渾濁不堪。用這水洗臉，毛巾都是黃黃的，怎麼洗也洗不乾淨。刷牙漱口，嘴裡咯咯吱吱盡是沙子。我們擔水回家，倒在水缸裡使勁放明礬。水是澄清了許多，可這水喝起來味道很不好，澀澀的。村子裡沒有電，到了晚上我們就點起蠟燭，後來覺得點蠟燭費錢，就像村裡人一樣點起煤油燈。燈光搖搖拽拽，屋裡半明半暗，看書得湊近燈火才看得清。久了鼻孔都熏黑了，天黑都早早歇息。

　　寫作小組有兩個男老師帶隊，都四十多歲。一個胖子姓崔，一個瘦子姓曾，兩人性格截然相反。胖子老師崔性格開朗，風趣幽默，

善交際。他風趣的談吐，廣博的知識，優美的男中音很得學生喜愛。下鄉後他從不下田勞動，也不督促我們勞動，挺隨和。倒是常指使我們幫他跑腿做事。見到生產隊的小隊長，笑嘻嘻遞上幾支煙，腆著大肚子，吹噓自己同公社縣裡的關係。那些鄉下人拿他當大幹部，對他畢恭畢敬。瘦子老師曾不苟言笑，是個很刻板的人。他對我們要求很嚴，剛下鄉第二天就趕我們同知青一起下田勞動。勞動時他自己搶著髒活累活幹。凡事都小心謹慎，走路不讓我們踩了莊稼地，要排著隊。乘船過河他站在船邊生怕我們掉河裡。我們同知青搭夥吃飯，有誰多夾了兩筷子菜，過後都要挨他批評。

春耕農忙季節，早晨天剛濛濛亮，當我們吃過早飯扛著鋤頭出門時，那些村子裡的農民已經在田裡幹了好一陣子。我們不會耕田，拿著鋤頭在田裡鋤草，或者從村裡向地頭送肥。天很冷，打著赤腳走進水田，有一種刺骨的感覺。幹不大一會，我們一個個從田裡爬上來，瑟瑟地拄著鋤頭鐵鍬站在田頭，不願再下水。在田裡勞作的農民似乎沒有感覺到寒冷，他們赤腳踩在水田裡，神態自若，慢悠悠不停地勞動著。這時，曾老師把我們都趕下田，結合實際大講向貧下中農學習，接受貧下中農再教育的必要性。

同學們都沒想到學寫作動筆桿子也這麼辛苦，那幾個對寫作並沒什麼興趣，想著來混日子的同學更是叫苦不迭。他們也實在是沒有什麼歷史知識社會經驗，看看中國的歷史，知識份子從來就沒有輕鬆過。

剛下鄉生產隊請了個婦女幫我們燒飯。當然大嬸的工分是要我們出的。我們吃的是生產隊裡自己種的新米。用一隻很大的鐵鍋燒飯。磚砌的爐灶，燒著茅草和樹枝。這種鍋灶燒飯很好吃，特別是鍋巴，黃黃脆脆得很香，我們鏟起來用手抓著當點心吃。雖然沒有什麼菜，我們的飯量卻大增。一段時間勞動，再加上山裡的空氣清新，我在家的失眠症竟好起來。

在村裡，老師帶我們到貧下中農家中訪貧問苦。生產隊長首先向

我們介紹情況。這一帶過去是老革命根據地，土地革命時期很多人參加了紅軍，有著光榮的革命傳統。這裡自然條件很差，山多地少，現在仍然很窮，許多鄉親家徒四壁，大姑娘都沒一條好褲子穿。生產隊長的土話一串串很難聽懂，嘮嘮叨叨老旱煙一袋接一袋抽，熏得我們眼淚直流，他還以為是被他的故事感動了呢。

在生產隊長介紹下，我們去訪問了村裡貧雇農代表老五保爺。老五保爺今年七十三，孤寡一人，住在村東頭一小土屋裡。他無兒無女，無親無靠，瘦骨嶙峋，滿臉魚網紋，皺得像幹樹皮，牙齒脫了大半，只剩三兩顆支撐著門面。別看老五保爺現如今這老態龍鍾樣，年輕時參加過農會，打過土豪。紅軍長征時，他差點跟了去。老五保爺向我們講他過去的故事，聽了後，有同學說：那時，老五保爺要是跟紅軍長征去多好，現在就享受老紅軍待遇，有房子有工資，說不準還能當幹部到中央裡去呢。

另一個同學說：「誰知道他沒參加紅軍長征是福還是禍。要知道紅軍長征出發時有三十萬人，到陝北只剩三萬人，老五保很大可能就是那二十七萬人中一個。那把老骨頭不丟雪山上，也埋草地裡了。」我們都不贊同他的觀點。認為與其窮困在山溝裡一生，不如闖出去革命一回。

空閒時，我們幫老五保爺挑水。有同學從家裡出來帶了幾隻蘋果。也給老五保爺送了兩隻。在山裡蘋果是稀罕東西，老五保爺一輩子還沒吃過這好東西。他捧著兩隻大蘋果喜之不禁，舉到眼前左看右看，放在鼻前嗅了又嗅。說：「這蘋果真是好東西，瞧這顏色多鮮豔，紅撲撲像孩子的小臉蛋。瞧這形狀圓圓滑滑的像女人的屁股。孩子的臉女人的屁股這兩樣東西都是叫人歡喜的。」老五保爺的樣逗得我們都笑起來。

老五保爺已經幹不動農活了，全靠生產隊養活。他有時提只破糞箕在村口田頭拾點糞。他為自己不能下田幹活而歉疚，常不耐煩地感歎：怎麼活這麼久。念叨著：「七十三，八十四，閻王不請自己去，

今年怕是難過去了。」平時，老五保爺喜歡坐在村頭的大碾盤上，吧嗒根煙管曬太陽。一群閑著無聊的年輕人圍著他，聽他說古道今。我們下鄉在村裡，無事也喜歡往人堆裡湊。因為這是和貧下中農打成一片，美其名曰接受傳統教育，瘦子曾老師也就不干涉我們。

老五保爺一輩子沒有離開過村子，卻有一肚子天南海北的故事。他給我們講三山的傳說。他的故事對外面的世界充滿了嚮往，好像走出山都是美好的神仙世界。

從我們村旁這條河坐船順水一直漂下去，五十裡就會到一條大河，叫贛。從贛再坐船漂下去，五百里就到一座大湖叫鄱。穿過鄱，到一條更大的江，叫揚子。揚子江浩浩蕩蕩，一直向東奔去，一千五百里流進大海。大海無邊無際，它的深處有五座仙山，名叫岱嶼、員嶠、方丈、瀛台、蓬萊。每座仙山上都住著許多神仙。有黃金打造的宮殿，白玉築成的欄杆。島上結著長生不老果，仙棗長得有瓜那麼大。神仙身上都有小翅膀，能自由地在海面上飛翔。吃著長生不老果，沒有壓力，沒有爭鬥，遊戲玩耍無憂無慮，快樂極了。

然而，這五座仙山都是漂浮在大海中的，下面沒有根，一遇風浪，就會流動。神仙們擔心仙山漂流無定，萬一漂到北極去沉沒在大海裡就可悲了。他們到天帝那裡訴苦，請求幫助。天帝答應了神仙的請求，派了十五隻大黑烏龜到海中把五座仙山用頭頂起來。它們三個一組，一隻頂著，其餘兩隻便在下麵守候。一萬年換一次，輪流負擔。這些頂仙山的神龜，做這工作一開始老老實實，後來就有些調皮了。有時在大海裡拍打它們的腳爪，戲耍起來。使得仙山上的神仙受到顛簸，吃了不少苦頭。不過，這點顛簸也不算什麼，神仙們還算安定。

又過了許多年，在離我們很遠很遠的地方，有一座很高很高的山，叫昆侖山。住在昆侖山的北面有一個大人國。這個國家的人都特別高大，其中一個人閑得沒事，帶了一根釣竿到海裡釣魚。他兩腳一跨就到了大洋，釣竿一甩就甩到了仙山這裡，舉起釣竿接二連三釣起

六隻很長時間沒有吃東西的大烏龜。把烏龜背回家，燒了吃。可憐岱嶼和員嶠兩座山沒有了烏龜頂載，便流到北極沉到大海裡。上面的神仙慌忙飛到其他三座仙山上。

神仙們狀告到天帝那裡。天帝知道這件事，很生氣，懲罰了大人國的人，使他們變小了許多，以免他們再出去惹禍。不過仍有好幾丈長呢。五座仙山沉沒了兩座，只剩下蓬萊、方丈、瀛台三座，還叫大烏龜們頂著。自從受了大人國的教訓，烏龜們老老實實很安靜，再也沒有出過什麼亂子。現在這三座仙山還漂在東方的汪洋大海中。

老五保爺講得很認真，我們聽了神話故事都表示不相信，問他聽誰講的這個故事。老五保爺說聽他的爺爺講的，他的爺爺又是聽爺爺的爺爺講的。有小年輕問他怎麼不坐船去尋仙山。老五保爺說年輕時忙於糊口，現在經不起顛簸了。再說仙山被神龜駝著，會漂，凡人無緣是尋不到的。當然這是老五保，如果地主富農借給他個膽也不敢講這封建迷信的故事。

在一座小的連候車室都沒有的車站我們下了車。一條鐵道臥在峽谷中，四面皆山。

緊張的春耕結束了。我們寫作小組一分為二。兩個老師各帶一個小組。凡是在瘦子曾老師領導下的同學都覺得很不幸。

　　為了和廣大貧下中農打成一片，曾老師要求我們和貧下中農同吃同住同勞動。同學們最怕下田插秧。冰冷刺骨的水田裡，彎著腰撅著屁股，幹不一會，腰就像折斷了似的。真正體會到「汗滴禾下土，粒粒皆辛苦。」

　　我們不再自己燒飯，和小鎮下放的知青一起搭起伙食來。男同學索性住到知青宿舍。插完秧，農忙過去，知青們都歇了下來，沒事幹擠在屋裡打牌。有時出門跟著村民上山砍柴。晚上無燈天一黑就草草關門歇息。山裡冷，夜裡起來小便不願出屋，像小時那樣，將門開一條縫，對著外面撒尿。幾條槍夜夜掃射，弄得門前臊烘烘，地上結著一片尿花，像秋霜。有人來，總是在門口捏著鼻子說一聲「臊」。弄得幾個小夥子好沒面子。於是找了一隻木桶放在屋角，夜裡作便桶。這樣確實方便了許多，然而又有一個新問題出來。夜裡大家都往桶裡撒尿，木桶很快就滿了。白天誰也不願去倒便桶，尿溢到地上，結果是門外的臊氣又到了門裡。

　　早晨，七點了，我們還一個個縮在被窩裡。大門嘎一響，踢踢踏踏進來一個人。聽這腳步聲不是曾老師。如果是他來總是輕手輕腳，開門進來先廚房看看，不聲不響挑起水桶擔水去。我們慌作一團忙爬起來，就等著一上午聽他的教誨。沒有動扁擔聲。門邊，一個尖尖的嗓門：「怎麼這麼臊啊。」抽一聲鼻子。「喲，水漫金山了。」果然不是曾老師是老知青來相。我們將支起的腦袋又放到枕上。

　　在村子裡，住著幾個早幾年外省來的老插隊知青。他們對我們這些准知青挺熱情，沒多久就熟悉起來。他們中有個老知青叫來相，是個很有趣的人物。

　　來相是從很遠的一座大城市下放來的。那座大城市的人一向以面皮白淨，講究衣著著稱。可是來相又黑又瘦，頭髮老長，衣服邋裡邋遢，我看這不像是齊人入楚的緣故。

　　來相時常會到我們這裡來串門，因為我們都剛從家裡出來，還都算富裕，時常大夥兒打個牙祭，來個聚餐。哪位新從家裡來，捎些吃

的，只要一邀來相，他從不會客氣。坐在餐桌旁，他的嘴巴兩個功能都運用得很好。他能邊吃著我們放在他面前的食物，一邊給我們講笑話，講一些鄉里的趣事。吃得高興起來，還會扯著喉嚨唱一支歌。他的嗓音有點尖，可是高音一上去也很嘹亮。他唱那首青海民歌，最是拿手。

「在那遙遠的地方有位好姑娘，

人們走過她的帳房都要回頭留戀地張望。

我願做一隻小羊依偎在她身旁，

我願她那細細的皮鞭輕輕地抽在我的身上。」

他唱得那樣動情，深深地感動了我們。這首歌真是令人遐想，使得我一時間曾有這麼個念頭。上山下鄉，我應該報名到青海去，那兒有遼闊的大草原，成群的牛羊和美麗的姑娘。

來相住在一間很破舊的土坯房裡，靠著村邊路口上。他沒有發生過水漫金山的事。他從不把尿桶放在屋裡。每天傍晚，臨睡前到戶外房後拐角處沖著牆根撒泡尿，然後一夜睡到天亮。早晨時常被尿泡漲醒，所以有時比我們還起得早。

有一天，他早晨醒來，發現屋內木箱子旁有一個盆口大的洞，以為有賊穿牆進了屋。四處看看，沒發現少什麼。尋思著，我也沒什麼值錢的東西叫賊動心的。貓腰到洞口，想尋出賊的蹤跡，卻聞到一股尿臊，恍然大悟，這洞竟是自己所為，不禁哈哈大笑起來。

他向生產隊長請了一天假，說房子壞了，要修房子。不出工，用了一個小時，和了點黃泥巴，加點碎石塊，將那個洞堵了。然後上公社逛集市去了。在集市逛到天黑才回來。醉醺醺搖搖晃晃走到屋後，又沖著牆根要撒尿。猛想起才糊的濕泥巴，車轉身放出去。嘩嘩啦啦，一泫激流沖的草棵裡飛起一群蚊蟲，直撲他的褲襠。他來回扭著身子，水槍掃射成一扇面。好一會尿畢，抖抖褲襠，趕緊鑽進土屋。

來相很少下田，那麼幾角錢一個工，他實在不屑那麼辛苦去掙。也不知他靠什麼維持生活。下放知青第一年有國家給的安家費，第二

年就沒有了。自己掙得不夠吃就靠家中接濟。家中的供給有時不夠及時，來相就得勒緊褲帶，用他那只大糟鼻頭到處聞到處嗅。這裡蹭一頓，那裡混一餐。一條又髒又瘦灰毛狗，跟在他身後。

灰毛狗瘦骨嶙峋髒吧唧，卻取了個很威風的名字——賽虎。

賽虎是半年前來相在集市上撿來的。那天來想相在集市上賣掉一簍田裡逮的青蛙，得了幾張票子，忍不住立刻想解解饞。坐在一小攤前吃一塹生煎肉包子，吃得嘴巴油光發亮，這只灰毛狗來到跟前，有氣無力地在來相腿上蹭蹭，眼睛盯住來相咀嚼的嘴巴，一副可憐兮兮樣。這可憐相使來相想起自己餓肚子的情景，隨手丟給它一隻吃剩的包子。來相吃完包子，抹抹嘴起身往回走，這只狗就一直跟了上來。一路爬山過水跟到村子裡，在來相的破土屋落了戶。

賽虎徒有虛名，遇見村裡別的狗一點也威風不起來。那些狗自以為是本村地主，很有些欺生。賽虎獨往獨來，它喜歡學豬在泥地打滾，無聊了在穀場追雞趕鴨。一旦本村別家的狗出現，立即夾起尾巴往回逃。來相自己也是吃了上頓沒下頓，你想賽虎又能有什麼。平時它無精打采躺在土屋前，見到誰來都吠個不停，弄得別人很討厭，轉身就走。其中生產隊長來受它的攻擊最屬害。隊長來了，賽虎攔在門前吠得嘴角泡沫都出來了，毛也聳起來。來相卻縮在黑屋子裡不吭氣。

隊長大聲喊：「來相，你又偷了我地裡的紅薯。」任賽虎怎麼叫直往前走。而賽虎卻總是夾著尾巴縮著脖子，一邊叫一邊往後退，鑽到旁邊柴堆裡去。這時，來相就涎著臉從裡面走出來。

來相不下田幹活，總是喜歡往集市上跑。幹些投機倒把的勾當，弄點錢。有時帶一簍田裡逮的青蛙或者誰家收的山菇，拿到集市上去賣。再從集市上帶一點針線鞋襪等物賣給村裡人。

那時物質很緊張，城裡洗浴用的肥皂都憑票供應，農村更是奇缺。有一次，來相給村裡人弄來一箱肥皂。這肥皂與日常用的不同，顏色紅紅的呈透明狀。村裡人見了將信將疑。來相聲稱是新產品，最

新科學技術，從廠家批發來的，價錢很便宜。他挨家挨戶去推銷，吹得天花亂墜。說這肥皂能洗去千年老垢，能洗去老太婆臉上的皺紋，能洗去禿子頭上的痲痢，說得許多人動了心。特別是一些愛乾淨的女人紛紛掏錢買上兩塊。手頭沒錢地拎著雞蛋來換一塊。可是，所有買了他的肥皂的人用紅皂洗了頭之後，第二天早晨起來，發現頭髮一大塊一大塊往下掉，連呼上當。

人們一個個戴上帽子包著頭巾氣洶洶找上門來告狀，要賠償損失。來相百般辯解抵賴，推卸責任。但是鐵證如山，眼見村裡人都要變成和尚尼姑，只得退貨還錢。看著一箱紅皂，他還不死心，想親自試試紅皂性能，但信心又不足，只好抓住屋裡的賽虎用紅皂洗了個澡。第二天，村裡人就沒再看見賽虎的影子，來相土屋飄出燉狗肉的香味。

一箱肥皂，使來相經濟上蒙受巨大損失。足有一個月他勒緊褲帶，沒聞半點油腥味。實在打熬不過，他又上集市去，想看看有什麼外快可撈。這次他更倒楣。在集上，他走過人家門前順手牽羊想捉人家的雞，竟被當場抓住。一群如狼似虎的壯漢把他四蹄掀翻，手腳一併捆住，抬到鐵路上，丟到鐵軌裡。遠處出現一列火車，噴著煙鳴著笛轟轟隆隆向這邊開來，鐵軌和枕木在來相身下抖動著。火車越來越近，來相嚇得屁滾尿流，拼命掙扎哀嚎。轟鳴賓士的列車挾著一股颶風呼嘯著沖到他面前。他嗷叫一聲，暈了過去。

過了好一會，他悠悠醒來。那幾個大漢站在一旁哈哈大笑。火車在他身旁緊挨著賓士而過，風沙撲了他一頭一臉。原來是在相鄰的那股鐵道上。

經過這一次胯下之辱，來相這樣稱這件事，來相好長時間沒去趕集。天晴時，他懶洋洋躺在穀場草垛上曬太陽。下田的人們收工回來，一個個扛著鐵鍬擔著糞桶，一褲管的泥。一個知青喊：「來相，你好福氣，睡得好安逸，做了什麼夢？」

來相嘿嘿笑，回道：「做了個《紅樓夢》第五回裡賈寶玉做的

夢。」大家知道他說什麼，看過《紅樓夢》沒看過《紅樓夢》的人都笑起來。有知青扔下農具也在草垛上坐下來，有人叫肚子餓了。一個知青咂巴咂巴嘴，說：「現在回去吃飯，桌上有碗紅燒肉就好了。」

他這一說，幾個知青都條件反射地咂吧咂巴嘴，咽咽唾沫。眼前生出幻象，滿尖一碗紅燒肉，一大塊，一大塊，肥嫩嫩，油嘟嘟，冒著熱氣。

穀場上，一隻公雞追趕著一隻母雞，母雞拼命地在穀垛間逃跑。來相怪腔怪調地說：「瞧，她正拼死保護著自己的貞潔。」拾起一塊土坷垃沖著公雞打去，正打中公雞翅膀。公雞驚叫著嚇跑了。一知青學著來相的腔調「喲，瞧，英雄救美呢。」眾人哈哈一陣笑。

一個農婦坐在谷場旁大樹下奶孩子，她的衣襟撩得高高的，半個胸脯露出來。胸脯和乳房肌膚顯得有點黑，那是長年難洗澡的緣故，只有小孩吮吸的乳頭紅潤潤，鮮嫩嫩很乾淨。小孩有一歲模樣，又大又沉，看來這婦人奶水很充足。來相說：「這女的奶真大，瞧那小孩養得多棒。」又說：「城裡的婦女都給小孩喂牛奶，她們的乳房沒有了奶水，快要退化成闌尾了。」大夥聽得哈哈笑。

農婦抱著孩子左邊的乳房吃一陣，又換到右邊乳房。來相說：「這女人乳房幹嗎左邊一隻右邊一隻。如果前邊一隻後邊一隻，那麼小孩抱著也能吃奶，背著也能吃奶，多好。」大夥聽得又哈哈一陣笑。來相說完俏皮話，得意地蹺著二郎腿，背靠草垛，嘴裡銜著根草棍棍，哼著小調。

村子裡，一縷縷炊煙冉冉升起，青煙飄過，勾起人們的食欲。有知青發著牢騷，說很久沒有吃肉了。有知青說燒菜的食油用完了正愁沒錢買呢。人們站起身，拍拍屁股上塵土叫喚著：「走羅，回去吃飯了。」來相沒動身，懶洋洋望著天。

有人叫：「來相，等天上掉肉包子啊，是不是又彈盡糧絕了。」

來相慢悠悠起身，邊走邊吟著一首打油詩：「柴米油鹽醬醋茶，門前索債亂如麻。我欲管他娘不得，後門出走看梅花。」他好逍遙

啊！大夥兒笑過之後，被飢餓催著，各自走散了。

下鄉的日子很清苦，小鎮來的知青們早把安家費和口糧都吃光了。自從和他們一起搭夥吃飯，我們也就沒有了好日子。幾名知青輪著在家中充當火頭軍。飯燒的不是夾生就是糊了，黑黑的鍋巴加點水再煮一煮，名副其實的碳水化合物。日子越來越難起來。米還夠吃，沒有錢買菜，吃不上豬肉，很長時間天天一點青菜蘿蔔。沒菜吃，幾個同學到村後竹林裡挖了幾棵筍，拿回來燒菜，被曾老師發覺狠狠批了一頓。他從三大紀律八項注意一直講到世界革命。從誰知盤中餐粒粒皆辛苦，到十年樹木百年樹人。好像我們吃掉的不是一棵竹筍，而是大興安嶺森林似的。

肚裡沒有油水，實在饞得熬不住，幾人湊錢到村子裡那個小小的代銷店買了幾罐肉罐頭。罐頭不知放了多久，早過了保質期，鐵盒子鏽跡斑斑。不過處理價，很便宜。大家費了好大的勁，刀砍斧劈，才把罐頭打開。倒出來全是肥嘟嘟的肉皮，還帶著老長老長的豬毛。黃黃的湯汁油膩膩，冒著氣泡。大家顧不了許多，知青點的人全聚在一起，弄了瓶燒酒，又吃又喝起來。來相聞著味也跑了來。

幾隻豬肉罐頭加一瓶燒酒吃下肚，不一會，大家肚裡如同生了蛤蟆，呱呱亂叫。一個個忙不迭往茅坑跑，爭先恐後，等不及的就往村外路邊草叢裡鑽。知青們都無法出工，在宿舍裡捂著肚子呻喚，還互相數著，你去了幾趟茅坑，他去了幾趟茅坑。奇怪的是胖子崔老師並沒有吃豬肉罐頭也總往茅坑跑。同學問：「老師你又沒吃肉罐頭，怎麼拉肚子比誰都屬害。」

崔老師回答：「我肚子好好的，誰說我拉肚子。」

「那你為啥半天時間去了十來趟廁所。」

崔老師說「茅坑總是讓你們占著，我一泡屎現在還沒拉出去。」

來相提著褲子走進來，嘴裡念念有詞：「屎急無奈鑽草堆，哪管乾草紮尻尾。」

「尻尾」？大夥沒明白是啥。

一旁崔老師說：「就是屁股。」

下鄉野地排泄特有的經驗，想起那又痛又癢麻酥酥的感覺，大夥看向來相不由升起一絲欽佩。

我無論在家裡還是學校受到的教育都是要我們一生勤勞，吃苦耐勞是中華人民的好品德。可是來相卻不以為然。來相說，他剛下鄉時，立志紮根農村，老老實實接受貧下中農再教育。「滾一身泥巴，煉一顆紅心」。每天起早摸黑下田勞動，哪裡艱苦哪裡去。改造爛泥田，寒冬臘月跳下齊腰深的水田。田裡浮著冰碴，冰冷刺骨，凍得雞兒都縮沒了。暴風雨之夜，為搶收稻子，划船到河對岸去。山洪暴發，將船掀翻，差點被水淹死。在鄉下過了兩年，熱情漸漸消退。在這窮山溝裡，天天面朝黃土背朝天，每天只掙那麼幾角錢，累得腰酸背痛，不知何年何月是頭。一年四季難見一點葷腥。來相對我說這些話時，指著一老農，這裡的人祖祖輩輩在這山溝裡，生老病死，大部分人一輩子連縣城都沒去過。他說著說著，激憤起來，怨天尤人，咒著這窮的快要餓死人的地方，咒讓他下鄉來的人，甚至咒起自己父母來。他們不小心生下他，卻又養不起讓他受苦。我對他的咒罵感到很吃驚。

我們只是井底之蛙，我們連井底之蛙都不如，我們看不到天空。停許久，來相說。

有一天，農閒下來，我正坐在屋前的陽光下讀一本書，是普列漢諾夫的《論藝術》。這是我從一位老知青那裡借來的。來相走過來，從我手裡拿過書，翻了翻，搖搖頭。「讀這書有什麼用。你這輩子只能拎鋤頭把，在哪裡能用上這些知識。」我嘴上沒有反駁他，心裡卻在想：燕雀安知鴻鵠之志。

四

農閒時，同學們有的躲屋裡睡懶覺，有的去鄉里逛集市，女同學

忙著洗衣服。我避開人群，拿了本書去野外。

　　我讀魯迅的書。那時，能讀到的書很少，值得一讀的只有魯迅。我讀《狂人日記》。孤傲的魯迅先生這篇小說充滿象徵，那隱晦的描寫，那辛辣的語句，著實費了我許多精力去琢磨它。我更喜歡先生寫的《傷逝》，淒涼的美，很是感人。阿 Q 也很有意思，他的精神勝利法後來也常被我很無奈地用著。

　　我坐在山坡上，背靠一棵小松樹，斜陽照在我的身上。我將帶的書隨手翻開一頁讀著：

　　我的所愛在山腰；

　　想去尋她山太高，

　　低頭無法淚沾袍。

　　愛人贈我百蝶巾；

　　回她什麼：貓頭鷹。

　　從此翻臉不理我，

　　不知何故兮使我心驚。

　　……

　　先生揶揄的調子，使我有點不舒服。

　　我從漫漫悠思中醒來。肚子咕咕叫，早晨吃的水泡飯和鹹蘿蔔乾，撒泡尿就沒了，肚子空落落，這使我從發古悠思回到現實中來。

　　佇立山頭，村外收割完的莊稼地裡還堆著許多稻草稈。這些打淨穀穗的稻稈擔回去也沒地方堆放，山裡也不缺柴燒，生產隊乾脆放把火燒起來。人們來來往往在田裡穿梭。一趟一趟拾起草捆往火堆上丟。我站在村外高坡上看忙碌的人群，一處處火堆升騰起一股股濃煙。這景象使我不由想起古代的烽火，想起那個為取悅女人而得罪將軍的周幽王。

　　為了寫報導知青的文章，曾老師佈置我們去採訪村裡的老知青。村子裡除了我們小鎮來的知青，他們都是剛下鄉沒兩年，還有幾個老知青。這些老知青下鄉有五六年了，他們最初有十幾個人，陸陸續續

走了幾個。有被推薦上了大學，有提幹到公社和縣裡，留下來的苦苦熬著，等待著再一次機會。這些老知青人雖不多，卻也形形色色，有著各種各樣性格。有勤快的，認認真真勞動鍛鍊，努力融入當地生活。有懶散的，混著日子，隨時準備離開農村。還有的知青懷揣理想，一直在努力著，空閒時讀書學習文化知識。這裡無論老知青和新知青們都有一個共同的地方，都很想家。那或濃或淡的思鄉之情縈繞心頭，不經意間總會浮現在他們眉宇間。談話時不時就回到了城裡的家，念念不忘家裡吃過的好東西。這個說我奶奶包的餃子怎麼怎麼好吃，那個說我媽炒的面多麼多麼香。

老知青有時會向我們講述他們自己的故事。我聽他們談論最多的是一個同他們一道下鄉的女知青。那個女知青長得很漂亮，在學校裡就是個頂尖人物學生幹部。剪著齊耳短髮，從容嫻靜，對誰都冷冰冰地不苟言笑，顯得很高傲。知青們下鄉後，耐不住寂寞，男男女女很快都成雙成對。她那麼漂亮，總是獨來獨往，日出日落，出工收工，使得那些男知青很難接近她，稱她為冷豔女人。過了兩年，有一天，她忽然宣佈要結婚，嫁給村上一位三十多歲的男人。起先知青們都不相信，後來她果真結了婚，才醒悟過來。他們對這件事情覺得不可思議，時常會感慨地談論起來，而且一次比一次激憤。他們原先是那麼喜愛她，覺得誰也配不讓她，對她敬而遠之。突然地，她嫁給那位三十多歲的老鰥夫，他們都目瞪口呆。那男的是生產隊記工員，不知對她施了什麼手段俘獲了她。女知青嫁給當地農民，縣裡知道後，大肆宣傳，成了知識青年接受再教育紮根農村的先進典型。她在政治上走紅起來，調到公社任婦女主任，後又推薦上大學去了。

曾老師很興奮，他從知青們那一大堆雜亂無章的故事裡去粗取精去偽存真由此及彼由表及裡獨具匠心挖掘出一個知識青年先進典型。一個女青年下鄉後虛心學習刻苦鍛鍊，熱愛上這裡的土地，決心紮根農村一輩子，嫁給了一個當地農民。曾老師認為這是一個很好的素材，要寫一部長篇報導。

　　知青們卻有自己的說法。有的知青說，她是有意借這結婚作跳板，利用了老鰥，想離開農村往上爬。有的知青不同意這說法，說她在鄉下實在太寂寞了，太孤獨了。生活這麼苦，一個女青年無依無靠，實在耐不住。而他們對她關心又太少。

　　寂寞孤獨壓迫著所有的知青。大部分知青下鄉沒多久都談起戀愛。我的同學扁鴨子和一個叫小英的女知青好起來。自從寫作小組一分為二，我們住進知青點，我和扁鴨子住隔壁。

　　扁鴨子姓王，叫王和平。家是湖南人，初中讀書我們曾在一個班級，家住得也不遠。在小鎮上，每到黃昏，扁鴨子貪玩到吃飯時間還沒歸家，他那矮矮胖胖身材似冬瓜的母親就站在家門口拉長了聲喚：「平伢子——回來恰飯羅——」她那湖南腔叫平伢子，我們聽成扁鴨子。大夥兒也就跟著叫他扁鴨子了。因為遺傳，扁鴨子也挺胖，中等個邁著八字步，蹣跚而行。

　　春江水暖，扁鴨子與小英的關係越來越熱火，天天形影不離。小英是個又矮又胖的姑娘，胸脯鼓鼓的像兩個氣球。圓圓的臉，小鼻子小眼。她性格極隨和，對扁鴨子好得不得了。從家裡帶來點吃的自己捨不得吃，全給了扁鴨子。對扁鴨子百般體貼關懷，六月天就趕著為扁鴨子織冬天毛衣。他倆一到天黑就聚在一起，離我睡的床只隔一薄木板。總是聽到他倆嘰嘰咕咕，吭吭哧哧，弄得床板嘎嘎響，也不知幹什麼。

　　一天，扁鴨子悄悄問我：「你看過許多書，知道生孩子是怎麼回事？」

　　我說生孩子那得先懷孕。

　　扁鴨子忸怩一陣，臉紅紅的告訴我，他和小英在一起時，一次動了感情，擁抱在一起。不知怎的，底下流出水來，就用一塊手帕擦。擦了男的又擦女的。後來害怕起來，不知會不會懷孕，慌兮兮的。

　　這種事，我也不知道，無法回答他。

　　扁鴨子他們緊張了好些日子，後來沒見動靜，才放下心來。而我

卻被這件事攪得心緒難寧起來。我總是想著扁鴨子的話，他那惶恐不安的神情，既驚訝又好奇，胡亂猜測著。我們這些少男少女除了看過野狗子交配，沒有受過別的性教育，對生孩子一無所知。在這躁動的青春期，做了不知多少荒唐的夢。

春風拂動了我的春心。春思繾綣，我的腦子裡時而浮現起一些荒唐的念頭如黃昏飄飛的蛛絲纏繞著我。一天夜裡，我做了一個長長的夢。夢中我躺在床上，迷迷糊糊，似睡非睡似醒非醒。一陣清風，門外走進來一個女郎，身姿綽約俊目流盼，輕啟芳唇，自稱是那位老知青。我很驚訝，問她來幹什麼。她不言語，向我輕輕招手，不由自主我起身隨她而去。我被女郎拉著手，悠悠地，像飛像飄，來到一處景致很美的庭院，走入一間半明半暗，香氣襲人的房間。女郎貼近我，望我笑，百般嬌媚。我大著膽攬她入懷，貼上她的頰，伸出手撫摸她的肌膚，柔滑光潔香酥無骨。我恍恍惚惚，纏纏綿綿，一股熱流從我的肚腹直向下流去。忽然女郎消失不見，我張嘴呼喊，卻暗啞發不出聲。我想追趕，身子卻不能動彈。一陣惶急，醒來，感到渾身酸軟無力。脊背汗水津津，將我的襯衣濕透。爬起來，衣褲濕濕地貼在身上。一陣寒意，起一層雞皮疙瘩。風從破窗的縫隙吹進來，我打了個寒戰，又鑽進被窩裡。

迷迷糊糊我又進入夢境。我從荒野走向回家的路。路是那樣長，那樣泥濘，我舉步艱難，一步一跌。翻過一座坡又一座坡，蹚過一條河又一條河。走著走著，忽地一腳陷空，從高處墜落……我又從夢中驚醒。山風狂勁地吹著，撼得門窗呼噠呼噠響。天上的星星都吹落了似，黑漆漆伸手不見五指。破紙板窗被吹開，冷風吹進來，我起身拉上關緊，曲捲縮進被子，蒙頭蓋臉，裹得緊緊地。不一會，悶得我喘不過氣來，身子發熱，我掀掉身上蓋的被子。衣褲被汗濕透，一經風吹感覺又冷起來，重新裹緊被子。我渾身一會發冷，一會發熱，直冒虛汗，哆哆嗦嗦，渾身如棉，沒有一點力氣。我恐懼起來，以為在發燒生病大難臨頭了。輾轉反側，徒自在黑暗中掙扎。也不知道了多

久，我盼著天亮，迷迷糊糊躺著，直到東方出現魚肚白。黑夜過去，世界並沒有毀滅，當一縷黎明的曙光從洞開的窗子照進黑暗的小屋，我從噩夢中醒來。

起床後，扁鴨子問我：「昨天夜裡，你怎麼了，好像聽見你在說夢話。」我淡淡地：「沒什麼，做了個噩夢。」我沒有理會他們叫出工的喊聲，向野外走去。

我獨自一人帶本書爬上村後的山坡。這裡的山不高，樹木也不多，稀稀落落長了些灌木和茅草。漫坡盛開的山花已經凋謝，落紅飄零。山窪窪裡有一小片竹林，蒼翠依然。登上山頭，站在高處向下望，閃亮的河流，錯落的農莊，一覽無餘。一塊塊新栽的禾苗綠茵茵的農田，在河谷的平原展開；遠處，群山連綿，迷迷茫茫。山崗向陽坡上，有一座大墳包，墳前幾座石人石馬臥在草叢中。我拿著書坐在石人馬旁的草地，看一會書，望一會遠處，想一會心思，聽一會鳥啼。然後在土坡上躺下來。也不管身下的泥土，將手臂枕在腦後，仰面望著薄雲飄過的天空。

雲雀在天上叫個不停，遠處的山林傳來杜鵑的啼聲。我心中顫動著一絲柔情，生出一絲遐想。微風送來芳草的香味，我沉浸在綿綿情思中。躺在草地上，彷彿身在三月的春陽，四周開滿了五顏六色的野花。我融進這美麗的春天中，變成一棵勿忘我草，開一朵藍色的小花。一隻叫莊子的蝴蝶翩翩飛來，落在我的花瓣上，它軟軟的觸鬚拂動我的思緒。我的心尖落上一些緋色的花粉，於是，如同受孕，我的心頭產生出一首小詩，一首愛情的小詩。

我曾用幻想編織一個神話，
我要赤足走遍海角天涯，
尋尋覓覓尋覓我夢中的家，
摘下那彎新月貼我的窗花。
……。

纏纏綿綿的愛情轉瞬即逝，化為迷迷茫茫思鄉的愁緒。緩緩又念

出幾句詩。

　　站在山巔遙望天邊的紅霞，

　　心中想念我慈祥的媽媽，

　　飄落的淚灑過我的面頰，

　　青春隨風吹落了滿地金桂花。

　　……。

　　風從山裡吹來，習習地帶著些許涼意拂著我的臉頰，輕輕掀動我的衣襟。月兒掛在後山像一隻彎彎的船兒，漂浮在雲朵間。一股憂傷湧在胸間。眼前的山水一片綠色，覆蓋著淡淡的鄉愁。我思念起小鎮的家，思念起家中的母親。很久沒有聽到火車笛聲了，我多麼想打起背包，趕到火車站，乘火車立刻離開這荒涼偏遠鄉村回家去。

　　山腳河灘上，一隻白色水鳥掠過水面，輕巧在水中一點又落在近旁一棵柳樹上。一個農家小姑娘坐在草地上，身旁一條活蹦亂跳的黃狗。小姑娘晃動兩隻翹翹的紮著紅頭繩的小辮，嘴裡咿咿呀呀唱著什麼。黃狗撒一陣歡，偎依到女孩身邊。小姑娘摟住黃狗脖子。遠遠地，一群牛涉水過河，水面投下斑斑碎影，這景色很美。望一會，我在草地上停下來。四處冷清清，那座孤獨的墳，落在草叢中，幾隻石人石馬，還是那麼忠實地默默地守候在一旁，飽經風雨，一個個斑駁蝕落歷盡滄桑的樣子。一大塊厚雲遮住了太陽，風從高高低低的山坡上吹來，身旁的茅草刷刷地響，倒伏下來。我感到一陣莫名的悲傷。

　　我想起老五保爺給我們講的南山坡上這座孤墳的傳說。

　　很久很久以前，這一帶是一個諸侯小國，方圓幾百里被一個國王統治著。國王有一個年輕美麗活潑善良的公主。有一天，公主騎馬到山裡遊玩，森林裡突然遇見一隻猛虎。猛虎向公主撲過來，正在這危急時刻，出現一個獵人，彎弓搭箭，射向猛虎。猛虎帶傷跑了，公主得救了。國王非常感激年輕的獵人，封他為武士，招進宮裡。

　　年輕的獵人勇敢英俊，正直善良，他和美麗的公主情投意合，倆人相愛了。在這個諸侯國裡有一個大臣，奸險狡詐，善於溜鬚拍馬。

經常圍在國王身邊，得到了國王的信任。大臣對公主早就垂涎，他向國王求婚要娶公主。國王雖然正直，但已老邁，被大臣蒙蔽，分辨不出忠奸，答應了大臣的請求。公主對奸詐的大臣沒有好感，她的心已交給了正直的武士。堅決不聽從國王的安排。

狡猾的大臣陰謀想除掉武士，向國王進讒言，說那只受傷的猛虎還在山裡害人，讓年輕的武士去殺死那只猛虎。大臣借國王之手贈給武士弓箭和寶刀，暗地把箭頭和刀柄弄斷。勇敢的武士不知有詐，他進山尋找猛虎，與猛虎相遇。他彎弓射箭，箭頭都是斷的。猛虎撲來，武士拔刀砍去，刀柄也斷了。勇敢的武士赤手空拳同猛虎搏鬥，雖然自己受了傷，終於把猛虎打死，勝利歸來。狡詐的大臣一計不成又生一計，讓國王命令武士帶一支人馬向敵國開戰。大臣暗中勾結敵國布下陷阱。武士英勇機智，挫敗了大臣的陰謀，打了勝仗。帶著軍隊班師回朝，將軍隊駐在城外。陰險的大臣謊稱國王要檢閱軍隊，讓武士列好陣勢迎接國王。而對國王說武士已經反叛，帶了軍隊要殺害國王。他們佈置下弓箭手，將武士騙進城用暗箭射死，將頭割下來。悲憤的公主決心為武士報仇，號召武士的部下沖進城來，殺死罪惡的大臣。

國王終於真相大白。武士已經死了，公主為心愛的武士報了仇，以死殉情，舉刀刺向自己的胸膛。一顆鮮紅紅的心從洞開的胸膛跳出來，公主捧著心倒下。國王失去了心愛的公主，痛悔不已，將武士和公主合葬在一起。武士的頭被砍下來，竟找不到了，公主的心也不見了。國王命人給武士做了一個金子的頭，給公主裝了一顆金子的心。為了防止別人盜墓，在這一帶青山上做了七十二座假墳，每座墳前兩對石人石馬守墓。

這是一個很美麗感人的故事。我站在古墓前，望著芳草萋萋的墳丘，我想著：這靜靜的墳丘下也許是空的，並沒有武士和公主的骸骨以及他們金子的頭金子的心，但是卻埋藏著一個美麗動人的故事。面對著歷史的遺跡，我的胸中湧起一股悲壯與蒼涼。風急起來，一陣陣

刮過天空，濤聲四起，激盪著山谷，漫天翻卷著亂雲。

五

　　寫作小組下鄉幾個月，大家都疲倦了。我們跟著胖子崔老師，就有點放任自流。

　　同學們都不會幹農活，盡幫倒忙。插秧把根都撅斷了，沒幾天禾苗一片片枯黃，還得補栽。田間除草，稗禾不分。和農民一起去割稻，不小心就割到手指頭。割下稻穀紮成一捆捆用扁擔從田裡挑回村裡，稻穗都熟透了，一摔一碰，穀粒就嘩嘩脫落下來。生產隊長要求我們挑稻穀中途不能放擔停歇，要一肩挑回打穀場，以免稻穀灑在路上。我們挑的稻穀很小一捆，只及農民的三分之一，剛上肩覺得挺輕。老農告誡：遠路無輕擔。果然，走走就不行了。以前都沒挑過擔子，窄溜溜的肩膀不堪重負，壓得疼痛難耐。又不敢放擔停下來，咬著牙歪歪斜斜往回走。有時實在堅持不住看看前後沒人偷偷放下擔歇一歇。再挑起擔，地上灑一片黃燦燦穀粒。生產隊長瞧見，沖我們一通訓斥，不再要我們下田做事。

　　沒有活幹，寫作小組同學變得遊手好閒，一個個東遊西逛，鑽山溝，爬山梁，和村裡知青混在一起打成一片。這時間，我結識了元星。

　　元星是同來相一起下鄉插隊的老知青。他是個身材中等青年，樣子稍瘦了些，卻勻稱結實，山裡的風日把他曬得皮膚黝黑。他同來相那些知青不同，那些老知青只有他每天同農民一起出工。他不喝酒不抽煙，不和來相他們一起打架胡鬧，幹偷雞摸狗的勾當。他有一個愛好，對天文特別有興趣。每天夜裡都到野外觀測天文星座，已經堅持了好幾年。他對星象都入了迷，無論走到哪裡，到了夜晚，只要有星星出來，他都不忘觀察。有一天夜裡，他從外面回村，走在田間小路上。漫天的星星清晰明亮，他邊走邊望著天空。只顧抬頭看星，不

低頭看路，腳下踏空，掉進水渠裡，落得渾身濕淋淋爬起來。他對我說，從小就愛好天文，嚮往瞭解那謎一樣的星空，看了許多有關天文學的書。我對他執著的志向十分欽佩。

在鄉下寂寞的日子，我常到元星那簡陋的小土屋去，從他那裡借書看。元星有一隻大木箱，裡面裝滿了書，最多是關於天文的書，有一些歷史、數學、物理教科書。還有占卜、星象、節氣農諺等書，五花八門。我問他哪里弄這麼多書。他說有些是下鄉帶來的，有些是在農村收集的。我每次從他那裡借書，他都再三叮囑看完一定還給他。還說，好借好還，再借不難。我笑著答應他。

看了元星的關於天文知識的書我才知道，太陽原來是個大火球。它的顏色是桔黃色的。如果太陽顏色變紅了，那麼，地球上就會是冰天雪地。我們就是有北極熊的毛皮也耐不住嚴寒。如果太陽的顏色變成白色的，那麼，地球上就會是一片焦土。一切生命都不存在了，我們的靈魂只能是一縷縷青煙在太空飄蕩，無所寄託。太陽的光芒普照萬物，帶來一切生機。我很為我們人類捏一把汗，慶倖太陽是美麗的桔黃色。

元星有一個自製的望遠鏡，是用幾片玻璃放大鏡組成，裝在一長竹筒子裡。那竹筒經過他加工改造，筆直的，裡面竹節全打通，外面磨光，還挺漂亮的。架在自己的小土屋頂。他的小屋建在村邊一土丘上，屋頂沒有瓦，用黃泥抹平。一架木梯靠在牆上，不颳風不下雨他就爬上屋頂。晴朗的天空佈滿星星，拿著望遠鏡對著天空一看幾個小時。

有一天，元星用那土制望遠鏡觀察到一顆以前從沒見過的新星，而後一連三天都觀察到它，認為這是一顆尚未被人發現的超新星。他很激動，第二天跑了幾十裡路到公社郵局給中國紫金山天文臺寄了一封信，報告這一重大發現，並畫了一張星點陣圖。回來後，他就等啊等。誰知過了一個月，他在生產隊的一張舊報紙上看到一則消息，國外某天文臺發現一顆新的超新星，並給予命名。這正是他發現的那顆

新星。外國天文臺比他還晚三天發現。他很懊喪，對我說：「這顆星本來是我先發現的，卻給別人占了先，我們這山溝溝裡資訊傳遞太慢了。」那顆新星被以國外發現者的名字命名。我歎道：「嘿，真可惜，本來這顆星以你的名字命名，那多好。」

兩個多月後，天文臺給元星的回信才姍姍而來。那些專家肯定了他的觀察成果，但是認為未向外界正式公佈，所以這顆星只能算別人的了。專家們也覺得遺憾，稱讚他的星位圖畫得很好，同天文臺的圖沒有什麼差距。希望他繼續努力保持聯繫。元星收到這封信，很受鼓舞，觀察星座更勤了。並根據多年的觀測研究結果，寫了幾篇論文給天文臺辦的刊物寄去。有一篇論文在刊上發表，受到許多專家的好評。專家們說，如果元星能繼續深造到大學裡學習將來會有很大前途。專家們想把元星招到天文臺去。去年有一個上大學的指標下到公社，生產隊推薦了元星。他興高采烈填了表，交上去。誰知等了許多天沒有音訊。他跑到公社去問，卻原來那個上大學的名額已被別的一個知青擠掉了。據說那個知青為了能把元星拉下，不擇手段，誣告他不安心務農，看封資修的黑書，發表攻擊上山下鄉的言論。說他有一次講知識青年上山下鄉是變相勞改。其實這話不是元星講的，是來相說的，硬栽到元星頭上。

元星很憤怒，去到公社找領導評理。雖然調查證實他沒有說攻擊知青上山下鄉的反動言論，但為時已晚，那位知青已經回城走了。提起這件事，元星憤憤不平地對我說：本來上不上大學他也無所謂，過去幾次上大學的機會他都讓給別的知青。但是這一次是他特別喜愛的天文專業。那要陰謀詭計的傢伙能幹什麼，連太陽系九大行星搬了半天手指頭也講不出來，眼睛視力只有零點二，半個瞎子怎麼觀測星座，望遠鏡送給他只能當擀麵杖吹火筒。元星幽幽地說：他是多麼想能去多讀點書，深造一下，待在這山溝溝裡是很難有大發展的。四周山連山，視野被遮擋，交通資訊也不方便，前途渺茫。說到這，元星低下頭。

我聽了元星的感歎，心情也沉重起來，大有惺惺惜惺惺的意思。

當天空的雲朵遮住了星星，元星坐在土屋前，拉起自製的二胡。二胡是用一截竹筒，蒙上張幹蛇皮，一隻長長的木杆，上面兩隻調弦的把手。二胡很粗糙，音色卻不錯。我對音樂一點兒也不懂，只記得在踢雀兒劉那聽過的《二泉映月》極好聽。我問元星，會拉《二泉映月》吧？他說會一點，拉得不好。應我的要求，他拉起來。我靜靜地聽，望著他微微搖動的身子。那很久沒有聽到的熟悉的音樂，又迴響在我的耳邊，勾起我思念親人的愁緒。

同元星在一起，我的視野開闊了許多，學到了一些自然知識，瞭解了太陽月亮星星以及我們人類所賴以生存的地球在宇宙間的位置。浩浩宇宙，無窮無盡，我們的知識實在是太少了。有一天我問元星：「太空裡有沒有外星人，你見過飛蝶嗎？」

元星說：「我沒見過飛蝶。太空裡也可能會有外星人，因為在無數億個星球上一定還有星球具備創造生命的條件，也許那裡的生命會以另外的形態出現。」

由於元星的影響，我開始熱衷於天文，觀察起星象。我爬上元星小土屋，視野豁然開朗起來。山村闃無聲息，環繞村莊的是閃亮蜿蜒的河流，四周是黝黑寂靜的群山。接過那土製望遠鏡，我去眺望那浩瀚的星空，那神祕的宇宙。茫茫夜空佈滿了繁星。大的亮燦燦，閃爍奪目，小的靜幽幽白光一點。大大小小的星星鋪滿了天空。群星圍繞的銀河彷彿一條寬闊的白色絲帶，將恢宏的宇宙攔腰一系；又像一位仙女飄飄的紗巾在無垠的天穹伸展蕩漾開。我仰起著臉，將一雙眼使勁貼在望遠鏡上。星空在向我靠近。我好似乘坐在一隻大船上，在銀河裡漂流，手拿望遠鏡，遨遊太空。我飄飄然，脫離了地球的引力，向浩瀚星空飛升。這時，我會忘卻了一切，那白日的憂愁煩惱煙消雲散。

元星告訴我，天文學家說宇宙是二百億年前一次大爆炸形成的。宇宙也有終結。從地心說到日心說，到現在的大爆炸理論，人們在不

停地探索尋找宇宙的祕密。我感慨讚歎。不過，我更喜愛也寧願相信
我們祖先流傳下來的關於星空的美麗傳說。

　　我充滿敬畏與感激的心情觀察太陽和月亮，從黃道和白道看它
們橫空的軌跡。我披霜載露，遙望東方的啟明星，心中的希望與啟明
星俱升。我懷著無限美好的心願與幻想看那西天的長庚星在晚霞中明
明滅滅，這心願與幻想在我的夢中實現。晴朗無雲的夜，風清人靜
的夜，燦爛星空向我敞開胸懷，擁抱住我。我追隨古代我們祖先的目
光，將我的視野融進他們的智慧和想像。從燦爛星空，熠熠繁星，我
看到：東方蒼龍，昂首擺尾，躍躍騰飛；北方玄武，匍臥草莽，狡黠
窺伺；西方白虎，張牙舞爪，咆哮山林；南方朱雀，翩翩翔姿，輕舞
天河池畔。在天市垣，我彷彿看到一派太平盛世繁華景象。太徵垣，
將相環列，執法森嚴。紫徵垣，這星空主宰的居住地，籠罩著帝王之
氣，北斗七星圍繞著燦爛的北極星。緊挨的文昌星，在耀眼的群星
中，並不顯赫，在眾多貴族豪門中，文昌星太黯淡了，它本應有更顯
要的位置。許久許久，我從那浩瀚的星空神遊回來。呵，迢迢銀河，
璀璨群星，在人類童年的神話中，天空也同人間一樣，有著許多悲歡
離合的故事。在我們的童年，哪一個孩子沒有聽過媽媽講那牛郎織女
嫦娥奔月的故事，哪一個孩子沒有在仲夏夜仰頭望著星空，掰著手指
頭數著一顆顆小星星。

六

　　夏夜的天空，深藍深藍的，高遠莫測。點點繁星熠熠閃爍，月兒
還沒有升起，淡淡的星光像一層薄霧飄蕩在空間。河水嘩嘩啦啦奔流
不息，蜿蜒曲折。幾點漁火在河面印著倒影，閃著粼粼波光，呈現出
一片迷離淒幻的景象。我和老知青元星躺在河邊的土堤上，這裡綠草
如茵。堤的後面是村裡知青小屋，斷斷續續，傳來一個男人的歌聲。
不遠處，河灣一座小山兀立河畔，給河面投下黑黝黝的暗影。元星側

身躺著，一隻胳膊支撐抬起頭，星光映出他臉部的輪廓，如剪影。河上的風拂著他的亂髮。元星身材不高，卻很有意志。性格豪爽耿直，有閱歷，有思想。正是我這樣的少年所敬佩的。這樣的秋夜，格外觸動人的心緒。我絮絮地向元星傾吐著心裡話，敘說著我的苦悶，我的夢想，而後沉默下來。元星不動聲色，靜靜地凝視著河面。

一隻白色的鸛鳥撲拉拉從河面飛過，消失在對岸山崖的樹叢中。

「文學？藝術？現在還有誰提這些詞兒。」元星說。

我辯解著，可聲音是那麼弱小無力，元星將手臂在暗夜中一揮，就截斷了我的聲音。

「現在的人，蠅營狗苟，渾渾噩噩，什麼理想，信仰，都丟開了。」元星將雙腿伸直，仰面朝天躺著，雙臂枕在腦後。

元星望著星空，講起往事。我雙手抱膝坐著。一顆流星劃過夜空，一閃即逝。元星那清晰的男中音穿過沉沉的空氣，顫動著我的耳膜。「我像你這個年齡，正逢文化革命運動開始，參加組織，一腔熱血。那時，造反，抄家，抄出來的東西堆得滿地都是。一逤逤的錢，黃燦燦的金子，花花綠綠的外幣，沒有誰去動一下。多少次，金子就在腳邊，四周沒有第二個人，我從旁走過去，連正眼都不瞧一下。」

我的眼前出現一座富麗堂皇的房子。元星身穿學生裝，紮著武裝帶，戴著紅袖章。成堆的金子在他腳旁，閃著迷人的亮光，他正眼也不瞧一下。他走出門，走到燦爛的陽光裡，威風凜凜。

黑暗中，又傳來元星沉沉的聲音：「那時候，為了一句口號，一個觀點，辯論得面紅耳赤，打得你死我活，現在還有誰會這樣呢？那麼多的理想，那麼多的激情，回想起來，真是幼稚。」

我默不作聲，胸膛有種凝重的窒息感。河岸坡上幾座墳丘，飛舞著三兩隻流螢，一隻大鳥叫了一聲，我打了個寒戰。不知怎的，我最恐懼死人了。小時候和同伴在野地裡玩耍，捉迷藏。有些小夥伴總是在墳堆裡鑽來鑽去，我一看到那些土包包就望而卻步。走路經過墳地，我屏住呼吸，加快腳步，彷彿隨時那些土包包會裂開來，裡面鑽

出一個青面獠牙的僵屍厲鬼來。活人為什麼害怕死人？人死了還是那具形體，為什麼會使人恐懼？哲學家和醫學家關於死亡的解釋都不盡其意。我相信除了軀體以外還有別的什麼東西。這種東西在活人身上，人就有了一種靈氣。人死了，這東西從軀體裡跑了出來，人就沒有了靈氣。沒有靈氣的軀體是空殼，什麼別的邪祟稱之鬼魅的東西鑽進這軀殼，揮發出一股戾氣，就會使人感到害怕。

我感到一陣寒意，不由得縮起肩。突然，「嘩啦」一聲水響，我看到黑黝黝的河灘上，泛著粼光的水面慢慢升起一隻黑影。黑影越升越高，彷彿飄一樣無聲無息上了岸，向這邊走來。我毛骨悚然，一把抓住元星的臂，緊張得聲音都變了：「看，幽靈。」

元星盯住黑影，走近了，問了聲：「誰？」

對方傳來一聲男人的回應：「我。」

我鬆開元星的臂，藉著星光，這才看清，是和元星一塊下鄉的知青。這個人瘦瘦的，有一副蒼白憂鬱的面容，總是沉默寡言，和元星是同學，大家都叫他林。我和林不熟悉，只覺得他是一個孤僻的人。

元星站起身。「這個天氣你還到河裡去了。」語氣中透出關切。

林沒有吭聲，站在夜幕裡一動不動，仰臉望著夜空。我看到他的頭髮濕漉漉，清腴的臉兩隻眼睛亮亮的，彷彿兩點星星。

元星拍了下林的肩，溫和地。「回去吧，很晚了。」

林還是沒有說話，默無聲息走開去。這個人真古怪，我想。

元星看到了我的心思，說：「你覺得林有些古怪是不是？你知道嗎，他已經得了血癌。」

我吃了一驚。

沉默一會，元星歎口氣又說：「你瞭解林的過去嗎？過去，林是我們城裡紅衛兵學生領袖，敢死隊長。」

「學生領袖，敢死隊長。」我又吃了一驚。怎麼也不能相信，這沉默寡言，面色憂鬱蒼白，微微佝僂著背，總是獨往獨來的林，曾有過什麼輝煌的過去。「敢死隊長」，我只有在小說裡才看到，那都是

叱吒風雲滴血盟誓的大漢。我實實在在如今的林身上看不到什麼傳奇的色彩。

「你不是愛好文學嗎？你不是打算寫兩本書嗎？林這個人就值得寫一寫。」停一會，又說：「每一個人都有他的故事，無數人的故事加起來就是長長的歷史。」元星給我講起他和林的故事。夜很靜，連河堤的蟲兒也不鳴了，坡上傳來的歌聲飄飄忽忽，只有元星的聲音響在耳旁。

「我和林在中學是同班同學，林在我們學校是一個品學兼優的學生。那一年，學校已經放暑假了，一天，林來到我家很興奮激動地通知我：明天到學校去，響應偉大領袖號召，成立紅衛兵組織，開展文化革命運動。說完就急急忙忙又去通知別人。第二天，我回到學校，嘿，學校已是紅旗招展人聲鼎沸，宣傳標語貼滿牆。人來人往中我找到林，他胳膊戴著紅袖章，正領著兩個同學刷大標語，我立即加入他們當中去。

大串聯的時候，我和林一起走出學校坐火車串聯到北京。一行人中有鐵路子弟，有著扒火車的經驗，還有開車門的鑰匙，通力協作，費了九牛二虎之力才進了車廂，占得四五個座位。後面來的，別說座位，能有個立足之地就不錯了。無數的人擠在車廂裡，走道、行李架乃至廁所，一切空隙的地方全擠得滿滿的，列車嚴重超員。最麻煩的是拉屎拉尿，要事先做好安排，利用每站停車的一刻，分批下車突擊解決。沒等到車停小便憋得慌的，或尿在褲裡，或射出窗外，羞恥二字全然不顧了。這恐怕也是史無前例最艱苦卓絕的遠途旅行了。

在北京參加天安門廣場大檢閱。大家盼著早日接見，一睹偉大領袖的風采。這一天終於來臨，百萬大軍雲集長安街。偉大領袖和他的親密戰友登上天安門。檢閱開始，百人一橫排的隊伍浩浩蕩蕩，由東往西走過天安門廣場。偉大領袖身著綠軍裝，佩戴紅袖章，向人群頻頻招手致意。人群的歡呼聲震天動地，「萬歲，萬萬歲」震耳欲聾。大家狂熱呼喊，不少人熱淚盈眶。我們深受眼前狂熱到極點的氛圍感

染，情不自禁地湧出熱淚。終於看到了偉大領袖，人們歡呼雀躍，無比激動，無比幸福。

那是令人終生難忘的一天，天安門廣場萬眾歡騰，歌聲口號聲匯成一片，無數的人，揮動著紅寶書如癡如狂。走了一夜一天的路程，唱了一夜一天的革命歌曲，喊了一夜一天的口號。嗓子喊啞了，汗水流盡了，鞋被擠掉了，衣服也被撕破了，見到了偉大領袖我們感到無比激動無比幸福。然後又從北京出發，去革命根據地革命聖地參觀學習。一行四人，我和林，還有兩位男同學。一路步行，饑餐渴飲，曉行夜宿。一路上，南來北往的學生長征隊一個接著一個，都打著隊旗，戴著袖章，挎著黃書包，有的還背著行李捲。

串聯學生滿天飛，不管到哪裡都有人接待。沒錢了就去找接待站，走累了就在政府招待所住兩天。各地政府接待站就像現在的旅行社一樣全程服務，所到之處有吃有喝，這在那個年代是一件了不起的事，別人沒有糧票就寸步難行，而我們學生沒有糧票卻能在食堂裡暢通無阻。城裡的公共汽車也成了他們的旅遊公車，不管到哪裡都可以隨便乘坐，不用買票愛到哪兒就到哪兒。至於火車就更是成為學生專列了，一分錢不交就可以周遊全國。

走了一個多月，從南到北，又從北到南，走過許多地方，見了不少世面。開闊了眼界增長了見識。步行還鍛鍊了身體，磨煉了意志。

文化大運動風雲席捲全國。有的地方運動搞得轟轟烈烈，男女老少動員起來，站崗放哨盤查行人。兒童團，紅小兵也手持紅纓槍站在路口，攔住過往行人，必須背誦一段主席語錄才能通過。也有的地方運動比較冷清，唯恐天下不亂的激進學生串聯到那裡發動群眾，宣傳毛澤東思想，刷大標語大字報。說明當地的組織造反抄家，向走資派奪權。

我們步行長征，一路上有時也會遇到一些意外情況。夏天驕陽似火，正午，大路上熱氣騰騰。一望無際的平原，無遮無擋。走得口乾舌燥，在路旁發現一大片西瓜地，歡呼著撲進瓜地。摘了瓜大嚼一

頓。吃飽了抹抹嘴，正商量著學習當年老紅軍老八路的好傳統，給瓜農打一張收條。不遠處，村子裡傳來狗叫聲。一群狗，幾個農民沖出來。農民手裡拿著鐵鍬棍棒大喊捉賊，嚇得我們來不及解釋落荒而逃。

一次，在一座縣城，我們遇到幾個當地流氓調戲一個女學生，林上前去阻攔。幾個流氓圍住他，林躍起來沖領頭的流氓就是一拳。那流氓鼻樑咔嚓斷了，滿面鮮血倒地一動不動，其他流氓被林鎮住不敢動手。過後，林的手也痛了許多天。

我們步行串聯上千里，兩腳打起了泡。走不動了，開始搭乘汽車。一天，我們站在公路上攔汽車，一輛又一輛汽車擦身而過，沒有停下來的。不由我們火冒三丈，拼著性命，站在路中間攔住一輛吉普車，幾個人強行上了車。司機在我們拳頭逼迫下開了車。一路上，我們好不得意。汽車開得飛快，馳過一片又一片農田，穿過一座又一座村莊。傍晚時，汽車停在一小鎮上。我們下車一問，不是我們要去的地方，方向正相反。走了上百里路，竟是南轅北轍。我們氣壞了，撲上去給司機一頓拳頭，把吉普車掀翻到路旁。

我們繼續長征。一天，走入一片崇山翠嶺之中。山峰壯麗，景色宜人，我們沿著盤桓的山路，一路觀山賞景，一路前行。一條大河從山中流過，碧波盈盈，兩岸奇峰秀立。一個農民劃竹筏送我們過河，竹筏悠悠溯流而上，碧水丹崖，如入畫境。登上岸，往前走，看見一片紅牆綠瓦掩映在蒼松翠竹之間。原來是一座大廟。走進院子，迎面大殿上掛一匾，上書「天師府」。

大殿裡面沒有人，兩旁廂房門窗緊閉悄無聲息。供桌前立著一尊塑像，身穿長袍，正襟而坐。供桌上燃著香火。我們在大殿裡轉了一圈，門外進來一個農民裝束的老頭。我們指著塑像問老農：「這是什麼東西？」

老農說：「這是張天師啊。」

「張天師？是什麼人？」

老農說：「是道家老祖，會降妖伏魔，求他可以保你們平安的。」我看過《水滸傳》，第一回標題是「張天師祈禳避災，洪太尉誤走妖魔」，大概就是這個張天師吧。

「呸」一聲，林說：「這是封建迷信。」跳上供桌去砸塑像，老頭臉都嚇白了，張著兩手：「別，別。」

我們不理他，不管三七二十一，一齊用勁，轟隆一聲，神像倒了下來，摔得四分五裂，殿堂裡塵土飛揚。老頭「媽呀」喊了聲抱頭鼠竄而去。

我們從供桌上跳下來，正往外走，忽見門口立著一人。這人身穿一件灰不灰，紫不紫的長袍，上面髒不拉嘰。頭髮長長的，面色漆黑，蓬頭垢面，下巴一縷黑須落在胸前。陰沉沉一雙眼直勾勾盯著我們，活像一具從古墓裡鑽出來的僵屍。我們一見，不由心虛膽怯，腳步往後抽。林無所畏懼，瞪了那人一眼，雙手把供桌一掀，「嘩啦啦」，香爐供品翻滿地。跨過廢墟，走到道士面前，喝道：「滾開。」昂首從旁走過。我們也受到鼓舞，一個個挺胸跟了出來。我們走出山，走上寬闊的人流熙攘的大道。」

元星停下來，不再講話，陷入沉思中。我望著他的側影，線條清晰，靜穆如雕塑，星光映照下卷髮微微泛著光。他在想什麼，那無悔的青春歲月？月兒升起來了，我們的周身浴著清光。月光灑在水面上，隨著水波向前流動。我雙臂環膝，翹首望天。堤後的村落，先前唱歌的男聲消失了，一個清晰的女聲又唱起來，唱的是一首插隊知青之歌。這歌在城裡是不讓唱的。歌手沒有經過專門的訓練，可唱得很動情。

「藍藍的天上，
白雲在飛翔，
美麗的揚子江畔，
是可愛的南京古城，
我的家鄉。

……

告別了媽媽，

再見吧家鄉，

金色的學生時代，

已伴隨著青春史冊，

一去不復返。

……」

　　月光如水的秋夜，使人恍若身處他鄉異境，聽著這飄飄而來的歌聲，有一種別樣的心情，勾起一懷愁緒。元星低頭不知在想什麼，低低地咳嗽一聲。沉默使我難受，問道：「後來呢？」

　　「後來，我們串聯走了兩個多月，回到城裡，投身運動，破四舊，造反，抄家，向走資派奪權。林在運動中表現得很英勇，成了學生敢死隊長。一次運動中一個從小一起玩耍長大的同學被打死了，而那個同學正是林的女朋友的哥哥。」

　　「再後來呢？」我又問。

　　「再後來，我們下了鄉。林的女朋友責怪林害死了她哥哥，和他分了手，這對林的打擊很大。林變得沉默寡言，他拼命讀書。讀哲學的書，讀歷史的書，讀馬克思的《資本論》。兩年後，林的鼻子老是流血，一檢查，得了血癌。一直到現在，他就成了這樣。」

　　「他為什麼不回家？」我問。

　　「回家也治不了他的病。他不願這樣面對親人朋友，成為他們的累贅，山裡空氣還好些。」元星似乎不願再講下去，匆匆結束了他的故事。這樣的結尾使我感到有點突兀。我心緒惡劣。

　　元星又沉入回想，悠悠的。「林早先的志向是學文或者學醫。他曾說過，學文能拯救人的靈魂，學醫能拯救人的身體。其他技術都無關緊要。他還說，能吃飽飯，穿暖衣，許多的物質都是多餘，如放屁，放了舒服，不放也能憋著。」頓一頓，元星說：「他是多麼激進。」

「後悔嗎？」沉默一會，我問。

「不。那時，我們年輕，有理想，有信仰，有激情，感覺自己將來是社會的支柱，世界是我們的。一腔熱血，只要是偉大領袖發出的號召，我們都堅決執行，無條件照辦。上山下鄉，林第一個報名，堅決要求到最偏遠農村山區插隊落戶。」

沉默一會，元星又說：「如果生活可以重來，我們會選擇另一條道路。但是，自己走過的，不後悔。」元星用低低的沉重的聲音說。「人生最大的悔恨莫過於辜負青春。」

「年輕時，不要怕；年老了，不要悔。一個老者這樣對我說。」元星長籲一口氣。我從元星黑眼睛瞳仁裡看到無奈的抑鬱。

元星說的是什麼，話語不連貫，思維跳躍，喃喃地像是自語，又像是對我說。我的眼前出現林那孤獨的身影，憂鬱的面容。夜深了，一片靜寂。我思緒起伏。啊，奔流的河水喲，你日夜不息，帶走人間多少悲歡離合的故事。

元星沉默著，他的沉默似那無邊無際的暗夜，籠罩著我，沉重地壓迫著我的胸膛。心啊，我的心兒喲，你到哪兒去了？你在曠野裡行走；你在海上飄蕩？或者，你飛上無垠的夜空？我抬頭向天空仰望，我不知道，哪顆熠熠的星是我的心在閃爍。

河水嘩嘩啦啦地奔流，水面泛著光，又圓又大的明月從樹梢後面升起，照得山野朦朦朧朧。這真是個多愁善感使人思鄉的夜，這樣的夜出了多少詩人，吟出多少佳唱。一葉孤舟靜靜地泊在岸邊，黑黢黢一簇陰影。老五保爺說，乘船順著這條河漂流而下，曲曲折折航行幾千里到大海，就能找到那幸福美好的仙山。這樣迷蒙的夜，那個神話變得真實起來，我真想跨上小船披著月光隨波而去。

這段時間，村子裡發生了一連串的事情，對我的震動很大。一天早晨，來相跑來告訴我們一個新聞，村子裡一口古老的大銅鐘沒有人去碰它，突然破碎了。發生這怪事，人們議論紛紛。

大銅鐘在村子中的一所祠堂裡，前幾年運動中破四舊，祠堂裡

的塑像被推倒了，供桌被打碎，只剩下那口大鐘放在殿堂中。祠堂被生產隊用作堆放穀物農具的倉庫。大銅鐘不知是什麼年代鑄的，鐘上雕刻著許多花紋圖飾，鐘很沉重，足有四五百斤，四個小夥子也抬不動。剛下鄉，我曾到過祠堂，見過這口大鐘，沉甸甸地座在地上，積滿灰塵，鏽跡斑斑黯淡無光。在老人們的記憶中，這口古鐘一直安置在殿堂中，從來沒有人去撞響過，起碼有二百年的歷史了。前些日子，突然古銅鐘嗡嗡地響起來，自鳴三日不絕。鐘上出現許多細密的裂紋，驀地，呼啦啦散成碎片。

聽到這消息，我和元星去祠堂看大銅鐘。灰暗蒙塵的祠堂裡，大銅鐘委頓在地。散落成一堆殘破銅塊。斷裂的地方露出新銅，熠熠閃著金光。我面對古鐘殘骸，心裡想：這是什麼年代建造的，為什麼造它？是用來祈禱的，還是用作召喚人的？它為什麼突然破碎了。百年滄桑，大銅鐘默默地不會說話。如果能說話，它會給我們講述些什麼故事。元星說它是不甘寂寞，不願苟且，寧為玉碎。我明白他的話，我理解他的心情。我沉默無語，心頭有些哽咽。

林死了。自從那個星光迷茫淒清的夜晚，我就再沒見到他。聽說他病重回了家，不久就死在醫院裡。他曾經轟轟烈烈過，最終卻無聲無息走完他短暫一生。臨死前，元星去看他。昔日的學生敢死隊長躺在病床上，全身浮腫，雙眼已經瞎了，因為大量服藥，頭髮稀稀落落，又黃又軟，像嬰兒似的。往日的英俊瀟灑蕩然無存。死亡在向他逼近。他聽見元星的聲音，從病床掙起半個身子，嚷道：「給我輸點血呀，給我輸點血。」元星一把拉住醫生的胳膊，激動地：「為什麼不輸血？」

醫生痛得直咧嘴，掙扎解釋道：「沒有用了。他上面吐血，下面便血，止也止不住。」

當元星向我說著林最後的日子時，我看到這剛毅的男子漢臉上流下兩行清清的淚水。

老五保爺也死了。三天前，老五保爺就預感到了死亡，躺在自

己的散發著黴爛味的破屋裡，不吃也不喝，不停地哀嚎：「大銅鐘碎了，我要死了。」一大群烏鴉圍住了他的破土屋「呱呱」亂叫，應和著他的呻吟。

老五保爺的死，在村子裡並沒有什麼大的反響。老五保爺早就四處叨咕今年要走了，人們覺得很自然。生產隊出了一副薄板棺材，叫了幾個小夥子抬上後山。送葬那天，老五保爺孤寡一人無親兒女，一個遠房侄子舉著一條白布做的幌子走在前面。隊伍從村子出發，一路拋灑黃表紙，村裡人稀稀拉拉跟在棺材後魚貫而出。送葬隊沿著田間小路行進著，兩支喇叭嗚嗚咽咽，招魂幡在風中飄揚。來到山腳，隊伍上了山，在山腰停下來。這裡一層層坐著一片墳，是村裡先人的墳地，老五保也埋在這裡。這是他一直等待著的歸宿。

喪事辦完，隊裡出錢，所有幫忙的人吃了一頓酒。老五保高齡而死，是白喜，村裡人在大碗酒大塊肉面前吃得很高興，吆五喝六劃著拳。來相並沒有抬棺材，喝酒卻也去了，吃得嘴邊油光光，劃拳時那尖尖的嗓音特別響亮。

世界就是這樣，新的生命誕生，舊的生命消亡，迴圈不息。人世間每天都在演繹著多少悲歡離合的故事。元星說：「人生的路是這樣，就像我們站在地球的北極點上，從那裡出發，無論我們朝著哪個方向走，一直朝前，都將走到南極匯合。我們所有的人，從出生，走過無數條生活的路，最後到達一個共同的終點──死亡。無一例外。」元星的話深深打動了我。

七月的一天，我依依惜別元星離開村莊去車站坐火車回家。三個月的學農結束了。寫作小組其他同學和老師前一天已經走了。我找個藉口多待了一天和元星告別。

清晨，我獨自一人走在山間小路上。我走過一道山坳，翻過一道山梁，不知不覺太陽升起來了。在一片長滿青青小杉樹的山坡上，望見了遠處日影下閃閃發亮的鐵軌，如一條腰帶圍住山腳。鐵軌的一頭從青翠的山谷裡穿出來，另一頭又隱入山谷。鬱鬱蔥蔥群山籠罩著

濛濛雲靄。鐵道上蒸騰著嫋嫋的煙氣。我在山坡上一塊石頭坐下來，風從山谷吹來，走了幾十裡山路，覺得有點熱，停下來，消消汗。回首，望我走過來的路。小路在山間時隱時現像一條曲折的帶子一直牽在我的腳下，然後又伸向遠方，與山下的鐵道匯合。兩條黑色的鐵軌伸向蒼茫的遠方，等待著負重的任務。火車開過來了，像一條巨龍噴著煙響著笛泰山壓頂般賓士過來。山谷被震動，迴響著隆隆的雷聲。我站起身迎上前去，金色的朝陽照著我的前方一片光輝燦爛。

七

夏末，寫作小組結束了學農生活，又回到了學校。幾個月的深入農村體驗生活勞動鍛鍊，人人手上都打起了老繭，於是在老師帶領下開始寫文章。經過一周的嘔心瀝血，同學們每人交上一篇作文。老師們選了幾篇在課堂上朗誦，然後刊登在學校宣傳櫥窗裡。曾老師主筆，寫作小組集體創作的長篇報導《廣闊天地大有作為》，投寄到報社，在地方一份小報紙上發表了。得到老師嘉獎的同學得意揚揚，沒有得到嘉獎的同學很有些不服氣。大家還沒有當上文人，可就有點相輕呢。

我的文章沒有被老師選上，不過我很坦然。我是不屑於這些平庸的應時之作，官樣文章。等著吧，一旦夢筆生花池塘長出了春草，我就要寫出那不朽的傳世之作。

這一年，家中的狀況有好轉，母親雖然忙忙碌碌，但她眉頭舒展了許多。姐姐已經結婚有了自己的小家，我升級做舅舅了。大哥在農村吃了不少苦，他任勞任怨，積極努力，加入了黨組織，終於遇到一個機會，通過文化考試，被推薦去了遠方一座城市上大學。二哥還在部隊當兵，他寄回來穿軍裝的照片，一顆紅星頭上戴，革命的紅旗掛兩邊，英氣勃勃。三哥沾了二哥的光，成了軍屬，被擁軍優屬照顧留在小鎮上，他如父親所願在鐵路上工作，不過他要當火車司機還得幹

許多年。

母親的心思現在集中在了我身上。母親一生的精力都消耗在了她的幾個兒女身上，而她這個生不逢時命途多舛的小兒子更讓她格外操心。近年來，母親的額頭爬上了細細的皺紋，鬢角已經有了絲絲白髮。她的小兒子兩手空空，饑腸轆轆從鄉下回來。我既沒讓父親快慰，也沒讓母親歡喜，上帝也難寬恕我。我奮鬥追求企望去摘取智慧之果，一生註定要汗流滿面地做事了。

回到家，我歡天喜地去看我的小外甥。那間臨時租借的小屋，姐姐坐在床上，她的身旁，一大堆舊棉被破布片中間包裹著一個小男孩。那就是我的小外甥。姐姐打開包裹，我探頭向前，注視著包裹中小傢伙。他渾身通紅，腦袋小得像只貓，臉上像小老頭似的，滿是皺紋，閉著眼，小小的紅鼻子輕輕翕動，臉蛋上毛茸茸的。頭髮稀疏柔軟。我第一次看到新生嬰兒，分外好奇。人之初就是這樣的嗎？每一個人都是這樣開始的嗎？瞧他多麼鮮豔嬌嫩，小巧玲瓏，將來他會長成一個什麼樣的男子漢。

母親殺了只母雞燉熟了端給我的姐姐吃，給她產後補身子。姐姐接過碗喝了點雞湯就吃不下了，看看站在一旁垂涎欲滴的我，讓我吃。我嘴上說不吃，手卻伸出去接過碗。我先吃雞頭雞脖子，我想：反正姐姐不喜歡吃這些東西。我準備將最好吃的雞肉留給姐姐。接著我又忍不住吃了兩隻翅膀，我想翅膀上盡骨頭肉也不多。後來我又開始吃雞腿，我像豬巴戒吃西瓜，竟將一隻雞全吃完了。當然，雞不能白吃，姐姐讓我這個做舅舅的給外甥起個名字。我翻了兩天字典，找了一大堆名字，最後從中挑選決定，我的外甥的名字取為文武之斌。這是希望他長大後亦能文，亦能武，是個棟樑之材。新的生命誕生新的希望隨之生起。人們一代又一代繁衍生息為著希望苦苦熬煎著。

在鎮上，遇見了我的老同學好朋友塗。塗沒有同我一道參加寫作興趣小組，而是參加了農機興趣小組。今後下鄉可以去開拖拉機，或者去修理水泵。他準備下放就回自己農村老家。他的老家還有許多親

戚能夠照顧他，條件好些。他情緒不錯，興致勃勃給我談他的老家，那是一座大湖的岸邊，離我們的鎮子幾十裡水路，從小鎮坐船順流而下，經過大半天旅程就到了他家鄉。在湖畔，有一座農場，據說有許多城裡的大人物下放在農場勞動。有高級幹部，文化名人，作家，藝術家。他們在農場種田，養豬放鴨，進行所謂勞動改造思想教育。這些農場被稱為「五、七」幹校，學員叫「五、七」戰士。後來，形勢變化，農場裡那些大人物又進城掌了權，一些心地善良關照過大人物的人有了好的報應，有眼光長遠的人紛紛被提攜登上了龍門。當然，那已經是三十年河東河西了。

塗說他家鄉那裡景色很美，山青水綠。站在岸上向湖面望去，碧波萬頃，湖水映著藍藍的天，微風蕩漾，波光粼粼；遠處波光中映著幾點白帆。這一帶傳說曾有人見過飛蝶，有人在湖的深處看見過湖怪，蛇一樣的腦袋，長長的脖子，巨大的蜥蜴般的身子。湖怪一出現，湖面就會掀起巨大的風浪，許多船隻在湖中失事沉沒。塗把他的家鄉說得那麼神祕而又美麗，使得我不由羨慕起來。

我跟塗講我們寫作小組下鄉的經歷，講來相的故事，塗聽得哈哈笑。他說他的老家農村裡也有知青，一個個吊兒郎當。生產隊有一座桃園，桃子熟了季節，生產隊派人輪流守護桃園。知青看守桃園時，夜裡他們裡應外合，偷走許多桃子。

我還向塗講了元星的故事。塗聽了很是感歎。他告訴我，他也準備帶些書下鄉。我們學過的課本：數學，物理，化學他都準備著。他還在偷偷地學外語，這是他父親讓他學的。他父親說：「人的一生，就如同地裡的一茬莊稼，誤了農時，就不會有收成了。」

我在塗的家見過他父親，這位老知識份子還執拗地抱著他那懷舊的思想，反反復複不厭其煩地規勸我們多讀書，多學點知識。他說：人生前三十年是關鍵。十歲時形成性格，是內向還是外向，文靜還是活潑。這時期是基礎，大腦就像是裝納知識的容器。二十歲塑成品格，是善良還是兇惡，粗暴還是仁厚。這時期是知識量的吸收。三十

歲完成人格，是高尚還是卑鄙，是卓越還是平庸。這時期是知識質的吸收。以後只是這些性格，品格，人格的延伸擴展，人生是否成功就是靠這幾個階段來決定了。塗父親的話深深地打動了我。這個老人，走過了長長人生的路，像秋天的老樹，風霜染紅了它的陳葉，依然情意難舍，抱殘守缺，用他的軀幹遮風擋雨，庇護著身旁的小樹。

時光如流水，轉眼過了炎熱的夏季，又到了初秋。就在我彷徨著等待下鄉的日子，一個重大消息傳來。國家又有新的政策，企事業單位職工可以辦理退休由子女頂職。這個消息在小鎮許多家庭中掀起波瀾，人們奔相走告議論紛紛。許多人的前途將改變，有人歡喜有人愁。國家政策規定每家每戶只允許一人留城，那些子女多的父母就犯了難。一家職位只有一個，嗷嗷待業的子女有好幾人，許多家庭鬧起了矛盾。

我的鄰居兒時玩伴唐這時期心情很好，看到他喜笑顏開地來找小哥聊天，打聽在鐵路幹什麼工種好。唐是家中唯一男孩，曾經因為在外沒有兄弟倍感孤單受欺，在家中可是唯我獨尊舍我其誰也，當仁不讓頂父親職當了鐵路工人。他的三個姐姐下鄉的下鄉，進農場的進農場，一個妹妹讀完中學待業幾年進了街辦小集體。許多年後，那些外嫁的姐姐回到小鎮還耿耿於懷，對唐橫眉立目的。

唐喜滋滋等著當一名鐵路工人。後來，他聽了小哥的話當了名機車乘務員。

「後來，終於在眼淚中明白」，劉若英的歌蒼涼美麗，觸動情懷。唐後來的生活沒有眼淚，許多事情他也沒怎麼明白。

上班後，唐一直循規蹈矩，從燒火司爐幹起，幾年後熬成副司機，副司機仍然要燒火。早年鐵路上開的是燒煤的蒸汽機車，一個班下來，火車賓士幾百公里，燒掉一車鬥好幾噸的煤。司爐和副司機兩人要把幾噸煤用鐵鍬一鍬鍬鏟進爐子。每天的勞動，唐練了一身腱子肉。黑黑的煤炭，紅紅的爐火，每天都熏烤著唐，給他熏出一張黑臉膛，一副結實的身體。

　　唐一干二十年，連考了三次司機都沒考上，自嘲吃了沒文化的虧。那個年代經歷過文化運動，學校出來一大批文盲半文盲。當然，唐對外一直稱自己是火車司機，特別是第一次見他老婆，介紹給自己未來的岳父。如今造假盛行，並不能責怪唐。唐說自己是火車司機那還是有根有據的，只是少了一個副字。

　　機車乘務員工作很辛苦，沒日沒夜，風雨無阻。一次，唐在雨夜開車壓死一個搶道的行人。火車慣性巨大，很難剎住車，乘務員開車壓死人不需承擔責任。但必須停車，把屍體拖到路邊，通報車站來人處理，火車才能繼續開行。

　　三更半夜，荒郊野嶺，夜漆漆黑，唐戰戰兢兢下車去拖屍體。死屍還在鐵軌裡給車輪壓著，腹腔憋著一股氣，一拖動，一股氣冒出來，死屍一蹬腿，「啊哦」發出一聲響。「詐屍了」。唐嚇得嗷叫一嗓子跌倒在地，差點嚇成精神病。好長時間他走夜路就發怵，看見死人就打哆嗦。自此，唐無心再幹乘務員，正好鐵路淘汰了蒸汽機車，換了燒柴油的內燃機車，唐轉崗到煤台開起了抓煤機。

　　離開了蒸汽機車黑黑的煤灰，熊熊爐火，唐有些不適應，一身肌肉變成肥腩，一隻肚皮如吹氣般鼓了起來。唐屬於四肢發達頭腦簡單的人，就知道上班開車下班睡覺，吃飽了不餓，睡醒了幹活。他的時間一半在車輪上顛簸，一半在床上睡覺，沒興趣也沒時間發展什麼娛樂愛好。家裡從不訂書刊報紙，有了電視機也只是聽聽響。一天一次的新聞聯播，一年一次的春節晚會，他都很少看。信息量少，頭腦欠靈活，一不留神犯了錯誤，差點把個鐵飯碗弄丟了。用唐自己的話說，又是吃了沒文化的虧。

　　20世紀末，唐在單位裡開抓煤機車，看到別人成桶盜賣柴油，還有幹部開私家車到單位油庫加油。他也心動了，用塑膠壺打了一壺柴油準備拿回家燒油爐熱飯菜，誰知偏偏被保衛盯上抓住。免去副司機職務，下崗半年，發配到清潔隊擦車掃地溝。

　　他向我小哥訴苦：「媽的，一壺柴油，下崗半年，損失好大」。

　　小哥罵他：「下崗算好了，給你扣個破壞運輸生產，抓你坐牢你都沒處講理」。

　　下崗復工後，鐵路現代化換電力機車，抓煤機也不用了，唐被淘汰下來，成了閒雜人員。龐大的國企人浮於事，他有了時間，再沒有車輪顛簸，在家卻睡不著覺了，於是簡單的頭腦開始琢磨事。唐的父母走得早，他一直和岳父關係挺好，雖沒有住一起，但常來常往。可是，改革開放後，人們開始講經濟利益，唐和岳父就有了矛盾。

　　唐的岳父有二子一女，重男輕女的岳父將名下兩套房子給兩個兒子一人一套，女兒卻沒有。唐很生氣，他老婆雖然還有點親情，經不住唐的枕邊風，把點親情吹沒了。夫妻倆同仇敵愾，拒絕給老人贍養費。他們也知道情理說不過，就想法子找藉口。

　　有人為單位分福利房假離婚，多分一套。購二套房，也辦假離婚，鑽政策的空子。唐靈機一動，受到啟發，也辦起假離婚，宣佈和老婆脫離了關係。並且把屬於夫妻雙方共同財產所住的房子賣掉，以唐個人名義買了套住房，搬了新家。他老婆屬於無房下崗低收入子女，沒有能力再給老人撫養費。和岳父鬧翻，被告上法庭。

　　我們莊嚴的人民法庭明鏡高懸，對唐這樣的小小老百姓絕不會法外開恩，法院判決唐每月仍需要支付岳父贍養費。這事不知誰爆料到媒體，記者把唐假離婚拒贍養事情登上了報，弄得盡人皆知，唐糗大了。折騰一番，毫無所獲，小哥罵他既破財又丟人。

　　小哥已經退休了，他這個老火車司機開了整整四十年的火車，從蒸汽機車，內燃機車，到現在的電力機車，經歷了時代變遷。他感慨火車頭越來越先進，開車人卻越來越差勁。過去，在賓士的蒸汽機火車頭上，一雙手一天用鐵鍬能鏟幾噸煤。烏黑的煤炭投進爐膛，火焰熊熊，燃燒的黑煤就如黑色的黃金。威武的蒸汽機車開起來地動山搖，汽笛聲響徹雲霄。雖然渾身汗水，油煙，煤灰，又髒又累，鐵路工人很受人尊敬，可自豪著呢。如今，實現電氣化用上了電力機車。這電力機車臥在鐵道上，遠看像只綠色大蚱蜢。司機駕駛室都裝了空

調，穿著制服戴著白手套坐在軟椅上，人身體雖然舒服，精神緊張著呢。

唐在鐵路工作了幾十年，要退休了，也沒當上真正的火車司機。他常說自己缺文化，吃了虧。我覺得唐的身上的確是缺少些什麼。當今中國人缺少什麼？缺文化，缺信仰，缺燃燒的黑金。

八

一九七五年的秋天，是個不平靜的季節。小鎮鐵路上一大批老工人退休了。到年齡的自然退休，沒到年齡的去醫院打證明辦理病退。有醫生自己都想退休，所以病退證明一路綠燈。十年前的一聲咳嗽，也被醫生診斷為喪失勞動能力。所有退休的人都是為了一個目的，讓子女頂替自己的工作。

天下父母一切為了孩子，他們犧牲自己，就如同舐犢的老牛傾盡全力庇護子女。為了避免我下鄉，父親決定提前退休，讓我頂替他的工作。聽到這個消息，我不知是悲還是喜。父親才五十歲，就要離開他半生相伴的火車頭。按國家規定，他可以再幹十年，六十歲退休。如果以他現在的身體和志向，他至少要幹二十年。父親沒有別的愛好，他不會下棋玩撲克，書法藝術更是外行，釣魚也不會。這對他退休以後的生活很不利。為了他的小兒子，他做出了犧牲。我不頂職，唯一的道路就只能去下鄉，去到我以前那些同學下放的山溝溝裡，這令父母很擔憂。

小時候，我的身體一直很羸弱。我循規蹈矩，不說謊，不打架，不罵人，愛幻想，性格內向。我是一個好孩子，老實孩子，無論在學校還是在家裡，有口皆碑。好孩子老實孩子格外讓父母操心。這個社會，老實人總是吃虧。善惡有報是善良人的願望。在我剛剛走出家門，去到學校裡學習文化，教我們語文的美麗善良的韓梅老師在課堂裡，對著我們一張張仰望著她的無辜的小臉義憤填膺地說：「要善待

老實孩子，不要欺負他。」

　　老實孩子就要走上社會，他的前途渺茫。上山下鄉到那山溝裡，我的前途有幾種可能：一是像來相那樣，漸漸地消沉頹廢，最終不知會有什麼結局。我曾經問來相將來怎麼辦？來相舉著酒瓶子，帶了幾分醉意，大談市場經濟學。這是他做小買賣投機倒把的理論根據。不一會他又愁眉不展，嘟囔著：做一天和尚撞一天鐘吧。這樣的日子實在很糟糕。再一種可能就是我在鄉下死心塌地當個農民，自己蓋一間房子，娶一個鄉下姑娘，養上幾個孩子。我想，其實能這樣生活也很好，男耕女織，一生平平淡淡，清心寡欲，甘其食，美其服，安其居，樂其俗。小國寡民，老死不相往來。過一過聖人都羨慕的生活。「暮春者，春服既成，冠者五六人，童子六七人，浴乎沂，風呼舞雩，詠而歸」。不過，我恐怕做不到。西天取經的唐三藏不畏千辛萬苦，不貪圖富貴，不迷戀美女，妖魔鬼怪嚇不倒，歷經九九八十一難，一心為取真經。我有我的追求，豈能半途而廢呢。我熱愛文學，想當作家，在鄉間，這種可能性不大。柳宗元流放異地墾荒壁地，作《永州八記》。蘇東坡被貶黃州作《赤壁賦》。我這樣的境遇是沒有前途的。山溝溝裡不會出產大詩人和作家，四鄉百里連一張報紙都看不到。就是城裡來的那些所謂的知識青年在泥巴地裡摸爬滾打兩年再教育，一個個斯文掃地髒話滿口心灰意懶偷雞摸狗。

　　逃避了下鄉，我成了一個待業青年。我的好朋友塗也沒下鄉，他父親正好到了退休年齡，他在家等著頂職。我和塗相約去了趟中學英語老師踢雀劉家。塗和踢雀劉沾了點親戚，所以對我們還熱情。塗還了一本英語書，踢雀劉問了問塗的學習，我們又一起聽了會唱機。一個女聲唱的《四季》歌。踢雀劉還是那樣，聽著委婉優美的歌聲，一臉沉醉。我卻邊聽邊想，他這唱片破四舊怎麼保存下來的。

　　關了唱機，踢雀劉對我們說：「一年四季，春花秋月，夏日冬雪，風景不同。人生也有四季，本應各有使命，各有精彩。」

　　那婉轉悅耳的歌詞我們沒聽懂，踢雀劉說的話，我們也似懂非懂。

　　從踢雀劉家出來後，一段時間，我沒再去找塗玩耍下棋，因為這時我遇到了我的同學，同樣也在家中等著頂職的周。

　　我和周在小學就同過班互相認識，後來又在寫作興趣小組一起下過鄉。我們都是鐵路火車司機的孩子。周喜愛繪畫，想當畫家，這是他參加寫作興趣小組的原因。他對藝術的追求，使我對他頗有好感，關係友好。藝術家都有著放蕩不羈的毛病。周膽子很大，聰明機智，能言善辯，在小鎮是個孩子王。聚攏著一幫小兄弟跟隨著他，每人都穿著一件舊軍裝，走路晃著肩膀，在小鎮街上耀武揚威。

　　我和周性格迥然不同，卻沒影響我們之間的交往。我們都有點自命不凡，文學和藝術是我們各自的追求。因為喜愛繪畫要當畫家，周收集了許多畫冊。畫家裡面他特別喜歡凡・高，常拿一把小刀對著鏡子在耳朵邊比畫。可能也覺得自己繪畫天分不夠，就是割了耳朵也不及凡・高，所以現在還是五官端正。

　　周非常崇拜世界上的強人，拿破崙、希特勒、甚而亞歷山大。這些強人和周都有一個共同的地方，個子都不高。周一興奮起來就會滔滔不絕誇誇其談，開口閉口我的奮鬥，這在當時是很危險的離經叛道。我有一腦子幻想，周有一肚皮野心，我們有了共同語言。周是個很有鼓動性富有激情的人，他對我說了個很了不起的計畫，一起合作創作出版連環畫。我來寫文字故事，他繪圖畫，我們一拍即合。

　　我們都是勵志青年，我們一直在奮鬥著想出人頭地。周曾去省城學校美術老師家裡拜師學藝，拿回來一些連環畫樣稿，畫了一堆的人物樣圖。他還動員他的小兄弟四處討要糧票去換顏料畫紙。為了支持周的繪畫藝術，我也從家裡偷拿了一些糧票。糧票就放在母親床頭木櫃抽屜裡，從不上鎖。這是我一生中唯一的偷拿家中東西行為，很是惶恐忐忑了一陣子，好在沒給母親發覺。

　　20世紀六七十年代，沒有電腦，沒有手機，沒有電視，收音機都非常稀有。小孩子的文化娛樂就是看電影看連環畫。那時，連環畫非常繁榮。書店裡櫃檯有一小半是售賣連環畫，街上書攤也都是擺滿

連環畫，只要有書的地方就有連環畫。大人稱小人書，小孩子叫小圖書。那個時代孩子們看連環畫，是小學生除了課本看得最多的書本，許多男孩還收藏連環畫，同學間互相交換著看。男孩子們喜愛看《烈火金鋼》《敵後武工隊》《平原遊擊隊》《鐵道遊擊隊》《大鬧天宮》《楊家將》。過去在街上路邊書攤擺有連環畫出租，一分錢看一本。小學生放了學，會蹲在書攤邊看一本連環畫再回家。

破四舊時連環畫也同其他小說書籍一樣難逃厄運。老的連環畫銷毀了，新出了幾種迎合政治的連環畫。有《白求恩》，《草原英雄小姐妹》，《一不怕苦二不怕死──王傑的故事》，《主席的好戰士劉英俊》。《蘇修間諜落網記》。過去有連環畫《水滸》，講的是梁山一百零八好漢故事，很受小學生喜愛，被當封資修禁毀了。改編新出了本連環畫叫《投降派宋江》，據說是影射批判黨內的修正主義。我和周都沒有很高的政治思想覺悟，並不想影射批判誰，在我們眼裡，創作出版連環畫是名利雙收的事情。周的提議使我興奮不已。

我開始構思連環畫故事。我想著，古代帝王將相才子佳人，那是封資修，不能寫。階級鬥爭尖銳複雜，三突出理論我們也沒學好，不會寫。革命戰爭故事人人喜愛，英雄果敢無敵，痛快淋漓，這是我們的最愛。為了創作連環畫，我絞盡腦汁想了一個又一個故事。什麼「烈火英雄」，「抗敵武工隊」，「山林遊擊隊」，「奇襲黑虎團」。我的這些設想構思說給周聽，都被他輕蔑地否定了。

我本應裝滿詩書的腹部卻只見嶙峋的肋骨，八塊巨大的樣板遮擋住我想像的天空，我的靈感淹沒在一片紅色的海洋。連環畫創作自然以失敗告終。就我們那點才能，在那個時代，還真叫是異想天開。

我常幻想自己能有一間很大的書房，整面牆的書櫃，還有明亮的落地窗。我喜歡半躺在席夢思上，或者，坐在寬大的書桌前，嘴裡叼著海明威的雪茄，喝著巴爾扎克的咖啡，手拿托爾斯泰的鵝毛筆。我的腦海更多地時常冒出中國式的浪漫遐想，譬如紅袖添香，玉腕磨墨。

　　有一些幸運兒極力頌揚生活中的磨難，把貧困苦難說成是財富。他們總喜歡舉例司馬遷受了刑寫出了史記，貝多芬耳聾成了大音樂家，知青下鄉吃了苦，創作了傷痕文學。當我經歷了坎坷歲月，有了生活閱歷，對人間的世事明了，才知道絕非如此。任何生命的健康成長都需要春風雨露和陽光。就如英國詩人拜倫說的：假如風調雨順，生育艱難的文藝女神也會多產。

　　在等待參加鐵路工作之前的閒置時間，我坐火車去了一趟上海，大哥還在那裡讀書。他離開了農村，境況有了很大的改變，有點意氣風發。我想去看看大哥的新生活，去看看多少青年嚮往的高等學府。鐵路子弟坐車當然不用買票，有很多的逃票方法。

　　歷史悠久的大學校門並沒有我想像中的那麼莊嚴神聖，進進出出的人們也沒幾個戴眼鏡的。戴眼鏡是那時我們眼中讀書多有知識的象徵。大哥寢室四個室友，工農兵占全了。

　　年紀大些的是個老回鄉知青，有三十多歲了，滿手老繭，不多話，每天都將寢室幾人的熱水瓶去開水房打滿開水。還有一個是本市人，學習很用功，除了週末回家，每天都上圖書館，床頭堆了許多專業書，同寢室的有疑難問題都會問他。一個當兵的戰士，看起來年齡最小，二十剛出頭，很活潑，穿著胸前倆口袋的軍裝，喜歡蹺課，不看書，成天笑嘻嘻的。說畢業回部隊就能穿上四個口袋軍裝，一臉憧憬。

　　大學真好。林蔭道邊梧桐樹，圖書館的紅房子，窗明几淨的教學樓，挎著書包的青春男女，到處都能嗅到書香文化的味道。大學食堂味道也很好，米飯飄香飯盒叮噹，大哥的臉頰豐潤了許多。跟大哥去食堂吃飯，最喜歡是打一大碗小青菜湯，碧綠的菜葉子飄在碗裡，上海人叫毛菜，一隻我拳頭大的全瘦肉的獅子頭，才一角錢。

　　大哥休息時帶我到市里逛逛。繁華熱鬧的南京路並沒有吸引我的注意力，而是要求大哥帶我去虹口公園瞻仰了魯迅墓。我非常崇拜偉大的魯迅，一是魯迅的氣節和睿智，二是那時我們只認識魯迅，能讀

到他的書。

我的同學周也是魯迅的崇拜者，他畫了許多幅魯迅的頭像。瘦削的臉，犀利的眼，濃濃的兩條劍眉，唇上黑黑的小鬍鬚，一副橫眉冷對千夫指酷酷的表情。我讀了魯迅所有的書，有的書讀了許多遍。從《彷徨》到《中國小說史略》，從《兩地書》到《野草》。在空空如也的圖書館書架上，只有幾本魯迅的書值得一讀。

我讀魯迅先生的《野草》。

「在我的後園，可以看見牆外有兩株樹，一株是棗樹，還有一株也是棗樹。這上面的夜的天空，奇怪而高。」

我驚異魯迅先生語言俏奇瑰麗，意象玄妙奇美。

我家的院子種了許多樹。每年立春後，我們都會選一些直溜的楊樹柳樹枝條插在院子裡或者菜園子的地壟上。鬆軟肥沃的泥土很容易就插得深深的，沒幾天，雨水一澆，楊樹柳樹枝條就爆出細細的嫩芽，慢慢長出新葉，只三年就長成一棵亭亭玉立小楊樹小柳樹。並沒有什麼人動員，也沒什麼植樹節，年年立春植樹是人們的習慣。小鎮上除了柳樹楊樹，還有許多桃樹，家家戶戶門前都有三兩棵，春天，桃花盛開的季節，小鎮上到處姹紫嫣紅，桃花燦爛，分外妖嬈。

陽春三月，登上高處就能望見一處處盛開的桃花。鐵路工廠修火車頭的大車庫是小鎮的最高建築，我們常往上爬。大車庫有三層，一層比一層高。我們從外牆鐵梯手抓腳蹬一層又一層往上攀登。鐵梯只是鋼筋彎成回形栽在磚牆縫裡，沒有護欄，膽小的就不敢上，上去才能看到好風景。站在最高大車庫頂上放眼一望，半個小鎮都在眼下。一排排平房整齊劃一，青磚紅瓦綠樹掩映。春風和煦繁花盛開，紅的是桃花，白的是梨花杏花，黃的是枇杷和菜花。綠的是柳樹楊樹。最多最醒目的還是桃花。一叢叢，一簇簇，一團團，一片片，紅得如火似錦，燦爛奪目。

上古神話傳說古代勇士誇父身材魁梧、力大無窮，他嚮往光明，拿著手杖去追趕太陽。他翻過許多座高山，渡過很多條江河，一直追

趕到太陽落下的地方。他感到口渴，想要喝水，到黃河、渭河喝水。黃河、渭河的水不夠，又去北方的大澤湖喝水。還沒趕到大澤湖，就半路渴死了。他遺棄的手杖，生根發芽，化成桃林。

誇父是不是曾經到過了這江南小鎮，為何小鎮桃樹特別多。我不知道巨人誇父是否到過這裡，我知道，美麗江南桃花盛開這是小鎮孩子們的功勞。

小鎮孩子吃了桃子，桃核隨手丟在房前的菜園子裡，第二年就能發芽，長出一株小桃樹來。有時，我們也到野外尋覓。地壟，路旁，甚至垃圾堆上，都會有小桃核冒出幼芽。一路走，兩邊望，搜尋著。一旦發現破土而出的桃樹幼苗，就把它挖出來，根須還帶著硬核，為了不傷及幼苗樹根，挖一大包泥土裹住樹苗根部，成拳頭那麼大，帶回家栽在自家院子裡或菜地旁，小樹苗一年長一大截，三年就長成一棵亭亭玉立的小桃樹，五年就會枝繁葉茂開花結果子。

春的季節，一路走，穿行在春風裡，女孩子喜歡摘上一枝桃花，人面桃花相映漾，美不勝收。男孩子喜歡掰節柳枝做支柳笛，含嘴裡吱吱嗚嗚吹出各種調調。小鎮的桃花，粉紅的居多，也有大紅胭紅的，還有粉白的。奇怪，越是好看美麗的花，越不愛結果實，越是不起眼的花結的果實越多越大，正所謂華而不實。

我栽種的桃樹也已經長大開花結果了，我從小立下的志向卻還沒有實現。我是那追日的誇父。我追求了，我失敗了，我仍驕傲。

中秋節到了，我又迎來了我十九歲生日。農曆八月十八日，過了這一天，按中國人的習俗，我就是二十歲了。母親照例給我煮了碗掛麵。長長的麵條是預祝我生命的長久，大大碗公裡兩隻油汪汪的荷包蛋象徵著和美吉祥。我吃著雞蛋掛麵，卻少了兒時那份歡樂喜悅。

夜深人靜，清風拂煦，有桂香飄來。我走出家來到不遠處菜園子裡一棵大榆樹下。這棵榆樹小時候我曾爬上去逮過金精蟲，摘過榆錢吃。月色清淡，樹影婆娑。倚著樹根我仰面朝天躺下來。無垠的夜空籠罩在我的上方，透過深深夜幕，無數星星在閃爍，向我眨著眼。

回想起小時躺在家門前的小院涼床上，望著夏夜的天空，數著星星的情景。天空還是那個天空，我卻感覺景似人非。牛郎織女星隔著銀河遙遙相望，北斗七星的柄指著西方，這巨大的鬥是誰來舀酒的？參宿星靜靜地思念著永不能相見的兄弟心宿星。古老的童話一代又一代流傳，舊的童話消失了，新的童話又在創造。

夜空多麼晴朗，繁星熠熠閃爍，好似一群群躲在深藍色天幕後頑皮的小天使，只將一雙雙眼睛露出來，狡黠地眨著，窺探著人間的祕密，嘲弄著人們的隱私。那乳白色的銀河又好像一群翩翩飛舞的仙女，輕輕飛揚著長長的飄帶。啊，多麼浩瀚的宇宙，多麼遙遠而神祕的世界。我知道，那些星星都是如太陽如地球一樣的天體，並沒有什麼天堂、仙女、神。可是，望著縹緲神祕的天空，仍激起我美好的嚮往。

一顆顆亮晶晶的星星，在人們看來熠熠閃爍，永恆不變。元星說，那些星星也有興衰，也會死亡。就是地球也有毀滅的一天。一個人的生命又多麼短促，多麼微不足道啊。元星還說，星星毀滅後會成為一個稱之為黑洞的天體，這黑洞千奇百怪，神祕莫測。人死後又將如何呢？唯物主義者說人死後思維停止，肉體腐爛，什麼也不存在了，真讓人覺得難以想像。許久，我的思想才從那茫茫無涯無際的太空遨遊回來。

我回頭望望小鎮，夜幕下的小鎮一片靜悄悄。一排排房屋窗口透出一點點燈光。元星說，那些星星有的比太陽還要大，還要亮，可是它們卻不能與我們小鎮上這一盞盞電燈相比。是啊，在那遙遠的星空，多麼巨大的光和熱也無法照射到這小小的地球一隅。宇宙銀河發生再巨大的變化，一個太陽誕生了，或者毀滅了，人們也無動於衷。可是，在人們身邊，如果發生一件微小的事情，都令人神魂震盪承受不了。

大自然日出日落，晝夜交替，人們生生死死代代不息。在永恆的生與死之間，我們只能享受其中的一段短暫時光。死亡的黑暗景幕

襯托出生命的光彩，也有的無聲無息黯淡湮沒。人們出生，受苦，死亡，永遠地重奏這三部曲。周而復始，組成人類漫長的歷史。我有時會這樣想：我們活在世界上的人真是幸運。人經歷的歲月越多，越感到生之可貴，生之不易。我們呼吸新鮮的空氣，我們沐浴溫暖的陽光，我們仰望蔚藍的天空，俯瞰大地和群山。我們讀書，我們聽音樂，我們為悲劇而感傷，我們為喜劇而歡笑，我們為愛情而發燒。生命真是一種美好的享受。我滿懷敬畏，心存感恩，越加覺得應該珍惜光陰。人生短暫，如流星劃過夜空，留下一道閃光。於是我想，我在這個世界上能留下點什麼。總是有種聲音在催促著我，有股欲望在心裡湧動，一個堅定純潔，有著美好信念的心靈不會為死亡而恐怖。滄海橫流，人類精神光輝永照。人生輝煌燦爛，死亡將達到頂峰。

我心潮起伏，高聲吟出幾句詩：

「有誰說人百年總有一死，
高尚的人精神長存人間。
有誰說世上沒有永恆，
閃光的青春照徹長天。
當生命高唱勝利的凱歌，
當理想燃起金色的火焰，
就是地球也會停止旋轉，
太陽將永遠在天空高懸。」

我靜靜地站在大榆樹下，聆聽遠處的聲響。夜色深沉，稻田裡的青蛙在合唱，還有三兩聲雀子的鳴叫。皎月當空，千家萬戶進入沉睡的夢鄉。這時，一陣風，樹枝搖晃嘩嘩響。我聽到，遠方，大海漲潮了。在東海，寬闊的錢塘江面一片靜寂，映著粼粼波光。陡然間，風從海上吹來，濤聲起，潮聲急，江流入海口湧起大潮，白浪滔天，洶湧澎湃。潮頭由遠而近，轟轟隆隆奔騰而來，巨浪衝擊著堤岸，卷起漫天飛沫，滾滾而去，勢不可擋。滿江沸騰，波濤萬頃。遠在千里之外，我仍被這奔湧的濤聲震撼，心潮激動，起伏不平。

上世紀六七十年代，小孩子的文化娛樂就是看電影看連環畫。那時，連環畫非常繁榮

我非常崇拜偉大的魯迅。一是魯迅的氣節和睿智，二是那時我們只
認識魯迅，能讀到他的書。

▋ 尾聲

　　我的故事寫到這裡就應該結束了。這是一個很好的悲壯而又充滿希望的尾聲。我生命中的另一個時期到來了。這個時期，我經歷了一次又一次的努力奮鬥，一陣又一陣的苦悶彷徨，一個又一個新的希望升起又破滅。經歷了人生的悲歡離合，看到了大千世界冷暖炎涼。這所有的內容又可以寫成一部這麼樣的或更長點的小說，將這時期這個世界上的大的事件反映一下，時髦地來點現代派的意識流的手法，加點魔幻的新感覺的佐料。我想，時機成熟，我會這樣幹的。但是，現在我還想稍等待一下。形而上的創造固然很重要，形而下的生存卻也燃眉。另外，我還想將生活中的歲月積澱一下，將歲月的河流沖刷下的沙礫卵石淘洗再淘洗一番。到那時，我揀出來的就不僅僅是一些紋彩漂亮的雨花石，或許，是幾粒金子鑽石在閃閃發光。

　　郁達夫說，四十歲是人生一個小段落。他四十歲開始寫作自傳，與他同時代作家胡適林語堂也是在四十歲作自傳自敘詩，真是英雄所見略同。我以為，人生到了四十歲，該看的看到了，該聽的聽過了，愛與恨，歡樂與憂傷都經歷了。思想已經成熟，閱歷足夠豐富，一個旅途之人走過一段長長的路，登上一座山崗，停下腳步，歇一歇氣，鼓一鼓勁，準備著繼續去攀登更高的山峰。這時，他回頭看看走過來的路，多少苦樂辛酸，還有深深的遺憾，都留在了路上，化作一行深深淺淺的足跡。心底湧動著一股激情，一種欲望，汩汩地流注筆端。

　　人生過半，寫上一部自傳，就像在名山秀嶺上建一座半山亭，題上一副對聯，樹一塊碑記，或抒情或詠志。讓一路旅行登山的人小憩一下，給觀山賞景有閑者和攀登高峰有志者一點娛樂一點啟迪，也是

一件善事。當然,更偉大者,如我們的文學前輩,用畢生心血,披閱十載,增刪五次,把真事隱去,寄假語村言,成就一部曠世的絕作。

每個人活在這個世界上都在努力地擴展自己的空間,延續自己的生命。最好的方法還是寫作。一個人無論他擁有多少金錢,財富,擁有別墅,小汽車。高官厚祿,位極人臣,炙手可熱,烜赫一時。這些都是微不足道。無非只比自身擴大了幾十倍幾百倍的空間。而一部好書所擁有的讀者,是作家最值得誇耀的財富。他的影響力深入人的心靈,他的生命變換成另一種能量。他的名字留芳青史。

我年輕時聽說過這樣一個寓言故事。有一個問題:誰能用最少最輕最廉價的東西將一間空房子裝滿。一個傻瓜搬了許多稻草堆放在房子裡。一個聰明人點起一盞小油燈,那亮光一下充滿整個房間。我欽佩讚美那個點起小燈的聰明人。偉大的作家正是以他的作品,他的思想擴大了他的空間,延續了他的生命。

我的父親母親都是普通人。他們識字不多,沒有廣博的知識高深的理論,他們身體力行教導我們要做好人。他們樸素的思想,那就是真、善、美。做人要真誠,為人要善良,努力去追求美好的生活。我曾經滿懷美好的願望,這個世界上,能夠人盡其才物盡其用。

小時候,我夢想當一名作家。很長時期,我消沉,頹廢,流於世俗。我險些背棄了我的理想。我不再去思考人生、自然、宇宙,書也讀得很少。自從我有了一份固定的工作,每月領著一份尚足糊口的工資,我盤算著結婚,盤算著柴米油鹽,就像當年偉人批評的那些剛剛進城掌握政權的農民英雄,盤算著三十畝地一頭牛,老婆孩子熱炕頭。我苦悶,彷徨。既不甘於墮落,又無可奈何。夜裡,我反復地做著一種夢,我被什麼可怕的人和動物追趕著,我努力向上騰飛,總也離不開地面,我總是跌落在廁所陰溝裡,在糞堆垃圾上弄一身污穢。按佛洛德的分析,這正是我被壓抑於潛意識中的本能欲望,情感和意念的體驗。

時光走到二十世紀末。在世紀黃昏,人們彌漫著懷舊情緒。我開

始思考著準備著寫我的自話體小說。一天傍晚，我出門散步，不知不覺又走進少年讀書時的校園。在小鎮上，我讀書的母校就在我身旁，我卻很少走進去。我有一種複雜的心情，怕見熟人，怕見過去教過我的老師。我理解項羽為何無顏過江東，我明白人們為什麼要衣錦還鄉。我要是能唱著大風歌，手持漢節走進母校，那樣我風光無限，人們就會以隆重的禮儀歡迎我。

學校已經放學，操場上空蕩蕩沒有人影，一間間教室悄無聲息。我獨自一人來到我讀書的舊校舍。這是棟簡易的二層樓，還是那種乾打壘年代蓋起來的。三十年舊地重遊，油然而生的往事的回憶和時光流逝的感歎，使我在這棟灰色的建築物前佇立許久。房屋牆根長滿了青苔，山牆掛著幾條乾枯的常春藤。有的門窗破損，膏藥似的釘著木板，貼著硬紙，一副淒涼衰敗模樣。瞧，那北面第二扇窗子最底下那塊玻璃已經破了，上面蒙著張舊報紙。我讀書的時候，那塊玻璃就是破的。冬天的時候，我正好坐在它旁邊，冷風總是穿過窗洞對著我的左耳吹，使得我左耳上的凍瘡長時間不得好。我用一張報紙蒙住窗洞，試圖遮擋住凜冽的北風。這麼多年過去了，那扇窗子不知裝了多少回玻璃，可我覺得那張報紙還是我蒙上去的。記得，我上課不去聽講，東張西望，偏過頭去讀報紙上的文字。有一則新聞。「日本首相田中訪華。」這麼多年，日本已經換了許多首相，每屆首相上臺都會到中國來轉一轉，田中是他們中的第一人。如今，一個小日本的首相到中國來，不會有多少人關心他，那時卻是一件了不起的大事。我們的政治老師眉飛色舞地在課堂上大談中國外交路線的偉大勝利，被帝國主義修正主義各國反動派所包圍的紅色中國，終於登上了世界舞臺的中心。新聞簡報播放著「我們的朋友遍天下，我們的歌聲傳四方」。每和一個國家建交，都要舉國歡慶一下，那情景現在我還記憶猶新。我真想去再看一下，那張貼在窗上報紙有沒有這條新聞。雖然，那早已成為歷史。

教室裡白天依然有學生上課，從窗子看到裡面一排排的課桌椅整

整齊齊。我知道這不會再持續多久了。離這棟舊教室不遠，一棟新的五層教學大樓巍然矗立，馬賽克貼面日光下閃著光亮，居高臨下俯視著斑駁破落的舊平房。學校發生了很大的變化。「五・七」農場已沒有了，磚廠豬圈早已拆除。如今的學生不再去學工學農勞動了，也不會關心日本首相來不來中國，學生們都在努力讀書。能安靜的坐在教室裡讀書真好，這曾經是我的奢望。如果我能趕上這樣的好時代，我的命運就會大不一樣了。

這個世界的變化很大，變得有些面目全非了。我生活了四十多年的小鎮，近些年到處都在破土動工。一幢幢建築拔地而起。小鎮在迅速膨脹，吞噬了它周圍的農田土地。高土崗被鏟掉，池塘被填平，已經拓寬了的街道，人流卻更加擁擠。小鎮的變化真多，最能說明問題的是多了幾家銀行和幾家花圈店。

這個世界的變化真令我瞠目結舌，眼花繚亂了。地球仿佛加速旋轉，人心變得越來膨脹。在洶湧的商品大潮中，我的個人奮鬥顯得那麼微不足道。物欲橫流，世態浮華。我迷惘了，我悃悵著。忽然地，感覺到心靈的空虛，我不知道我的人生有什麼值得書寫。我問著自己，是否能做到《鋼鐵是怎樣煉成的》作者說的那樣，當他回首往事時不因虛度年華而懊悔，也不因碌碌無為而羞愧。

站在暮色沉靜的校園，在這裡面我度過了我一生最寶貴的時光。我不知是應該感激它，還是憎恨它。從它裡面走出來，離開學校走上社會，大腦空空，學無所長。我孤軍奮戰幾十年，赤手空拳，經歷了一次又一次的失敗。呵，我親愛的母校，你為什麼沒能給我多一點的智慧和力量。我的母親滿懷期望與重托將我送進學校大門，風風雨雨十幾年的浸泡，卻沒有給我一隻防禦刀劍的阿喀琉斯的腳踵。沒有給我所向無敵英雄的投槍。我幾十年苦苦求索，那啄食普羅米修士肝臟的罪惡的禿鷹既啄傷了我的腎臟，現在又開始啄著我的心臟。我是一個失敗者。我追求了，我失敗了，我仍驕傲。

天黑了，我獨自一人在暗夜徘徊。我走過闃無聲息的街道，走過

紅綠信號燈閃爍的鐵軌，徜徉著來到小河邊。銀白如練的河流從黝黑的天際下流淌過來，夜色中閃著粼光。嘩嘩啦啦的水聲，唱吟著生命之歌。小河啊依然如約，這裡消磨了我許多童年的時光，是我青春的見證。站在河岸，望著奔流不息的河水，置身在這如詩如夢的境地，不由生出許多聯想。

生命是一條河。生命之初，似清泉，似小溪，從他的源頭流淌出來，清澈純淨，活潑歡快，一路歌唱前進。路途中它匯聚起涓涓細流，水勢越來越大，越來越豐沛，變得湍急浩蕩，奔下高原穿過峽谷，一路劈山開路吞吐雲霧，幾經灘礁險阻。人生進入壯年，如大河奔流，它氣勢澎湃波濤洶湧，洪流滾滾我們就再也看不見它的底了。奔流行進中，河水難免摻夾著泥沙雜物，裹挾著沉船爛舸。人生晚年，生命之秋，霜色凝重，如江河匯納百川，在廣闊的平原舒展開。這時，水色深沉河面寬闊，坦坦蕩蕩，波瀾不驚，不仔細觀察，河水彷彿凝滯了，看不見流動。但是，它始終在平穩地向前，一路將泥沙沉澱，匯入大海。河海交融處，碧波萬頃，水天一色，風帆高懸，鷗鳥翔集。最後，這條河流消失在浩瀚汪洋中，完成它一生的使命。

這是一條偉大的河流，這是我們歌唱的人生。

還有一種河流，從冰山雪嶺生髮出來，莽莽撞撞向前奔去，迷失了方向，流向荒原，流向戈壁沙漠。一路被泥沙吸收，滲透，被烈日蒸發。最後乾枯衰竭，失了蹤跡。還有更多的河流從山林裡出來就遭污染，寄生在人煙稠密的地方，暮氣沉沉，沒有了歌唱的激情，沒有了奔流的勇氣，藏汙納垢，發黑發臭，成死水一潭。

我生命的河流汩汩地流淌在這沉寂的土地，前方是什麼？我熱切地盼望著，迎接著。

初升的太陽剛剛離開地平線就被陰霾遮住，什麼時候能露出燦爛的光焰，長久的期待僅僅是晚霞夕照那輝煌的瞬間。

命運是這樣考驗人的：他先將你放在砧上鍛打，錘鍊，看看你的物理性質。然後又加酸加堿，看看你的化學性質。他將你冷軋熱冶，

放入離心機高速旋轉，分離出你的雜質。用等離子加速器進行轟擊，使你昇華，發出超能熔冶成特殊的合金。人生就是這樣，經歷了重重苦難，才能使你的人格完善起來。人生一曲悲歌，有氣沖雲天的管號，還有沉入心底的木魚。我試圖用心靈的呼聲打破時空的靜寂，去感應召喚那遙遠的宇宙的知音。

我獨自一人來到我讀書的舊校舍。三十年舊地重遊，油然而生的往事的回憶和時光流逝的感歎，使我在這棟灰色的建築物前佇立許久。

國家圖書館出版品預行編目

春歌青陽 / 焦國勛著. -- 增訂一版. -- 臺北市：
獵海人，2024.06
　　面；　　公分
　　ISBN 978-626-98460-2-3 (平裝)

857.7　　　　　　　　　　　　113007875

春歌青陽

作　　　者／焦國勛
出版策劃／獵海人
製作銷售／秀威資訊科技股份有限公司
　　　　　　114 台北市內湖區瑞光路76巷69號2樓
　　　　　　電話：+886-2-2796-3638
　　　　　　傳真：+886-2-2796-1377
網路訂購／秀威書店：https://store.showwe.tw
　　　　　　博客來網路書店：https://www.books.com.tw
　　　　　　三民網路書店：https://www.m.sanmin.com.tw
　　　　　　讀冊生活：https://www.taaze.tw

出版日期／2024年6月　增訂一版
定　　　價／660元